U0720918

江蘇省哲學社會科學『中國古典文獻學』創新團隊項目
江蘇高校優勢學科建設工程資助項目（PAPD）
南京大學中國文學與東亞文明協同創新中心資助項目
南京大學『世界一流大學和一流學科建設』出版資助項目

清代學術史研究叢書

主編 張宗友

# 姜垓詩集校箋

謝正光 校箋

鳳凰出版社

圖書在版編目（CIP）數據

姜垓詩集校箋 / 謝正光校箋. -- 南京 : 鳳凰出版社, 2024.8
（清代學術史研究叢書 / 張宗友主編）
ISBN 978-7-5506-3829-7

Ⅰ. ①姜… Ⅱ. ①謝… Ⅲ. ①古典詩歌－詩集－中國－清代 Ⅳ. ①I222.752

中國版本圖書館CIP數據核字(2022)第243767號

| | |
|---|---|
| 書　　名 | 姜垓詩集校箋 |
| 著　　者 | 謝正光 校箋 |
| 責任編輯 | 許　勇 |
| 裝幀設計 | 姜　嵩 |
| 封面題簽 | 成懋冉 |
| 責任監製 | 程明嬌 |
| 出版發行 | 鳳凰出版社(原江蘇古籍出版社)<br>發行部電話025-83223462 |
| 出版社地址 | 江蘇省南京市中央路165號,郵編:210009 |
| 照　　排 | 南京凱建文化發展有限公司 |
| 印　　刷 | 南京愛德印刷有限公司<br>江蘇省南京市江寧區東善橋秣周中路99號,郵編:211153 |
| 開　　本 | 880毫米×1230毫米　1/32 |
| 印　　張 | 18.25 |
| 字　　數 | 377千字 |
| 版　　次 | 2024年8月第1版 |
| 印　　次 | 2024年8月第1次印刷 |
| 標準書號 | ISBN 978-7-5506-3829-7 |
| 定　　價 | 128.00圓 |

(本書凡印裝錯誤可向承印廠調换,電話:025-57928003)

# 叢書緣起

清代是中國古代歷史上最後一個中央集權的大一統帝國。順治、康熙二朝，易代不久，身歷明亡之痛的一批杰出學者，反思王學末流游談無根之弊，提倡實學，不尚空談，格局恢宏，氣象博大，成爲乾嘉學術的先聲。雍正、乾隆、嘉慶三朝，統治根基穩固，帝王權力達到頂峰，思想控制空前加强，文網嚴密；清廷開設四庫館，寓禁於徵，寓毁於修，對存世典籍進行大規模的清洗，以構建符合帝國需要的文獻體系。學者『避席畏聞文字獄，著書都爲稻粱謀』，群趨於政治風險較低的考據之學，因此在經、史、子、集等部類都出現了集成式的、超越前代的學術成果，朴學由是極盛。道光、咸豐以降，國門洞開，救亡圖存成爲時代主題，經世之學與新學同時興起，傳統中國開始向近代轉型。

清代是中國古代學術的大總結、大發展的時期，清代學術是最受學界矚目的研究領域之一。自梁啓超《清代學術概論》以來，有關清代學術的各個論域，都産生了豐碩的成果。隨着文獻整理的持續發展、學術研究的不斷演進以及學術交流的日益頻繁，必將有更多高質量的成果遞相問世。

本叢書旨在遴選、出版有關清代學術的最新論著，爲推動學術研究進一步開展而添磚加瓦，貢獻綿薄。

# 總目

題記……一
姜垓詩集之流傳與刊刻(代自序)……一
姜垓詩輯釋……一
凡例……三
一 流覽堂殘稿六卷……五
二 流覽堂補遺不分卷……二二五
三 姜如須詩不分卷……二六七
四 集外詩輯……二九三
五 姜垓文録……三〇九
六 倡酬投贈集……三三三
附 哀挽諸什……四七一
序跋題記……四八〇
傳記資料……四八四
附 姜氏祠堂碑版詩文……五〇二
萊陽姜氏兄弟行事編年……五〇八
徵引書目……五二四
人名索引……一

# 題記

清初山東萊陽姜氏，一門貞烈。族中人有詩存世者，姜埰、姜垓、姜實節三家而已。姜埰《敬亭集》已著録於《四庫》，實節《鶴澗先生遺詩》亦有上虞羅振玉輯本。獨姜垓所作，即全謝山之所見，是否爲刊刻之定本，尚未可知。年來致力於明清間史事，讀其詩製，中間透發之消息，有非史籍專著之所及者，彌足珍貴也。用是搜討，勉成一輯。於古人、於今人，無非佳事也。

二〇一九年仲秋，重訂於蘭亭渡停雲閣

# 姜埰詩集之流傳與刊刻（代自序）

明亡清興之交，國土分裂，烽火連天，治史者每以『天崩地坼』稱之。當時簪纓人家遭遇之慘烈，殆莫過於山東萊陽之姜氏。考其肇端，尚在崇禎自縊前之兩載矣。時有姜氏宗人服官於朝者，被拖出午門施杖，公然刑辱。不旋踵，萊陽故家復遭清兵屠殺，幾至滅門。覆巢之後，一家十數口別井離鄉。天南地北，漂流無定。歷經二代，年越三紀，然後得定居江南。知明與清，有負於姜族亦多矣！

## 一　晚明之姜家

元代末年，姜氏始祖義於自寧海州徙萊陽，累世務農，瀉里（爾岷、漢州。一五八二—一六四三）娶得江都縣丞楊希齊女爲妻，始知讀書識禮。生四子：圻（如圃。一六〇五—一六四九）、埰（如農。一六〇七—一六七三）、垓（如須。一六一四—一六五三）、坡（一六二〇—一六四三）。女四人。

四子中，如農、如須，先後舉進士。姜家遂一躍而爲仕宦人家，與里人宋氏、董氏，同入縉紳之列。如須與二兄最親。如農《送别弟垓還蘇州》詩中『汝自十歲從余出，至今四十嘗飢寒』句，已道之矣。蓋如農舉崇禎四年（一六三一）進士，旋授江蘇儀真令，在任十年，如須長期寄居其官邸。儀真去南都，一牛鳴地耳，如須因得屢訪白門，先後與大江南北知名之士結交：老輩如高宏圖（一五八三—一六四五）、張溥（一六〇二—一六四一）、林雲鳳（一五七八—一六五四）、鄭元勛（一六〇三—一六四四）、萬壽祺（一六〇三—一六五二）、程邃（一六〇七—一六九二）、吴偉業（一六〇九—一六七二）皆生死交；同輩中如方文（一六一二—一六六九）、劉城、余懷、杜濬（一六一一—一六八七）、顧景星（一六二一—一六八七）等，則皆如須主盟之白門『班荆社』之成員；詩酒流連，幾無虚日。此如須早年交游之網絡也。

及崇禎十三年（一六四〇），如須舉進士，座主爲吴人徐汧（一五九七—一六四五）。同門中方以智（一六一一—一六七一）、周亮工（一六一二—一六七二）、姚孫棐（一五九八—一六六三）、宋璜、萬曰吉、朱茂暻、趙進美（一六二〇—一六九二）、周世臣、湯來賀、陳台孫、胡周鼒、彭而述（一六〇五—一六六五），皆一時之選。因又成另一交游網絡矣。

## 二　兄弟同官於朝

方文《嵞山集》卷六《姜先生六十雙壽如農如須尊人也》詩：

瑶草琪花春滿庭，江天歷歷少微星。人從東海雙騎鶴，家在南都獨采苓。堂下錦衣分進酒，燈前白首好談經。非熊若是皤溪老，此日垂竿竹尚青。

詩繫崇禎十四年（一六四一），紀兄弟迎雙親自萊陽至南都，兼慶是載二人仕途暢順。如農獲擢升禮部主事，如須以新科進士授官行人司。兄弟遂得同官於朝。

朱彝尊《静志居詩話》卷十九『姜垓』條：

如須官行人，見廨舍碑有阮大鋮姓名，特疏請碎之，重書勒石。思陵允之，乃削去大鋮名。徐昭法詩所云『擊奸穹碑碎』是也。

如須初至京師，力求上進。時年少氣盛，偶爾露才揚己，在所不免。同官方以智《書姜如須》詩中『爲人臣子胸如春。路見不平空蔚氣』句，可作《静志居詩話》所記一輔證焉。

惟夷考其實，如須在京，大多徵歌逐伎，詩酒唱酬。龔鼎孳《方密之曼寓初成招同曹秋岳姜如須張爾唯宴集限韵》已露端倪：

燕市悲歌地，相過賦大招。金門方詔朔，碧玉擬歸喬。密之時欲納姬人。榻凈涼烟入，窗虛旅夢摇。酒人餘古意，風物亦蕭蕭。（《定山堂詩集》卷五）

龔鼎孳（孝升、芝麓。一六一五——一六七三），安徽合肥人，崇禎七年（一六三四）進士。題所及曹溶（潔躬、秋岳。一六一三——一六八五），秀水人，崇禎十年（一六三七）進士。世稱『龔曹』。爾唯，指張學曾，號約庵，會稽人，崇禎六年副貢，官中書。工書善畫。順治十一年（一六五四），任蘇州太守。三人後皆當時名重一方之『貳臣』。

方以智《書姜如須紙》詩亦云：

去年爛醉秦淮酒，今年同握春明手。正好海淀高粱橋，聽撥鵾弦折楊柳。誰知命在磨蝎宫，爲人臣子胸如春。路見不平空蔚氣，黄埃晝晦呼天地。以此登高作賦皆不成，市上筑聲皆楚聲。我纔引喉聽不得，對君泪落一池墨。（〔清〕潘江輯《龍眠風雅全編》卷四十三）

開篇『去年爛醉秦淮酒』句，蓋指二人於崇禎十二年（一六三九）同游秦淮河事。余懷《板橋雜記》有云：

萊陽姜如須，游於李十娘家，漁於色，匿不出户。方密之、孫克咸并能屏風上行。漏下三刻，星河皎然，連袂閒行，經過趙李，垂簾閉户，夜人定矣。兩君一躍登屋，直至卧房，排闥哄張，勢如盜賊。如須下床跪稱：大王乞命，毋傷十娘。兩君擲刀大笑曰：『三郎郎當，三郎郎當！』復呼酒極飲，盡醉而散。蓋如須行三。如須高才曠代，偶效樊川，略同謝傅，秋風團扇，寄興掃眉，非沉溺烟花之比。聊記一則，以存流風餘韵云爾。

如農之京官生涯，始於崇禎十五年三月。同年十月一日，崇禎上御殿頒曆，以次侍班，又命陪祭長陵。晚年刻《敬亭集》，有《壬午十月奉祀山陵臣弟行人臣垓受詔同事》題，咏與弟同事一异數：

聖造神都制勝形，松楸隧道鬱青青。銀床禁籞連千嶺，鐵馬陰風走百靈。具禮趨蹌神不隔，皇心對越泪頻零。祠官榮遇恩偏重，兄弟班聯徹帝聽。（《敬亭集》卷四）

同卷《案頭玉羊一具前朝物也昔弟垓得於廟市易簀之際出以貽贈覽之感賦》詩，追記如須游京師廟市所得：

咸陽烽火倍堪傷，御府銀鈎宛宛藏。薊北山川豺虎窟，天涯生死鶺鴒行。裴楷甲第今荒草，昔弟寄書有『裴楷治第，即讓兄居』之語。蘇武丁年故乳羊。爲語兒曹好珍惜，吾家傳笏尚盈床。

如農《自著年譜》崇禎十五年『壬午（一六四二）三十八歲』條載：『十月與弟奉祀山陵，同年閏十一月二十三日，被杖。』則自蒙恩至被杖，相隔不過八十三日耳。

## 三　如農被杖始末

如農受命官禮部給事中，亟於上進，勇於任事。任官五閱月中，條上三十疏。同年閏十一月二十三日，終以言事觸上怒，與熊開元（玄年、魚川。一五九九—一六七六）并收錦衣衛，如農則下詔獄，苦辛備嘗。《自著年譜》有云：

埰初至詔獄，一獄卒掖至柙床所曰：『此黄公道周到任處，君知之乎？』例：詔獄每三日纔得進水薪。埰三日無勺水，入口僅廣陵囚某以陳粥半盂啖之。是時寒冰慘裂，僵仆土室。樸被莫具，肌骨欲碎。獄卒以皮兜一具裹埰足。夜聞柝聲四起，益增罪臣纍纍之悲。

崇禎以姜埰有結黨之嫌，嚴刑拷訊。如農記云：

上諭以著實打問……一拶敲五十，一夾敲五十，杖三十，名曰一套。疏入，上駁，令再打問。一拶敲八十，一夾敲八十，杖三十。

拶、夾、杖之苦不同，如農所撰《被逮紀事》釋云：

以拶之苦言之，自十指至兩乳，攢擊一震，萬刃刺心。以夾之苦言之，足如刖，目如抉，腦如迸出，昏暈不復知人間事。

旋與熊開元被拽出午門，各受杖一百，昏迷不醒，賴如須銜童子溺飲之始甦。名醫吕邦相危之曰：『若七日不死，乃爲君賀矣。』至半月，邦相爲去腐肉斗許，始得生還。

如農獄中養傷未瘉，故家萊陽又遭兵禍。時方值清軍發動『壬午之役』，自崇禎十五年冬起，五次圍攻萊陽。城陷之日，姜氏一家自瀉里以下男女二十四口，俱被清兵殺戮，幾遭滅門。時當如農被杖之三閱月。如須在京聞訊，奏請帝釋如農歸家，願以身代。帝不許。當時之文壇祭酒錢謙益撰《萊陽姜氏一門忠孝記》，其事遂遍傳大江南北；明清間士人，鮮有不知之者。

姜氏族人至是先被明廷刑辱，繼而遭清兵屠殺。此猶未已，越明年，如農奉詔遣戍安徽宣城衛，人未至而崇禎已自縊煤山。如農自是雖寄寓吴門，始終以先帝罪人自居。死前諄諄叮囑子弟歸葬宣城；其人對朱明之忠誠，可謂至死不渝。如須則聯同長兄圻間道奔浙東，投身魯王政權。終以不爲用而辭歸。余故謂姜氏族人遭際之慘烈，即在『天崩地坼』之明末清初，亦極不尋常！

## 四　如須遺詩之流傳與刊刻

乾隆中葉以後，姜族子弟之聲名逐漸沉寂，此則不能與如須詩文沉埋多時無關。如農、如須兄弟均有詩名，世所熟知。如農晚年得從容手定平生所作，雕板行世。然如須死時，於其平生詩作，僅擬就集名曰《筫簹》而已。余懷（澹心。一六一六—一六九六）挽如須詩有云：『平生有遺書，絶筆托肺腑。臨歿以遺稿囑余選定。』如須里人宋琬（玉叔，荔裳。一六一四—一六七三）有《檢閲故人姜筫簹遺稿泫然有作》詩，知如須死前亦曾有囑托於宋玉叔。惜二人終有負所托，且於稿本所收，亦未置一辭，誠可憾也。

所可幸者，至乾隆中葉爲止，得讀如須遺稿之江南士人，多有紀録傳世。今爬梳相關文獻，意圖尋找如須詩稿流傳之綫索，以其於姜氏家族之研究，及清初士人關注文獻之熱忱，當不無裨益焉。

常熟人唐瑀似爲得讀如須遺稿較早之一人。瑀字仙佩，又字孺含。明季諸生。入清後，棄功名，教授於沙溪、直塘之間，以終其身。康熙十九年（一六八〇）尚在。江南長洲人汪琬（苕文，鈍翁。一六二四—一六九一）序其《唐孺含詩稿》，嘗稱『子美、子瞻，吾所不敢論。使陸務觀、范至能、劉潛夫而在，倘得與先生上下角逐於文酒之社，各出其所長，雖有善論者，亦未易優劣之也』。仙佩之能詩，可無疑矣。

仙佩《題伫石山人詩稿》云：

魯國真男子，吴山舊寓公。家緣忠孝破，詩入亂離工。旄節登車日，麻鞋間道中。遺編心不死，東笋寄花宫。

紀如須生平，明白易解。詩題及題後自注，頗堪玩味：

稿凡八卷，未刻，余於吳山僧舍見之。山人，前明姜吏部也。

如須離開魯王政權後，曾一度遁迹天台、雁蕩間之伫石山，因自號伫石山人。見其好友徐枋所撰傳。詩稿以其字命名，亦見黄虞稷《千頃堂書目》，與前及之《篔簹集》一名，皆廣爲人知。其他集名如《姜如須遺集》《楓林集》《崖西詩稿》者，恐非如須之本意。『稿凡八卷』，亦與後來所見相合。詳下文。

自注中稱得見詩稿於吳山僧舍，知其時稿不在姜家。何故？

首者，如須病危於蘇州，時在順治十年（一六五三）。如農聞訊，自儀真往探視。如須卒，爲舉葬事畢，仍返儀真。時如須長子寓節（奉世。一六四一—一六九九）年僅十三；生母乃如須正室陳氏，早故。寓節之撫育，端賴時年二十九歲之繼母。换言之，順治十七年（一六六〇）至如農之移居吳門爲止，七載之間，傅氏母子外，别無姜氏族人寄居於蘇州。

次者，如須詩稿此時置於僧舍，或爲方便友好取讀有關。苟如是，唐仙佩得讀詩稿於僧舍，當在如須卒後數年之間。至上文所及宋琬《檢閲故人姜篔簹遺稿泫然有作》詩，即作於康熙三年（一六六四）。時寓節年二十三，而如農亦已定居蘇州三載，如須詩稿應已早歸藏姜家。

再者，『吳山僧舍』云云，或即指蘇州靈岩寺；該寺之住持繼起弘儲（一六〇五—一六七二），與如須爲深交；如須詩中累見之矣。不贅。

如須詩稿歸藏姜家後，如皋冒襄（辟疆、巢民。一六一一——一六九三）亦得先讀爲快。如須與巢民交甚篤，死前猶有絶筆書寄巢民。見本書《姜垓文輯略》。

《巢民詩集》卷五《贈姜奉世》：

曾與尊公訂久要，滄桑岐路各蓬飄。蘭生幽谷香能遠，玉出藍田璞不凋。手把父書恒閉户，家留吴市學吹簫。十年惆悵思亡友，見爾應令百感消。

詩繫康熙七年（一六六八），時寓節方奔而立之年。『手把父書恒閉户』，明言詩稿已歸藏姜家。『吴市吹簫』句，用伍子胥自楚至吴乞食事典，則未免言過其實。余嘗考論姜氏入清後，生計尚優裕。即就如須詩稿而言，寓節於康熙九年頃，一度有意變賣家中田産，换作刻印乃父遺作之資。事見如農《簡弟垓詩稿將付剞劂》詩：

七子才名每自憐，每日詩便作去，那得有嘉隆才子名也。豐城寶氣隱龍泉。玉樓天上青蒲瘁，金碗人間碧草芊。余葉書成魚豕日，何王心許棗梨年。四友姓。阿咸窮困真無賴，欲棄湖田做版錢。

（《敬亭集》卷四）

詩題『簡弟垓』，猶言以詩祭告也。詩則虚實相間。首句自注憶述如須生前慣語，以見其人對作詩之執著與自謙。頷聯『玉樓天上』句，典出李商隱《李賀傳》，喻如須之負才促壽，一如唐之李長吉。

頸聯『何王心許棗梨年』句中之棗梨，猶謂梨棗，指雕板印書。自注云『四友姓』，則如須門人何天寵所撰《姜考功傳》中早言之矣：

讀先生易簀書，以托孤屬雍公熙日、王公嘉仕、李公模、周公茂蘭及天寵。

詩中但云『何王心許』，或指實際捐資助梓者，爲何天寵及王嘉仕二人而已。

收篇『阿咸窮困真無賴』句，用阮籍有侄名咸典，而姜寓節之名呼之欲出矣。末句『欲棄湖田做版錢』，指奉世有賣田産以刊刻乃父之遺稿之計，則徐枋（昭法、俟齋。一六二二—一六九四）《與姜奉世書》亦嘗言之矣：

夫兢兢不忘其先人之手澤，而必欲壽之以貞珉，非加於人一等乎？（《居易堂集·集外詩文》）

奉世賣田刻父詩之計，終未實現。詳下文。

如農歿後十五載（一六八八），如農生前門人吴肅公（雨若、晴岩。一六二六—一六九九）應獲邀訪寓節於吴門姜家之念祖堂，寓節爲『盡發公遺集，俾校讐之』。事後所撰《書姜行人傳後》（《街南文集》卷十九），明言此行在戊辰。寓節時年四十八歲。

同年冬，皖人錢澄之（幼光、飲光。一六一二—一六九三）自京都南還，有《將入吴門寄姜奉世昆仲》（《田間詩集》卷二十七）。『開篇』用『汗青』、『收篇』用『校讐』，明言此行爲將如須遺稿付刻無疑。

康熙末葉，長洲顧嗣協（一六六三—一七一一）亦得讀如須詩稿。顧氏《依園詩集》卷一《姜奉世出其尊人如須先生遺集暨歸玄恭先生遺詩讀之慨然有賦》：

飄摇無計掃重陰，反覆哀吟痛不禁。恥共戴天蘇武節，甘求蹈海魯連心。悲風自挾離憂起，白日難消感憤深。珍重主人能出示，一時涕泗濕衣襟。

嗣協字迂客，號依園，又號楞伽山人，其弟嗣立（一六六五—一七二二）乃當時著名學者。

下及乾隆十一年（一七四六），全祖望（紹衣、謝山。一七〇五—一七五五）自鄞縣走吴門訪如須遺書。時寓節早已前逝，如須文孫本渭，盡出所藏如須遺稿示來客。得謝山詮次成《姜貞文先生集》，復爲撰前序。序中叙集之内容，及時人對姜氏兄弟性格、行事、詩文之比較，以至萊陽姜氏與浙東全家之因緣，多前人所未道。今先撮録其要點如下：

一者，《集》收詩七百餘首，釐爲八卷。附以文一卷，年譜、墓誌之屬一卷。本渭繕寫成編，謝山得副墨焉。

二者，記所聞兄弟之爲人：『貞毅（如農）敦重樸誠，嚴凝不苟，交游亦落落，所以北方剛毅之氣多。』貞文（如須）則『才調横生，少年跌宕，文史遍於白下、吴下』。『貞毅沉静淵嘿，然思深；而貞文劇喜事，其視閉眉合眼之徒，若將浼焉。蓋其性一静一動，其才一愿一敏，即其遺文，宛然如遇。是以貞毅自甲申而後，頹然不復與世事。江東嘗再以兵部侍郎手詔起之，竟不赴。而貞文應召而出，奔走姚江相公幕中，幾爲方國安所殺。』『貞毅自戊子而後，沉冥尤甚。而貞文尚時時探五嶺消息，見之歌哭。要其根柢忠孝，造次顛沛，百折不撓，以歸潔其身者，是則同。貞毅文勝於詩……貞文詩勝於文。』

三者，如須詩，生前得杜茶村、張稚恭、彭大賓、葉聖野爲論定，本渭以爲未盡，故央紹衣爲之序。

四者，序末記姜氏兄弟避地象山，與紹衣先人過從甚密。姜家長子圻，又嘗倣令其地。里人遂築忠肅公祠，以祀兄弟之先人，爲防守萊陽而殉節之姜瀉里。

縱觀序中所述，第一、二、四點皆甚可貴。第三點所及嘗論定如須詩諸人，其詩名著於時。葉聖野名襄，無集行世，可以不論。其有集行世者，杜茶村名濬（一六一一—一六八七），有《變雅堂集》；張稚恭名恂，有《樵山堂詩集》；彭大賓名賓，有《彭燕又先生集》，均不見有論如須詩歌之文字。謝山之言，無由覆案，誠一憾事。

謝山另有《泊舟吳門訪得姜貞文先生遺集其孫本渭即屬予編次因寄聲谷林父子》詩，稱所得見如須舊稿有前及之稚恭、茶村及澹心三序：

此行無足供清娛，喜購梁鴻殉葬書。小艇孤燈排月表，墨痕猶和泪痕儲。

敬亭遺稿得連珠，殘瀋蒼涼張杜余。他日東歸足飽看，一瓻還侑百瑶璵。舊載稚恭、茶村、澹心三序。

張、杜兩集，不見有如須詩序。今人李金堂整理出版之《余懷全集》亦然。紹衣所稱如須詩稿有序之說，遂缺輔證。惜哉！

總之，寓節嘗鳩工刻如須詩稿，然終『以嫌諱未果』。其子本渭致有『是先人未遂之志也』之嘆。然則如須詩犯嫌諱者安在？

平情而論，如須遺詩中，確有部分作品充滿對清政權仇恨之情。就今日《流覽堂殘稿》中所得見者，即不乏例證。如作於戊子（順治五年，一六四八）四月之《七歌》中悼四弟坡（一六二〇—一六四三）云：

有弟有弟稱家駒，十三賦詩音調殊。阿兄憐汝德如玉，行坐不同心不娛。前年城破二十餘，與父同難父銜鬚。仰天且哭且自誓，若不圖仇非丈夫。骨相何應遭戮辱，烈血塗草兒已孤。嗚呼三歌兮情何極，向來爲汝廢寢食。

『若不圖仇非丈夫』，非對清之血海家仇耶？

後此兩載，如須有《庚寅五月承聞桂嶺消息仿同谷七歌兼懷同年友方大任平樂府》七首，其三憶述當年魯王政權爲清兵殺戮事，感憤哀痛，則國恨也：

東里義興亦雄才，鑒湖一旅驚風雷。遠迎漢詔色慘愴，曹娥江頭龍馭回。每恨我軍太倉卒，黄旗索戰成劫灰。嗚呼三歌兮氣哽塞，陽春白日無顔色。（《流覽堂殘稿》卷一）

同書卷六《哀喪亂詩》中『帶甲萬方多難日，枕戈一片報仇心』，及同卷《甲申春感懷時聞大駕親討》

詩開篇所云：

漢武旌旗動石鯨，將兵十萬突横行。邀功舊白遼東豕，駐輦新青鉅鹿城。

如須苦望復國，詩中抒發皆肺腑之言。衡以清初文字獄之慘烈，如須詩集若雕板行世，姜氏早族矣！是故謝山整理之《姜貞文先生集》僅有兩抄本流傳於乾隆初年，實出於不得已也！

以上考述如須詩稿自順治中葉至乾隆初年之流傳。姜氏族人外，得見此稿者，包括謝山在内，共十人，皆籍隸江南之士子。

## 五　《流覽堂殘稿》與《流覽堂補遺》之刊刻

相對而言，如須詩稿在江北較爲沉寂。遲至宣統二年（一九一〇），如須九世侄孫舜年（字訥齋）始憶記光緒《續修登州府志》載如須《崖西詩稿》全集，刻於江南，凡八卷。所舉爲證者不外前文所及如農《簡弟垓詩稿將付剞劂》一詩而已。惟所言卷數與全謝山整理本相同耳。又言光緒十四年（一八八八），時任山東巡撫張曜（朗齋。一八三三—一八九一）及以發現甲骨文聞名之王懿榮（正儒、廉生。一八四五—一九〇〇），合力采訪、蒐輯殘缺，成《流覽堂殘稿》六卷。舜年央得鄉人孫文起爲校勘，遂授梓。書前有王懿榮所撰序，末署光緒二十六年夏四月，距其自縊殉清僅百日而已。

《殘稿》之校勘者孫文起稱此稿藏萊陽姜家近三百年，『中間蒐輯傳鈔，又不知經幾何人手，訛字闕文，誠所不免』。自承『嘗翻閲數過，其明係誤寫者，改訂十數字，餘則稍涉疑似，悉仍厥舊』。然未作《校記》，不無憾焉。至集名《流覽堂》，捨如須所定之《篔簹集》或《伫石山人詩稿》者，亦未解釋，則更可异矣。惟《流覽堂殘稿》似流通不廣。民國二十四年（一九三五）《萊陽縣志》之編纂者即未得見之；該書卷三之三中《藝文志》著録此書，所附小注甚至誤稱『今存殘稿兩卷』！

二十世紀末，余蒙復旦大學古籍部主任吴格先生之安排，得山東省圖書館厚贈該館《流覽堂殘稿》之影印本一份。二〇〇六年，得見高洪鈞標點本《流覽堂詩稿殘編》（收入氏編《明清遺書五種》），又知北京國家圖書館亦藏有此書。以山東省圖書館藏本與標點本對校，内容一致，惟書名稍异而已。同年，山東大學出版社出版《山東文獻集成》，亦收入《流覽堂殘稿》。

《殘稿》收各體詩凡一百題一百六十首。既非分體，亦不編年，先後次序甚至參差凌亂。惟作年大致可考。高氏標點本之行世，功德無量。至目前爲止，已有兩篇碩士論文依據此本而成；利用新方法來研究萊陽姜氏，具有先導之作用。

姜舜年刊印《流覽堂殘稿》後，又輯成《流覽堂補遺》付印。書不分卷，按體編排。其次第曰《歌》十三題十五首、《五言律》十七題十九首、《七言絶句》七題十一首、《七言律》十四題十六首，附《亭山賦》一首。共得各體詩五十一題六十一首。增《殘稿》所失收者，數量頗可觀。其中如《山中歌贈由秀才》《宋光禄宅晤崔青虯》《捐金詩爲宋麗岡先生作》《送遲侍御按部廣西》《喜楊龍友過吴相訪》諸章，足補如須交游，尤堪寶貴。

《補遺》書前王郇序及姜舜年自序，皆明言此書乃萊陽鄉人于朗霄搜輯而成。《自序》中稱于朗霄之搜輯殘簡遺編，『如哺路棄之嬰兒，瘗荒原之枯骨，其功甚大』。獨惜于氏之生平無一事可考耳。

總而言之，如須下世後九十餘載間，其詩稿先後得其生前好友及其僑寓吴中之後人呵護。及乾隆初年，復得全謝山詮次其遺作成《姜貞文先生集》。詩凡八卷七百餘首，附以文一卷，年譜、墓誌之屬一卷。紹衣爲撰前序。集有二抄本焉，姜家與紹衣各存其一。後以詩中多『嫌諱』語，終未刊刻。而謝山所詮定，遂付諸東流。

及二十世紀初，清廷連歷甲午、庚子二役，儒家傳統中詩歌足以教忠教孝之説，開始遍傳朝野。而如須詩中昔被視爲『嫌諱』者，乃被視作當時之針藥。二十載間，江北地方大吏與萊陽姜氏後人，先後合力刊刻如須遺詩成《流覽堂殘稿》與《流覽堂補遺》，事固非出於偶然也。

## 六　清初選本中所見之如須詩作

論述明末清初詩作流傳之渠道，個人別集之外，尚有選本一途。就如須而言，清初選本收其作品者，數達十八家之多。

詩選中較早録如須詩者，有順治八年至十二年間（一六五一—一六五五）無錫人黄傳祖先後刊刻之《扶輪續集》及《扶輪廣集》。繼有康熙初年魏憲《補石倉詩選》及鄧漢儀《詩觀二集》。續有康熙六十年（一七二一）陶煊與張璨合輯之《國朝詩的》，直至乾隆十四年（一七四九）彭廷梅之《國朝詩選》。初步統計，此十八家選本收如須詩共四十題四十餘首。足徵清初如須詩名，流傳頗廣。

選本中收録如須詩作爲時較早且數量亦多者，當莫若長洲人陳濟生於順治十六年（一六五九）輯成之《天啓崇禎兩朝遺詩》。此書中收如須詩凡四十題，名曰《姜如須詩》。爲此書撰序者，包括姜埰、興化吴甡（鹿友、柴庵。一五八九—一六七〇）、華亭王光承（玠右。一六〇六—一六七七）、崑山歸莊（别名祚明、爾禮、玄恭、恒軒。一六一三—一六七三）、長洲諸生葉襄（聖野。生卒年不詳），與如須非親即故，或不無因。至陳濟生乃顧炎武（寧人、亭林。一六一三—一六八二）之姐丈，亭林且於康熙七年爲此書牽連入獄，論者已多，不贅。

## 七　姜如須詩集之彙輯與箋釋

余多年前考論如農之平生，即深有憾於如須詩作流傳之不廣。即二百年前全謝山之銓次，是否爲定本，亦尚未可知。自是刻意搜求，先得《流覽堂殘稿》與《流覽堂補遺》兩書。復於上及《兩朝遺詩》及其他清初選本所録，得見兩書外之詩作如干篇，輯爲《集外詩輯》。又仿謝山之意，成《文録》一卷。另設《倡酬投贈集》，得四十五家，詩一百四十七首，勉成此書。惟謝山所詮，凡詩七百餘首，今之所得，殆未及其半。蒐輯之功，有待於來者尚多。稍堪告慰者，今見收於書者，或倚如須所撰，或據友人所贈，多足以考如須一生最相關之行事誼。以下略舉數例以明之。

如須與里人宋琬生同年，幼同游、同硯。易代後，二人仕隱殊途，然交情終不渝。《流覽堂補遺》所收《送宋玉叔入都》及《山中寄答玉叔在京》二首，已足見之。證以玉叔《長歌寄懷姜如須》詩開篇六韵所咏憶兒時鄰里之樂，令人神往：

甲寅之歲汝降初，我生汝後七月餘。竹馬春風事游戲，鷄犬暮歸同一閭。君家黄門早射策，盛年謁帝承明廬。有兒顔色嬌勝雪，珠襦綉褓青羊車。予時抱持著膝上，許以弱女充掃除。是時兩姓雁行敵，絳華朱萼相扶疏。

如須年十七，從如農隨宦江蘇儀真。二十五歲舉進士，十數年間，服官朝廷，復主班荆詩社，廣交天下才。日則於與同官相交接，夜則詩酒唱酬。是時所作，如《丙子守歲都門同家兄如農》《戊寅生日放歌》，皆紀事之作。

及崇禎十五年（一六四二）冬，如須先親睹如農獲忤被杖於午門之外，旋接萊陽老家爲清兵屠殺之噩耗。如須以方及而立之年，在京則須盡力爲兄保命，於萊陽破巢之家，則須力保完卵。誠其一生之重大轉捩也。甲申之後，奉母南行，於兵火連天之際，越淮渡江，歷盡艱辛，始得安家於吴中。此數年之行事，《流覽堂殘稿》所收諸作，可謂以血泪寫成。如《兄被罪幽拘僕乘間入西曹伺問及將母南竄苦賊梗會故友以轉漕往來河上恃之無恐却賦志感（二首）》《哀喪亂詩（九首有序）》《四月將抵萊頗慮投邑傍險先憩即墨大覺禪院值病急問藥便遣訊母兄商進止慕親憂時輒多比興（六首）》《流寓廣陵家書至大兄歲暮抵京在西曹留伴繫臣待恩》《左黄門奉詔察核留京九江兵餉還朝相值江上便道歸萊邑奉贈二首》《南徐中秋逢山東親故憑寄家書》《乙酉和仲兄（二首）》《戊子四月歸塗寓居膠東愴心骨肉死生間隔聊作七歌以當涕泣云爾（七首）》等題，規摹少陵入蜀諸章，有事足徵也。

如須於順治三年嘗至浙東身預魯王政權，不久知事不可爲，即隻身經天台、雁蕩返吴，已如前述。沿途有《自天台西陸達東陽山行二百餘里始下竹船領幼子西來喜山溪林木之勝口號示客》《丁亥春夏僦居瀫水北郭間田傭書隱名莫或知者行坐起居不無比興（三首）》《臨鏡忽見白髮滿頭内子驚嘆僕寧不傷口號相遣》《蘭江歲晏雜感》等題，則自傷零落，感慨之辭爲多矣。

順治四年（一六四七），如須返蘇州，置寓舍於山塘，額曰『山塘小隱』，又稱『思美草堂』，與吴中詩人金俊明（原名衮。孝章、九章、耿庵、不寐道人。一六〇二—一六七五）、任大任（鈞衡、坦齋。一六〇五—一六九三）、徐枋（昭法、俟齋、秦餘山人。一六二二—一六九四）、楊炤（明遠、潛夫。一六一七—

一六九二)、朱鶴齡(長孺、愚庵。一六〇六—一六八三)、鄧漢儀(孝威、舊山、舊山農。一六一七—一六八九)、李模(子木。一六〇六—一六八七)時有詩酒倡和,頗不寂寞。『山塘小隱』一名,下至道、咸間之文獻,猶尚載之。

以上不避繁瑣,臚列如須生平不同時段之重要詩題,意在説明玆輯之成,非僅集録遺佚而已。蓋全書所涉,可視爲如須詩歌體之自傳。擴而言之,此書於明清間之政局、戰禍亂離、人物風會,亦爲一卷可歌可泣之史詩。自傳耶?史詩耶?詩中所透發之消息,皆非一般史籍之所可概見,彌足珍貴也。歲月淹忽,懼後來者不得而知。意在斯乎?意在斯也。是則本書之成,於古人、於今人,莫非一佳事哉!

二〇一七年五月五日初稿於北美蘭亭渡之停雲閣

二〇一九年一二月一日重訂畢

# 姜垓詩輯釋

# 凡例

一、姜垓詩集，向無定本。搜討多年，始成一輯。爰據下列資料成集：

（一）《流覽堂殘稿》六卷（光緒二十六年王懿榮序刊本）；

（二）《流覽堂補遺》（民國二十年王郇序刊本）；

（三）《姜如須詩》不分卷（順治間陳濟生《天啓崇禎兩朝遺詩》選本，近人陳乃乾整理排印本）；

（四）《集外詩輯》（録自明清間人别集選本及地方文獻）。

上列所收，去其重，得詩二百六十餘首。乾隆間全謝山序姜垓詩集，自言嘗得見考功詩至七百餘首。今之所得，殆未及其半，蒐輯之功，有待於來者尚多也。

二、同一詩而并收者，皆分别注明，兼校其文字之訛异，爲作校記，附於詩末。

三、詩中所涉之人、事、時、地，皆就所見，分别箋釋。若作者之家世、交游，及明清間之重大史事，并皆兼顧。載列文獻，不憚其繁。

四、姜垓所撰各體文，傳世之篇章甚稀。今得九篇而已，置於《集外詩輯》之後。

五、姜垓生平交游頗廣，與之有文字往還者得四十五家，詩一百四十七首，札一通。别立《倡酬投贈集》。

六、原字墨釘及漫漶不可識、闕字者，分别以■、□標識。

# 一　流覽堂殘稿六卷

清宣統二年王懿榮序刊本〔一〕

## 目　次


卷第一……………………………………………一一

庚寅五月承聞桂嶺消息仿同谷七歌兼

懷同年友方大任平樂府……………一一

宛轉歌古樂府…………………………………一九

憶長兄歌……………………………………二一

黄河决………………………………………二三


〔一〕編者按：本部分參校以清鈔本（《流覽堂詩稿殘編》，載《清代稿鈔本》五編第二二六册）及整理本（于賓華整理《流覽堂詩稿殘編》，見高洪鈞編《明清遺書五種》，北京圖書館出版社，二〇〇六年，頁一—六八）。

丹陽雪中逢黃正色……二四
善哉行古樂府……二六
步出夏門行四首……二八
度關山古樂府……二九
歲晏行……三〇
中秋憶家率然作歌……三〇
貧士行……三二
戊子四月歸塗寓居膠東愴心骨肉死生間隔聊作七歌以當涕泣云爾……三三

**卷第二**……四〇

仲冬草堂蘭秀……四〇
舟中留別真州家大令……四一
秋夜感懷……四二
靈岩寺……四二
録別……四四
述懷……四七
同園席上韵懷檮樵梁四……五〇
答友……五〇
思親昔先君嘗游東甌今歷其地黯然傷懷……五一
贈太師大學士吏部尚書謚忠敏高公宏圖……五二
贈趙進士甥嵊……五四

**卷第三**……五七

林翁行……五七
放歌行贈吴宮尹……六一
烈婦行……六六
流螢嘆……六六
唐禮部市樓酒酣贈歌……六七
暴風嘆并序……六八
雁山瀑布歌……七一

寒山草堂歌贈文徵君從簡……七三
贈姊丈王文學……七六
別四妹……七七

**卷第四**……七八
江南春曲……七八
謁韓蘄王墓……七九
繇下崦泛舟會真閣偕客小飲……八二
月下咏梅……八二

**卷第五**……八三
雨過中峰訪蒼大師不值……八三
投宿徐氏山莊……八五
送雪蕉居士往雲間……八六
和曹生見送……九〇
漉水道中……九一
四月將抵萊頗慮投邑傍險先憩即墨
大覺禪院值病急問藥便遣訊母兄
商進止慕親憂時輒多比興……九二
江都述懷……九五
雲陽追憤……九六
南徐中秋逢山東親故憑寄家書……九八
游八功潮音庵有蜀僧若冰能詩援筆
和贈不稱名姓旋訪竹院……九九
齊价人載酒過草堂偕秋若聖野霖
臣分作……一〇一
亭山宴集……一〇三
省母于役過廣陵陳大令曹秀才汪
徵君并兄子伯安到船送已發復
留席限十二韵留別諸子各有作
竟夕明日行……一〇四
和贈鄧秀才漢儀……一〇五

賦得荷花三十韻……一〇九
焦山述游……一〇九


## 卷第六……一一一

和葉聖野獻歲二日送余東歸省母……一一一
和沈無封贈別之作……一一四
余將卜居膠西留宿張孝廉城南別墅旬日賦詩言懷……一一四
端午後一日淮陰大雲庵階六白雲分作……一一五
寓亭書懷兼別階六諸子……一一九
淮陰覽古……一二〇
過八寶雨中素臣李三邀宿同園偕韞仲張孝廉性之徐山分四韻即席各作……一二一
自真州到郡留別二兄……一二四
依二兄放舟訪弟奉和……一二五
仰止軒吊楊忠愍……一二五
潤州秋懷八首……一二九
招隱寺懷古……一三三
鶴林寺懷古……一三四
九日京口登高作三首……一三五
仲冬訪道開和尚未值時公有廣陵之行留贈二首……一三六
草堂偕林若撫分賦……一三九
長至述懷……一四〇
農部申侍郎見過貽示新篇有贈兼呈令五弟內史……一四一
哀喪亂詩……一四五
甲申春感懷時聞大駕親討……一五二
兄被罪幽拘僕乘間入西曹伺問及

將母南竄苦賊梗會故友以轉漕
往來河上恃之無恐刦賦志感……一五四
樓夜……一六一
燕邸憶萬壽祺在淮南……一六一
流寓廣陵家書至大兄歲暮抵京在
西曹留伴繫臣待恩……一六六
左黃門奉詔察核留京九江兵餉還
朝相值江上便道歸萊邑奉贈二首
……一六七
哀濟南……一七三
旅宿……一七七
秦郵舟中……一七七
十二月一日泊吳閶……一七九
孟冬朔感懷二首……一八〇
乙酉元日……一八一
雨中放艇過虎丘劉氏別業……一八二
贈高閣老……一八二
雨中憩萬松庵……一八四
乙酉冬至和仲兄五首……一八四
九日……一八七
自天台西陸達東陽山行二百餘里
始下竹船領幼子西來喜山溪林
木之勝口號示客……一八八
臨鏡忽見白髮滿頭內子驚嘆僕寧
不傷口號相遣……一八八
寄章台……一八九
江外遺愁……一八九
丁亥春夏僦居瀫水北郭閑田傭書隱
名莫或知者行坐起居不無比興
……一九〇

徐氏園夜集偕諸子即席作…………一九一
傷春…………一九三
新柳…………一九四
奉簡葉三兼示申中中書齊舉人…………一九七
山中逢毛晋周榮起兼憶高起之亡…………一九八
喜錢二自桂林奉敕還和留守相公行在扈駕諸公贈别之作兼懷令兄中丞方大閣學吴二大理錢五郎中汪暤職方…………二〇三
奉和留守相公勞師全陽咏道旁古松之作…………二〇八
喜余大自雲間來夜話明日送往婁江…………二一二
和朱秀才鶴齡見寄…………二一四
送徐四元日入金陵…………二一五
壬辰三月登望石山題壁感情…………二一五
登望石山奉和叔父貞文先生　附侄安節…………二一六
贈友人二首…………二一七
己丑仲春鄧尉探梅以雨阻留玄初先生齋中用高季迪田居韵題贈七首…………二一七

# 流覽堂殘稿卷第一《登州府志》作《崖西詩稿》八卷

萊陽姜垓如須

## 庚寅五月承聞桂嶺消息仿同谷七歌兼懷同年友方大任平樂府

其一

昔我辭帝出京國，麻衣騎驢鐵作勒。明季賊壘九廟焚，時從江南到河北。附書十日哭秦廷，泪染青衫死不得。嗚呼一歌兮聲啾啾，落花衰草爲余愁。

其二

赤墀玉座多悲風，功臣定策羞雷同。誤者攢弩百計發，將母避匿來江東。司馬門前半夜走，旄頭早壓葡萄宫。嗚呼二歌兮歌反覆，山鬼近人聞夜哭。

其三

東里義興亦雄才，鑒湖一旅驚風雷。遠迎漢詔色慘愴，曹娥〔一〕江頭龍馭回。每恨我軍太倉卒，黄旗索戰成劫灰。嗚呼三歌兮氣哽〔二〕塞，陽春白日無顔色。

【校】

〔一〕『娥』，清鈔本作『蛾』。

〔二〕『哽』，原作『梗』，據整理本改。

其四

前年雪凍脚齒墮，短衿布襪奔江左。書傭酒保苦不辭，老幼饑荒啼向我。孤兒血書嚙指中，彼此去住無一可。嗚呼四歌兮心憂煎，穹蒼漠漠呼昊天。

其五

有君有君在桂林，湘灕二江降好音。青兕玄熊路途阻，西望蒼梧雲氣深。織女機中一匹素，賤子懷中雙南金。嗚呼五歌兮歌宛轉，帝子不來情偃蹇。

其六

有友有友昭平縣，轉眼十年不相見。草廬三顧遇已稀，恠爾未詣南薰殿。男兒致身會有時，我也與爾何繇羨。嗚呼六歌兮神内傷，關河萬里含冰霜。

其七

形骸衰困日何速，羸老出入仗兒僕。伸眉豈有廉節高，垂頭已愧鬢毛禿。報恩復仇那徒然，人生遇合安可卜。嗚呼七歌兮泪縱横，行路爲我心不平。

【校】

組詩又見姚佺《詩源初集》齊魯卷，題作《仿同谷七歌》，頗有异文。第一首，『勒』作『泐』，『季』作『年』，『青』作『春』；第二首，『謖』作『贊』；第三首，『詔』作『沼』；第四首，『苦』作『笑』；第五首起句『有君有君在桂林』作『彼美彼美桂之林』；第七首，『眉』作『名』，『安』作『未』。

詩末附評語：姚仙期曰：少陵《七哀》，雋永深厚，法律森然，極同宗尚。獻吉學之，幾不復辨，然此乃法平子《四愁》、《胡笳十八拍》也。向予源獻吉者如此，如須奄有二子成三人矣。

【箋】

詩題『庚寅』，永曆四年、清順治七年（一六五〇）。如須是年三十七歲，距其下世，纔三載矣。今卷一即録是年詩，可見《流覽堂殘稿》編次零亂，既不分體，亦不按年。《殘稿》之名，其來有自。

第一首『桂嶺消息』，明指時在桂林之永曆政權。『同年友方大』者，即方以智（密之。一六一一—一六七一）。如須與密之同舉崇禎十三年（一六四〇）進士。同榜另有周世臣、金堡、萬曰吉、湯來賀、梁以樟、高承埏、陳台孫、周亮工、張鳳翼、來集之、彭而述、劉其遠、趙進美等，皆明清間知名人士。

第六首起句『有友有友昭平縣』，記今事。任道斌《方以智年譜》（清順治七年，夏。四月）：

五月十五日後，密之溯舟灕江，至桂林小東皋……冬，十月二十六日，在平樂昭江慶四十生辰。

第二句『轉眼十年不相見』，則憶舊游。蓋二人初晤，在崇禎十年如須南游江左時。密之《祭姜如須文》有云：『憶如須丁丑游江左之得余也。』後三載，重聚於京師。任《譜》（崇禎十三年）：『舊友相從過密者，有姜垓』，引密之《書姜如須紙》詩：

去年爛醉秦淮酒，今年同握春明手。正好海淀高梁橋，聽撥鵾弦折楊柳。誰知命在磨蝎宮，爲人臣子胸如春。路見不平空蔚氣，黄埃晝晦呼天地。以此登高作賦皆不成，市上筑聲皆楚聲。我纔引喉聽不得，對君泪落一池墨。

『去年爛醉秦淮酒』句，指二人於崇禎十二年（一六三九）同游南京秦淮河事。余懷《板橋雜記》有云：

> 萊陽姜如須，游於李十娘家，漁於色，匿不出户。方密之、孫克咸并能屏風上行。漏下三刻，星河皎然，連袂間行，經過趙李，垂簾閉户，夜人定矣。兩君一躍登屋，直至卧房，排闥哄張，勢如盜賊。如須下床跪稱：大王乞命，毋傷十娘。兩君擲刀大笑曰：『三郎郎當，三郎郎當！』復呼酒極飲，盡醉而散。蓋如須行三。如須高才曠代，偶效樊川，略同謝傅，秋風團扇，寄興掃眉，非沉溺烟花之比。聊記一則，以存流風餘韵云爾。

舉進士後二年，密之於京師築『曼寓』，旋有納妾之計。相與過從者，如須之外，另有龔鼎孳、曹溶、張學曾、杜濬、王崇簡、周世臣、李舒章、宋琬等十數人。於時詩酒笙歌，幾無虚夕。龔氏《定山堂文集》卷六《題曼寓聯句詩後》有云：

> 是夜，酒茗歡暢，巾履潦倒，詩成而鷄籌已唱矣。鴻圖都尉暨秋岳、如須、密之俱趨朝去。張、江二山人、杜茂才，即下榻曼寓。僕獨蹩躠歸邸中，見道上傳呼，燈如繁星，馬首西來，不

足當公卿醒眼也。昔人云：李太白死後三百年無此樂。中原諸子，其謂我輩解人哉！

杜濬有《合歡歌爲密之》。前序云：『密之既納燕姬，周穎侯過我曰：「姬日作書數紙，殆學者也。」又，密之未納姬前，曾相向云：「因少此物，覺簾外風聲，一倍淒然。」詩中戲入此意。』詩云：

拒霜花淡燈花紅，玉釵半墜羅幃中。嬌娘欲語郎語同，簾前簌簌誰家風。

曉起畫眉銅雀瓦，蘭亭真書看儂寫。由來南國有佳人，不及北方之學者。

明亡後，龔鼎孶有《憶方密之詩六首》，前序中追述舊游猶云：

密之時時過余，爲文酒之戲，岸幘歌呼，各道少年事爲娛樂。明星在天，下視酒人，其意氣拂鬱，有不可俯仰者。

其他與會者，亦多有詩紀密之『曼寓』事，見本書《倡酬投贈集》有關篇章。

龔氏另有《方密之曼寓初成招同曹秋岳姜如須張爾唯宴集限韵》題：

燕市悲歌地，相過賦大招。金門方詔朔，碧玉擬歸喬。密之時欲納姬人。榻净凉烟入，窗虛旅夢摇。酒人餘古意，風物亦蕭蕭。

爾唯，即張學曾，號約庵，會稽人。崇禎六年副貢，官中書。入清，出爲蘇州太守。爾唯善書畫。吴梅村《畫中九友歌》咏爾唯曰：

姑蘇太守今僧繇，問事不省張兩眸。振筆忽起風颼颼，連紙十丈神明遒。

組詩七首均與如須家事有關：《其一》咏崇禎十六年清兵陷萊陽、如須家遭殺戮事。所謂『麻衣騎驢鐵作勒』，指如須自京歸萊陽營葬也。《其二》『將母避匿來江東』句，記營葬後侍母離萊陽南下。《其三》『東里義興亦雄才，鑒湖一旅驚風雷』句，記往浙東身預魯王政權。《其四》咏順治五年自浙東抵蘇州之困境；時任蘇州太守者，如上所述，正是當年故友張學曾；任江蘇巡撫之周伯達，亦前明季崇禎十年進士而籍隸山東萊陽者。如須奉母寓居吴門，自不能與張、周之舊誼無關。《其五》《其六》二詩則咏對密之奔波勞瘁於嶺海間之想像之詞。《其七》以『報恩復仇』『遇合不可卜』作結。

詩題云『仿同谷七歌』，蓋指杜少陵《乾元中寓居同谷縣作歌七首》一題而言。趙翼《甌北詩話》考述少陵於杜曲、偃師分別置有田宅。及安史亂起，河南、長安先後被兵，少陵乃寄妻孥於鄜州，而托友人爲覓一己栖止之所：『先擇東柯谷，次及西枝村，卒結茅於同谷。』故『同谷七歌』者，實少陵咏世亂流離之痛。清初詩人，諸如如須及其友輩，身經亂離，其感觸亦多有如少陵者，於是心摹手追，競相仿作，儼然爲一時之風會。其中尤知名者，如宋琬、余懷、杜濬、吴嘉紀、王嗣槐諸人，集中并皆有作。而余澹心、杜于皇且嘗以所撰之《七歌》，單行刊刻。乃知清初作者之酷愛少陵詩，實因時代與之相彷彿。錢牧齋晚年注杜、效杜，固亦當作如是觀也；稍後王嗣奭著《杜臆》，有『少陵千載同心事，遺集新箋一半多』之嘆，則一語道破矣。

清初仇兆鰲（滄柱、知幾子。一六三八——一七一七）《杜詩詳注》卷八『同谷七歌』補録云：

宋元詞人多仿同谷歌體，唯文丞相居先。今附録于後（按，下録文山《六歌》，略之）。少陵當天寶亂後，間關入蜀，流離瑣尾而作《七歌》，其詞凄以楚。文山當南宋訖籙，縶身赴燕，家國破亡而作《六歌》，其詞哀以迫。少陵猶是英雄落魄之常，文山所處，則糜軀湛族而終無可濟也，不更大可痛乎！

此言《七歌》與《六歌》之關係。明初人王禕早有此説：

杜工部《七歌》，乾元庚子歲由華州司功棄官，自秦州如同谷所作。當艱難險阻之時，發激烈悲慨之語，讀者猶爲感憤，而况於親履之乎？文信公《六歌》，實繼工部而作。信公爲宋丞相，國既滅，而身已俘，遂秉大節以死，其所履者又非工部之比。《六歌》作於至元戊寅五月渡淮而後，傷家痛國，悲慨激烈之甚，比之《七歌》，尤人所不忍讀。百世之下讀其辭，而有不爲之感憤者，尚爲有人心哉？今吴君合二人之作，書爲一卷，以表顯之。蓋庶幾有聞風而興起者矣。

見王氏《跋七歌六歌後》(收入《王忠文公集》卷十七)。鄭思肖有《和文丞相六歌》(見《心史·中興集》卷一)。

文文山蒙難後,杭人汪無量爲撰《浮丘道人招魂歌九首》以悼之。則《六歌》之外,另有《九歌》。數目雖异,皆仿少陵歌體。汪詩見近人孔凡禮輯校《增訂湖山類稿》卷三。

少陵以前,如東漢之張衡、建安之王粲亦皆身處世亂方亟之際,亦分别有《四愁》《七哀》之作。凡此種種,清初詩壇作手,皆當有會於心者。

## 宛轉歌古樂府

登高臺,草荒幾點烟始開。朱堂華筵不爲樂,骨肉長别去悠哉。歌宛轉,宛轉復懊惱。願爲形與影,出入同時老。

思故鄉,滄海成田泪亦長。九陌行路非我戚,墳草垂零天一方。歌宛轉,宛轉最不平。願爲星與月,光輝是處明。

【箋】

郭茂倩《樂府詩集》卷六十收劉妙容《宛轉歌》二首。前序云：

一曰《神女宛轉歌》。《續齊諧記》曰：『晋有王敬伯者，會稽餘姚人。少好學，善鼓琴。年十八，仕於東宫，爲衛佐。休假還鄉，過吴，維舟中渚。登亭望月，悵然有懷，乃倚琴歌《泫露》之詩。俄聞户外有嗟賞聲，見一女子，雅有容色，謂敬伯曰：「女郎悦君之琴，願共撫之。」敬伯許焉。既而女郎至，姿質婉麗，綽有餘態，從以二少女，一則向先至者。女郎乃撫琴揮弦，調韵哀雅，類今之登歌，曰：「古所謂《楚明君》也，唯嵇叔夜能爲此聲。自兹已來，傳習數人而已。」復鼓琴，歌《遲風》之詞，因嘆息久之，乃命大婢酌酒，小婢彈箜篌，作《宛轉歌》。女郎脱頭上金釵，扣琴弦而和之，意韵繁諧，歌凡八曲。敬伯唯憶二曲。將去，留錦卧具、綉香囊，并佩一雙，以遺敬伯。敬伯報以牙火籠、玉琴軫。女郎悵然不忍别，且曰：「深閨獨處，十有六年矣。邂逅旅館，盡平生之志，蓋冥契，非人事也。」言竟便去。敬伯船至虎牢戍，吴令劉惠明者，有愛女早世，舟中亡卧具，於敬伯船獲焉。敬伯具以告，果於帳中得火籠、琴軫。女郎名妙容，字雅華。大婢名春條，年二十許，小婢名桃枝，年十五。皆善彈箜篌及《宛轉歌》，相繼俱卒。』唐李端又有《王敬伯歌》，亦出於此。

歌辭云：

月既明，西軒琴復清。寸心斗酒争芳夜，千秋萬歲同一情。歌宛轉，宛轉凄以哀。願爲星與漢，光影共徘徊。

悲且傷，參差泪成（一作幾）行，低紅掩翠方無色，金徽玉軫爲誰鏘。歌宛轉，宛轉情復悲。願爲烟與霧，氛氳對容姿。

明季昆山人顧同應亦有同題之作。見陳濟生《天啓崇禎兩朝遺詩》卷八《顧仲從詩》：

夜如何，移船得月多。梨雲桃雨争縈夢，驚聞挾瑟湖上歌。歌宛轉，宛轉一何悲。願爲水與月，到底娱清暉。

顧同應，顧亭林之本生父。

## 憶長兄歌

憶長兄，長兄遠在蓬萊三島間，百金新買嵯峨山。昨日老奴寄書來，但云奇花异草時時栽。大者拱游人，小者蔽黄埃。殷勤謝老奴，畫作歸山圖。惟我少而遠游，涉江泛湖，不知同里之人皆吾徒。每聞鄉鄰小兒語，若解不解空齟齬。棄親戚，背墳墓，結客四方多布衣，安車駟馬當來歸。

【箋】

姜氏昆仲四人：圻、埰、垓、坡。埰、垓皆有科名，且出仕，兼工詩，故名顯於當時。圻、坡多居鄉；坡死於崇禎十六年萊陽之難；圻於魯王政權中嘗任象山知縣。

姜埰晚年寄居吴門，長兄嘗自故里來探望。及其歸也，如農有《送長兄東歸四首》：

黄河津上柳枝新，白雁銜蘆海國春。生事心憐霜鬢短，長途雪憾馬蹄頻。自知王粲懷吾土，不爲公孫避故人。寄語里中年少者，長安韋杜本相親。

江邊送别雨垂垂，折贈梅花嶺上枝。卧病南來那有意，側身東望更何思。十年入洛三篇晚，千里還家匹馬遲。亂世弟兄驚尚在，重逢强健未知誰。

平山山外駕柴車，每問横塘欲卜居。小草江南曾奉使，高堂河北近傳書。天風幾處巢烏鳥，墓隧何年葬玉魚。依舊維揚春樹在，吾儕踪迹夢魂餘。

萬里遨游落日情，刀環嘗向世人鳴。山圍故國空懷古，雪滿孤城却送行。歸路茫茫看一劍，憂心款款話三更。東風不肯終零亂，遲暮花開舊紫荆。

## 黄河决

官軍渡，雀蛤飛，賊衆南奔方解圍。啓龍堂，遵鱗屋，賊不殺汝爲水族。梁州圍，五月城中茹羊毛。羊毛不當饑，水聲何怒號。不見河洛千年有一清，賊下名城人心驚。古來治水著勞績，諸臣安可不救賊，忍使皇帝心傷悲。京師大僚多不知，漢因河平，傳詔改元。三十六日，誰漫中原。將軍以下來負薪，白馬玄貉從兹陳。

**【箋】**

『梁州圍，五月城中茹羊毛』句，咏崇禎十五年九月辛巳河决開封事。談遷《國榷》卷九十八是日條有云：

河决開封，水大溢灌城。先十日，周王恭枵及諸王走磁州，以巡按御史王漢舟迎之也。巡撫高名衡等俱北渡，文武吏卒各奔避，士民僅存者百不一二。全城俱溺，賊所屯地高獨全。蓋黄河秋時嘗漲，開封推官黄澍鑿渠道之，忽横溢，淪溺數十萬，人無不切齒者。後水大半入渦入泗入淮，與故河分流，邳亳皆灾。前太常寺少卿鄢陵梁克從舉家溺死。克從，萬曆戊戌進士。

## 丹陽雪中逢黄正色

大江寒盡北風厲，飛沙晝晦愁陰曀。杖頭之錢無幾何，故人登樓同悲歌。昨年燕臺索黄生，都城走馬迷前旌。黄州賊多歸不得，嘗取妻子居南京。避亂飢饉填城野，餘生僅免誰知者。吁嗟乎，我生不能彎弓鳴箭稱健兒，悠悠出門無家悲，吾子有力當何爲？

【箋】

丹陽，惠棟注王士禛《丹陽》二首引杜佑《通典》：『古雲陽地，梁改爲蘭陵郡，天寶初改丹陽。』今江蘇省丹陽市。

黄正色，字美中，湖北蘄水人。崇禎九年舉人。柴德賡《明季留都防亂諸人事迹考上》（頁二三）引光緒《蘄水志》九：

授蕪湖令。冰蘗自矢，不可干以私。又性冲淡，不久即賦遂初。絶愛林麓之勝，茅屋數間，圖書横列，搜討無虚晷。一二素心人外，蕭然遠引而已。善書，人有購得其尺楮者，珍於拱璧。不事田産，寡所營遺。子祥遠能詩，孫巒，皆能清苦自立，不墜家聲。

陳濟生《天啓崇禎兩朝遺詩》卷八收有《黄美中詩》十二題。今録兩首：

**台守熊輝玉爲予道天台石梁之勝且出觀瀑五詩相示予恨未能追隨徒勤意想步韵和之**

靈瀑藏奇秘，新詞寫浩然。啓緘猶灑灑，傾聽已濺濺。邀月隨車去，分雲得徑穿。達人觀化始，直欲廢言詮。

**客鹿城昆令萬允康年友招同武林陳玄倩金道隱登城北山周覽長懷就石而坐時霖雨苦澇天光暫開茗飲相酌劇談散思客投杖屨欲窮千里之眸令息憂勞比于一日之蜡感時觸事爲古詩述懷亦以紀游也**

莫携禮法來，山靈怒相暴。今日爾我愁，暫取置周道。勞吏息苦辛，旅人送孤嘯。林間無惡聲，最恐車徒噪。箕踞凌高空，夷然成四傲。霪雨久不霽，三夏凄凄寒。草青似欲没，空川不可餐。嵐光猶媚人，四起成佳觀。舍坐更倚立，去鳥飛天端。我將望滄海，歲暮投吾竿。

詩題所及三人：萬允康名曰吉，湖廣黄岡人。如須進士同年，官昆山知縣。有《東有堂詩》四集，未見。如須下世，允康有悼詩，見《哀挽諸什》。陳玄倩名潛父，一字振祖，浙江錢塘人，崇禎九年（一六三六）舉人，與黄正色同年。除開封推官，擢監察御史。清軍下江東，率妻妾投水死。金道隱名堡，浙江錢塘人，僧名今釋、性因，號澹歸。亦如須進士同年。甲申身預桂王政權。事敗，剃髮爲僧，建別傳寺於粵之仁化縣丹霞山。有《遍行堂集》。

明中葉有一黄正色，無錫人。舉嘉靖八年（一五二九）進士，有曾孫名傳祖，字心甫，爲清初詩壇一重要選家。

## 善哉行 古樂府

江水漫漫，自生波瀾。憂從中來，誰爲無端。一解
坐中年少，被素與紈〔一〕。來日出門，別易會難。二解
歲云暮矣，北風其寒。親戚不悦，不敢爲歡。三解
自稱壯士，生別故鄉。霜降木脱，猶無衣裳。四解
來亦有慕，去亦有辭。登高望遠，將誰與期。五解
上山采薇，下山苦饑〔二〕。萬里無家，爾當何爲。六解

**【校】**

〔一〕『紈』，原作『執』，據整理本改。

〔二〕『饑』，原作『飢』，據整理本改。

【箋】

郭茂倩《樂府詩集》卷三十六《善哉行六解(古辭)》:

《樂府解題》曰:『古辭云:「來日大難,口燥脣乾。」言人命不可保,當見親友,且永長年術,與王喬、八公游焉。又魏文帝辭云:「有美一人,婉如青揚。」言其妍麗,知音,識曲,善爲樂方,令人忘憂。此篇諸集所出,不入樂志。』按魏明帝《步出夏門行》曰:『善哉殊復善,弦歌樂我情。』然則『善哉』者,蓋嘆美之辭也。

來日大難,口燥脣乾。今日相樂,皆當喜歡。一解

經歷名山,芝草翻翻。仙人王喬,奉藥一丸。二解

自惜袖短,内手知寒。慚無靈輒,以報趙宣。三解

月没參横,北斗闌干。親交在門,飢不及餐。四解

歡日尚少,戚日苦多。以何忘憂,彈筝酒歌。五解

淮南八公,要道不煩。參駕六龍,游戲雲端。六解

## 步出夏門行四首

東臨碣石，滄海當中。蕩風彯沙，兔飛入窟。道逢赤烏，來從帝闕。朝見天昊，夜侶鮫婦。若有簫韶，奏於雲間。若有偓佺，翔於蜃右。幸甚至哉，歌以咏志。一解

孟冬十月，玄雲屯阿。鶉火奏節，急景蹉跎。霜霰亂零，掩路晨飛。凍歌黄竹，萬里初歸。擊鼓坎坎，夙戒罕駰。僵禽授主，舉觜酬賓。幸甚至哉，歌以咏志。二解

鄉土不同，帶甲玉門。轒[一]輼逼側，鐻[二]耳投垣。飲馬魯陽，風摇毳幕。精列横吹，探梅部落。逆旅者悲，誰適無心。生世不聊，國耻同沈。幸甚至哉，歌以咏志。三解

神龜雖壽，不離九淵。六眸兆蔡，文貝終捐。記憶朱顏，以届白首。貧賤有軀，誰爲我友。耕田五世，乃去故鄉。壯心崛起，與天俱長。幸甚至哉，歌以咏志。四解

【校】

〔一〕『轒』，原作『車』，據清鈔本改。

〔二〕『鐻』，原作『金』，據清鈔本改。

【箋】

郭茂倩《樂府詩集》卷三十七《步出夏門行(古辭)》:

邪徑過空廬，好人常獨居。卒得神仙道，上與天相扶。過謁王父母，乃在太山隅。離天四五里，道逢赤松俱。攬轡爲我御，將吾上天游。天上何所有，歷歷種白榆。桂樹夾道生，青龍對伏趺。

## 度關山 古樂府

鴻雁飛，來薊門，冰城霜塞天黄昏。邊馬御苜蓿，長嘶櫪下爲報恩。壯夫生本秦川人，秦中少年意氣真。十四去鄉邑，十五輕從軍。無相識，誰爲故鄉親。北風渡遼水，五更連營同時起。都護奇兵出天關，縱火城上兵復還。萬人各屏息，軍中不敢言。轉思昔日征雲中，獲級獨多成大功。度關山，關山明月色，長恨閨中之人看不得。

【箋】

郭茂倩《樂府詩集》卷二十七魏武帝《度關山》:

天地間，人爲貴。立君牧民，爲之軌則。車轍馬迹，經緯四極。黜陟幽明，黎庶繁息。於鑠賢聖，總統邦域。封建五爵，井田刑獄。有燔丹書，無普赦贖。臯陶甫侯，何有失職。嗟哉後世，改制易律。勞民爲君，役賦其力。舜漆食器，畔者十國。不及唐堯，采椽不斫。世嘆伯夷，欲以厲俗。侈惡之大，儉爲共德。許由推讓，豈有訟曲。兼愛尚同，疏者爲戚。

## 歲晏行

北風凜栗天氣寒，五日十日雨不乾。河北道塗多餓殍，山東大戰兵馬殘。千錢買米不一飽，輸租納餉何艱難。昔日俱是耕田人，有子可鬻今喜歡。吾宗老幼寄書來，自稱怕吏不怕官。有家如此歸不得，日黄影瘦心辛酸。

## 中秋憶家率然作歌

今我胡爲乎長安久不歸？長安八月無芳菲。日見黄葉落，夜聞鴻雁飛。他人被服紈與素，游子身著短布衣。朝亦苦飢，暮亦苦飢，中宵猶對月光輝。昨日鞍馬出西城，誰知將行未得行。但願前書終不達，前書誤云歸期成。上堂父與母，下堂弟與兄。妻孥立後庭，得書喜且驚。客中念此悲有餘，新書又寄雙鯉魚。上言邇來加餐飯，安敢謂我不寧居。且思書到復彷徨，旅人轉徙又一方。傷莫傷於離别，苦莫苦於他鄉。天寒日落，草木萎黄。踪迹泛泛，不如朝霜。出門常恐晝短，空閨惟恨夜長。少婦不知貴與賤，以爲見天子，奏明光，冠佩陸離，出入建章。退而理琴瑟，并坐君子堂。華屋衹今巢燕雀，高梧無復栖〔一〕鳳凰。長兄能草玄，下筆思可傳。時命何偃蹇，上書不第還。中兄作吏守清白，自笑十年官未遷。與其有志而未遂，不如東歸且耕田。小弟方弱冠，賦詩弄柔翰。卓犖衡古人，自能生波瀾。思我念我無還期，身繞膝下發長嘆。惟我同氣有八人，垂髮相守何其真。大姊幼妹皆賤貧，各有心血繫老親。舉頭月團團，低頭不敢看。今日京雒客，登筵皆喜歡。西北寒林啼烏鴉，誰能見月不思家。

【校】

〔一〕『栖』，原作『樓』，據清鈔本、整理本改。

【箋】

『小弟方弱冠』，姜坡生於泰昌元年（一六二〇），弱冠之年，應爲崇禎十二年（一六三九）。況『中兄作吏守清白，自笑十年官未遷』，知如農仍官真州令。則詩當作於舉進士前三四載。

## 貧士行

傷哉閑門白日長，淒風苦雨斷人腸。破垣頽屋厭然足，山妻露肘憚衣裳。强欲操弦弦不韵，鳴琴在户空悲憤。富貴安可慕，高爵膴糈動嗔怒。貧賤安可爲，室人交謫無〔一〕已時。君不見朱買臣，落落四十一貧人。又不見百里奚，當其未相炊扊扅。

【校】

〔一〕『無』，原作『㞃』，據清鈔本、整理本改。

## 戊子四月歸塗寓居膠東愴心骨肉死生間隔聊作七歌以當涕泣云爾

其一

吁嗟我生三十時，我父送我官京師。出門十步九回頭〔一〕，茲别永訣那得知。我父窮賤過半百，男婚女嫁肩相隨。平生報國願不副，殺身殉城甘如飴。陛下聞之三嘆息，詔書惻惻皇心悲。嗚呼一歌兮歌已慟，穹蒼爲我色震動。

【校】

〔一〕『頭』，清鈔本、整理本作『顧』。

其二

母生八人男有四，獨我灾害育弗易。彌月泄血匝三周，母燃膏火夜無寐。嗟余二十名已成，身丁國難生足愧。負母狂走多艱虞，豺虎荆棘盡老泪。生男生女不得力，七十還鄉坐驢背。嗚呼二歌兮歌正長，罔極莫酬心悲傷。

其三

有弟有弟稱家駒，十三賦詩音調殊。阿兄憐汝德如玉，行坐不同心不娱。前年城破二十餘，與父同難父銜鬚。仰天且哭且自誓，若不圖仇非丈夫。骨相何應遭戮辱，烈血塗草兒已孤。嗚呼三歌兮情何極，向來爲汝廢寢食。

其四

有姊有姊二人强，少事夫子咸糟糠。長者汲水把犁慣，昔爲少婦今姑嫜。次者專州〔一〕大夫媳，同日槁砧死戰場。城下横尸〔二〕無人收，蟻飛雀啄魂不僵。辛勤十載子女絶，安得送我哀墳旁。嗚呼四歌兮歌四闋〔三〕，寒雲白草聲嗚咽。

【校】

〔一〕『州』，黄傳祖《扶輪續集》作『城』。

〔二〕『横尸』，《扶輪續集》作『尸横』。

〔三〕『歌』，原闕，據整理本補。

其五

有妹有妹城東西，城東者高城西遲。大作後妻且早寡，代人死守螟蛉兒。小妹于歸僅百日，夫君被害身爲糜。阿翁騎驄昔赫奕，諸孤盡歿孫更痴。嗚鐘列鼎竟寂寞，寡婦空帷常苦飢。嗚呼五歌兮歌五度，天高聽卑爲汝訴。

其六

天門岧嶤帝鎖鑰，維兄與弟頗不惡。比肩并馬入鵷行，聽鷄待漏來鳳閣。吾兄十疏九疏焚，一語忤旨被綁縛。阿弟伏闕哭請代，長安公卿俱泪落。伯子儒冠身反安，我曹〔一〕今日死不若。嗚呼六歌兮歌傷情，行路爲我心不平。

【校】

〔一〕『曹』，原作『曾』，據《扶輪續集》改。

其七

丈夫生不逢時行逼側，垢身下氣老無力。驊騮從來顧主鳴，遭〔一〕閔皇綱速傾坼。十年狼狽風塵中，冬葛夏裘卧荆棘。世俗重官復重錢，慎勿向人訴緩急。男兒墮地最可憐，東西南北心啾唧。嗚呼七歌兮歌思哀，萬里爲我悲風來。

【校】

〔一〕『遭』，清鈔本作『遘』。

【箋】

戊子爲順治五年（一六四八）。《姜貞毅先生自著年譜》『戊子年四十二歲』條云：『是年奉母歸故縣，探女兄弟焉。』是役如須當亦同行。又，如須妹適吴誦，見《敬亭集》。

全祖望《續甬上耆舊詩》卷六十周容（一六一九—一六九二）《寒夜七歌（甲午）》，與如須此題體貌相似：

老父挑燈坐窗北，拈鬚長嘆無多黑。園蔬甲短黄虀酸，杯酒易寒爐又熄。昨宵雨濕床頭書，今日天陰曬未得。我欲一歌兮歌無聲，誰家笙管亂初更。

老母勤劬六十外，手汲井泉洗虀菜。針眼頻穿綫脚粗，夜深爲兒續衣帶。瓶中粟淺鼠笑人，厨下薪空少婢懈。我又一歌兮歌聲低，庭樹慈烏未穩栖。

殘燈殘燈聊共語，風來敗壁難爲汝。膏油一夜計一杯，三十餘年六斛許。煎迫我心如萬炬，結花結蕊不成黍。嗚呼三歌兮燈漸青，茅檐捲處下數星。

故人屈指亡十年，風雨孤墳野水邊。至今塵滿空房鏡，綫帖猶剩殘花鮮。憶昔客來倉卒間，雙珥除添酒舍錢。嗚呼四歌兮鬼車咽，擁坐布衾寒似鐵。

有弟有弟髮初亞，幼未解愁心自暇。我將貧賤貽累君，燈火莫從鄰壁借。昨日僮奴扶病歸，自挈小瓶問酒價。五歌未訖驚雁過，慕稻粱兮路遠何。

有妹有妹未卜歸，練裳窄袖無光輝。荒園墻角梅花放，欲折一枝愁出扉。肯把殘書夾針綫，還爲少弟補舊衣。我歌又六兮更漏墜，金翦隔窗母未睡。

江風江風何太急，破屋數間如欲揖。門牡不受兩參差，黄鼬捉鷄公然入。嗟嗟小醜亦相欺，静裏觀之學人立。嗚呼七歌兮歌已終，披衣起望天之東。

陳濟生《天啓崇禎兩朝遺詩》卷九金起士（金懷節詩）所作《七哭》，則明言爲仿杜甫『同谷七歌』者矣：

同谷七歌，古今絶唱。然挈携妻子，悼懷弟妹，尚屬生離，非關永訣。予一門罹禍，同氣之屬，共隕八人。内外姻戚，未及屈指。上視杜老，彌增百慘矣。瑣瑣旅壓，蹐踊無所。藴血上蒸日噴，數次奄奄待息。呻吟莫狀，聊譜七哭，用代哀號。一字一血，殆非飾語，杜老千秋，毋怒予妄。

我父我父在何方，入門愕視不敢詳。紛綸血肉濺庭廡，區區燼骨誰掩藏。男兒四人存没半，没者已矣存若亡。死不能代生不殯，猶擎顔面歸故鄉。嗚呼一哭兮日色澹，噀血數升天漫漫。右哭父

我母我母沉曲沼，一泓止水冤魂繞。靡他之死從舅氏，貞風烈烈秋旻杳。有兒亡命何暮來，浮骸半月幾飄渺。賴存衣袂騐生前，倉皇一炬隨烟燎。嗚呼二哭兮骨髓寒，尸流眼泪同

一丹。右哭母

噫嘻我婦貞靜姿，筋力自堪走路岐。有死無二守我母，須臾命盡同一池。池水沉沉共昏黝，在山出山清濁畸。仰看活者尚纍纍，嘉汝峻節無瑕疵。嗚呼三哭兮氣肅冷，神理綿綿爲汝損。右哭婦

有妹有妹事凄切，數奇命蹇難縷説。良人横貫覆乃巢，眢井重甦真慘絶。踉蹌曰歸甫兩朝，匝地彌天罹浩劫。仰吞白刃死父傍，謚汝節孝無虧缺。嗚呼四哭兮鴉亂啼，惡聲聒耳心膽迷。右哭妹

仲弟室思嗟太晚，新賦于飛得燕婉。齊心妙唱兩相於，愁絶干戈隨病蹇。冞心脉脉忍分裾，弱骨何堪走九坂。可憐雙隕路旁塵，蕪城迢遞天涯遠。嗚呼五哭兮梢林莽，招魂何處空延望。右哭仲弟

我家兄弟多羸弱，叔子肌理頗充肥。含淳抱樸乏智巧，時危安辦衝重圍。咫尺門闌鐵網密，庭中草木皆危機。傷哉肝腦竟塗地，沉魂猶傍家園飛。嗚呼六哭兮夕霧暗，空庭抬眼心交戰。右哭叔弟

八年共舉三男女，凄傷先折雙璚枝。續存此兒頗俊邁，投懷坐膝逾常時。我父我母相顧惜，攜持不遺須臾離。哀哉須臾不遺離，長從地下追含飴。嗚呼七哭兮天寥邈，神魂蕩蕩隨

虛橐。右哭兒

按：《流覽堂殘稿》首卷以《七歌》始，復以《七歌》終。惟兩組詩作年前後顛倒，此《殘稿》編排亂離無章之另一證據也。

# 流覽堂殘稿卷第二

## 仲冬草堂蘭秀

凍雲鑒層阿，陰風扇素帷。衡宇紛杳冥，抗懷良在兹。翠華被修坂，朱鳥戀回崖。拂拭御几案，空谷日已移。眷言登九畹，芳草更爲誰。美人舞翠袖，疏蔭情自持。徘徊明月階，仿佛冰雪姿。朔風阻西浦，遲暮常足悲。女蘿麗喬木，蘭杜諧幽期。一物解綢繆，君子傷中離。爲語青女駕，繁霜詎可欺。

【箋】

草堂，即如須移居蘇州半塘所置之『思美草堂』。參《姜如須詩》之《移居半塘小築思美草堂漫賦》及《倡酬投贈集》中余懷《坐如須思美草堂話舊分賦二首》兩題。

## 舟中留别真州家大令

溶溶河中水，突突林外巒。歸舟多躑躅，上下出帆看。秋風飄一葉，輕暖復清寒。中懷總不得，何以遂所安。昔我十六七，相從在江干。撫兹舊游地，歲月如波瀾。芳華無足計，八年滯一官。人生如行遠，回首空蹣跚。出門天欲雪，歸家露溥溥。父母自相别，泪眼不曾乾。視我手若足，朝夕苟爲歡。詎知當去日，甚如來時難。所思非所見，胸臆横百端。離情猶在目，展轉未少寬。北地鴻雁至，因風作羽翰。道路畏相失，日暮苦身單。行行去且遥，登陟倍辛酸。握手寧言速，解帷如放彈。兹地兩分散，前路月團圓。終夜不能寐，何復勸加餐。

【箋】

真州家大令，即如農。《姜貞毅先生自著年譜》『辛未年二十五歲』（崇禎四年，一六三一）條云：『登進士……授密雲縣知縣，未赴任。……十月，改儀真縣。』儀真，真州也。今江蘇儀徵。『辛巳年三十五歲』（崇禎十四年，一六四一）條云：『陞禮部儀制司主事。』蓋姜埰任真州令十年。詩中『芳華無足計，八年滯一官』，知此題作於崇禎十一年（一六三八）頃。

又，『昔我十六七，相從在江干』句，與如農祭如須文所記『十七隨吾之官』，正合。

## 秋夜感懷

榮名在足畏，百年未云長。胡爲當憂患，動思去其鄉。高鳥心念群，歸飛終翺翔。天寒逢落日，寧不凛秋霜。憤心欲自埽，零落值衰〔一〕草。志士敢忘悲，摇撼苦相保。人生無還期，芳華難再老。鷄鳴嘆夙興，勤劬孰言早。

【校】

〔一〕『衰』，原作『哀』，據整理本改。

## 靈岩寺

冥寞蟠蒼烟，嵚崎叠岩竇。四面一徑絶，百步萬壁凑。倒景拱雲蜺，垂蘿側飛獸。展旗竦其左，天柱低〔一〕其右。卓筆憑我前，石屏擁我後。天際玉女峰，翹然淩獨秀。側身下陰壑，氣昏蛟龍鬥。浩浩太古間，跼步險難究。我昔登泰岱，金册秦漢鏤。矯首日月邊，封禪何時奏。所願睹軒轅，匪是學勾漏。造化割神异，天功補參宿。九州道路遠，八極乾坤就。既疑蓮華卑，旋想崆峒陋。

【校】

〔一〕『低』，整理本同，清鈔本作『砥』。

【箋】

徐崧、張大純《百城烟水》卷二《吴縣・靈岩山》條：

去城西三十里，館娃宫遺址在焉。……僧寺始建於東晋末，梁天監間智積顯化。唐名靈岩寺，陸象先建智積殿、涵空閣。宋郡守晏公奏改秀峰禪院以芝三秀。紹興中賜咸安王韓公薦先福，更號顯親崇報，長老智訥重建智積殿，孫覿記。并建五至堂。太平興國二年，藩臣孫承祐爲姊錢王妃建磚塔九級，孫自有記。明洪武賜額報國永祚禪寺。萬曆間，沈郡丞堯中重建涵空閣。舊有希夷觀，韓蘄王建。象先亭，陸象先建。俱廢。宋圓照本晚終是山，塔全身焉。慈受深主席三年，刻披雲臺字於石，作頌，有里人黄習遠志。清順治己丑，延繼起儲禪師，行化十年之後，百廢具舉，爲禪刹鉅觀。

參《流覽堂補遺・登靈岩咏懷往迹》《集外詩・雨中放艇由横塘靈岩山下作》兩題。

## 録别

其一

扣舷遵北渚，轉蓬隨南津。嗟我投荒客，萬里辭所親。誰道故鄉好，遥望吴城闉。骨肉緣根株，執手情自因。鷄鳴繞庭樹，黯然胡與秦。行樂如昨日，輟席忽今辰〔一〕。會面安可定，羈旅長苦辛。行行復行行，涕泣沾衣巾。

【校】

〔一〕「辰」，整理本同，清鈔本作「晨」。

其二

前年在江東，送母越江湄。間道嬰時網，生死安可期。孔懷兄與弟，本是同根株。憔悴將二載，行役命如絲。悵望烽火間，游子苦朝飢。豺虎塞肆市，風塵滿路歧。壯士懷激烈，憂來不自持。彷徨步中庭，踟蹰雙乖離。人生樂故園，嗟予徒傷悲。

其三

鞍馬萬里客，問子何鄉縣。冉冉道塗邊，京邑不可見。陽鳥雙南飛，物情愴時變。生平所歡人，思得展婉孌。黄雲起西北，歸心一何倦。征夫久辭里，不識舊親串。别筵還朔方，對酒泪如霰。

其四

自家别南浦，凄凄行路難。蕭條臨廣陌，殷勤勸加餐。干戈戒行李，江海生波瀾。游子引去節，帷床春思寒。雖有緑綺琴，掩袂爲誰彈。願爲雙黄鵠，長風生羽翰。人生一世間，貴令心喜歡。何爲苦筋骨，離棄不自安。妻子牽衣袖，泪下催心肝。

其五

朝發淮陰曲，暮宿濁河鄉。僕人秣余馬，適將之朔方。零雨被春草，浮雲沾衣裳。回首高樓月，仿佛見輝光。攬轡馬悲鳴，五里一彷徨。聚族苟可居，何爲去舊疆。緬維皇輿坼，家室在路旁。士生重忠孝，君子篤人綱。賤軀何足惜，願言依高堂。

其六

青青楊柳發，爍爍星斗稀。中夜起行坐，問君欲何之。十年隔戎馬，親族久棄離。征夫愴離黍，羈臣歌式微。圖仇無完策，游子行不歸。何惜蕙蘭晚，所悲顔色違。嬌兒繞膝走，密語坐中懷。曰父將遠別，兒當寄與誰。感兹彝倫篤，泪下不可揮。嗟我亦人子，能不戀親幃。願爲鴛與鴦，兩兩俱遠飛。

【校】

《姜如須詩》收其三、其四兩首。其三『萬里客』作『萬里容』；其四『家』作『我』，『去節』作『志節』，『骨』作『力』。

【箋】

宋人章樵注《古文苑》題蘇武、李陵《河梁送别詩》作《録别詩》。如須此題，或出於此。詩共六首，叙南北往返思親之苦，似作於崇禎十六年至順治九年之間。

## 述懷

其一

登山望蓬海，白日忽西沉。戚戚曠世志，叩懷怨已深。羈束積年歲，結交無黃金。親串久寥闊，憂虞復見侵。玄陰杳何極，西郊雨正淫。人情感新故，安得快余心。

其二

黃雲鬱天門，飄風起縣圃。我欲隨之行，美人何遲暮。短布恒不完，糲食恒不足。聖賢理固然，貧賤豈自誤。家室不我歡，何以托行路。敷衽跪陳辭，聊用抒〔一〕襟素。

**【校】**

〔一〕『抒』，原作『杼』，據整理本改。

其三

寒鴉宿庭樹，夕雨溜檐草。凄凄感物序，慘慘傷懷抱。人生貴行志，嗟我喪家早。無復榮高駟，泥塗空潦倒。延佇望德音，歸來鬢髮皓。棟宇方摧〔一〕頽，四顧寡垣堡。都邑杳何許，含涕問父老。父老不我答，故鄉豈云好。

【校】

〔一〕「摧」，原作「催」，據整理本改。

其四

夜月照床帷，悠悠返故鄉。分明夢魂間，臨歧心彷徨。遠道拂塵土，繫馬上高堂。呼兒設綺席，開我東西厢。美人朱顔酡，願爲君稱觴。歌脣啓蘭麝，舞曲振霓裳。一一玉翡翠，兩兩金鴛鴦。人生不滿百，此樂詎未央。東方忽云白，寤言神内傷。

其五

昔余游京輦，驅車上帝臺。黄金爲棟宇，白玉何崔嵬。主人不我顧，鼎成馭不回。無力挽龍髯，萬里悲風來。黄石去已遠，赤松心未灰。古來興衰理，愴惻令人哀。

其六

瞻彼中谷〔一〕葛，附生連理枝。丈夫邁離愍，秉節相攜持。蘩椒裹芳糗，溷濁不我知。君子履忠信，小人當何爲。記憶細故間，毁譽翻足□。論定俟千載，語人人莫嗤。

**【校】**

〔一〕『中谷』，清鈔本作『谷中』。

其七

門有萬里客，車馬風蕭蕭。僕御各邊服，弓箭時在腰。問君何方客，風塵辭色驕。客亦不我顧，取酒但相邀。酪漿何狼藉，飫羊亦腥臊。對茲不敢餐，意氣貸汝曹。漸離去燕市，幼安避東遼。草衰騏驥病，國亂賢喆凋。情貌其不變，侘傺心無聊。

## 同園席上韵懷樗樵梁四

流少竟西去，滄海杳何極。旄頭塵滿城，話舊泪沾臆。怪鳥血啼痕，冷雨松鱗拭。猶辭酒力薄，顛狂葛巾側。孤焰渺明滅，早暑竹露裛。失路不自谿，無錢難樹立。藥竈滅晨烟，扁舟送出入。憶昔春明門，并馬照顏色。乾坤餘恨賦，去住無消息。空堂艾蕭長，一嘯山鬼集。漆身客何歸，蓬頭面不識。八口强依人，餓殍何啾唧。百年此浮生，賣屨憐婦織。君王游上林，繫書恐不及。徒跣投故交，狼狽汗重濕。彼美傷遲暮，榛苓寄原隰。賃舂將卜鄰，河清那無日。

【箋】

同園，名王一紳，字袚齋，浙江錢塘人。

## 答友

自昔攖離愍，擔糜委路歧。林鳥鳴不去，游子難自持。兵中率鶩走，將母懷還期。西〔一〕秦有公子，結廬江水湄。荆揚舊都會，避亂非其時。但願數見面，不願長相思。同爲萬里客，耿默心傷悲。行行各善保，歸來理釣絲。

【校】

〔一〕『西』，原作『鹵』，據整理本改。

## 思親 昔先君嘗游東甌今歷其地黯然傷懷

僕夫夙秣馬，今吾將遠游。藉問何都邑，願言過〔一〕東甌。越國路迢遞，江山適阻修。薰風發微涼，林蟬鳴啾啾。朱華茂北渚，素旗揚道周。眇眇予小子，夙夜心若抽。維昔先忠肅，艱難無完謀。顧念蓬室隱，微藿安所求。生子各成行，莫能分父憂。抗旌遠行役，渭陽非所投。王父厥明命，千里舒綢繆。先人重慷慨，親交〔二〕懷懿休。昕夕升平陸，臨風憑高樓。東海今冥杳，舊苑沈荒邱。生平持大節，終焉〔三〕死國仇。嗟余受簡書，利刃繫〔四〕金鞲。願見傅介子，立功封公侯。臨饑不忍〔五〕食，望郭不忍留。天地何有極，哀慕橫九州。

【校】

又見《姜如須詩》。《思親》下十五字題注闕。

〔一〕『過』，《姜如須詩》作『瞻』。

〔二〕『交』，清鈔本作『父』。

〔三〕『焉』，原作『馬』，據清鈔本、整理本改。

〔四〕『繫』，《姜如須詩》作『繄』。

〔五〕『忍』，《姜如須詩》作『遑』。

【箋】

詩當作順治三年往東甌投魯王政權之時。惟未知姜瀉里何年及何故遠游東甌。

## 贈太師大學士吏部尚書謚忠敏高公宏圖

忠敏〔一〕五朝直，三顧禮長延。先民具典型，一一體剛乾。遐哉昌啓代，謁者乘中權。骨鯁馳革舄，偃蹇逾歲年。比諫阻嬖幸，罷官居荒田。垂老典南計，主眷方綿綿。一旦皇輿傾，神器辱塵〔二〕烟。攀附〔三〕龍髯泣，匡輔〔四〕國鼎遷。哭廟裂八極，發喪告普天。少能裨社稷，遑恤身棄捐。定策托聖緒，擇賢心所專。指顧存廓清，伊周會比肩。微聞老忠蓋，叩心孝陵前。逆臣假兵柄，异説肆遥牽。竊見向背際，揚羹沸愈煎。廉耻兢冒亂，譙讓爲甚焉。孤忠獎王室，忤旨非自全。嘔血再彌月，乞骸請歸還。法坐趣北渡，靈旗揚日邊。出師痛未捷，瓦解王氣偏。庭諍血直視〔五〕，孱主猶勉旃。翕訿接踵入，投杼何尤愆。群小既皆詬，祖靈憒几筵。宮闕委榛莽，戎馬塞澗瀍。苟有老成人，未遽輕陷堅。冉冉蘇姑途，悠悠秦望巔。嬰病雜僕妾，行李轉通廛〔六〕。公實歌式微，愚亦苦迍邅。閑行藉草坐，泪涌如迸泉。六軍齎尺書，斷流投馬鞭。奮舌叱來使，裂書沈越淵〔七〕。羈魂戰場下，憂心余燀燀。何日踐膠海，哀陳《薤露》篇。

【校】

黄傳祖《扶輪續集》卷三録此詩，題爲《大學士吏部尚書高公》。

〔一〕『忠敏』，《扶輪續集》作『高公』。

〔二〕『塵』，《續集》作『燼』。

〔三〕『附』，《續集》作『拊』。

〔四〕『輔』，《續集》作『扶』。

〔五〕『視』，原作『濺』，據清鈔本、整理本改。

〔六〕『廛』，原作『塵』，據清鈔本、整理本改。

〔七〕『淵』，原作『澗』，據清鈔本、整理本改。

【箋】

高弘圖，字研文，膠州人。萬曆三十八年（一六一〇）進士。詳《明史》卷二百七十四本傳。

魏禧《萊陽姜公偕繼室傅孺人合葬墓表》有云：『(如須)十六能詩賦……膠州高侍郎弘圖贈以詩，相器重。』二人固忘年之交也。

顧苓《塔影園集》卷四《書夫山和尚著故將軍張無妄傳後》有云：『乙酉之變，膠州相公餓六日死。』

全祖望《續甬上耆舊詩》卷二十四收其先祖大程《追悼故相膠州高文忠公時貝勒所聘六公，高其首也》：

荒朝坐失三元老，東渡争傳六聘君。國破首邱無浄土，家亡作客亦塵氛。高公總乖種蠡志，地主羞隨沈范群。尚有山中殘甲盾，束芻相率酹孤墳。地主，謂商姜二尚書。

## 贈趙進士甥⿰山原

黯黯春江流，漠漠黄雲寂。兵戈一萬里，無家將安〔一〕適。嶺壑共徘徊，桑柘坐淹惜。龐公賦性真，袁閎土室僻。虚豁謝時賢，道廣袛自懌〔二〕。遘亂語默難，猜嫌總跼蹐。徒步二十載，門徑惟挂席。往爲驊騮資，今爲鹽車斥。流涕灑路塵，摧頽竟何益。會汝臨江樓，握手兩行役。猶如游子心，向我顔色赤。人生背鄉井，銜血〔三〕亦戚戚。況有高堂親，虀粟空四壁。懷中轉車輪，出入無完策。羊腸憚險巇，側足倒驂轢。黃鵠翳高飛，毛羽鎩〔四〕轉劇。憐汝齒髮新，沉冥志誰敵。霑汗對故人，未起溝中瘠。稅駕就我廬，裘葛頗狼藉。若翁金閨彥，明光正前席。賈傅書已傳，萇弘血終碧。衰〔五〕謝盡我曹，對汝心眼瀝。潦倒吴越間，青歲僅一擲。汝上南鎮祠，遠登釣灘石。風塵迴不聞，把臂悄夙昔。

【校】

〔一〕『安』，清鈔本作『焉』。

〔二〕『懌』，原作『澤』，據清鈔本、整理本改。

〔三〕『銜血』，清鈔本作『恤銜』。

〔四〕『鎩』，原作『鍛』，據清鈔本、整理本改。

〔五〕『衰』，原作『哀』，據清鈔本、整理本改。

【箋】

趙嶙，字長公，號眉魯，萊陽人。崇禎十五年（一六四二）孝廉，舉順治九年（一六五二）進士。如須稱趙爲甥，當爲長姊所出。乃知姜氏戚屬，亦有應興朝科舉試者。

卷一《戊子四月歸塗寓居膠東愴心骨肉死生間隔聊作七歌以當涕泣云爾》（其四）云：

有姊有姊二人强，少事夫子咸糟糠。長者汲水把犁慣，昔爲少婦今姑嫜。次者專州大夫媳，同日稿砧死戰場。……辛勤十載子女絶，安得送我哀墳旁。

知如須二姊無後嗣，趙氏當爲大姐之子。

民國《萊陽縣志》卷三之三《藝文·著述》著録趙長公《寒堂詩稿》，未見。

趙父士驥，崇禎十年（一六三七）進士，官至中書舍人。趙士驥則與姜氏、宋氏等同被戮於崇禎十六年二月萊陽之役。乾隆間獲謚節愍。

# 流覽堂殘稿卷第三

## 林翁行

搔頭拄頰江邊坐，十日五日春風過。吴越亂罷官吏驕，官吏苦飽翁苦餓。市中走馬競錐刀，紛紛甲第如猬毛。伯倫早頌酒德厚，子雲晚益詞賦豪。古人老大委糞土，何必費力心煎熬。憐翁七十如四十，蝦菜秫米少供給。大兒遠游小兒癡，應門持户老妻泣。弇州大泌俱眼前，忠介文肅相比肩。百年膠漆俄頃變，此翁豁達形體堅。排闥仲蔚屋底出，燒蠟元龍樓上眠。興來急請飲一斗，敏捷倏忽詩千首。吴下詞客紛若麻，賤老貴少亦何有。衹今回首江湖春，王侯將相空黄塵。乾坤渺茫虎狼毒，嗟爾嘉隆年間人。

【校】

徐崧《詩風初集》卷五收此題。題下有『名雲鳳』三字。黄傳祖《扶輪續集》卷五亦收。第七句『伯倫早頌酒德厚』,『頌』皆作『願』。末句『嗟爾嘉隆年間人』,『間』皆作『際』。

【箋】

雲鳳字若撫。毛晋《和友人詩》收有《丁亥六月望日若撫七十初度敬次原韵奉祝》詩。丁亥爲順治四年(一六四七)。知林生於明萬曆六年(一五七八)。

黄宗羲《思舊録》云:

林雲鳳,字若撫,長洲人,詞人之耆舊也。是時南中詞人汪遺民逸有《鍾伯敬批評集》,張隆甫有《朱之蕃張唱和集》,閔士行景賢有《快書》,皆與余往還,而若撫最親,贈余詩亦最多。吴子遠道凝、周元亮亮工與余同庚,若撫因作詩,有『誰家得種三株樹,老我如登群玉峰』,流傳詩社。其後出處殊途,元亮猶寫此詩以見寄。若撫寓報恩寺,余與之登塔九重,及游城南七十二寺,皆有詩唱和。

梨洲《林若撫梅咏引》:

若撫名雲鳳,蘇州人。崇禎庚午在南京,余從之學詩,見贈詩極多。今皆失去,止記其贈余及吴子遠、周元亮同庚詩『誰家得種三株樹，老我如登群玉峰』一聯而已。其詩稿不知落誰人之手，恐將堙没矣！

庚午爲崇禎三年（一六三〇），若撫授詩於南京，時年五十三歲，弟子梨洲、周元亮及吴子遠，皆年十九。惟若撫平生詩作，即梨洲下世前已不知稿落何處。

梨洲《懷金陵舊游寄兒正誼》，有『金碧琉璃塔，曾登至九重。詩人同蹀躞』句。自注：『吴人林若撫。』晚年作《次族侄俞邰太史見贈韵》『詩成月已落，猶自玩清冥』句，自注：『時余詩數字未穩，先生（韓上桂）與林若撫、林茂之改定。』其《南雷詩曆》『題辭』列舉少時學詩南中，授之以法者，若撫即其中一人。如梨洲者，亦可謂轉學多師矣！

周亮工《書影》卷五：

吴門林若撫雲鳳，老而工詩，滄桑後匿影田間，雖甚貧，不一謁顯貴。庚午秋，吴衆香開星社于高座寺，時社中惟予與餘姚黄太冲、桐城吴子遠，年皆十九，若撫賦詩贈予輩曰：『白社初開士景從，同年同調更難逢。誰家得種三珠樹，老我如登群玉峰。書寄西池非匹鳥，席分東漢有全龍。慈恩他日題名處，十九人中肯見容。』後予以庚辰、子遠以丁亥登第，惟太冲以明經隱于家。後余官閩中，若撫累欲訪予，不果。及予戊子北上，先數日訂若撫出山，晤於舟次；予至之日，即若撫捐館之夕。貧不能治喪，予欲有所贈於若撫者，即付其子爲含殮費。

申霖臣謂若撫若忍死以待君者。异哉！若撫詩數卷，其子藏之家。閩中徐興公前輩，與若撫爲通家好，亦有若撫詩鈔，與公之子延壽藏之。脱余不死，會當爲亡友鐫行於世。太冲爲白安先生子，白安以璫禍殞身；太冲年十六，嘗刺血上書爲父白冤。時謂忠孝萃於一門云。

錢謙益亦與若撫往還。《初學集》卷十《乙亥中秋吴門林若撫胡白叔二詩人引祥琴之禮勸破詩戒次若撫來韵四首》：

二老相依貧病鄉，賣詩賣藥自成行。病知居士安心法，貧得詩人換骨方。有句却難償酒債，無眸聊省看排場。蓮華世界君知否？總向詩籤藥裹藏。

**其二**

説鬼頻煩及志支，興來姑使妄言之。尋仙却喜華顛早，失學翻嫌蹭蹬遲。愛殺黑甜如混沌，憎他青鏡有妍媸。達生頗羡東鄰老，盡典衣襦合舞兒。東鄰，徐二爾從也。

**其三**

螘鬥龍拏總不聞，席門簾閣看浮雲。鵝籠出入偏藏影，豹脚飛鳴恰聚群。葦笥家家愁繫藉，草堂往往勒《移文》。與君話到滄桑事，一笑挑燈已夜分。

**其四**

殘生噩夢兩無憑，還似飛鴻乍離矰。酒户下中禁亦得，詩腸枯澀戒何曾。鈎簾想像黏風蝶，穴紙商量放凍蠅。綺語未成先欲懺，炷香遥禮二幢僧。白叔樹二經幢於花山，刻《二幢詩集》。

《有學集》卷二《夏日宴新樂小侯於燕譽堂林若撫徐存永陳開仲諸同人》并集二首。詩不録。

若撫歿於順治十一年（一六五四）。明年，牧齋撰《挽詞》：

硯滴交騰穀洛波，星占不分少微訛。即看大曆詩人盡，更許貞元朝士多。乞食饑詞兼幂兀，醉吟韵語雜婆和。落花行卷誅茅宅，好事知誰載酒過？（《有學集》卷五）

如須摯友曹溶《静惕堂詩集》有《林若撫山人見訪》詩。繫順治五年（一六四八）：

詞名鵲起著江東，衡宇楓橋不易逢。珍重逸民通刺版，纏綿异郡接郵筒。開筵晚出盤中鱠，哀奏遥聞爨後桐。世路波瀾驚未戢，躍龍還自愧冥鴻。

## 放歌行贈吴宫尹

大雅淪亡斯可憫，驊騮凋喪氣俱盡。國朝翰林無此流，天下知有吴宫尹。王充論衡帳中傳，匡鼎説詩諸儒準。千家百家力不侔，晚近細響頗見哂。宫尹昔日奏明光，許給筆札親御床。春官一人把彤管，元封三年賦柏梁。石鯨動甲海岳壯，赤鳳排空雲物章。只今潦倒功名薄，風塵匝地趣總惡。逃俗絶人等尋常，忍隱何處傾葵藿。逢萌沈冥已解冠，子雲疑忌更投閣。當時流涕謝聖明，即信白首甘丘壑。向來衷曲人不知，長歌短咏微有托。延秋門上啼烏鴉，江南紅豆逢落花。朔漠未歸漢公主，中貂長泣胡琵琶。此曲作時有鬼神，一讀再讀心咨嗟。主簿祠前天氣晚，艾葉榴花紅照眼。日暄杲杲上客衣，太息霑汗那得免。今人論人俱可憐，誰能將詩作史傳。君不見，太倉濟南亦草草，百年以來勝者少。

【箋】

吴偉業（一六〇九—一六七二），字駿公，號梅村，太倉人。與姜埰同舉崇禎四年進士，官至南京國子監司業。入清後出仕國子監祭酒。

馮其庸、葉君遠合撰《吴梅村年譜》繫此詩於順治七年（一六五〇）。如須得交梅村，當在明末南游舊京之時。當時倡和之作似多不存。惟如須有《寄吴學士》詩，成於順治三年（一六四六），收入陳濟生《天啓崇禎兩朝遺詩·姜如須詩》，馮、葉《譜》乃云此詩『已不可考』，蓋未讀濟生所著書之故。

明年（順治四年），如須自浙江返吴門，與如農重聚。梅村《東萊行爲姜如農如須兄弟作也》紀其事：

漢皇策士天人畢，二月東巡臨碣石。獻賦凌雲魯兩生，家近蓬萊看日出。仲孺召入明光宫，補過拾遺稱侍中。叔子輶軒四方使，一門二妙傾山東。同時里人官侍從，左徒宋玉君王重。就中最數司空賢，三十孤卿需大用。君家兄弟俱承恩，感時危涕長安門。侍中扣閤數强諫，上書對仗彈平津。天顔不懌要人怨，衛尉捉頭捽下殿。中旨傳呼赤棒來，血裹朝衫路人看。愛弟棄官相追從，避兵盡室來江東。本爲逐臣溝壑裏，却因奉母亂離中。三年流落江湖夢，茂陵荒草西風慟。頭顱雖在故人憐，髀肉猶爲舊君痛。我來扶杖過山頭，把酒論文遇子由。异地客愁君更遠，中原同調幾人留？司空平昔耽佳句，千首詩成罷官去。戰鼓東來白骨寒，二勞山月魂何處？左氏勛名照汗青，過江忠孝數中丞。孺卿也向龍沙死，柴市何人哭子卿？只君兄弟天涯客，漂零尚是烟霜隔。思歸詩寄廣陵潮，憶弟書來虎丘石。回首風塵涕泪流，故鄉蕭瑟海天秋。田横島在魚龍冷，欒大城荒草木愁。當日竹宫從萬騎，祀日歌風何意氣。斷碑年月記乾封，柏梁侍從誰承制？魯連蹈海非求名，鴟夷一舸寧逃生？丈夫淪落有時命，豈復悠悠行路心。我亦滄浪釣船繫，明日隨君買山住。（《吴梅村全集》卷三）

乾隆間人程穆衡所撰《吴梅村詩箋》卷二釋此題所及之史事甚詳。兹特爲概括於下，用見前賢之有成者，不得無視之焉：

詩中『同時里人官侍從，左徒宋玉君王重。就中最數司空賢，三十孤卿需大用』句，指宋九青玫。『侍中扣閤數强諫，上書對仗彈平津。天顔不懌要人怨，衛尉捉頭捽下殿。中旨傳呼赤棒來，血裹朝衫路人看』，述如農於崇禎十五年遭廷杖事（見本集卷六《兄被幽拘》題）。『愛弟棄官相追從，避兵盡室來江東。本爲逐臣溝壑裏，却因奉母亂離中。』叙如須歸萊陽奉母南下避兵之始末。『左氏勛名照汗青，過江忠孝數中丞。孺卿也向龍沙死，柴市何人哭子卿？』咏左懋第、懋泰兄弟出處殊途事。

後此三年，余懷自昆山放船至太倉，初訪梅村。所撰《三吴游覽志》『六月初一』條記其事云：『自昆山放船至太倉，訪吴駿公宫尹于五畝之園。披襟縱談，贈以長句。』則多及如須矣：

婁江之水千尺流，芳草碧色我始愁。苑柳城鴉年代改，青楓白苧蘇臺秋。山東姜生飲我酒，袖出一卷風驚牖。紙上分明宫尹辭，淋漓墨汁傾兩肘。憶昔辛未天下繁，聖人端坐吹雲門。會元文章至尊嘆，讀書中秘親墀軒。綉虎螭龍動南軸，功名應繼王文肅。辟雍鐘鼓孝陵烟，時有哀絲控豪竹。漢武曾同宴柏梁，驪山清路儼成行。豈知蚩尤掃天市，荆棘銅駝又建康。痛哭通天臺上月，長鑱短笛空銷骨。太史樓船衲子衣，依稀難向斜陽説。開元遺事杜陵詩，彈入琵琶總是癡。銅雀空餘吴季重，澄江莫問謝玄暉。我亦萬古傷心者，莫愁艇子胡兒馬。圖書風流二十年，今日相逢槐樹下。君不見梁朝庚子山，暮年詩賦動江關。又不見長溪謝皋羽，一慟冬青泪如雨。共是銷魂落魄人，不堪回首漢宫春。吁嗟乎，弇州永逝二張死，太倉嵬峩君在此。寥寥海内竟誰雄，山東姜生稱吴公。

詩中『山東姜生飲我酒，袖出一卷風驚牖。紙上分明宮尹辭』『吁嗟乎，弇州永逝二張死，太倉嵬峩君在此。寥寥海内竟誰雄，山東姜生稱吴公』等句，明指如須所撰《放歌行》。

順治十年（一六五三）春，如須歿於吴門。梅村集中不見有追悼文字。同年九月，梅村携家小北上入都服官，路過魯西，有《過姜給事如農》一律：

侍從知名早，蕭條淮海東。思親當道梗，如農迎母會膠萊有兵亂。哭弟在途窮。如須避地，没於吴下。骨肉悲歌裏，君臣信史中。翩翩同榜客，相對作衰翁。

如農《敬亭集》卷三《淮上逢婁東友貽詩却和》，不提梅村之名號：

自是文名重，何知已薦雄。暮雲連薊北，叢桂别江東。草色長河外，樓陰古驛中。嗟君匹馬去，相顧意無窮。

梅村居京四載，得假南歸。至康熙十年（一六七一）卒於太倉，終未再出。此十數年間，如農居吴門，與太倉一箭之地，然二人集中皆不見有往還之迹。梅村物故後，如農有詩二首挽之，題作《哭友二首》，則連梅村之原籍地亦略去：

遽有雄文薦，徵書已再宣。名因黄閣重，官擬白衣還。李業曾持毒，醮玄敢奉錢。嘆君題墓意，心事令人憐。

難使雙眸瞑，君心痛哭餘。一生名至此，將死意何如。絲竹蘇卿酒，粱周庾信書。空留詞令在，傳寫遍閭閻。

## 烈婦行

吴縣男子嚴第五，直氣欲擒西山虎。西山擒虎甚容易，慎勿得罪豪富户。可憐貧人七尺軀，不值富兒一寸縷。床頭金錢力通神，刀筆判殺盡府主。有妻顧氏哭徹天，翦髮毁容色如土。爲夫訴冤雪仇耻，鼜鼜大撞御史鼓。翻手持刀項頸落，血衣模糊透臂股。吁嗟觀者如墻堵，烈婦縱死御史怒。君不見，御史反面身爲虜。

## 流螢嘆

今夕樹冥溪雲幽，黄昏爛熳螢亂流。沾衣上案近我宿，我欲擊之還且休。造物消長時所判，東山征戰何嗟嘆。天晴會見日與月，汝輩腐草遭撲滅。

## 唐禮部市樓酒酣贈歌

西北高樓臨大路，與君踟躇各四顧。吴昌〔一〕門上烏正啼，閣老坊前雨欲暮。謂我契合不輕投，解貂换酒邀我住。銅盤燒蠟遠炤春，哀弦急管愁殺人。英雄蹉跎使憤恨，驊騮失主爲酸辛。玄甲聚嘯久難解，天地閉塞多黄塵。新故語默定殊别，安能握手無疏親。人生稱意百不惡，釣魚種瓜事可作。我愁暫理蓬萊裝，君歸未具巴江橐。勢〔二〕去堅與俟風雲，時來何慮填溝壑。願君買屋山塘居，早晚樽前慰寂寞。

【校】

又見姚佺《詩源初集》齊魯卷十二、王士禛《感舊集》卷二。

〔一〕「昌」，《詩源初集》《感舊集》作「閶」。

〔二〕「勢」，《感舊集》作「去」。

## 暴風嘆并序

庚寅六月望前，僕與余子澹心游於鄧尉，閲四日返。夜夢斬一蛇。蛇反覆追嚙，不即脱，意甚忌之。早起，方瞠目獨語，會告澹心。是夕歸塗至跨塘橋，忽風雨大作，沙鳴岸坼，惟電光繞船。船幾没，咸駭叫。僕因述昨夢。有老媪知榜人陰藏捕鱔一甕，贖以金，急投之中流。騰躍有聲，宛若蛟螭，乘電光而逝。須臾，風恬浪怡，軒豁呈露。神物所在，感動地天。异哉，乃各作《暴風》以紀變云。

雨師玄冥白日昏，顛崖截木傾昆侖。相風烏桐危翅久，九荒八極安足論。岳雲觸石水斷破，濟川無梁舟欲墮。古皇入夢得風后，蚩尤涿鹿戰亦挫。嗟余小子履冰兢〔一〕，夷襟何累神〔二〕人播。蝮蛇青膦物最微，仿佛披帷接春卧。果得成龍飛上天，黄金贖之不爲過。中間千蛇只一龍，一龍化去千蛇從。雷澤挂梭豈常物，葛陂投杖成仙踪。寄語暴颸垂耳客，河津需時去莫迫。

【校】

〔一〕『兢』，原作『兢』，據清鈔本、整理本改。

〔二〕『神』，原作『伸』，據清鈔本、整理本改。

【箋】

序云『庚寅』，即順治七年（一六五〇）。澹心《三吴游覽志》有云：

（六月）十五。晴……先是，如須夢與蛇鬥。朝而告予，予亦夢割瓜蒂擲地化爲龍，及是追憶昨夢。而隨行老嫗云，舟有捕鱔一斗。趣贖以金，投之中流，似有蛟螭陸離上下。須臾風恬浪怡，星呈月露。异哉，作《暴風嘆》。

棄故鄉，涉遠道，長波灌天白浩浩。舟如葉，帆如草。旋轉超忽，豐霳晝埽，雷霆錯莫，虹蜺繚繞。路險艱，奈何使人老。須臾騫騰神靈雨，鬱蜿蜒，憯縹緲，南箕北斗相對照。顔色舒，冥冥以終保。惆悵竊自嘆，勿復道。

是日，二人復聯句成詩：

返棹是何處，茫茫震澤邊。對山膚寸雨，懷

坼岸一重烟。錦纜沾衣澀，垓

湘簾倚幌鮮。樹深迷廢寺，懷

泥漲擁新泉。白蜃霾初綻，垓

青蓮萼似拳。秋田輕作穗，懷

瓜顆小爲錢。宗炳探奇日，垓
郗詵策杖年。鳩啼雙禿鬢，懷
堯饋兩生肩。粘鯉敲針滑，垓
烹蠶出箔圓。櫓聲摇霹靂，懷
花譜揀蓀荃。羽蓋畦亭紫，垓
縹囊草剩玄。吴濤翻羯鼓，懷
越壘壓戎旃。蝶粉蟲陰蝕，垓
宫香鼠璞穿。岩留西子夢，懷
春并阮郎還。艱大甯論舊，垓
飛揚敢獨先。愁予因渺渺，懷
念爾最翩翩。伏酒逢袁紹，垓
叢蘆憶伍員。南雲通北粤，懷
朔馬躪幽燕。望眼標銅柱，垓
低頭泣杜鵑。霽虹攄遠飲，懷
乳鵲想高褰。徐庶辭劉主，垓

周顒寄竺乾。饥寒長乞食，懷
磊塊寡當筵。露潤纖絺襯，垓
蒓柔細麥煎。銀絲葱拌膾，懷
水縠繭抽綿。妻子龐居士，垓
神仙謝自然。軫懷精埽旦，懷
涕泪弩驚天。共有窮途恨，垓
應參上乘禪。晚蓬欹落照，懷
虛榻俟同眠。浪簇江霞合，垓
燈沉壁月懸。忘歸蝦菜美，飄泊五湖船。懷

薄暮至横塘，風雨颸忽，電光繞船。船幾没，舟人惶遽，將凌陽侯之泛濫，托彭咸之所居矣。

## 雁山瀑布歌

近見司馬孫尚書，爲言瀑布天下殊。莫測此水真形狀，天台石梁俱不如。今我披榛冀一見，頗驚天際雲成片。削鐵〔一〕鑿空蛟龍吼，補天傾柱銀河轉。急如震怒掣雷電，緩復凌虛飛霜霰。細如鮫人輕絲〔二〕綃，粗亦吴江千匹練。吁嗟神弓更開闢，静觀瞬息應萬變。剪刀一帆俱不同，參差月窟昆侖中。鳴金擊鼓轉疾馳，萬里散盡洪濤風。濯足不吝白玉案，堆面何惜青玲瓏。安得張騫奉使出异域，乘槎直抵支磯石，天漢欲洗甲兵息。

【校】

〔一〕『鐵』，原作『錢』，據清鈔本、整理本改。

〔二〕『絲』，原作『死』，據清鈔本、整理本改。

【箋】

此題蓋咏浙江省樂清、平陽二縣境内雁蕩山之瀑布也。當作於客象山時。顧祖禹《讀史方輿紀要》卷九十四《浙江·温州府·樂清縣》叙雁蕩山瀑布有云：

群峰峭拔，上聳千尺，皆包谷中。自嶺外望之，都無所見。至谷中則森然干霄，有大小龍湫會諸溪澗水，懸岩數百丈，飛瀑之勢，如傾萬斛水從天而下也。絶頂有湖，方十餘里，水常不涸。雁之春歸者留宿焉，故曰雁蕩。

## 寒山草堂歌贈文徵君從簡

寒山草堂臨諸峰，森森四面金芙蓉。開山構堂者爲誰，趙氏手澤存老松。當時精良擅筆墨，萬曆年中隱亦得。趙公死後文公來，丹壑玄豹情可哀。洞門晝雨陰陰濕，斷橋鎖户爲我開。斜對勾踐謝宴嶺，嶺頭白骨盡生苔。徵君年今七十外，眼前興廢心狼狽。山深杖履不輕往，縱有豺虎亦無害。

【箋】

同治《蘇州府志》卷八十七：

文從簡，字彦可。嘉孫，元善子。爲郡諸生，端方自守。母王稚登女，甘貧守約，能訓其子，從簡事之甚孝。年逾六十，始以歲貢入京，不就選而歸。尋遭世變，隱於寒山之麓，居五年，卒。子枏，字端文，尤狷介絶俗，從父隱居終身。女俶，嫁趙均，亦有才名。文氏自徵明以來，世善書畫，從簡父子能傳其法，行誼尤爲時所重云。姚宗典述。

如須詩中所及趙氏，名宧光（一五五九—一六二五），字水臣，號凡夫，太倉人。宋太宗第八子元儼之後。王室南渡，留一脉於太倉。凡夫終生不仕，偕妻陸卿隱於寒山，讀書稽古，著有《説文長箋》《六書長箋》《寒山蔓草》《寒山帚談》《寒山志》等。

《府志》所及趙均，字靈均。凡夫子。錢謙益《趙靈均墓誌銘》：

君諱均，字靈均，姓趙氏。父宧光，毀家葬父，偕其配陸卿子隱於寒山之丙舍，世所謂趙凡夫者也。家世在凡夫誌中。靈均娶於文，諱俶，字端容。其高祖父衡山公徵明，曾祖父文水公嘉，祖父虎丘公元善，父爲貢士從簡，字彦可。彦可以名行世其家，靈均少而受學，遂以其女娶焉。靈均從其父傳六書之學。又從燕山僧見林授大梵字，并諸國字母變體形聲譜韵之奥，指畫形聲，分署部居，移日分夜，父子自相講習。端容明詩習禮，既饋而公姑贊賀，謂靈均曰：『此我之賢婦，而汝之逸妻也。寒山一片石，可以無恙矣。』凡夫殁，靈均家益落，賓客益進，其弛置自便，視流俗如糞溲日益甚。端容性明惠，所見幽花异卉，小蟲怪蝶，信筆渲染，皆能橅寫性情，鮮妍生動，圖得千種，名曰《寒山草木昆蟲狀》。摹内府本草千種，千日而就。又以其暇畫《湘君擣素》《惜花美人圖》，遠近購者填塞。貴姬季女，争來師事，相傳筆法。靈均入而玩其妻，施丹調粉，寫生落墨，畫成手爲題署，以别真贋。日晏忘食，聽聽如也。出而與賓客搜金石，論篆籀，問奇字，訪逸典，長日永夕，無所俚賴。間托於《虞初》《諾臯》以耗磨光景，陶陶款款如也。酒食衹飭，旨蓄庀具，晨夕百須，靡不出端容十指中，靈均不知其所繇辦也。以是得蕩滌情志，隱居放言者十餘年。崇禎甲戌六月，端容卒，年四十有一。又七年庚辰五月，靈均亦卒，年五十。靈均無子，以從弟之子錕爲後。一女曰昭，嫁平湖馬氏，撰其父母事狀，使錕來請銘。』（《初學集》卷五十五）

文彦可與如須座師徐汧（一五九七—一六四五，九一、勿齋）交甚篤。有《宿徐氏山齋》詩云：

孺子栖山谷，來尋已日斜。晚霞明几席，碧樹暗窗紗。剪竹論前史，開樽説治畬。留人懸一榻，可是借陳家。

又有《送勿齋》七絶二首：

昔賢風節冷成烟，砥柱如君最盛年。遇事寧惟頻折檻，大人功在論思前。

聖主求賢意最真，詞林况有舊時人。即令良弼關宸夢，珍重當時社稷身。（陳濟生《天啓崇禎兩朝遺詩》卷八《文彦可詩》）

文彦可之逝，太倉人黄翼聖（一五九六—一六五九，子羽、攝六）有挽詩二首，述其平生及交情頗詳，見陳瑚《離憂集》：

别日無多遽訃聞，影堂瞻對泪紛紛。名家氣數還隨國，耆舊凋殘遂到君。天上修文留鶴蜕，人間遺墨重鵝群。從知世味生前薄，家祭空山薦白雲。

略齒論交愛我偏，追陪笑語廿餘年。南村北郭携笻往，水榭山窗對榻眠。把酒石經雲滿户，徵歌香草月同筵。哭君兼哭君兄弟，前輩風流總惘然。相國石經堂，中翰香草垞。

## 贈姊丈王文學

盜賊之間昔狂走，身負侄妹隨老母。揮汗狼狽宿西莊，煮羹燃火吾甥舅。至今相别六七年，披髮垢面成老醜。王郎王郎舊坦腹，儒冠布袍人不俗。大者高左皆不下，小者驄馬貴公屬。非必孑立尚激昂，要使敖氣自無辱。紛紛諸子遭焚殺，妹行孤苦向天哭。王郎爲貧獨有命，男婚女嫁願齊足。嗟予同氣居不寧，王郎疲驢來五更。憶舊不禁泪盈睫，感時即覺言傷情。故國坵墟荒蒺藜，城路蕭蕭無人行。前年人死穀莫食，今年牛疫人代耕。官吏催租號令急，丁夫馬豆俱有名。早聞斯語神塞默，江南山東計何得。餬口既乏祖父遺，無錢安能自〔一〕樹立。我欲報母報誠難，連床蹴坐泣沾臆。

【校】

《過日集》卷八亦收此詩。

〔一〕『自』，原闕，據《過日集》補。

【箋】

王文學者，不知其名，如須之二姊丈也。見卷二《贈趙進士甥嵊》。詩開篇『盜賊之間昔狂走，身負侄妹隨老母』，記崇禎十六年自京師侍母南游事。『至今相别六七年』，知詩作於順治四、五年間。

## 别四妹

天昏日暗風景殊，困者是賢安者愚。世情紛紛過眼疾，出門紫荆歡同株。

其二

兄爲孤臣妹寡節，挑漿遺饋汝何切。道衰時變歌在原，嗟我與汝同肉血。

【箋】

卷一《戊子四月歸塗寓居膠東愴心骨肉死生間隔聊作七歌以當涕泣云爾七首》（其五）云：『有妹有妹城東西……小妹於歸僅百日，夫君被害身爲糜。』即詩中『兄爲孤臣妹寡節』所指也。

# 流覽堂殘稿卷第四

## 江南春曲

羯鼓一聲勢莫當，鬥花騎馬誰家郎。春風蹀躞揚鞭去，新曲琵琶學教坊。

其二

江南春色低暮雲，細狗黄羊多有群。烟酒沾唇白題落，攔街笑是飛將軍。

其三

銀鞍綉袱肩相隨，正是兩京梅發時。胡姬撲粉樓頭坐，愁殺并州游冶兒。

其四

江雲漠漠寒更生，一日一□闔閭城。春光漏泄早如此，楊柳風來無限情。

## 謁韓蘄王墓

雪嶺單于晚上臺，建炎帝業總堪哀。功臣百戰身殲後，石馬嘶風汗血來。

【箋】

蘄王，南宋孝宗追封抗金名將韓世忠（一〇八九—一一五一）之謚號。《宋史》卷三百六十四有傳。徐崧、張大純《百城烟水》卷一《蘇州·韓蘄王府》條云：

俗稱韓家園，即章氏園也。紹興初，韓氏作橋兩山之上，曰飛虹。張安國書扁，上有連理木，慶元間猶存。山之堂曰寒光，傍有臺曰冷風亭，又有翊運堂。池側有濯纓亭。梅之亭曰瑤華境界，竹之亭曰翠玲瓏，桂之亭曰清香館。嘉靖間，郡守胡纘宗即妙隱庵建韓蘄王廟。

錢謙益《初學集》卷四十四有《韓蘄王墓碑記》，文長不録。

清初江南之遺民詩人，想望中興，遂多有咏蘄王墓之作，不外借古喻今、托意申襟而已。如周燦、葉奕苞、朱鶴齡、錢澄之、吴偉業、周永年、徐崧、楊賓等，皆分别有作。方外釋殊致《靈岩紀略・内篇》載《立韓世忠碑記》，尤不尋常：

王諱世忠，字良臣，陝右延安人。風骨偉岸，目瞬如電，忠孝性成。見國步艱難，即躍然應募而起，掃平群盜。南渡後，以數千殘卒與兀朮四十萬衆，小戰百餘，大戰數十。自黄天蕩剉之北遁，誓殲金人而滅之。復除内難，樹立奇勛。和議成，王日乘蹇驢，優游湖上，自稱清凉居士。以老爵贈太傅，封咸安王，加封蘄王。薨于私第，屬纊之際，神爽益清。冠佩翛然，合爪而逝。訃聞，天子哭盡哀，爲輟視朝。錫上方龍腦香以斂。謚忠武，得與漢武侯、唐汾陽王媲美。宸命内出不由有司，中外偉之。王之子彦古拜疏謝，請墓道之石，無名與文。孝宗皇帝曰，惟乃父世忠，自建炎中興，實資佐命，式定王國，時惟元勛，予其可忘。乃親御翰墨，大書中興佐命定國元勛之碑。翼日朝諸將于凌虚閣，詔彦古戎服入見，面賜宸翰，俾冠于碑首。顧謂諸將曰，世忠有大功于帝室，今彦古亦克有志世其家，予惟寵嘉之。以是年十一月庚子大葬于靈岩山之原。封其妻白氏秦國夫人，梁氏楊國夫人，鄭氏楚國夫人，周氏蘄國夫人。皆合葬焉。碑高四丈，敕趙雄爲文一萬三千餘言。周必大書。仍建顯親崇報道院于墓左，尋廢。而穹碑至今獨存。子四人，長彦直，户部尚書。次彦樸，奉議郎，蚤世。三彦質，知黄州。四彦古，知平江府。孫十七人，簪纓不絶。嘉靖初，有盗穴冢，始及一坏，即陰風射之而仆。久而蘇，拾一鏡，歸示其妻，已破矣。逮退翁重闢兹席，王陰翊法化，靈异屢著，或耀神燈，或徵夢兆，故特祀之，爲護伽藍神，與祇園給孤長者、漢壽亭侯，俱列王于第三座也。

所附僧俗吊墓詩，不録。

余於二〇〇九年夏，自蘇州城中驅車往木瀆，欲作靈岩一日游。抵山麓，值傾盆大雨，登山不便。村民遥指山坡上韓蘄王墓，約千餘米之遥，隱約可見。終以路滑，不能參拜。旋見路旁有一廟，破毁不堪，乃祀韓王者。因購票入廟。舉頭見一長聯：

威名震吴越，還認取七百年華表，遥傳江上旌旗；
祠廟肅滄浪，更尋來一萬字穹碑，彩焕岩前榱棟。

下署『林則徐聯，謝孝思補書，己巳年冬十月』。

另一聯書於一九九〇年，署『陳鑾句古歙八七叟吴進賢書』：

高冢卧麒麟，回首感六陵風雨；
神弦彈霹靂，歸魂思一曲滄浪。

廟内四壁滿挂明清以來著名士人之題咏。包括高啓、沈周、吴寬、吴偉業、尤侗、周燦、潘耒、趙翼、石韞玉、陳鑾、黄文蓮、陳曾壽、查岐昌、殷如梅等。可見數百年來，蕲王廟雖累歷滄桑，然靈岩山麓，亦非儘蕭條寂寥也。當時爲之大樂。

乃後此一紀，重訪其地。廟猶破舊如昔，廟中文物，則已蕩然無存。替代之者，全爲半世紀前内戰時之舊照。不覺訝然，鬱鬱而别。自後思之：事莫非與書畫市場價格節節上升有關。又思之：當爲有心人替韓蕲王已换上新衣，用應與時俱進而已。泉下之世忠，恐亦無奈。焉容等閑之輩胡思亂想？心略乃安。

## 谿下崦泛舟會真閣偕客小飲

碧天無盡水雲長，花下開樽對夕陽。萬里蒼茫春色晚，不知何事獨心傷。

## 月下咏梅

明月因君思渺茫，霑衣熨貼雪痕香。斷魂只有關山笛，幾度吹來是故鄉。

**【校】**

《姜如須詩》亦收此題。

# 流覽堂残稿卷第五

## 雨過中峰訪蒼大師不值

自别中峰後，再來人叩關。雲山金殿敞，鎖鑰石門閑。晝永疏簾下，春陰野竹斑。未知蒼雪去，何日錫飛還。

【箋】

蒼大師，蘇州中峰讀徹蒼雪（一五八八—一六五五）。牧齋《中峰蒼雪法師塔銘》：

師自號蒼雪，又自號南來，非偶然也。師滇省呈貢趙氏子。父碧潭爲都講僧，母楊氏。幼從鷄足山水月道人爲沙彌，管書記。年十九，慨然遠游，孤笻萬里，叩印楞嚴于天衣，受十戒于雲栖，受滿分戒于古心律師。聞雪浪晚栖望亭，往參焉。浪殁，巢松浸開講甘露寺，師年廿餘，古貌棱然，敝衣下坐。除夕奮筆呈詩，大衆驚异。依一雨潤于鐵山，與汰如河師，并爲入室弟子。雪浪之後，巢講雨筆，各擅一長，二師殆兼有之。諸方所謂巢、雨、蒼、汰也。……師面目刻削，神觀凝睟，所至賢士大夫希風禮足。博涉内外典，賦詩多新警句。住中峰，建殿買田，伽藍一新。在他人以爲能事，師未嘗有所作也。示化寶華，實丙申閏五月廿二日，世壽七十。見律師護龕歸葬，塔在中峰寺後二百步。嗣法弟子七人，聞照、書佩等爲上首，而佩具狀謁銘。（《有學集》卷三十六）

銘中『所至賢士大夫希風禮足』，牧齋外，尚有朱隗、吴偉業、申繼揆、楊補、周永言、姚希孟、蕭士瑋、徐波、張澤、顧夢麟、魏耕、黄翼聖、侯汸、王時敏、文祖堯、龔鼎孳、朱彝尊、朱鶴齡、王攄等。《南來堂詩集》不見有贈如須之作。惟蒼雪嘗和如須詩，見卷六《山中逢毛晋周榮起兼憶高起之亡》題。

蒼雪弟子道開，如須知交。詳卷六《仲冬訪道開和尚未值時公有廣陵之行留贈二首》。

如農有《姑蘇西山和蒼雪上人》詩：

支公昔已往，此地雨花開。落日清林出，馱經白馬來。輕烟籠櫸柳，融雪入樓臺。若問平生意，南昌尉姓梅。（《敬亭集》卷三）

## 投宿徐氏山莊

到及楊梅候，傾筐只此間。陰房纔一徑，漁火總重關。護乳喧鴉定，迎船細犬還。回頭春暮别，不覺減朱顔。

【箋】

詩中『楊梅』『春暮』，知時令在春末；而『漁火』『迎船』記地不在蘇州城内。如須投宿之徐氏山莊，實即蘇州光福徐家『耕漁軒』。時軒主名謙尊，字玄初。其先祖即元、明間築此軒之徐達左（一三三三—一三九五，良夫、良輔、松雲道人）。良夫亦富收藏，寒齋有『小春雷』古琴一床，即耕漁軒舊物；龍池内有良夫手迹爲證。余與絳雲因追念琴之舊主，嘗撰爲文字，考述徐氏平生交游，及耕漁軒之庋藏。文見刊於《收藏家》。

余另有《倪瓚〈霜柯竹石圖〉之新贋與舊僞》一文，則述雲林與良夫之往還。文見拙著《停雲獻疑録》（浙江大學出版社，二〇一六年）。

玄初，晚明府縣生。入清，以遺民自居。《皇明遺民傳》卷五小傳云：

天資英敏，讀書觀大略。慕古烈俠之士，好施與，矜然諾。里有争，必造門徵曲直。自奉甚約，而四方賢豪往來信宿無虚日。國亡，州郡望人義士多僻地鄧尉山、太湖中。謙尊爲謀舍館，資飲餽不倦，不以利害嫌疑介意。

徐氏自達左後，歷明清兩代，延綿不絶。明宣宗宣德八年（一四三三）進士徐有貞，即達左之後。今又知明清間有徐玄初光福耕漁軒。清同治年間，馮桂芬等地方士紳嘗倡議修繕徐氏宗祠。參卷六《己丑伴春鄧尉探梅以雨阻留玄初先生齋中》題。

## 送雪蕉居士往雲間

其一

故鄉非有業，异地尚逢人。閑道三年客，孤舟一病身。寄書歸里日，寒食渡江春。泖上菰蘆好，因風欲憶蒓。

其二

滄海探珠日，藍田捧玉人。楚囚今置酒，秦贅有閑身。易姓千經死，擔囊五度春。相逢即相别，爲愛陸機蒓〔一〕。

【校】

〔一〕『蒓』，原作『鱒』，據清鈔本改。

【箋】

雪蕉居士，王相業之號。王字子亮，關中三原人。著有《泗濱近草》，未見。子亮能詩，姚佺《詩源初篇》稱之爲『關中四子』之一。鄧漢儀《慎墨堂筆記》載有子亮論詩之語。清初選本，包括黄傳祖《扶輪集》，魏憲《詩持二集》，孫鋐《皇清詩選》，蔣鑨、翁介眉《清詩初集》，鄧漢儀《詩觀二集》，徐崧《詩風初集》，皆收録子亮詩作，兹録其與江南有關者二題：

《冬夜石城舟中聽雨》：舟中擁被雨聲低，滴瀝篷窗送曉鷄。四海百年多少泪，傷心都在石橋西。（《清詩初集》卷十二）

《廣陵別古人》：欲別故人去，其如逆旅情。衰年吟薄命，落日賦蕪城。物議榮高蹈，官家恕耦耕，夢中天目路，仙犬隔雲迎。（《詩持二集》卷五）

子亮廣交游，今録所見并時人酬贈子亮之作於下：

維揚當日約，戰伐起諸藩。上馬憐歧路，臨江送別樽。兵戈三載事，聚散故人論。悵望

溯淮北，春寒暮雨昏。（賈開宗《王雪蕉》，見《詩源初集》豫卷五）

但歌莫聽夜蛩清，亂裏逢人意已傾。天外夢魂今夕話，杯中涕泪故園情。淮流古岸惟餘咽，秋到荒城别有聲。笑爾杖藜何所適，始憐雨雪一身輕。（周亮工《賴古堂集》卷七《陳階六坐中次王雪蕉韵與萬年少》）

陳階六，名台孫；萬年少，名壽祺。皆如須好友。參卷六《端午後一日淮陰大雲庵階六白雲分作》《燕邸憶萬壽祺在淮南》二題。

王猷定《四照堂集》詩集卷二《贈王雪蕉先生》二首：

言詩今古幾人同，撥盡寒燈午夜風。響徹元聲鐘鼐外，迸來真氣鐵蕤中。江湖衿履烟嵐厚，鞏雒鄉關象緯雄。深悟讀書多未破，十年遲見浣花翁。

黄流厭渡莫聽冰，古路堤河細似繩。愁過客邊新蜡臘，泪多家傍舊園陵。夔州以後論工部，凝碧歸來識右丞。誰説渡江東晋事，太原風概自棱棱。

杜濬《變雅堂遺集》詩集卷六《金山曉陰有懷亡友王二雪蕉》：

夜潮喧達曙，漠漠散春陰。海氣昏南北，鐘聲變古今。轉看鄉思減，何故客愁侵。嘆息鍾期去，空餘山水音。

梁以樟《哭王雪蕉四章》：

古道夷榛莽，斯人竟盡傷。野風酸杕杜，山鬼吊文章。月咽淮流苦，雲歸太白荒。繐帷吹淅瀝，雙影酹斜陽。

野哭寒山外，天高星斗昏。憐才勞后土，佚史失龍門。妻子蓬蒿累，詩書屋壁存。寂寥羊舌泣，烏啄嘆王孫。

關西誰鼎足，此老萬夫雄。大氣蕤賓轉，孤音海蜃通。詩仍齊斗北，夢不度遼東。應化園陵草，精禋守秘宫。

有道碑誰植，荒塗素馬遥。珠盤歆白水，神劍托寒梢。風雨崤函夢，酹粻泗水樵。蒼涼紅泪下，萬水響山椒。（《詩源初集》燕卷五）

又，柯愈春《清人詩文集總目提要》記明季張星《劬廬詩》一卷，刻於順治間，藏於美國國會圖書館。書前有王相業序。未見。

## 和曹生見送

其一

此生〔一〕真跼蹐，風雨對離尊。古驛歌吹絶，江城井臼存。連床冰簟暖，握手布袍温。罷席爾爲别，乾坤一泪痕。

【校】

〔一〕『生』，原作『行』，據清鈔本、整理本改。

其二

錦帆初剩水，碧瓦舊隨城。落魄青山遠，歸心畫舸輕。花殘蜂自逸，泥墮燕還争。莫訝儒冠志，龍蛇盡可行。

【箋】

第二首開篇『錦帆初剩水』，知今蘇州錦帆路，明清間爲河流。

## 漣水道中

黄河孤壘近，春日布帆斜。風雨初交會，兵戈未有涯。魚鹽城百里，蘆荻屋千家。景物東來异，憑軒自慘嗟。

【箋】

漣水，在江南淮安府安東縣西北三里。顧祖禹《讀史方輿紀要》卷二十二：

即沭陽縣之沭水分流也。在沭陽者曰南漣，在縣境者曰北漣。又有西漣、中漣、東漣之名。中漣，闊八十丈，北通官河，南通市河。其上流曰西漣，下流曰東漣，皆闊三十餘丈。自城東入淮，謂之漣口。

## 四月將抵萊頗慮投邑傍險先憩即墨大覺禪院值病急問藥便遣訊母兄商進止慕親憂時輒多比興

其一

東土庭初近，西方思未休。看時憂箭括，入夜避鵂鶹。養志煩輸力，全身苦費謀。靈山丹藥發，爐竈好淹留。

其二

巢深禽不去，草滿獸因狂。大士持蓮鉢，公孫寢土床。鷄園憐法席，橘井慰高堂。十載干戈日，翻愁話故鄉。

其三

昔宿姜肱被，今炊王郎糜。未經牛有角，早畏鼠無皮。白髮空憐汝，開顔欲對誰。會須慰岑寂，方寸竟難持。

其四

行李還東國，乾坤臥此亭。蹇驢人負石，白馬寺馱經。海近潮風落，花殘雨氣冥。期歸多便否，愁念自星星。

其五

名岳空形勝，春田已罷耕。完身探虎穴，亡國記羊羹。戰伐千家改，音書九度行。不成真蹈海，且近魯連城。

其六

漫憶年深事，蕭蕭海國荒。草堂風墮燕，沙岸雨頹梁。病廢盤中俊，憂侵酒外香。路歧渾不定，萬慮日偏長。

**【校】**

黄傳祖《扶輪續集》卷八收其五。

【箋】

組詩作於崇禎十六年四月，如須奉如農之命自京返故里侍母來京途中。如農自訂年譜『癸未三十七歲』條述姜家當年遭際之慘，多有爲後人所不可想像者：

是年二月六日，萊陽陷。先忠肅公殉城死，幼弟坡急父難并執殺。嫂王氏、弟婦孫氏、左氏、仲妹左，皆同日盡節。山東巡撫曾化龍上其事，臺省交章請釋埰治喪。上曰：『姜垓固在，埰非獨子，言官何屢瀆爲？』弟垓疏請身代，并不許。母太孺人來京師視埰。時京師大疫，上命刑部清獄，因釋出，得母子相見。僅十日，上召見司寇，責埰等罪狀不宜縱休。埰與開元名，御墨各交一叉，曰此兩大惡，司寇免冠請罪。於是再入請室。既罪輔伏誅，有新參某請釋埰等。上曰：『朕處二臣，豈爲罪輔哉？』未蒙俞旨，母、弟遂由河道達廣陵寓居焉。

是秋，血痢侵尋，病甚危劇。親朋慰問，無一人至者。埰亦不肯俯仰向人，而厨烟常斷矣。曾署一聯：『地獄可憐爲餓鬼，罪臣何况是孤兒。』

按：即墨，山東膠東道即墨縣。

## 江都述懷

其一

隋京元鞏固，花雨自樓臺。五馬春猶渡，千門迴不開。夜寒吹鬼火，風勁折官梅。壯麗今何在，凄其送客迴。

其二

天塹中歸漢，重關北控秦。翠華親別苑，黄鉞付宗臣。虎將虛精鋭，龍興徒苦辛。朔方旌欲拔，烽舉化爲塵。

其三

西風吹短笛，明月照長吟。柳暗新鶯徙，花殘乳燕深。橋陵金殿閟，粉蝶玉鈎陰。今古多興廢，憑軒泪滿襟。

【箋】

如須於崇禎十六年夏奉母南下，流寓揚州，見下《省母于役過廣陵陳大令曹秀才汪徵君并兄子伯安到船送已發復留席限十二韵留别諸子各有作竟夕明日行》及卷六《哀喪亂詩》。

如須累過廣陵。崇禎九年中舉後，嘗作江南游，至崇禎十二年冬返京應試。參《倡酬投贈集》中劉城、黎遂球、程邃等條。

## 雲陽追憤

其一

幽薊屯封豕，乾坤信渺茫。翠華遺詔出，御袋血書藏。京邑新焚火，闕門舊戰場。祇因孝陵外，風雨哭凋傷。

其二

皇天胡不吊，國步竟多艱。司隸儀何見，昭陽火未殘。初聞下殿走，爲問聖躬安。灑盡孤臣泪，驚心五載看。

其三

癸亥日還門，星辰主更圍。兵煩回紇救，戈痛魯陽揮。未〔一〕恃咸京險，空憐故國非。秋風回首地，慘慘泪沾衣。

其四

不料群凶逞，初驚内殿灰。暫時郿塢破，閒〔二〕道漢臣回。逆節長防潰，鈎陳竟可哀。沾衣問消息，烽火炤〔三〕平臺。

其五

縱使收京闕，花門納款遲。秦庭聞哭後，燕將入書時。社稷同心決，乾坤大統疑。安危元老在，努力强扶持。

【校】

〔一〕『未』，原作『米』，據清鈔本、整理本改。

〔二〕『閒』，清鈔本作『聞』。

〔三〕『炤』，清鈔本作『召』。

【箋】

雲陽，江南鎮江府之丹陽縣，本楚之雲陽。見顧祖禹《讀史方輿紀要》卷二十五。據第二首所咏，組詩似作於崇禎殉國後五年。時如須與仲兄自蘇州返萊陽，路過丹陽，因有此作。參卷一《丹陽雪中逢黄正色》。

## 南徐中秋逢山東親故憑寄家書

蛩寒木葉脱，不識故人心。關輔雁初到，荆蠻〔一〕秋又深。月明江岸盡，猿嘯海門陰。獨有思親泪，臨風灑滿襟。

【校】

此題又見《姜如須詩》。

〔一〕『蠻』作『蠻』。

## 游八功潮音庵有蜀僧若冰能詩援筆和贈不稱名姓旋訪竹院

返照千峰雨，松濤一院風。引輪花石側，敷席水雲窮。京峴傷鴻客，淮南有桂叢。挂瓢人一去，多在海門東。

其二

十載紛戎馬，誰知故國情。相逢巫峽客，尚恨杜鵑鳴。鬣雪青山老，登樓白髮生。何時識空相，不住月明同。

其三

瓢笠家何在，悠悠萬里人。遠憐孤客苦，老信世情新。梅尉投林早，梁生去國頻。歲寒愁渺渺，爲約伴松筠。

其四

舍北戴公宅，天涯處士親。乾坤雙柱古，草木六朝春。芽笋雨方坼，稻花秋欲仁。雲龕長坐臥，到岸屬前身。

【箋】八功，泉名，謂八功德水也。諸橋轍次引梅摯《八功德水記》云：

水在［南京］蔣山悟真庵後，梁天監中始得名。有胡僧曇隱，飛錫寓止修行，忽一龐眉叟相謂曰：予山龍也，知師渴，飲功德池，措之無難矣。人與口滅，一沼沸成。深僅盈尋，廣可倍丈。一清，二冷，三香，四柔，五甘，六浄，七不饐，八蠲痾，其效也。

詩中所及之潮音庵，應在江蘇陽山（參《姜如須詩》所收《游陽山用申文定韵》題）。此蓋由江南寺廟中，每多有自詡有『八功德水』者故也。與如須并時而較後之王攄（一六三三——一六九九）即有《潮音庵聽講賦贈檗公和尚》：

尚方曾請劍，高座正談經。故國荒禾黍，孤忠炳日星。鶴隨飛錫至，鴿集寶旛聽。講罷禪關掩，秋陰月滿庭。（《蘆中集》卷一）

題中所及之檗公和尚，指熊開元，即與如農同時被崇禎帝所杖者。國亡後爲僧，法名正志，號檗庵。參卷六《兄被罪幽拘》詩。

蒼雪《南來堂詩集》卷二《自招隱至八公洞招隱即戴顒隱居處》詩，據王培孫箋，則又一八公洞也：

《丹徒縣志》引《元和郡縣志・獸窟山》：一名招隱山。在城南七里。《太平寰宇記》：梁昭明太子曾游此山讀書，因名招隱山。又，迴龍山，在城南七里，與招隱山相接。下有八公洞，俗呼内監爲公。昭明太子讀書時，有八内監隨之。太子殁，八人皆焚修於此，故名。《京口山水志》則曰：借淮南八公故事以名洞。

## 齊价人載酒過草堂偕秋若聖野霖臣分作

風滿梁鴻廡，秋高謝傅山。孤城人去遠，萬里雁飛還。離亂經過少，浮生旅食艱。鳴瑯拚一醉，容易慘衰顔。

其二

惜病舡相就，思群客易狂。雪寒滄海樹，風勁闔閭鄉。黄菊非耽酒，青氊竟裹糧。藥欄乘興到，莫畏近官塘。

【箋】

价人，一作介人，齊維藩之字，號復齋，安徽桐城人。崇禎十五年舉人，官台州知府。順治初，爲吴縣學博。潘江《龍眠風雅》卷四十八小傳云：

齊維藩，字价人，號復齋。崇禎壬午舉人。順治初爲吴縣學博，與林雲鳳若撫、葉襄聖野輩詩文唱酬，名滿吴下。稍遷國子監坊教，以兵部郎中出守浙江台州府。城陷，不知所終。公于詩自漢魏及開元、大曆，靡不咀啜采擷，而略其膚貌，取其神理。故能剪刻鮮净，陶寫清超，不得以一家名之。視世之妃青媲白，以儷花鬥葉爲工者，掉頭若晚也。所著《燕吴近咏》《戊子己丑詩》刊行于世。予更訪搜其辛卯詩，及人家紈扇紙幀所見者，增入十數首。夫惟大雅，卓爾不群，公足當之矣。

傳云「與林雲鳳若撫、葉襄聖野輩詩文唱酬，名滿吴下」，甚是。《龍眠風雅》所收价人詩作之酬贈聖野者也，即有《詩稿輯成寄葉聖野社兄校序賦贈》《快讀葉聖野紅藥堂詩刻贈之十八韵》。詩不録。

价人與曹溶亦往來甚密。秋岳《静惕堂詩集》中與价人有關詩作，不下十題之多。又，徐鼒《小腆紀傳》卷五十七，稱有明遺民避地厦門、台灣而名齊价人者，當非同一人也。詩題所及之霖臣，申繹芳號，字維恩，吴門人。與紹芳（維烈）、濟芳（維寧）、繽芳（孝觀）均時行之後裔。見卷六《農部申侍郎見訪貽示新篇有贈兼呈令五弟内史》題。

## 亭山宴集

寄迹荒城外，同知春色青。水明爲抱石，橋斷不通亭。坐各尋衰草，游非托散萍。入山從此去，日暮對寒汀。

【箋】亭山，疑爲萊陽郊區一景點。參《姜垓文録》所收《亭山賦》。

## 省母于役過廣陵陳大令曹秀才汪徵君并兄子伯安到船送已發復留席限十二韻留別諸子各有作竟夕明日行

大業宫城地，黄雲滿舊皋。上林鴻未達，不夜豹將韜。努力師元直，違情抗子高。斑衫人共惜，華髮爾安逃。餬口塵生釜，探家竹繫敖。攀留臨祖席，托付看兒曹。歸路柴帷冷，春餱鐵裹勞。最憐潘岳縣，莫贈吕虔刀。憔悴江南曲，殷勤楚澤騷。五噫初去國，七發昨觀濤。雪涕千條屑，脂車一寸膏。秋風芳草日，好放子皮舠。

【箋】

如須奉母避難於江南，事在崇禎十六年秋九月。越五年，如農奉母自南北返，歸萊陽。以後五年之間，如須省母於故里，一在順治六年奔長兄之喪，一在順治九年如農返鄉時隨行。過廣陵詩亦當作於其中一役。

于役，典出《詩經·王風·君子于役》：『君子于役，不知其期。曷至哉？』

詩題所及之『陳大令』，疑爲明季嘗任揚州推官之福建莆田人陳士梅（見雍正十一年修《揚州府志》卷十九《秩官》）。崇禎七年進士。同科中有吴昌時、龔鼎孳及嚴栻。崇禎十年如須游江南，士梅即與如須相識。明亡後，士梅滯留廣陵，未返福建，二人故得相見。

## 和贈鄧秀才漢儀

携客延陵舊，逢君鶴郡前。江淮餘部曲，吴楚接烽烟。失路横關輔，占星暗斗躔。西風聞短笛，寒雨擊空舷。杜甫無家别，陳王白馬篇。歌音超近體，琴操會無弦。終苦塵難蔽，何妨磬屢懸。虚存徐稚榻，誰羡李膺船。廟社非人力，乾坤只自憐。隋宮花覆地，漢塞草連天。皂帽堪長策，青山亦夙緣。河梁孤客恨，冰雪遠書傳。迹曠孫登嘯，懷留祖逖鞭。種瓜還故業，栽竹傍廉泉。養婢千頭橘，娱親一膾鯿。桃源雖絶世，漁父未徒仙。木葉蕭蕭落，萍心冉冉牽。獨傷烏鵲繞，常對虎狼眠。麥秀周京道，粳收賃廡田。報恩三尺劍，托命五花韉。暇日開襟少，新亭置酒偏。官梅何遜興，鄧有《官梅》諸集。書草子雲玄。衣帶芙蓉冷，餱糧杜若搴。凄凉情易老，蕪穢隱能專。莽澤元龍遁，監車赤驥綿。渡河期鄧禹，奉使愧張騫。一别惟青眼，雙魚有素箋。挂帆秋色早，萬樹亂鳴蟬。

【校】

此題又見鄧漢儀《慎墨堂詩拾》《詩觀二集》，陶煊、張燦《國朝詩的》。第十四句「何妨磬屢懸」，《慎墨堂詩拾》《詩觀二集》作「屢懸」；第三十六句「虎狼」作「鷺鷗」。

【箋】鄧漢儀，楊積慶《吴嘉紀詩箋校》卷七《寄鄧孝威》題引《海陵文徵》沈龍翔《鄧徵君傳》：

徵君姓鄧氏，名漢儀，字孝威，號舊山，蘇州人，徙家泰州。十九歲，補吴縣博士弟子員。生平著述甚富，游淮有《淮陽集》，居揚有《官梅集》，游粤有《過嶺集》，游潁有《濠梁集》，游燕有《燕臺集》，游越有《甬東集》，膺薦有《被徵集》，皆遂年編紀，手自删訂。詩餘、古文數百篇，藏於家。所選《天下名家詩觀》初二三集，搜羅富而抉擇精。戊午春，詔舉宏博科，户部郎中談皆宏憲以先生名應，力辭不獲。是年秋，偕三原孫枝蔚應詔入都。與枝蔚均以年老學優，賜内閣中書舍人銜，當軸皆惜其才，欲薦入史館，以母老遄歸，徜徉吟咏。康熙己巳卒於家，年七十有三。

如農病革，孝威有《次易簣歌原韵》挽章：

憶公直宿諫垣時，左右權貴皆憚之。二十四氣人俱在，斥爲朋黨者爲誰。惟公慷慨能論奏，顧視斧鉞心神怡。九重赫怒交赤棒，血肉驚飛滿眼悲。謫戍宣州有嚴旨，執殳載道涕雙垂。無何黄巾犯宫闕，公也行遁歌楚詞。聊復戢翼吴門市，一瓢一笠長相隨。今年一病將奄逝，遺命諄屬不須還葬東萊崎。先皇有明詔，大義不可辭。竟須埋骨敬亭下，乃見

孤臣生死志弗移。好向邱隴側，長栽松柏枝。應有哀猿杜宇頻，叫嘯引得行人千載思。（《慎墨堂詩拾》）

孝威與如須唱酬頗多，參《姜如須詩》《集外詩輯》及《倡酬投贈集》。如須下世後，孝威與其孤子有往還。《慎墨堂詩拾》有《送姜奉世歸吴門如須吏部之子》：

憶共君家吏部游，燕山烽火石城秋。最憐宿草人如夢，却接孤兒泪更流。春盡隋橋櫻笋宴，雨垂滄海木蘭舟。吴山此去堪吟眺，莫爲兵戈起獨愁。

前引沈龍翔《鄧徵君傳》中所及孝威諸詩集，似流布不廣。偶見陳維崧《湖海樓儷體文集》收有《鄧孝威詩集序》，所序者，僅《過嶺集》而已。序長不録。

錢牧齋於孝威詩，頗見許可。《有學集》卷四十七《題燕市酒人篇》：

甲午春，遇孝威于吴門，孝威出燕中行卷，皆七言今體詩。余賞其骨氣深穩，情深而文明，他日當掉鞅詩苑。今年復遇之吴門，見《燕市酒人篇》，學益富，氣益厚，骨格益老蒼。未及三年，孝威之詩成矣。

或曰：『孝威詩于古人何如？』案頭有《中州集》，余曰：『以是集擬之，當在元裕之、李長源之間。』或怫然而起曰：『今之論詩者，非盛唐弗述也，非李、杜弗宗也。擬孝威於元季，何爲是諓諓者乎？』余曰：『不然。詩言志，志足而情生焉，情萌而氣動焉，如土膏之發，如候蟲之鳴，歡欣噍殺，紆緩促數，窮于時，迫于境，旁薄曲折，而不知其使然者，古今之真詩也，吾讀裕之、長源詩，《皇極》《永明》之什，《牛車》《孝孫》之篇，朔風蕭然，寒燈無焰，如聞嘆噫，如灑毛血，斯亦《騷》《雅》之末流，哀怨之極致也。孝威以席帽書生，負河山陵谷之感。金甲御溝，銅駝故里。與裕之、長源，共欷歔涕泣于五百年内。盈于志、蕩于情，若聲氣之入于銅角，無往而不一也，安得而不同？子之云盛唐李、杜者，偶人之衣冠也，斷菑之文綉也。我之云裕之、長源者，旅人之越吟也，怨女之商歌也。安得以子之夢夢，而易我之諓諓者乎？孝威自命其詩曰《燕市酒人篇》。嗟夫！白虹貫天，蒼鷹擊殿，壯士哀歌而變徵，美人傳聲于漏月，千古騷人詞客，莫不毛竪髮立，骨驚心死，此天地間之真詩也。子亦將以音律聲病，句刌而字度乎？知孝威命篇之指意，今之以元季擬孝威也，雖諓諓，庸何傷？』孝威悦是言也，以告芝麓先生。先生曰：善哉！能爲裕之、長源者，望盛唐李、杜，猶北塗而適燕也。人言長安樂，出門向西笑。孝威自此遠矣！

## 賦得荷花三十韵

十里雷塘路，風流舊采蓮。雲生香菡萏，日落草蓀荃。灼灼莖初亂，亭亭影共憐。花鈿流錦帶，汗粉麗朝烟。短楫王孫渚，靈旛帝子船。艷房衣裊裊，秋蒂體涓涓。駢秀元嘉代，雙開泰始年。丹墀修幹挺，玄瀨夜光懸。弱失傾城後，輕沾度曲前。自諳秦殿舞，遂奪漢宫妍。姱質良媒遠，纖容羈客遷。竟煩曹植賦，終奏鮑昭篇。結實苞還密，盤根節獨全。江萍形鬥赤，海棗葉争圓。碧玉誰家女，紅妝別號仙。鳧栖同泛泛，魚戲亦田田。托訴中洲佩，標貞若木搴。三閭遲暮甚，百頃卷舒偏。鳩夕芳難歇，蜂租液欲湔。詔開承露盞，恩賜洗兒錢。繫纜黄螺綰，迴池翠蓋牽。薄裳雲屋冷，奇服絳帷連。平掌敷新雨，飛鬟媚晚川。紛葩銀漢裏，曜采月明邊。酌雨杯猶渡，停橈曲疊宣。鵁臺高設幔，鸞鏡曠鳴弦。一謝昭陽館，因生智慧泉。早稱脂敷面，新浣錦題箋。羅襪塵無染，奩絲素偶穿。若邪人豈邈，徒倚納凉天。

## 焦山述游

暇日三山外，清江萬里東。金鰲樓閣聳，鐵甕水雲空。割據高城麗，分圖匹練雄。海門秋半曙，川照晚還融。沙鳥依汀際，風帆落鏡中。寺臨楓葉赤，岸繞蓼〔一〕花叢。玉闕乾坤闊，銀河日月通。南徐王氣盡，漢代少微崇。駕瀚雙樞柱，登仙五彩虹。君臣龍卧遠，踪躅鶴巢同。蘿〔二〕薜烟霞老，滄洲殿宇隆。舊家思浩淼，歸楫雨濛濛。

【校】

〔一〕『蓼』，原作『寥』，據清鈔本、整理本改。

〔二〕『蘿』，原作『羅』，據清鈔本、整理本改。

【箋】

焦山，一名浮玉山，或名譙山、樵山。江蘇丹徒縣東峙立大江中。王象之《輿地紀勝》引《唐圖經》云：『後漢焦先嘗隱此山，因以爲名。』一名浮玉，今岩石有題刻浮玉山字。

王士禛《感舊集》卷八收有王士禄（西樵）《登焦山絶頂作》：

忽送憑高目，身疑著日旁。天連京峴碧，雲覆大沙蒼。千片遠帆小，數聲孤磬涼。泠然思禦寇，烟路欲相將。

# 流覽堂殘稿卷第六

## 和葉聖野獻歲二日送余東歸省母

江南九度薦椒辛，風土流遷一病身。晚景自憐萱草細，先春欲遣柳條新。岳雲青濟連秦樹，玉闕扶桑暗海濱。回首慈顏天更遠，幾經游子泪沾巾。

【箋】

獻歲，正月元日也。如須東歸省母，在順治九年春。如農《姜貞毅先生自著年譜》「壬辰四十六歲條」：「是春同弟垓歸葬忠肅公於萊陽。」詩起句「江南九度薦椒辛」，上溯如須南來，恰爲九載。明年，如須即下世。

朱彝尊《静志居詩話》卷二十一「葉襄」條云：

吴下詩流，聖野始屏鍾、譚餘論，嚴持科律，一以唐人爲師，與姜考功如須往還酬和。襄嘗接席臨頓里，談諧宴笑，器局可親。所刊吟稿，考功序之，今購之便不復可得，僅從《道南集》鈔撮數首而已。

順治十一年（一六五四）冬，錢牧齋於假我堂設文宴，聖野在被邀之列。見牧齋《冬夜假我堂文宴詩序》。牧齋又嘗序聖野《紅藥堂詩》。文末盛稱聖野詩詣：『葉子聖野，吴才士之魁也。聖野爲歌詩，高華妙麗，光氣昱耀，殆有舍利如和含桃在其筆端，至其憤排奡兀，輪囷結轖，《騷》《雅》後而詞家前者，聖野不能自言，而世亦罕有知之者也。嗚呼！滄桑移，陵谷改，聖野之詩在天地間，雖復金藏雲布三千界，雨㴬如車輪，我知其不化而爲水也。假令聚海内之詩，丹鉛甲乙，積薪縱火燔之四通之衢，其中之才人志士，精㱃志氣，混淪旁魄，必有焰焰然旋空而蔽日者。以是而試驗聖野之詩，有不信乎？』（《有學集》卷十九）

聖野與徐汧父子交誼甚篤。陳濟生《天啓崇禎兩朝遺詩》卷七《徐九一詩》有勿齋《國變赴難次韵答葉聖野》詩：

鞠旅何人赴九閽，空教將士侈雲屯。驚傳鶴唳聲援急，瞻望龍顔血泪吞。國耻日深羞齒髮，臣身未老嘆霜琨。君爲吴下真男子，示我春秋大義尊。痛哭誰爲策治安，塵迷北極幾回看。黄扉隱忍籌帷幄，赤子縱横犯蹕鑾。宗廟神靈護鐘簴，冠裳風烈起椒蘭。幾人周岌盟杯酒，貌奉心圖自古難。

勿齋子枋《五君子哀詩》中《故文學葉先生襄字聖野》云：

先生神駿姿，稚齒志軒豁。千里鳴長風，雄心排紫闥。掞藻花欲生，處囊穎自脱。詞場主齊盟，意氣高巀嶭。旦夕期致身，廊廟潤鴻業。豈期困數奇，抱玉遭屢刖。先生志益奮，顧盼氣莫奪。忽然經喪亂，杜門被短褐。圖書劇縱横，菁華供采掇。冥搜閲百代，貫穿文辭窟。三皇汲《典墳》，六朝繪雲月。騷人侈雕蟲，詞翰有健鶻。正如大蒐狩，漁罟山澤竭。又如凌滄洲，處處結津筏。發揮成大文，汪洋肆閎達。雲漢秋天高，波瀾溟漲闊。憶昔執經初，枋年未束髮。周旋函丈間，撫時思奮發。揮忽十餘年，乾坤正蕩潏。汩羅與土室，先生痛存歿。操觚血泪垂，千秋托碑碣。推獎冠獨行，行墨起芳烈。先生爲先文靖公作傳，謂余隱居避世，爲時獨行第一。謂余立德言，不朽成二絶。先生見余《通鑒紀事類聚》《廿一史文彙》《建元同文録》等書，寓書於余云：『人生三不朽，足下已有其二，立德立言，從此而兼并矣。』怵惕奉斯語，嘗恐身隕越。一言銘終身，俯仰中腸熱。蒼天酷斯人，中年病消渴。遺書委風塵，歲月同蕪没。揚雄垂《太玄》，侯芭守師説。緬懷愧古人，臨風嘗涕雪。再讀《北哀》篇，哀鴻叫天末。甲申後，先生著《北哀賦》。

（《居易堂集》卷十七）

《天啓崇禎兩朝遺詩》卷十《葉聖野詩》收《送姜如須省親萊陽兼呈令兄如農先生及李灌溪張草臣陳皇士徐昭法一百韵》。詩見本書《倡酬投贈集》。

陳田《明詩紀事》辛卷二十二收聖野與曹溶、龔鼎孳酬和各一首。徵之《靜惕堂詩集》及《定山堂詩集》，知明亡後聖野嘗與屈身仕清之舊友人保持往還也。詩不録。又，柯愈春《清人詩文集總目提要》載鄧漢儀《官梅集》及吴綃《嘯雪庵詩集》，皆得聖野爲之撰序。未見。聖野乃復社中人，列名《留都防亂公揭》。卒於順治十二年。

## 和沈無封贈別之作

擎杯河下挽心旌，爲勸埋名勝識名。行役江程經一月，歸家庭樹老三荆。寒雲漠漠有何意，僕馬悠悠非世情。花鳥今春渾不覺，陽關酒罷泪縱横。

## 余將卜居膠〔一〕西留宿張孝廉城南別墅旬日賦詩言懷

碣石滄洲一草亭，離愁花鳥思冥冥。笠瓢轉徙懷吾土，戎馬春歸卧翠屏。三島雲平山郭冷，二嶗月滿海天青。故人掃榻墻東下，竹葉頻開雙玉瓶。

其二

戍樓吹笛雨蕭蕭，沙寒長林五月凋。避地自憐雲出岫，逃人新種竹過橋。蜂巢花墮將尋伴，燕幕雷翻欲卜僑。早罷春耕停野騎，十年踪迹夢飄飄。

其三

把酒誰堪涕泗頻，故鄉百戰有風塵。親疏歲晚傷知己，遠近天涯共比鄰。好愧姜肱餘枕被，翻逢張翰憶鱸蒓。依人早作登樓賦，冉冉征途自苦辛。

【校】

〔一〕『膠』，原作『謬』，據清鈔本改。

## 端午後一日淮陰大雲庵階六白雲分作

水〔一〕雲迢遞鬱天門，近郭迎風菡萏溫。作客淮南思桂樹，懷人江上有芳蓀。空憐寄食非韓信，尚續殘騷吊屈原。盡日祇園鄉夢減，相逢翦紙爲招魂。

【校】

〔一〕『水』，原作『分』，據清鈔本、整理本改。

【箋】

《水經注》：『淮水右岸即淮陰也。』《南畿志》：『淮陰故城去治西北四十里，韓信釣於城下，即此。』

階六，陳台孫之字，自號楚州酒人，江蘇山陽人。與如須同舉崇禎十三年（一六四〇）進士，授浙江富陽知縣，擢六科給事中，後晉陝西隴右道。其鄉人李元庚撰《望社姓氏考》（《國粹學報》第七十一期），稱階六『與雲間陳卧子齊名，時推二陳』。又美言階六於崇禎朝以『抗直敢言』有聲於世。獨隱其入清後與貳臣如周亮工者往來密切事。周氏《賴古堂集》中收與階六同游唱酬之作，多至六、七題。順康間大臣如昆山徐氏兄弟及施閏章等，亦與階六往還。徐乾學《憺園集》卷五有《題陳階六小照》詩，所言尚在未出山時事：

> 當年諫草避人焚，賜沐公餘樂事紛。圖裏列眉多偃月，賦中留枕盡行雲。賓朋北海尋常見，絲竹東山仿佛聞。只恐飛樓空百尺，未容高卧便輸君。

李元庚《望社姓氏考》引施閏章《寄陳階六淮上》詩二首，亦作於階六高隱之時：

韓侯城頭憶風雪，元龍榻前話離別。明日孤舟我獨歸，至今三歲心如結。

階六何年出山，無考。惟順治十六年（一六五九）頃以禮科給事中升工科給事中，旋奉命帥漕閩中，則當時頗有詩紀其事者。如徐元文《送陳階六給諫帥漕閩中》：

曾聞諫疏動楓宸，此日褰帷向七閩。碧海波涵彭嶼月，蒼山花發武夷春。籌兵久切岩廊畫，轉饟仍煩侍從臣。民力東南今已竭，看君何以布皇仁。

又如冒襄《送陳階六黄門參藩八閩》：

廿年同學復同裳，我自塗泥君鳳凰。此日滄洲驚節鉞，多時驛路候餘皇。人來北斗薇分紫，星落南天茘正黄。莫道炎荒争負弩，江樓吹笛暫飛觴。

再如方文《聞陳階六給事丘曙戒編修俱外轉悵然有作》：

淮上多良朋，膴仕者有二。陳君掌諫垣，丘君讀中秘。齒髮雖不同，性情則相類。予在都門時，坦率成深契。日日飲其酒，間亦分其惠。臨别愈流連，贈詩見真意。感此不能忘，相勸惟勇退。昨日見除目，同時補外吏。陳猶官憲使，閩海亦善地。道里未甚遠，糧儲乃重寄。丘何爲郡佐，咄咄殊可异。瓊州在海外，此行良不易。君雖少年人，體弱容亦悴。況有二親老，安忍便遺棄。五月出都門，六月抵淮裔。恨我羈東兖，未得一把臂。後會知何年，臨風發長嘯。

階六於入清國亡後，先隱後仕，與吳梅村同出一轍。其不同者，階六似『善自托於酒』，梅村則公開自悔失身之事。杜濬《陳階六社長七十壽序》述陳台孫平生嗜酒事，頗具興味：

吾友陳階六先生，文人也。顧嘗自號楚州酒人，屬余爲之歌。歌成而先生擊節稱賞，以爲絶倫。爲余置酒，召寇生捧觴，盡醉極歡然後罷。此三十年前會于金陵事也。此會居其中，而在前在後者，可以舉其略，余嘗默識之。蓋此會之前十餘年，余游玉峰，偕萬子允康訪先生於當湖治所。是時先生以庚辰之文章雄視壇坫，方克勤吏治廉能，稱兩浙之冠，未嘗慕酒人而以爲別號也。此會之後又二十餘年，余晤先生於廣陵山左，宋荔裳亦在。相與談宴浹旬，乃知先生中間亦以才爲世用，敭歷中外有年，於是且將息機焉。而酒人之歌猶能舉其詞，酒人之號未之有改也。以是衡之，則知先生之不爲酒人者，僅在筮仕之初，年三十餘許時耳。自號酒人以後，繇四十、五六十以至於今，巋然壽登七十，固皆酒人之年也。甚矣，先生之善自托於酒哉。其醒可及，其醉不可及也。昔韓昌黎讀《醉鄉記》，以爲東皋子蓋有托而逃。夫東皋子可以無逃者也，則其逃爲太過，不如先生遠矣。余與先生同庚，而酒腸甚迮，自號三杯酒徒，乃酒徒之最下劣者。然其至醉鄉也，三杯捷於百觚。故余之登七十，亦先於先生數日，負蘭矢前驅，將爲先生整頓糟丘，洗瓢潔觶焉，此豈無據哉？原夫載籍之中，凡言起舞爲壽，壽非他，即酒也。故爲壽而津津談酒，乃爲正説，餘皆旁説。余之壽陳先生，正説也。

序中稱與階六同庚。杜生於萬曆三十九年（一六一一），然則階六（與同庚之杜濬）慶七十之壽，當在康熙十九年（一六八〇）。時如須早已前逝，不及見矣。杜字于皇，號茶村，湖北黄岡人。有《變雅堂集》。

階六與錢牧齋亦相過從。《有學集》卷六《題陳階六振衣千仞岡小像》：

偶向咸池沐髮還，須彌廬頂瞰人寰。笑他一摑修羅掌，規取雙輪作耳環。

## 寓亭書懷兼别階六諸子

步擔投君猶别離，牙蒲新荇不勝悲。靈旗雨閉天妃廟，碧瓦春昏漂母祠。城柳依依人駐杳，關雲漠漠雁飛遲。干戈極目將安往，酒力顛狂又一時。

其二

五月五日余南旋，淮陰風雨無度船。浮梁孤客鼠長嘯，壞館此翁蛇伴眠。卜築黄塵行滿地，占時赤蜺晚當天。解金脱驂爾何篤，頻上酒樓沽十千。

【校】

《姜如須詩》收第一首，起句『猶別離』作『惜別離』。次首『度』，清鈔本作『渡』。

【箋】

階六，已見上題。詩當作於自萊陽省親南返吴門途中。王弘撰《山志》初編卷六《紀游》：

憶辛卯春，予始游吴門，所與交者陸履長、姚文初、瑞初、周子佩、子潔、顧云美、朱彦兼、沈古乘、葉聖野、胡雪公、鄒鶴引諸君。時姜如須、張草臣皆病甚，亦爲予强起。同寓虎丘者，則吴梅村、陳階六、韓聖秋也。

按：辛卯，順治八年（一六五一），如須下世前二載，知階六時尚未出山。文中所記陸履長、周子佩、子潔、顧云美、葉聖野、吴梅村、張草臣、陳階六等，均與如須往還密切。

王弘撰，字文修，一字無异，號太華山史，又署鹿馬山人。名所居曰砥齋，又曰待庵，陝西華陰人。有《砥齋集》。顧亭林北游，與之踪迹至密。詳近人趙儷生《顧亭林與王山史》一書。

## 淮陰覽古

談笑山東七十城，功名逐鹿久横行。微時國士知名少，遺恨王孫芳草生。項籍氣凋劉獨王，蒯通計絀信將烹。英雄事業俱黄土，楚漢悠悠萬古情。

【箋】

淮陰，見前《端午後一日淮陰大雲庵階六白雪分作》題。

梅村有《過淮陰有感》二首，亦七律。第二首收篇兩句，尤廣爲人知：

> 落木淮南雁影高，孤城殘日亂蓬蒿。天邊故舊愁聞笛，市上兒童笑帶刀。世事真成《反招隱》，吾徒何處續《離騷》。昔人一飯猶思報，廿載恩深感二毛。
>
> 登高悵望八公山，琪樹丹崖未可攀。莫想《陰符》遇黄石，好將《鴻寶》駐朱顔。浮生所欠止一死，塵世無蹤識九還。我本淮王舊鷄犬，不隨仙去落人間。

## 過八寶雨中素臣李三邀宿同園偕韞仲張孝廉性之徐山分四韵即席各作

五月剌[一]船東渡江，白題胡舞市收幢。故人別業水千頃，游子羈踪鳧一雙。剡縣風華閑訪戴[二]，鹿門生計晚依龐。花繁雨净納涼夕，掃榻老夫臨北窗。

【校】

〔一〕『刺』，原作『剌』，據清鈔本、整理本改。
〔二〕『戴』，原作『載』，據清鈔本、整理本改。

其二

憔悴江湖未卜居，懷中磨滅禰衡書。蘭膏夜秉臨虚閣，雲母春游引畫車。早遣焚香薰葛帳，無勞换酒取金魚。鵜鴂已恨人初去，蘆荻驚看月不如。

其三

背閣迴橋十里灘，花間行路莫辭難。藥槽江表壺中曉，皂帽遼東塞上寒。稻熟粱鴻投廡下，舟輕范蠡老湖干。垂簾風雨蕭蕭夜，百尺樓眠亦自安。

【箋】

八寶，江蘇寶應也。素臣李三，名藻先。父茂英，萬曆三十八年（一六一〇）進士，官至刑部郎中。素臣順治丁酉（一六五七）舉於鄉。科場案中，按驗得白者三人，素臣其一也。南下歸里，龔鼎孳爲撰《送李素臣孝廉歸寶應》四首。第一首『名成多難後，心白至尊前』一聯，傳誦一時：

幾載京華道，凌雲賦始傳。名成多難後，心白至尊前。斜日龍墀草，清霜隼翮天。蛾眉逢妒者，翻爲表聯娟。

堵墻觀落筆，意外一憐才。殺運文章挽，風檐士氣開。齊驅争雁塔，歷塊逞龍媒。爲語招賢閣，無輕視草萊。

危檣沙草路，衣濕酒痕時。匝歲人重别，驚心泪暗垂。纓冠慚北海，雪霰懍南枝。今夕青燈裏，相看減鬢絲。

軍鼓江淮後，親朋短札疏。秋鴻煩問訊，南浦近何如。爲梅公司馬也。吾道仍飛藿，君恩有敝廬。乘時端望汝，早上治安書。

素臣辭京歸里，宋琬有《送别李素臣歸荒隱草堂》：

送客傷心出薊都，朔風吹泪到檣烏。難逢狗監文偏賤，歸問鱸魚興不孤。卧病幾年羞髮鬢，故人多半在江湖。相思試折南枝寄，東閣官梅尚有無。（《安雅堂詩》）

錢牧齋與素臣父茂英爲進士同年。順治十二年（一六五五），牧齋舟過寶應，有《寶應舟次寄李素臣年侄》詩，因稱素臣爲「年侄」：

津亭何處不滄桑，况復淮南指白楊。冠劍丁年唐進士，泥塗亥字魯靈光。吴榜雁起殘更

火，楚幕烏啼半夜霜。容貌恐君難識我，且憑音響撼倉琅。（《有學集》卷六）

『冠劍丁年唐進士』句，遵王注引《通鑒·梁紀》唐末進士梁震拒仕新朝，終身止稱前進士事，知茂英於入清未嘗出仕。

如須詩題中另及之韞仲張孝廉，素臣之同里人張瑋也。韞仲於崇禎十五年舉於鄉。閔爾昌《碑傳集補·張瑋小傳》稱韞仲『幅巾野服，慕管幼安、陶元亮之爲人。最後有仇瑋者攻瑋。瑋不得已，會試至京師。同試者以爲疑，問曰：「先生出處何如？」瑋出憶梅詩相示，有「十年留得冰心在，一任寒風徹夜吹」之句。果以墨塗卷而歸，終身不仕。』

《清史列傳·文苑傳》記韞仲與其時隱居寶應之前明商邱知縣梁以樟相友善，以理學節義相切劘。有《岩居尚友録》及《十侍樓集》。未見。

又，《（道光）重修寶應縣志》卷四則載韞仲築有喁園、木侍樓。知韞仲入清後歸隱，生計未嘗有所憂也。

## 自真州到郡留別二兄

空堂昨夜走鳴雷，破帽單衫趁客回。月滿揚州新畫角，花殘隋苑舊樓臺。十年人老伯通廡，三伏酒闌袁紹杯。同氣紛〔一〕飛是何處？江頭羯鼓莫頻催。

【校】

黄傳祖《扶輪續集》收此題。

〔一〕『紛』，清鈔本、整理本《扶輪續集》作『分』。

## 依二兄放舟訪弟奉和

仲氏漁樵學隱名，輕舟訪弟竹西城。白頭家憶之官日，黄耳書傳入洛程。梅市繇來淹縣尉，夷門空自老侯生。干戈滿眼嗟同父，僕僕輪蹄四海行。

【校】

如農《敬亭集》中不見此題。

## 仰止軒吊楊忠愍

太常鼓舵大江濆，頽宇書題白練裙。六義流風今不滅，十行封事未全焚。原因報國成忠愍，翻似完〔一〕

身傍隱君。獨有兩賢真出處，蒼茫長鎖嶺頭雲。

【校】

〔一〕『完』，原作『究』，據清鈔本、整理本改。

【箋】

楊忠愍，楊繼盛（一五一六—一五五五，仲芳、椒山）之謚號也。直隸容城人。嘉靖二十六年（一五四七）進士，歷官南京户部主事，入爲兵部員外郎。疏劾嚴嵩論死。《明史》卷二九八有傳。椒山能詩，有《楊忠愍公集》。《明詩綜》卷四十三小傳引皇甫子循：

楊忠愍辭尚宏麗，語罕怨誹，江河一瀉。乃徵其才，光焰萬丈，悉由於氣。

又引蔣仲舒云：

楊公忼慨赴死。讀其詩，想見其人，没世而後，猶有生氣。

宋琬《祭忠愍楊椒山先生文》，知忠愍節烈事，清初人猶樂道之焉：

嗚呼！玉之堅也，易毁；蘭之馥也，恒焚。惟浩然之正氣，亘終古而常存，況論定於百有餘年之後，令人彌仰止乎清芬。昔賊嵩之柄政，蹇日月之爲昏，外有逆鸞之跋扈，舉朝咸縮朒而不敢言。先生首攖其凶焰，排閶闔而叩九閽。天子怒而下公於理，旋予杖於午門。遂投荒於此地，禦魑魅兮惟君之恩。開講壇于嶽麓，肆生徒之孔繁。坐皋比而授《易》，學者始知夫道德之淵源。及賜環而趨闕，公感激其彌殷，借尚方而斬佞，罔恤乎齒碎而身燔。所可恨者，張禹之頭未懸，萇弘之血先殷。嗚呼噫嘻！先生之忠，比於喬、固之烈，而先生之禍，甚於汨羅之冤。至於今，嵩耶鸞耶既與腐草而俱化，而先生之精忠大節，炎炎乎如旭日之初暾。某等本款啓之豎儒，謬承乏于塞垣。溯徽音於既往，如培塿之望昆侖。使先生而或在，願隨杖履而執橐鞬。過超然之臺畔，每欷歔感嘆而聲吞。挹清流于渭曲，薦南澗之蘋蘩。誰克與先生爲配？前夷、齊而後屈原。願巫咸之聽我，騰八極以招魂。靈翩翩其來止，乘赤豹與文黿。冀眷懷乎兹土，庶幾乎懦立而薄敦。（《安雅堂文集》卷二）

并時人興化籍李長科《楊忠愍成仁里慶都縣》，見《天啓崇禎兩朝遺詩·李小有詩》：

先生不是逢千伍，夢入簫韶道師魯。五字從容絶命詞，千秋凄愴編年譜。身歸天上本騎箕，氣落人間堪射虎。我到青丘不忍登，遥瞻華表鵑啼雨。

同書又收如須鄉人高出《讀楊忠愍先生集賦哀》詩：

老獄尋遺迹，冥冥化劫灰。百年埋碧血，當日賦紅苔。公集有《獄中紅苔》絶句。繼代威靈赫，新朝斧鉞催。風霆天上意，早殛後來崔。公殁一紀，嵩父子始誅削，未若魏崔三稔伏法，將無在天陰譴之與？

能詩薄伎藝，知樂契形聲。絶學師資正，談兵變化精。雜文備典則，遺恨掃欃槍。莫問同時輩，彌深千載情。（《高孩之詩》）

乾嘉間人阮元（一七六四—一八四九，伯元、芸臺）《揅經室集》三集卷四《送楊忠愍公墨迹歸焦山記》引如須此題：

焦山仰止軒者，明天啓間建，奉忠愍木主。舊在水晶庵，今圮無存。嘉慶丁卯，僧秋屏覺鐙請改立忠愍公主于焦隱庵後屋中，元稍葺新之，重題木扁，且邀翠屏洲詩人王柳邨豫歸之焦山軒中，此夙願也。明嘉靖壬子，忠愍約唐荆川至焦山，詩云：『楊子懷人渡揚子，椒山無意合焦山。』姜如須先生垓《仰止軒》詩云：『六義風流今不滅，十行疏草未全焚。原因報國成忠愍，翻似完身傍隱君。』今卷中詩文并存。仰止軒舊與漢隱庵遠，今軒在庵後，似姜先生詩豫爲今日兆者。二公忠義之氣，與江山共千古。

按：記中引如須此詩『楊子懷人渡揚子，椒山無意合焦山』句，又云『今卷中詩文并存』，明指如須所撰。則芸臺後生全祖望（一七〇五—一七五五）幾一周甲，猶得見紹衣生前所欲編訂之姜如須書稿。謹識於此，以待來者。又，全紹衣得見如須詩稿事，參本書《自序》。

## 潤州秋懷八首

其一

雲蔽宮門錦樹凋，烟華左輔最蕭條。泝江萬里乘黄鶴，吹月三更弄紫簫。水國櫓遲青雀舫，天閶駕并〔一〕彩虹橋。南徐秋色傷情久，寒露飛鴻早渡遼。

【校】

〔一〕「并」，原作「升」，據清鈔本、整理本改。

其二

緑草黄埃返照來，北軒清嘯爲誰哀。雲霄洞嶺龍初卧，簾箔珠池鳳欲回。據石握談安漢鼎，控城總轡上吴臺。英雄往事多如此，渡口沙喧人又催。

其三

峴首銅坑雲氣昏，酸蒿乳酪大招魂。驛邊殘雨收京口，山外輕烟接海門。客上南樓新邸第，兵稱北府舊營屯。不堪殊路頻登望，落日鴉啼繞水村。

其四

芙蓉檻〔一〕外思冥冥，昨夜飛樓江雨零。樹杪凍霞層叠見，秋深墅〔二〕騎翠微停。乾坤圖繪三山盡，吴楚風烟萬點青。邊〔三〕燧故鄉今更急，何繇書信〔四〕寄滄溟。

【校】

《姜如須詩》收其三、其八兩首。王士禛《感舊集》收其四、其七兩首，其四：

〔一〕『檻』作『窗』。

〔二〕『墅』作『野』。

〔三〕『邊』作『烽』。

〔四〕『信』作『札』。

其五

京峴崔巍萬歲樓，風花〔一〕六代舊神州。渡江定識祖士稚，生子當如孫仲謀。皎皎月明曙還照，蕭蕭木〔二〕葉霜更收。三聲自下啼猿泪，皓首思君水驛秋。

【校】

〔一〕『花』，清鈔本作『前』。

〔二〕『木』，原作『水』，據清鈔本、整理本改。

其六

西港行舟晚在途，白雲障面兩峰孤。鱸魚欲上餌不稱，丹鳳未來時更殊。知識尚涵金舍利，艱難終合鐵浮圖。飄零莫使閑常過，約買輕舠長五湖。

其七

江山欲改故人情，紅蓼墅〔一〕棠愁眼明。地發寒花郗鑒宅，帆添細雨吕蒙城。老慵時值香醪熟，多病偏希藥物平。來日輕舟下吴會，親知寥闊慰殘〔二〕生。

【校】

王士禛《感舊集》卷二收其四、其七兩首。其七：

〔一〕「墅」作「野」。

〔二〕「殘」作「餘」。

其八

陸相祠堂紅樹秋，中原遺事恨悠悠。向南鴻雁哀王國，直北風塵屬帝州。伏枕亂峰殘日掩，捲簾宿露大江流。兵戈滿地無窮思，橫笛關山迴自愁。

【箋】

王士禛《潤州懷古二首》：

楚雲直下大江流，鐵甕城高落木秋。宋帝南徐猶作鎮，蕭公北顧更名樓。江山勝迹留三國，海道烽烟動五州。見説孫盧西犯日，青燐白浪使人愁。

興亡六代已銷沉，對此茫茫思不禁。黄鵠山頭寒雨暝，佛貍帳外暮濤深。兵聞北府千年勁，雲入西津一片陰。興劇且傾京口酒，三山披豁足開襟。（《漁洋精華録集釋》卷一）

潤州，惠棟注引《唐書・地理志》：『潤州丹陽郡，武德三年以江都郡之延陵縣地置，取潤浦爲州名。』今江蘇省鎮江市。

## 招隱寺懷古

樹霧陰沙十月交，夕陽驅馬踏蓬茅。塵蒙古殿聞龍泣，石咽寒泉坐虎跑。墅宅戴顒黄鶴嶺，書堂蕭統白雲坳〔一〕。儲宫〔二〕處士俱墳壤，秋氣蒼茫玉蕊郊。

【校】

〔一〕『坳』，原作『拗』，據清鈔本、整理本改。

〔二〕『宫』，清鈔本作『君』。

【箋】

王士禛《招隱寺》詩，惠棟注引《事類備要》『江淮肥遁陳景沂書』：『戴顒字仲若，捨宅爲招隱寺，在京口放鶴門外。』即如須詩中『墅宅戴顒黄鶴嶺』具所指也。

## 鶴林寺懷古

廣殿涼風情易移，荒原六代獨殘碑。嬴秦東狩龍湖鑿，劉宋躬耕鶴蓋遲。古院晚歸天漠漠，斜陽西望草離離。一行置酒臨高宴，往事徘徊益愴悲。

【箋】

《至順鎮江志》卷九云：

鶴林寺，在黄鵠山下，舊名竹林寺，宋永初中改今名。唐開元間始爲禪寺，僧元素嘗主焉，時又名古竹院。

清初人鶴林寺紀游文字頗多：王士禛《漁洋文集》卷四《鶴林寺題名記》、蒼雪《南來堂詩集》卷二《游鶴林寺》、邢昉《石臼後集》卷一《游鶴林寺》、顧夢游《顧與治詩》卷七《鶴林寺》、王猷定《四照堂集》卷一《鶴林寺》、方文《嵞山續集》卷五《與諸公游鶴林寺飲米元章墓柏下》《鶴林寺懷古》等。詩不録。

## 九日京口登高作三首

滄江亭館舊時開，華席金樽人盡迴。北固雄圖秋試馬，南徐孤客晚登臺。三山氣象中流斷，四海兵戈返照來。驛騎莫傳新轉戰，白雲蒼霧使人哀。

其二

故國松楸愁自生，建康西望涕縱橫。江連鐵甕吞龍窟，日轉金山隱鳳城。尺鯉空肥書不到，邊笳忽動客無情。平林新市今回首，幾見中原殺氣清。

其三

松風萬里思蒼茫，白鷺灘頭杳夕陽。叢菊再沾京國泪，塞鴻一度穆陵霜。漂流杜甫長移蜀，孤憤侯嬴竟隱梁。此會茱〔一〕萸渾錯落，醉歌恒似老夫狂。

【校】

〔一〕「茱」，原作「萊」，據清鈔本、整理本改。

## 仲冬訪道開和尚未值時公有廣陵之行留贈二首

雲崖蒼屋繞齋壇，雲滿山中北郭寒。芳樹寄懷尋法坐，草堂卜築近河干。蕪城烟雨長飛錫，隋嶺梅花不礙冠。深鎖重籬莽岑寂，空留明月照南端。

其二

十年爲別對寒花，步擔飄零水一涯。坐待〔一〕倦雲歸夕照，愁兼閑鳥避春譁。娱親晚煮胡麻飯，供客新嘗柏葉茶。明發翻多游子恨，蓬萊東去海門遐。

【校】

〔一〕『待』，原作『持』，據清鈔本、整理本改。

【箋】

道開和尚，虎丘雲岩道開自扃（一六〇一——一六五三），見陳垣《釋氏疑年録》卷十一。第二首起句『十年爲別對寒花』，言二人結交於明末；『步擔飄零』，典出《後漢書·杜喬傳》李賢注引晋司馬彪《續漢書》『（喬）雖二千石子，常步擔求師』。

詩作於順治八年（一六五一）冬，時道開適有廣陵之游。翌年春輾轉赴浙之檇李，應秀水朱氏兄弟之招，修禊鶴洲。

《吴梅村全集》詩前集卷八《楚雲》詩八首前序：

楚雲字慶娘。余以壬辰上巳爲朱子葵、子葆、子容兄弟招飲鶴洲，同集則道開師、沈孟陽、張南垣父子。妓有婉生者，與慶娘同小字，而楚雲最明慧可喜，口占贈之。

同書卷六《補禊》前序：

壬辰上巳，蔣亭彦、篆鴻、陸我謀於鴛湖禊飲，余後三日始至，同集有道開師、朱子容、沈孟陽，徵詩以補禊事，余分得知字。

道開此行，得與余懷晤面，澹心《江山集·鴛湖游稿》有《題道開所贈錢舜舉畫二橋圖歌》。清初遺民中，如方以智、劉城、宗元鼎，降附興朝者如陳名夏、龔鼎孳、曹溶，皆道開方外知交，經常詩酒往還。

鶴洲之游後三月，道開即下世。牧齋《道開法師塔銘》：

長身疏眉，風儀高秀。能詩，好石門。能畫，宗巨然。師事蒼雪徹、汰如河，通賢首、慈恩二宗旨歸。出世爲人，分席開演，講《圓覺》于虎丘，講《涅槃》于華亭，講《楞嚴》于武塘。妙義雲委，如瓶瀉水。壬辰六月，自檇李歸虎丘東小庵，屬疾數日，邀蒼師坐榻前，手書訣別，有曰：『一事無成，五十二載。一场懡㦬，雙手拓開。』志氣清明，字畫端好，衩衣歛容，擲筆而逝。人言道開故清浄僧，頻年好游，族姓徵逐竿牘，熱惱煎煮，寝疾彌留，臨終正定，因果超然，此則吾之所不識也。余曰：『固也。盍以生平考之？』

道開，吴門周氏子。父，其鄉書生，早死。舅奪母志，投東城某僧，出家剃染，十年猶爲啞羊僧。游武林，聽講于聞谷禪師，未竟，聽相宗於靈源論師。晝則乞食屠肆，夜則投宿木棖；孤篷殘漏，風號雪饜；束緼篝火，一燈如燐；指僵手瘃，墨堅筆退；燈炧就枕，口喃喃如夢囈不休。由是貫穿綸疏，旁搜外典，所至白犍椎，打論鼓，揚眉竪目，非復吴下阿蒙矣。還吴，參蒼師于中峰，一見器异，命爲維那。《楞嚴》席罷，留侍巾瓶。六年蒼、汰二師，約踐更講《大疏》，實尸勸請。汰師至華山，命爲監院。及其順世，開講堂，建塔院，刻《續高僧傳》，覆視遺囑，若操券契，蓋蒼師之傳云爾。當其忍寒餓，擊蒙鈍，鑽穴教網，摩厲智刃，視古人連錐誦帚，死關活埋，亦何以异？雖其求名未了，世緣繫牽，一旦報熟命臨，正因迸現，如豆爆灰，如金出鑛，心花開敷，業種爍盡，佛力法力，與不可思議熏變之力，積劫現行，一往發露，臨終正定，又何疑焉？昔生公自誓，背經與否，捨壽之日，得報如是。厥後升座已畢，衆見麈尾紛然墜地，隱几而化，始知昔誓之有證也。道開深心密誓，誠不其如何。顧其捨壽之日，示現實相，使學人知金剛入腹，少分不消，毒藥塗鼓，千年必發。斯其撑拄末法，揭正智而續命者，固已徹底拈出矣，不謂之有證焉，其可乎？道開每出游，余輒痛爲錐札。今銘其塔，猶斤斤不少假者，良以邪師魔民，竊禪掃教，旁生倒植，正法垂盡。舉揚末後一着，藥狂剃穢，如用一綫引須彌，是以心言俱直，不可得而回互也。道開名自扃，世壽五十二，僧臘二十九。塔在庵右若干步，其徒文圭拾遺骨藏焉。奉師書來請銘。（《有學集》卷三十六）

## 草堂偕林若撫分賦

傷心北路訪庭幃，故國飄摇更采薇。憐我三春探虎穴，似君七十對牛衣。子胥行乞孤踪杳，闞澤傭書願力違。喪亂飽經難税駕，江楓耕釣慰調飢。

【箋】

余懷《三吴游覽記》順治七年六月十二日條云：『林若撫來。不見經年，老而逾健，可喜也。』澹心自白下來游三吴，如須作陪。參卷三《林翁行》。

## 長至述懷

其一

明月千家泣大刀，漁陽突騎捷吹毛。山河地迴諸陵斷，刁斗秋嚴太白高。宮漏更無仙掌動，鵷行虚令漢官勞。十年奉使龍樓下，思殺承恩賜錦袍。

其二

霜雪龍沙草木荒，石鯨風細塞門長。朔方羽獵屯京輔，北極戎軒老戰場。太乙迎神三殿鎖，甘泉寫柷五雲凉。幾回愴惻崇先志，何處穹廬是帝鄉。

其三

故庭想像翠華依，海内宗臣自少微。榆塞日殘人北望，桑乾雪滿雁南歸。麟經大蜡周官備，鳳曆編年漢册稀。佳節誰堪遲暮恨，即今回首願多違。

【箋】

長至，夏至也。《禮記・月令》『仲夏之月……日長至』，《疏》：『長至者，謂此月之時日長之至極。太史漏刻，夏至晝漏六十五刻，夜漏三十五刻，是日長至也。』

## 農部申侍郎見過貽示新篇有贈兼呈令五弟內史

司農愛客愛滄浪，懷袖携詩到野堂。江表元臣初藉草，府中介弟舊含香。西清玉樹人迢遞，南國宮雲路渺茫。回首御庭沾賜履，何年重見日輝光。

【箋】

申侍郎，即申紹芳，字維烈，號青門，長洲人。祖時行，萬曆初年以文學受知張居正，官至中極殿大學士。紹芳舉萬曆四十四年（一六一六）進士。余懷《三哀詩》首列如須，次即申紹芳，《江山集・石湖游稿》：

侍郎出華胄，森挺吴岳卑。鸞龍奮文藻，朱鳳垂葳蕤。徘徊明光草，沐浴齋房芝。豁達負奇秉，慷慨古所遺。天子咨岳牧，蒼生視旌旗。良時釋堂皐，江左吹塤篪。司農握坤軸，東南繫安危。長蛇擾星紀，三鼓氣不衰。厄塞歸田里，中心常苦悲。春河泛烟艇，秋圃傾玻璃。

既垂渭濱釣，復吟池塘詩。閉户寡塵鞅，晨夕灌東籬。濟源有家墅，日復理茅茨。調鼎亦可待，明夷本自持。皤皤白髮翁，千載乃相期。溘然騎箕尾，扶桑翳朝曦。雖云大厦傾，固非一木支。尚有老成人，争睹漢威儀。請看墮泪後，猶刻黨人碑。

按：紹芳弟繽芳，字孝觀，承蔭中書科中書舍人。詩題中之「令五弟内史」也。有《玄閑閣詩草》。未見。

又，吴門申氏數世爲明末望族。《(同治)蘇州府志》卷四十五記申時行宅第：「申文定公時行宅，在黄鸝坊橋東，中有賓綸堂。後裔孫繼揆築蘧園，中有來青閣，魏禧爲之記。飛雪泉在申衙前，先爲景德寺，後改學道書院，再改爲兵備道署，又廢而爲申文定公宅。」

申時行孫繼揆，能詩。王培孫箋《南來堂集》引《元氣集》所收繼揆《寄懷林若撫》詩一律：

故園幾載共追歡，一别俄驚逼歲闌。金盡已知無鮑子，雪深將恐卧袁安。梅花遥想新詩讀，燈月還憐异地看。不及古人分俸意，空憑魚腹問加餐。

蒼雪《南來堂詩集》卷四另有《和楊曰補答申少司農青門載菊别墅宴賞中有并蒂一枝十二首》：

柴桑百日賦歸來，爲愛東籬酒一杯。天意自憐難閏九，菊花不惜并頭開。

吴宫花草久塵埋，三徑猶存志未乖。西子隔籬猶錯比，雙頭一股插金釵。
蕊頭幸不刺金針，借此悲秋一點心。名號隨呼千百種，端然兩句現觀音。
花史叢中品畫眉，佳名獨得粉西施。無端姊妹多愁思，共立西風不語時。
鬱鬱黄花般若談，離離金色老瞿曇。雜花林裏通身入，不動雙垂兩相看。
生涯老圃共誰謀，知己斯人不可求。相向莫嫌秋意澹，同條生長共多頭。
園丁秋到報奇觀，仿佛君來冒雨寒。蝴蝶翩翩飛漸近，雙栖枝上誤相看。
司花青女足風流，一度重陽兩見秋。最是化工多巧處，却將丫髻綰花頭。
結解丁香莫浪猜，也應交頸自生來。鴛鴦林下休相妒，任是西風打不開。
靖節先生對細君，恍如南畝罷耕耘。多情一讀閑情賦，薄醉微吟到夕曛。
化化無根問圃農，亭亭立影想秋容。洛神不是波心現，西子分明溪畔逢。
异種人間莫可求，黄花從此不須秋。翻思笑易多開口，更是逢難插滿頭。

王培孫箋引趙士冕《半塘草》中《申青門司農招飲别墅盆菊并蒂》詩：

幽居掩映碧溪東，物外高風迥不同。世誼久慚禰刺懶，酒情得共阮林雄。一枝静對秋容艷，并蒂驚看幻化工。木石平泉人盡羡，奇英天遣入芳叢。

《南來堂詩集》補編卷三上有《和楊曰補答申少司農載菊别墅宴賞中有并蒂一枝》：

花中隱逸拍肩還，瓦合爲盆附竹安。笑世那堪雙白眼，傲人獨許并黄冠。禽魚共命應難比，卉木無情解合歡。晚節自來知未易，孤根到底不須盤。

同書《補編》卷二《初秋寄申青門少農》：

襟懷開洞達，眉宇見澄清。静水恬非動，驚濤眩自生。晚凉隔疏雨，新月滿空明。此際難爲語，琵琶何處聲。

如農《敬亭集》卷三《庚戌春日過申氏山林分韵二首》：

相國園林在，通門亂故畦。烟波春雨細，花柳夕陽迷。竹帛名焉往，樓臺事莫稽。何年斤斧手，此意費幽栖。

吾亦重游客，迎人犬未曾。草堂風雨日，花徑往來僧。亂水看明滅，孤情感廢興。憑將嘷酒注，冀有北鄰應。

吴梅村《贈申少農青門六十二首》：

相門三戟勝通侯，兄弟衣冠盡貴游。白下高名推謝朓，黄初耆德重楊彪。千山極目風塵暗，一老狂歌天地秋。還憶淮淝開制府，江聲吹角古揚州。

脱却朝衫上釣船，餘生投老白雲邊。買山向乞分司俸，餉客還存博士錢。世事烟霞娱晚歲，黨人名字付殘編。扁舟百斛烏程酒，散髮江湖只醉眠。

詩繫順治七年庚寅，知青門生於明萬曆十九年（一五九一）。

梅村另有《滿江紅・過虎丘申文定公祠》：

相國祠堂，看古樹、蒼崖千尺。聽斷澗、轆轤聲緊，闌干吹笛。士女嬉游燈火亂，君臣際會松杉直。任年年、急雨打荒碑，兒童識。　今古恨，興亡迹。白社飲，青門客。嘆三公舊事，吾徒蕭瑟。歌舞好隨時世改，溪山到處還堪憶。儘浮生、風月倒金尊，千人石。

## 哀喪亂詩

序曰：崇禎十五年冬〔一〕，罪樞陳新甲承宰相意，遣使和邊。皇帝威震，爰就稿街，議遂寢。維兹時也，大臣貨賂，邊政廢弛。疆吏附焰，飾罪冒功。逆孽燃灰，擅竊威福。哲人引避，宵小乘權。仲兄黄門屢疏觸忤，卒干嚴譴。拷掠捶楚，繼以廷杖。百僚申救，多奉謫黜。玹以典客并仕京師，匍匐犴狴，橐饘進藥。愴怳斯填，不敢告勞。仲兄血肉并脱，瀕死數矣。玹亦伏首含沙，幾蹈不測。北兵結寨山東，東至海，南至黃河。潰翦名城，百有餘數。次年二月，萊邑攻下。先君巷戰，抗節死之。季弟坡抱父尸哭，被執。復乘夜舉火，燒敵營壘，爲父報仇，尋遇害。女弟及内子孫氏、嫂王氏、弟室左氏，皆烈殉焉。訃至，垓嚙血聞之天子。不報，益號泣無生理。垓從賊中東奔，路梗，間由海船達青州，登陸，抵堊室。嗚呼，若非母夫人倖免，垓兄弟豈能延旦夕哉！慘禍之餘，土兵乘釁作亂。於是以母命暫營先墓，築廬其側〔二〕，朝夕躃誦。逾四月，母夫人以黃門難未白，攜兄子安節年十一歲，將詣闕，爲上書請貸。垓奉之行，斷葱切肉，價貴不能久居。復偕母妹，徙建康故業。時楚寇方熾，江南煽動。道里悠遠，行路蹣跚。仳離在目，摧裂經心。家國之難，從古所未有也。乃忍泪收聲，稿成廢卷，用寫喪亂之悲，匪徒黍離之感〔三〕矣。

【校】

〔一〕『冬』，據清鈔本補。

〔二〕『側』，原作『惻』，據清鈔本、整理本改。

〔三〕『感』，原作『悲』，據清鈔本、整理本改。

其一

山東河北盡沙場，舊日宗親半殺傷。白首柴桑朝斷火，孤墳血泪夜成霜。仳離猶自存皮骨，饑饉何人假稻粱。亂世保家無善策，憂來不爲怨他鄉。

其二

避亂當時處海濱，吞氈咽雪有親人。最憐島外傳烽火，誰慣城中哭野燐。義不保軀全卵翼，羞聞降賊獻金銀。隴頭高鳥年年哺，一夜分飛未及晨。

其三

北舍南鄰暮景催，朱門甲第爲誰開。却因古道看青冢，翻恨連宵夢夜臺。木脱漸隨千里盡，雁飛分作幾行來。蕭蕭豈是關秋氣，一日傷心過百回。

其四

赤日當天覆莽萊，督師空費血書催。聖朝恤烈親垂詔，孝子歌風盡恥罍。累世親朋唯入夢，四人苦塊不同哀。賊中未及心蘇後，辛苦翻從海上來。

其五

荒草滹沱白晝陰，戰場野火障高林。東歸父老家何在，北伐□□手自擒。帶甲萬方多難日，枕戈一片報仇心。龍祠闕暮追焚破，餘恨猶銜滄海深。

其六

孟冬十月天氣凉，旌旗漢寨〔一〕雲飛揚。奔亡間道向南國，收恤投人非故鄉。伯子僑傭僅宅廡，少陵落拓移居瀼。年華生長半戎馬，愁翦征衣鐵裲襠。

【校】

〔一〕『寨』，原作『搴』，據清鈔本改。

其七

池蓮魚戲葉田田，水鳥雙栖似比肩。大兒啼飢〔一〕小兒乳，少婦繭疲中婦眠。君子思親遠行役，孝廉携弟喧刺〔二〕船。今朝零落滯河曲，颯颯當風秋可憐。

【校】

〔一〕『飢』，原作『饑』，據清鈔本改。

〔二〕『刺』，原作『剌』，據清鈔本改。

其八

羌狄桑乾萬馬通，歸來辛苦雨濛濛。京華裘帶青春裏〔一〕，幽薊陵園白露中。推轂尚煩親錫詔，省災頗久未還宫。視師帝命元臣出，諸將從容復論功。

【校】

〔一〕『裏』，原作『裹』，據清鈔本、整理本改。

其九

河梁携手路迢迢，邢衛天寒落早〔一〕雕。遷土不逢安漢吏，過都再聽武昌謡。華夷經畫先江統，鄉黨人倫失許邵。白馬素車關塞冷〔二〕，漁陽東望立青霄。

【校】

〔一〕『落早』，原作『早落』，據清鈔本、整理本改。

〔二〕『冷』，原作『泠』，據清鈔本、整理本改。

【箋】

詩序述姜氏家族成員於崇禎末年家破流離之慘狀：先則仲兄埰於崇禎十五年十一月以言事於朝被捕繫獄，備嘗『拷掠捶楚，繼以廷杖』，奄奄待斃（詳下《兄被罪幽拘僕乘間入西曹》題）。明年二月，滿洲兵陷山東萊陽，父瀉里及季弟坡先後被執殺，其家婦女亦相率投繯赴火死。時如須身在京師，逐日赴獄侍養仲兄之殘軀，遽聞大變，乃草《請代兄繫獄疏》，央崇禎釋仲兄之獄，而以己身代之。疏中先述其家中諸人於萊陽被難事：

> 臣父姜瀉里爲諸生二十年，甘貧自給。……又賦性淡泊，不治貲産。鄉黨間群稱臣父爲長者。……前敵逼臣邑，臣父故山居耳，無地方責，無寸貲可饗士待敵。聞變，首率親丁老幼，入城死守，敵不能薄。兩月後，敵突陷城，臣父被執……攢刃突刺，體無完骸。繼時臣家聞難死者，臣弟臣嫂臣姊臣妻臣弟婦等，幾以闔門殉，僅臣老母幸出鋒鏑中，身被重傷，生死尚未可知也。

繼述事之至慘痛者，莫過於姜氏家族於萊陽城陷前一日，始聞姜埰於朝中蒙譴：

> 臣父母……相對洟涕，復北望稽首者三。謂主上不以罪臣即膏斧鑕，高厚難報，庶幾可

望生還，提醒愚昧。臣親之愛子，可謂至痛矣！一字家書，萬點清泪。方以衰年危卵，泣貫索於青天。孰知隔夜覆巢，投身於碧血。臣家門痛慘，一至於此。

疏末述己身之處境艱難，泣懇崇禎將之付法司以待兄長。一字一泪，驚心動魄矣：

今臣聞訃奔歸，則罪臣（姜埰）縲絏伶仃，勢必速斃。欲兼顧鶺鴒，則父慘殺而暴骨未收，母驚魂而衰齡無靠。臣際此時，腸一日九迴，人世之苦，無以復逾矣。……臣以是日夜思維，哀痛迫切。泣懇陛下將臣付法司代兄，使得歸里葬父事母。倘蒙陛下憫念，矜釋臣兄，歸命首邱，臣之願也。

崇禎覽如須疏，雖『意惻然憐之』，未允所請。同年六月，『登萊撫臣曾化龍覆奏姜氏一門忠孝，請賜優恤，始得奉明詔，下所司』。

翌年三月，北京城破之前夕，錢謙益撰《萊陽姜氏一門忠孝記》，引如須此疏竟，復發爲議論曰：

嗚呼！忠臣孝子，國家之元氣也。忠義之氣昌則存，叛逆之氣昌則亡，有國家者之大坊也。天寶逆命之臣，以六等定罪。達奚珣輩，駢斬于獨柳樹，集百寮往觀之。而宋南渡，李綱議僭逆僞命宜仿肅宗時定罪用重典，當時不能從。識者以謂至德之中興，建炎之不振，其興亡實繇于此。今國家方全盛，奴雜種小醜，闖螘賊游魂，中朝士大夫，回面屈膝，委質賊庭者，所在而有。夫豈國無刀鋸以至是與！若姜公者，身無一命之寄，家無中人之産，徒手扞賊，横身死義，家人婦子，血肉糜爛。國家元氣，旁薄結轖，而勃發于姜氏之一門，非偶然也。使國家之臣子胥如姜氏，則忠臣孝子，接踵于世，何至如靖康之時，所謂在内惟李若水，在外惟霍安國，使敷天率土，痛北轅而憂左衽哉！比歲奴三入畿輔，一門殉難者，高陽孫氏，順義成氏，與姜氏而爲三。孫氏、成氏之議恤，當國者口噤目眙，若避禁諱，至今寢閣未下，今姜氏之恤，獨出宸斷，然後知崇獎節義，固聖明之所急，而所司奉行者之罪也。自今以往，忠義之氣昌，國家之元氣日固。叛臣賊子，當胥伏獨樹之誅，而奴、闖之懸首稾街也不遠矣。余爲書其事以俟之，且以諗於國史之傳忠義者。崇禎甲申三月記。

參卷五《四月將抵萊》及本卷《兄被罪幽拘》《流寓廣陵家書至》諸題。

## 甲申春感懷時聞大駕親討

漢武旌旗動石鯨，將兵十萬突横行。邀功舊白遼東豕，駐輦新青鉅鹿城。日落滹沱移甲帳，天長驃騎列前營。六龍一出明光殿，北斗終年照帝京。

【箋】

劉尚友《定思小紀》：

（崇禎十七年甲申二月中）一日，上臨朝嘆曰：『討賊之事，朕須自行。』乃諸閣臣咸稽首願往，皆不許。

如須友人錢澄之《煤山》一律，亦及崇禎有意御駕親征事：

玄武門通一水環，君王遺恨滿煤山。廷爭未必南遷謬，駕出猶聞夜阻還。滄海日沉長此暗，青天龍去有誰攀。即今御苑傷心地，草漬啼鵑舊血斑。

頷聯『廷爭未必南遷謬，駕出猶聞夜阻還』，上句指崇禎末南遷之議，下句則明指崇禎御駕親征而爲廷臣阻撓。

顧苓《顧云美自書詩稿·廣陵別萬次謙》題下自注『傳聞翠華將南』，亦指此事。次謙，名六吉，見云美另題《歲莫懷二友》，此題第一首更明言崇禎嘗有南幸之意：

山東路上同回馭，揚子津頭説翠華。頃刻鍾英還散盡，將星落地夕陽斜。甲申三月，次謙別于揚州，爲余言：『望氣者云：「將有翠華南幸之事。」』將星謂高興平。

天南一旅重開國，諫草傳來日月邊。書過雁飛不到處，無端説向聖人前。

## 兄被罪幽拘僕乘間入西曹伺問及將母南竄苦賊梗會故友以轉漕往來河上恃之無恐却賦志感

其一

戍火屯烽海郡收，灞京霜露悵淹留。中宵遠走憐徐庶，大難西行賴賈彪。悲向十陵環古障，亂從三輔避荆州。豺狼格鬥飛輪急，喜遇功臣首酇侯。

其二

掖垣初疏忤平津，四郡兵中諫草頻。屬意安危扶折檻，暫時消長待批鱗。楚亡白璧疑門下，漢起黄巾赦黨人。投匿容留方恨晚，無家更苦玉關塵。

【校】

鄧漢儀《詩觀二集》收此題，詩題中『兄』字前有『黄門』二字。陳維崧《篋衍集》卷九收第二首，題作《黄門兄被罪南竄會賊梗至河上紀事》。《詩觀》本兩詩末皆有評語。第一首：『整鍊之中，却情事縷縷寫出。』第二首：『全副精神，貫串時事，篔簹如此等詩，不易到也。』

【箋】

詩題『問及將母南竄苦賊梗會故友以轉漕往來河上恃之無恐』，指姜氏姻親左懋第當時適奉詔察核留京九江兵餉，如須母子，賴以得保。詳下題。

如農『被罪幽拘』，事見談遷《國榷》崇禎十五年閏十一月庚午條：『禮科給事中姜埰下鎮撫司獄。』論及被杖之慘酷及其復原之苦楚。同書崇禎十七年正月甲辰條釋姜埰傳記其事之始末頗詳。文長不録。

如須詩第二首頸聯上句『屬意安危扶折檻』，折檻，典出《漢書·朱雲傳》：

至成帝時，丞相故安昌侯張禹以帝師位特進，甚尊重。雲上書求見，公卿在前。雲曰：『今朝廷大臣上不能匡主，下亡以益民，皆尸位素餐，孔子所謂「鄙夫不可與事君」，「苟患失之，亡所不至」者也。臣願賜尚方斬馬劍，斷佞臣一人以厲其餘。』上問：『誰也？』對曰：『安昌侯張禹。』上大怒，曰：『小臣居下訕上，廷辱師傅，罪死不赦！』御史將雲下，雲攀殿檻，檻折。雲呼曰：『臣得下從龍逄、比干游於地下，足矣！未知聖朝何如耳？』御史遂將雲去。於是左將軍辛慶忌免冠解印綬，叩頭殿下曰：『此臣素著狂直於世。使其言是，不可誅；其言非，固當容之。臣敢以死爭。』慶忌叩頭流血。上意解，然後得已。及後當治檻，上曰：『勿易！』因而輯之，以旌直臣。

潘江《龍眠風雅》卷四十録孫臨《折檻行》：

龍鱗不可逆，虎口不可道。不見豐蔀有時蔽青天，不見黑夜牽衣即煬竈。尚方雖有劍錚錚，佞臣頭多寂不鳴。世路忠臣不可得，堯廷之草亦空生。何以白馬生面扣，過於骨鯁且見宥。至有盛暑不衣冠，帳中使人可其奏。甚矣明主在忠言，獨見無隱趙翁孫。市臣野臣都言事，流涕終非諫主意。折檻朱雲强項宣，到此千載竟茫然。

如農下世，余澹心撰《折檻行爲姜如農題像》：

君不見朱雲殿上争如虎，安昌碌碌何足數。又不見慶忌免冠回主怒，至今義節高千古。此身未從龍比游，又來折角輕公侯。丈夫血肉化元氣，世上富貴徒悠悠。先生慷慨獨請劍，青蒲白簡開生面。雷霆日月若等閑，嶙峋嶒嶝人争羨。萬里投荒老逐臣，麻鞋鐵帽走風塵。悵望銅駝一灑泪，嗟爾東西南北人。幾年憔悴成白首，扁舟漫繫門前柳。蹈海焚山祗自知，紛紛魏晋皆何有。君家季方與我交，忘形爾汝到老醜。哪知中道忽棄捐，美人盈盈坐南斗。巍然靈光惟君存，常挽雕弧射天狗。當時同輩各浮雲，誰著麒麟閣上勛。幅巾杖屨欲何往，應共西山鸞鶴群。

《姜貞毅先生自著年譜》壬午三十六歲條有云：

忽一日密旨，幾不測，賴衛臣駱養性疏救。而總憲劉公宗周微聞其事，與諸大臣上殿争之。宗周曰：『祖宗設詔獄，豈爲言官哉？陛下聖主，奈何有此舉？』反復甚懇。上雖屏宗周，而意旋悟，改下司敗獄，清宏語埰以皇上不殺之恩，埰北面叩頭，泣不成聲。十二月十四日，刑部尚書徐公石麒擬附近充軍。上怒不解，二十一日，發埰及開元午門外杖一百。是時誤傳兩人皆棄市，故獄卒縱恣，掠取一盡，僅存下衣而已。兩人素未謀面，此日相視，但曰不及黄泉無相見也。自出獄户至長安街，居民擁視者數萬人。有齎木耳灰和酒以進者，曰『性凉血，飲之當不死』。且爲下泣，曰真忠臣。例廷杖，金吾主之。是日遣兩大璫監視，上意特嚴切，以故棍凡數折。拜杖時，午門外西偏襞衣百餘人，各執木棍一。宣讀畢，一人持麻兜一，自肩脊而下束之，令不得左右動。而頭面觸地，濁塵滿口中矣。又一人縛其兩足，四面牽曳，但兩臀受杖而已。杖畢，埰昏迷不知痛，竹箯舁之出。弟垓口銜童溺飲我。名醫吕邦相以醫黄公道周、葉公廷秀等擅譽長安。是日延視，邦相危之，曰：『若七日不死，乃爲君賀矣。』至半月，去腐肉斗許，乃甦。

姜埰獄友熊開元《魚山剩稿》卷四《罪狀本末》，則言之更詳矣：

二十一日，朝饔箸未下，忽報埰自枕上持出赴市矣。開元知不免，急取詔獄中所書盡頭家信一函，付左右。大約云國爾忘家，義不遑反顧，兩歲嬰大病，皆當死，不獨法能死人。但孝道有虧，骸骨不當葬先人墓左，已誡從人火而棄之。一門老稚，不須重置念矣。纔付畢，吏卒哮喘至，捲室中衣履盡，然後以開元行。蓋罪人赴决，若輩以席捲爲嘗法，不禁也。比至鐵門，候有間，執事者導駕帖馬上行，開元、埰從至孔道，或餉以卮酒。埰意須臾死，何飲爲。開元曰：『何愧天地而不飲？』飲之既，左右顧，惟門人刑部員外郎吴克孝匍匐送出部。他或佇長安門相顧望，或奔入朝，或蹶趨而未逮，咸皇皇如赴焚溺然。亦有聞其至避之者，懼己及也。入長安門，觀者林立，然敢望不敢即矣。惟中使環左右視，見開元、埰之肥瘠殊也，指埰曰：『庶幾乎？』至開元，掉頭曰：『此不任矣。』開元唯念觀世音如平時，不知其他。有間，司禮大璫、東廠大璫及大金吾并吉服立。午門外官旗相謂曰：『故事，一監官莅之耳。今兩大璫并出，從昔所未聞。以此莅杖，豈猶有完人哉？』既讀聖諭畢，取開元上下縛，然後杖。杖甫下，即不知所届。他受杖有及半而憒者，亦有了然至竟者。獨開元自一至百，以菩薩力，皆不知。明日，乃知主上以不審不招責刑部堂司官回話，埰、開元各杖一百云。杖畢，承以布裓，出長安門，納柳斗中如前日。中使及朝紳，下逮輿臺，莫不欷嘘泣下，先環視肥瘠者，亦皆兩大璫所使。杖時，兩大璫但西視，不南視，俱有深意。亦猶孺子入井，人皆怵惕，豈其咸知我乎？行數武，或又灌以童便。從之哀嘆者，同鄉姻友明經沈寅一人而已。既入獄，獄中老卒視兩股若瓜，急索刀解之。血肉仰射，如石罅中涌泉，須臾滿二鑼。醫者呂邦相至，乃傅藥，且先投以丸散，謂必得吐與下，始得生耳。明日，果吐且下，左右乃備述先一日事如右。當其時，不覺也。大哉！不覺，遂能度如是衆苦。不然，神非馬，尻非輪，豈能如醉人墜車而神不受乎？奇哉！不覺，復能具如是衆有。不然，周夢爲蝶，蝶不夢爲周，又豈能如没人與齊俱入與汩俱出乎？下至再，醫者復授以峻劑。開元不敢嘗，不意自此至十日，雖服大黄、巴豆，堅不動。已導以豬膽汁，乃通。其苦殆未可筆述。醫又曰，三日以前血未活，無大痛，越四日，始劇，至七日，則庶幾耳。開元亦不然，七日内無所苦，八日痛乃增，凡十晝夜，睫不得交，向所謂身外復有身受之者。至此日，不獨痛在身裏，舉隔垣人語聲、梵唄聲、重門擊柝聲、城頭炮聲，咸歷歷落落，無在身外者，則又不知前日是此日是也。開元嘗與人論世界有竪有横，多不信。今彌月，飲食、唾涕、矢溺，莫不據枕而安，離枕則危。雖使人扶樹，終不能自舉一寸許，此非以横世界爲世界乎？開元嘗歷齊豫，值歲大凶，見道旁棄置小兒，若蠃蟲蝡動，竊哀之。今輾轉反側，時恃腦，時恃脊，時恃腹，無异乎蛇草上行鰌泥伏也。手若足，向來稱有用者，至是盡化爲無用，而無用者乃盡化爲有用，抑又异矣。癸未正月七日，左臀敗膚脱。初十日，右亦脱，庶幾有瘳。不意又不然，痛既緩，緩已復痛，如環無端。十八、十九兩日則愈惡。二十日啓視，向之已成膿者，復醖而爲血，欲安全，何日之有。左右咸以爲他痛短、開元痛長，他敗膚早脱、開元晚脱，疑醫者藥有异，群起詬醫者。醫者曰：『他體豐肉受杖，汝主人骨受，又解不下，食不進，固宜發遲而痛深。予豈敢二三其德乎？』是二日，堂司官回話，疏得旨：石麒冠帶閑住，沂春削籍，同春下吏部議處分。聞之，益股栗。開元之惡，忘身及親，并及此多賢，髮不足擢矣。念七日，血乃復爲膿，醫大喜。至念八日，血如故，益不知所爲。且兩足初病，弛不能張，至是則張而不弛。蓋前日兩股糜筋緩，是日創口收筋，急未如何也。然嘗竊自禱幸徼浩蕩恩，得生入里門，拜二人堂下。雖盤躃不中，斑斕舞視，萬劫長辭，樂無逾矣。二月朔以往，膿血雜糅。初四日，痛始瘥然，以手候之，四圍高而中陷，足容二掌。藥性急，能予人皮，不能疾予人肉，又何惑焉。是日爲開元誕辰，因禮懺海潮庵，自訟臣子忤於君父，必有其自作之孽，不敢謂無罪也。至初八日，左右謂卧久恐害氣，掖之坐。頭甫舉，俯瞰床上簀，其相去遠若錯諸地。開元立而視之也，高與下、修與短，洵無定相哉。初九日，創口漸合。醫曰：『是可以糝靈藥合尖矣。』初十日，痛復作。向所云陷一掌者，忽怒高寸許。蓋其中原有未盡之惡，而醫急於見功，不知絶而斲之與。因而導之，其利害固徑庭也。十三日，其子來視，用細藥覆以黑膏。蓋至三月三日，創口乃漸合，而痛亦始真減也。

## 樓夜

紅燭照人俱可憐，城闕急鼓又闐闐。安巢莫訝烏逋尾，憶弟空聞雁比肩。春睡成鄉生碧草，江流俯檻送朱弦。城中兵革無時歇，愁煞高樓樓上眠。

## 燕邸憶萬壽祺在淮南

天秋摇落客同心，幸結高懷鬱古今。冀北地圖留督亢，城中國士向淮陰。孤鴻遠浦家依水，白露空山月滿林。江介丹楓隨曲塢，重扉竹屋掩長吟。

【箋】

如須與萬壽祺（一六〇三—一六五二，年少、介若、内景）初晤於南京，時在崇禎十二年（一六三九）。萬年少《建業聯句詩序》紀其事云：

皇帝十有二年秋八月九日，建業之土，始稟節序。城東南隅，杕木沸鬱，館舍相屬，達於司樂之廬，涼風始翔，人弃哀樂。是月也，四方之良，皆來會於京師。東海姜垓、潤州錢邦芑、新安程邃、彭城萬壽祺，各以事至。良夜高集，望舒南流，舉觴賦詩，懷抱轉側，撫情至之一割，憫良辰之方樊。嗚呼，三代以來，及於今日，所謂古之君子衆矣。登高臨深，憂歡變勢，躡遥青而忡心，弄嘉翰以序墨。若斯之徒，遂闕今昔，慷慨所繫，風義乃繁。夫引爵分部，蔚矣會稽；屬草同曹，恭聞汲郡。豈蟲塗卉削，不聞金銅之音；抑藥館桂宫，共挾香澤之勢。當兹澄影，流心在天；彙厥名賢，聚星如日。伐元蟬而翳露陰，度素鴻而展飆陸。於是刻蠟燒鬚，縛屐斷齒。垂檻文以叙職，掩幃綃而選姬。抗子桓南皮之樂，十載不忘；感供奉北郭之横，四方有脊。方步鶩雉之雲，得攬芷蘺之澤。用繩石鼎，爰敷羅紋。次弟之章有程，韵律之規維百。陳詩如左。

按：此序見《明季三孝廉》所收《隰西草堂》卷一。他本有删略。與會諸人：錢邦芑（一六〇二—一六七三，開少），三十八歲；程邃（一六〇五—一六九一，穆倩、青溪），三十五歲；萬壽祺，三十七歲。

羅振玉《萬年少先生年譜》崇禎十二年己卯三十七歲條：

秋至南京，八月九日與東海姜如須垓、潤州錢開少邦芑、新安程穆倩邃良夜高集，舉觴賦詩。作《建業聯句詩序》。

錢邦芑，本籍丹徒，年少序中之『潤州錢邦芑』者也。陳垣《明季滇黔佛教考》考述開少於甲申後奔走於西南之事頗詳。開少生於萬曆三十年（一六〇二），年長於如須凡一紀。開少弟邦寅，亦與如須相善，嘗官永曆政權。參本卷《喜錢二自桂林奉敕還》詩。

年少有《忽憶錢大》，應作於南京詩會之後：

忽憶南徐道，春風樓上年。晚鶯移浦樹，苦菜秀沙田。驛路歸人少，蛟門落炤懸。如何問津者，五載滯江船。（姚佺《詩源初集》吴卷）

錢開少亦善詩。台北『國圖』藏黄傳祖《扶輪集》（崇禎十七年刊本）卷十四有《萬年少以余好游作閨人遠思圖見遺因題其上》七絶二首：

秋宵清冷不成眠，皓月空閨炤素弦。莫怨江頭風色惡，離人應未上歸船。

永夜憑欄理玉簫，相思千里夢難招。不知客子羈遲久，可有紅妝慰寂寥。

按：萬、錢二人之唱酬，詳拙編《萬年少先生年譜彙輯補箋》中《交游》篇（待刊稿）。又，錢氏《十言堂集》及《他山詩選》，皆不傳。今通行之《大錯和尚遺集》及《梅柳》詩，乃竟無隻字及姜如須。柯愈春記楊積慶輯有《大錯和尚遺集》，數度求索，惜尚無緣。

考《四庫存目叢書》收有開少所撰《他山字學》二卷，書前有開少自序，末署『康熙壬子陽生後三日鎮江錢邦芑開少題』，鈐朱、白文印各一方。康熙壬子爲十一年，時開少祝髮已十有九載，翌年即下世。夫以開少之身歷滄桑，物化前夕，猶念念不忘故家之所在，足證世緣未了。序用興朝紀年，豈亦有所不得已者焉？

程邃字穆倩，安徽歙縣人，從學於楊廷麟、黃道周，能書善畫，工篆刻。明亡，居揚州，與先朝遺民詩酒往還。撰《蕭然吟》，與如須往還之迹，見本書《倡酬投贈集》。汪丈世清遺著《程邃年譜》叙穆倩生平至詳確。

明亡之後，如須、年少及穆倩重見於吴門。穆倩有詩紀其事，見本書《倡酬投贈集》。《隰西草堂集》卷二《留别姜三張大澤鄒大典錢大邦芑》一律，當作於詩會之後、年少離别金陵前夕：

八月廿日余東歸，空江秋風水正肥。持螯兩手勸酬急，抱膝一人心事違。西引二楚鼠始碩，北聞三輔雁初飛。吾曹聚散亦有分，僕僕車馬徒誚譏。

詩題中所及張澤，字草臣，號旨齋，江蘇吴江人，嘗與徐汧合撰《新刻譚友夏合集》二十三卷，時當崇禎六年（一六三三）。書後附《旨齋詩草》一卷，雖薄物小篇，然先後得名家如張溥、朱隗、賀裳、錢旃、朱兖、顧夢麟爲之撰序。張天如及朱雲子且分别自署『社弟』及『社盟弟』。《詩草》收贈如須座師徐汧詩多首，《送九一北上》二律，尤見二人之情誼：

王宣敷令早，簪筆借風雲。群小方狐竄，真賢獨虎文。吾衰仍用蹇，子達已空群。此別如相憶，新花壓路醺。

群才趨大府，衆力屈堅城。似此誇馳驟，真堪勵瞀盲。驚身思世計，良食慰微生。慎爾風波意，君知達者情。君知字厚於待人。

如須之得交張旨齋，自不能與徐汧無關。本書《集外詩輯》所收《張草臣過寓齋夜坐月出送至橋上》一題，當作於姜氏兄弟移家蘇州之後。

鄒典，字滿字，號大典，吴門人。竇鎮《國朝書畫家筆録》卷二《小傳》云：

……客游金陵，遂家焉。喜子身凌晨出郭外，登雨花臺，高歌竟日，逮暮而返。工花卉，清逸雅秀，有超然塵外之致，用墨一筆間，能分淡濃，山水亦工。

又，羅振玉輯《萬年少先生年譜》，殺青時爲一九一八年，時《流覽堂殘稿》之刊布已近十載。然《年譜》附録譜主《友朋書問題識及投贈詩文》，乃竟缺如須此詩。博雅如羅氏，亦未得見近刊之《流覽堂殘稿》，則是書之流布不廣明矣。

## 流寓廣陵家書至大兄歲暮抵京在西曹留伴繫臣待恩

别後誰人爲勸餐，烏啼改歲泣南冠。西京賊據三邊戍，北地冰深一丈寒。直道皋陶無可祭，當時絳灌亦須彈。轉移共向天心見，中夜常從貫索看。

【箋】

是題當作於崇禎十七年（一六四四）初奉母南奔抵廣陵後（參前《哀喪亂詩》）。考明季官揚州推官者，崇禎十三年之前有福建莆田人陳士梅，崇禎七年（一六三四）進士（參卷五《省母于役過廣陵》）。後有湯來賀。湯字佐平，改字念平，號惕庵，江西南豐人，與如須爲同榜進士。惕庵《内省齋文集》有《冒辟疆五十序》《魏冰叔五十序》。冒、魏皆姜家摯友。如須奉母南行，流寓廣陵，自不能與湯來賀無關。

# 左黄門奉詔察核留京九江兵餉還朝相值江上便道歸萊邑奉贈二首

其一

玉帳牙旗按轡行，戰場黄草傍雲生。千家河北林巢燕，二月江南雨洗兵。畫省夜懷投匭牘，漢庭初築受降城。孝陵西望飛書檄，弓劍無驚表太平。

其二

兵前草木隱龍樓，鵝鸛連營制〔一〕上游。鞅掌五年三奉使，伶仃一別兩經秋。早逢王導來江左，不令桓温次石頭。北望纍臣雙泪下，可能寄語到神州。

【校】

〔一〕『制』，清鈔本作『控』。

【箋】

左黄門，即左懋第（一六〇一——一六四五，仲及，蘿石），山東萊陽人，與如農爲總角交。二人同舉崇禎四年(一六三一)進士,同出蘇州陳仁錫門。同籍宋玫有《蘿石左舅氏成進士》詩(見《天啓崇禎兩朝遺詩》卷二《宋文玉詩》),知左、宋二氏有姻親關係。後仲及以女妻如須乃弟如坡,則左、姜又成姻親。如農之長子又娶宋琬之女。萊陽姜、左、宋三族之關係可知矣。

弘光朝,仲及獲授『南京右僉都御史巡撫應天』,事見談遷《國榷》卷一百一『五月癸卯』條。仲及旋聞其母病歿萊陽。時又值弘光朝定策遣使與清廷通好,仲及請行,以便北返原籍地葬母。同年八月渡淮。如須與之相過於途中,因有是作。

仲及於十月抵張家灣,旋衰絰入都門。翌年六月清兵陷南都,仲及以拒降被戮。

仲及北上後有上弘光一疏,題曰《恭復諭旨疏》,署弘光元年,記甲申秋北上後密訪崇禎帝后掩葬事,較談遷《國榷》及清初其他諸家所記尚早。全疏見《蘿石山房文鈔》卷一,兹迻録相關部分如下:

至先帝先后,值社稷之陽九,盡乾坤之正命。梓宫抷土,尚未成禮,又臣等同官生將士所悲號流血而欲絶者也。臣又先奉先帝察覈之使,不得復命梓宫之前,益甚哀號,惟具祭本號泣望焚。此臣等不得已而望祭山陵之罪也。至先帝先后梓宫一事,臣等自沿塗訪問,言各不一。有言葬入田貴妃墳内者,有言隧道未開完而草草掩葬者。臣等聞之痛心,曾密遣加衔游擊楊三泰、守備張良佐、家丁劉希顔,間道密往昌平山陵一帶探問。十二月二十三日,得其回報。内稱：泰等扮作買藥材客人，前往昌平，問先帝梓宫。人亦多未真知。泰等於二十二日，假設看山，同本地人繇西山口進小紅門，即先帝葬處，名翠華山，原是田貴妃已葬墳墓。夫頭江大，領夫五十名，於本月初七日起工，正開隧道。又有監工内官王高等三員。泰等看開土已見石門，遂自稱行商百姓，望石門叩頭數十。前有琉璃破香爐一個，内盛黄土，點起真香，暗祝保佑中興，復整山河等語。將隨帶紙錢焚燒，流涕不止，旁觀俱皆感傷。隨拉江大於道旁松樹下，細問前事。江大云：四月初一日，流賊用人三十六名，抬先帝柩至此，停紅棚内。又用人十六名，抬周娘娘柩，并停一處。昌平州鋪行百姓，共斂錢三十千，以開隧道。又有本州駐札户部孟主事，同知州共看葬。四月八日入穴，先帝柩在中，周娘娘柩在左，將田貴妃柩移在右。今有攝政王疑惑，恐未葬入穴。因此開看，便於修造碑亭，見在動工。又神廟劉貴妃，已開土入銀泉山穴等語。又探得各陵殿宇皆存，隔扇器物不全。昌平東門外松樹伐去大半，紅門内樹木亦動些須。又探得禮部出示，内稱：炤得明朝十三陵，每陵設内官四員，陵户二十名看守，禁止樵牧，給香火田二十二頃等語。泰等恐人盤詰，星夜回報。又報先帝隧道寬二丈，深二丈五尺等語。臣等聞報，慟哭不止，隨於二十四日五鼓，望先帝山陵，率各官叩頭訖。此臣等不能親叩先帝山陵之罪也。

**仲及之殁，如農有挽詩，題作《和陶挽歌辭哭左侍郎仲及三首》：**

皇天白日間，仰視何太促。生死誠有道，安敢辭鬼録。一自大厦傾，所貴在一木。人死誰如君，何爲爲君哭。眼中千萬事，泉下不復覺。男兒七尺身，如斯乃不辱。君身雖可憐，君心則已足。

蘿石山上去，撮土酹空觴。我酒雖既陳，不求君來嘗。昔在建業時，寄書置我旁。書中字字泪，晨曦爲不光。朝來上封事，夕去走帝鄉。求死豈不死，死不離未央。

大風自北來，寒木正蕭蕭。多少舊墳墓，不知在何郊。獨君三尺土，高山共嶕嶢。我來拜君墓，手折白楊條。所取非楊條，答贈在今朝。君死則已矣，我生可奈何。我豈貪生流，母老强還家。既爲君作傳，又爲君挽歌。生則托金蘭，死當告山阿。

**末首收篇『既爲君作傳，又爲君挽歌。生則托金蘭，死當告山阿』，指如農所撰《左侍郎傳》（見《敬亭集》卷八），傳文不録。惟文末附論，述姜氏兄弟與仲及之交誼，似宜廣爲人知：**

論曰：余弟考功病中語余曰：『觀人者於其鄉，非我兄弟，孰能爲左侍郎、沈黄門作傳乎？』余感斯言，於左侍郎蓋夙夜景行而不能自已也。余所交賢士大夫多矣，未有如公之俯仰無愧者。即我明之盡節者有矣，未有如公之從容就義者。當宋室亡後，文信公繫北都者四年，終以不屈死。公亦被繫近一年，留都陷一月後方死。方之信公，何多讓焉。

左書附：

國遭大故，二東之間，不聞有斷頭穴胸以報故君者。彼鄒魯仁義之稱安在耶？廷臣不察，屬懋第節鉞上江之寄。十日前有自北來者，謂慈氏病篤于京畿。人子愛親，嘗不忍聽，今訃至矣。惟去歲視楚，親承詔命。先皇帝曰：『荆襄之上，一任惟爾。』母夫人曰：『君命重，勿復念我。』今一歲之間，彎弓不及于龍髯，蓼莪旋廢于烏私。懋第更何惜七尺，不爲君父用？已上書請北行，得叩頭先帝梓宫之前，以報察覈之命，死且不恨。嗚呼！懋第此行，是懋第死日也。

河北鉅鹿人王蔚（字文徵，號韋庵）有《百一哭挽左蘿石先生》詩挽籮石，收入姚佺《詩源初集》燕卷：

落日西山不炤地，海風吹起陰陵氣。六月凛凛肅霜飛，先生血濺長安市。長安拜舞正紛紛，趦趄囁嚅不敢視。萬生難酬君父恩，一死已完臣子事。麻衣草屩抗丹宸，自稱先朝逃逋臣。鼎湖龍髯不可攀，六尺孤没江水濱。夷齊采薇爲周民，仲連倡義不帝秦。金甌帶礪誰域史，登山蹈海果何人。君不見常山太守舌，嚼齒穿齦心如鐵。又不見蘇武持漢節，吞氈嚙雪心不折。比龍亦是人心肝，日星河岳不在天壤間。山川真氣不得滅，呼牛呼馬徒汗顔。嗚呼，舉世怖死未必真不死，古來多少奸雄今已矣。先生拚生實留千古之人生，烈烈殺身仁義成。柴市願從文丞相，蒿里誰歌齊田横。先生有從死僕五人，真不愧横客矣。

考《明史》卷二百七十五《左懋第傳》，於如農所撰，頗多采擷。另有左輝春《蘿石先生年譜》，收入同治間刊《蘿石山房文集》。

仲及與如農之房師陳仁錫，有子名濟生，輯《天啓崇禎兩朝遺詩》，爲撰《小傳》，收仲及詩二十六題。中有《捧先帝御筆哭詩》一首，作於北上途中。余年來有意於崇禎御迹，得仲及此題，爲之一樂。爰録全詩於後：

從行游擊王一斌自市中得先帝御筆二軸。其一乃『誠』字，用廣運之寶。其一乃『行到水有處，坐看雲起時』二句，上有『御筆』二字，用皇帝建極之寶。先是，一斌于市見先帝筆，乃『其恕乎』三字，急御索之，已爲人購去。嗚呼悲哉！臣初入省垣，部試進呈卷，先帝御筆書『北科』二字。後疏及使命，多奉御批。捧二幅痛哭，宛侍先帝顔色。時復集文武從行官拜哭，賦詩志痛，哀不能詩，聊紀事云。

臣昔金陵去，手敕促臣行。臣今纕持節，遥遥至我京。雉堞爲灰燼，舊闕無完城。無物不傷心，捧翰怛然驚。宛似封章上，揮灑出穆清。翻自番市得，驚呼動失聲。萬幾猶談藻，中心主恕誠。先天數行墨，哀臣涕泗横。叩捧返天府，寶之如瑶瓊。雲起中興瑞，佑我帝業成。

仲及有弟名懋泰，字大來，號旦明，崇禎七年（一六三四）進士，國亡，降清。萊陽左氏因不得稱一門忠烈。懋泰於順治初謫戍瀋陽，與僧函可及其他流人時有唱和。刻有《徂東集》一卷，未見。

## 哀濟南

其一

諸將銜書別鸛鵝，逍遥不肯渡滹沱。王恢甚爲諸戎死，聶壹徒經馬邑過。月照關山聞觱篥，風摇島嶼亂戚戈。流離滿眼曾無計，北望神京雨泪多。

其二

章邯西出咸陽關，三日上書司馬門。不見趙高真可怪，迄今秦國更難論。譚兵豈信留中貴，飛檄何忘奉至尊。泪斷鷹揚虚制使，身亡無地拱維藩。

【箋】

《陳子龍詩集》卷九有《悲濟南》七古一首：

北風蕭蕭歷下城，千樓萬雉何峥嶸。城頭老兵獨擊柝，宫中美人雙彈箏。吹角鳴笳來大野，橐駝餵食宫門下。珠簾玉檻芙蓉池，雜沓黄昏飲胡馬。朱邸諸王宫錦袍，玉顔隆準塡蓬蒿。血污清泉流不得，白烏暮噪蒼狐嗥。紅粉青蛾今在否？黄塵晝暗穹廬高。琵琶一聲漢家曲，梁父不見心徒勞。春來東望長太息，更聞此語泪沾臆。旗仗旌旄何處尋？滿城風雨生荆棘。天子方隆魯衛恩，諸姬豈盡藩維職？海岱愁雲黯淡間，應使皇情更淒惻。

卧子所咏，以城破而德王被執事爲主。詩末《考證》引《明史·諸王傳》：

德莊王見璘，英宗第二子，景泰三年，封榮王。天順元年三月，封德王，歲禄萬石。初國德州，改濟南，成化三年就藩。崇禎五年，由樞嗣，十二年正月，大兵克濟南，見執。

此云城陷在崇禎十二年正月，與談遷《國榷》所記正同：『正月，己未朔，庚申，建虜陷濟南。』《清史稿·太宗本紀》則叙此事於崇德四年（崇禎十二年）三月丙寅，蓋取奏到清廷之時：

多爾衮、杜度等疏報自北京至山西界，復至山東，攻濟南府，破之。蹂躪數千里，明兵望風披靡。

按：城破而死者，有桐城人張秉文夫婦。秉文時任明左布政使，夫人方孟式，亦桐城人，按族屬爲方文之姐，以智、其義兄弟之伯姑也。

今人任道斌《方以智年譜》『崇禎十二年春一月』條引方孔炤《紉蘭閣詩集序》：

崇禎己卯正月二日，濟南陷。大方伯張鍾陽（秉文）乘城畢命於西門之上。我伯姐夫人率其如夫人，投司署之後湖殉焉。

**孔炤子其義《時術堂遺詩》有《哀濟南詩》：**

崇禎庚辰濟南陷，張方伯公身殉難。方伯夫人我伯姑，携妾投入大明湖。夫爲忠臣妻烈婦，名垂天壤真不朽。天子明聖如上聞，自然贈官録其後。方伯實爲我婦翁，招魂不得來山東。可恨中貴師八萬，不援孤城城遂空。誰與守？誰與戰？哀哉新正成此變，使我兩袖泪如霰。

**後此越二十二載，方文游魯，追憶其姊孟式隨夫殉國事，『第恐年久事湮没』，因作《大明湖歌》：**

濟南城中大明湖，乃在貢院西北隅。其南即爲藩司署，墻脚不許通樵蘇。七十二泉匯於此，嚴冬大旱水不枯。湖中芰荷雜葭菼，夏月望之如蓬壺。往時官府好事者，小舠載酒遨且娱。民間采蓮亦不禁，所以此地稱名區。崇禎戊寅十二月，遼海萬騎來燕都。前鋒直抵濟南郡，濟南防備甚疏虞。是時山東大方伯，張公鍾陽吾姊夫。公諱秉文，字含之，桐城人。萬曆庚戌進士，別號鍾陽。率彼群吏嬰城守，辛苦半月猶枝梧。己卯元旦城竟破，公中一矢身先殂。吾姊聞難且不哭，立召二妾來咨謨：『爺爲大臣我命婦，一死以外無他圖。嗟汝二姬各有子，長兒雖歸幼兒俱。於義猶可以緩死，抱兒且往民家逋。』小婦抗言『吾弗活，願與母氏同捐軀』。兩人縫紉其衣帶，欣然奮身投此湖。中婦年已過四十，本欲殉難還踟躕。腹中正懷五月孕，膝下又有雙鳳雛。私念吾家大小悉赴水，安忍此輩爲鰕鉏？泣拜忠謹二老婢，一婢一孩負之趨。倘遇白刃斯已矣，僥倖不殺還至此處來尋吾。大明湖邊有深澗，上用柴草雜亂鋪。蒙首潛身匿其下，六日不食氣息無。兵來見是漭泱水，水面浮尸如衆鳧。匆匆亦不暇搜索，此婦性命遂免屠。六日以後番兵去，鄉民次第來闉闍。城中殺戮十餘萬，家家骨肉哀號呼。中婦聞聲匍匐出，自言我是張老姑。張公平日多惠政，百姓聞者争前驅。因導此婦尋公尸，尸在城樓色不渝。又倩一人入湖水，撈尋大婦小婦於寒蘆。俄頃二尸得舁出，遂與張公之尸并陳於路衢。殘黎助錢買薄板，草草殯殮何所需。异哉二婢亦未殺，被擄爲兵剉馬芻。各言此子是己子，仍以殘餅爲之餔。兵去婢留尋阿母，同日抱還其兩孤。一孤乃是己所出，一孤乃是小婦所遺珠。未幾復産遺腹子，與前二子同喣濡。扶棺挈兒返故里，親戚見者咸嗟吁。此雖張公盛德之所致，亦由此婦才智與人殊。聖朝褒忠務覈實，公膺贈典良非誣。二十年後我游濟，大明湖邊立斯須。追惟往事不勝痛，臨風雪涕霑平蕪。忠臣烈婦分自盡，豈必求人知之乎。第恐年從事湮没，因作此詩告吾徒。（《盦山集·續集魯游草》七言古體）

錢澄之《哀濟南爲紉蘭閣作》詩，則挽方孟式：

東風雪雹酒盞大，濟南一夜奴打破。血作黄河水不流，官吏三千無一個。方伯夫人同日死，呱呱黄口尸邊餓。夫人榮貴出名家，金屋豪華誰敢過。著書擬續婕妤稿，成詩不拾昭容唾。姊妹文史江左傳，紉蘭遺集無人和。可惜風流一代盡，玉樹僵同馬骨卧。親戚掩面向東啼，落日招魂作楚些。（《藏山閣詩存》卷二《過江集》補遺）

## 旅宿

朔野衝關秋色殘，手遮西日向長安。從來下馬逢人少，莫道攻車出塞難。蕭瑟雲山何地盡，悲歌風俗似天寒。雖知英妙同鄉者，不易吾盧一釣竿。

## 秦郵舟中

檣峭經風立水寬，新晴百折似波瀾。江州早製虞卿策，海内思彈貢禹冠。數處川霞明遠迹，隔汀霜露惜孤寒。棹前夕泊城門市，呼絶高陽急勸餐。

【箋】

秦郵，今江蘇高郵縣。程邃《蕭然吟》卷二有步韵：

零葦垂灘浦溆寬，魚烟曛黑梟霜瀾。飛舸剔炬看龍劍，搔首銜觴聳鷃冠。淮海風流將試問，江湖歲月急孤寒。時如須欲余投李青藜，極勸駕。爾爲救世勞行役，分我書囊脉望餐。

如農《敬亭集》卷四有咏秦郵詩兩題：

### 將之秦郵留別真州諸子二首

父老臨江驚看予，一生偏愛水雲居。人間流落漁樵慣，天下交游喪亂疏。歸去王孫嘗作客，近來驥子最憐渠。書籤竹馬皆安穩，北里吹笙總不如。

北斗凄凉漢臘春，舊時黃綺不爲臣。五湖物態嘗隨我，八口生涯盡向人。別恨何當連歲甚，交情多在晚年親。淮南賓客寒漿薄，德業神仙未苦辛。

### 題秦郵寓樓二首

高樓西北白雲齊，羈旅相看但藿藜。三月鶯花春晝永，萬家烟樹夕陽迷。已甘垂死終湖海，何有餘生聽鼓鼙。幾處飄飄歸不得，城頭應羡夜烏栖。

王謝堂前舊燕飛，花邊好雨細霏霏。百年漁釣風期遠，萬里遨游心事違。極目烟波堪吊古，側身天地學忘機。淮南芳草當春緑，何事王孫尚不歸。

## 十二月一日泊吴閶

其一

東吴寒暑今兩至，春水將來懷又生。中歲徙家建業市，故人相問齊謳行。江山舉目欲愁絶，松柏遭時良徑情。公子登樓望吾土，誰堪車馬當北征。

其二

乘興東游澤國間，老梅僵立暮能删。藿藜不飽嗟行路，風俗相親解客顔。今日吴趨寒立雪，并時師友偶歸山。移文招我高譚侶，豈願舟航速出關。

【箋】

此題作於崇禎十七年（一六四四）如須奉母南奔至吴門時。

## 孟冬朔感懷二首

其一

中原烽火徹滹沱，荆棘宮門返照多。霜雪早飄秦障塞，旌旗長蔽漢山河。營連都護聞笳管，風勁胡兒出駱駝。共道氈鄉馳信使，北人依舊學邊歌。

其二

河朔縱横虎豹游，上京板〔一〕籍薊門幽。射雕風起呼韓部，走馬塵飛冒頓裘。陵廟青梧華表夜，麒麟黄草石堂秋。先皇遺詔空哀痛，霜露何人拜冕旒。

【校】

〔一〕『板』，原作『版』，據清鈔本、整理本改。

# 乙酉元日

其一

玉漏遲明萬宇通，江關曉麗翠微中。將軍鹵薄垂南極，侍女椒盤出掖宫。三輔陰成游虎豹，六龍霄殿鎖崆峒。應聞寵倖朝正侶，珍重調羹答聖躬。

其二

萬户烟雲玉輦遥，景陽鐘外馬嘶驕。初停羽騎朱旗閃，猶想猊香御幄燒。天遠荆揚連障塞，江晴花鳥奏簫韶。可憐羌笛吹春急，射獵陰山草欲凋。

【箋】

如農《敬亭集》卷四有《乙酉元旦懷兩京》七律一首：

珂佩鏘鏘宵燭通，玉皇香案傍瑶宫。新亭風景凋傷後，故國威儀想像中。白虎高樓懸薊北，朱鳥小殿起江東。千官依舊朝仙闕，圖籍車書可盡同。

其時如農、如須兄弟重聚於無錫。二人詩中所及皆南京弘光朝廷事。

## 雨中放艇過虎丘劉氏别業

城春野闊雨凄凄，縹渺烟峰天外齊。廢井遺墟憑檻見，空山獨鳥向人啼。夫君渭曲魂仍斷，神女湘皋眼欲迷。日夕投林苦沾灑，不堪舉首白雲西。

## 贈高閣老

其一

漢家天子改元初，北闕妖氛暗帝輿〔一〕。白水盡傳符命遠，商山幸屬聖朝餘。烽臺夜送平安火，江上時聞哀痛書。可惜老臣憂國泪，關河寂寞掩寒廬〔二〕。

【校】

〔一〕『輿』，原作『興』，據清鈔本、整理本改。

〔二〕『盧』，原作『盧』，據清鈔本、整理本改。

其二

司隸新章黃閣開，力侔鄧禹亦雄才。朔方孤將三關入，回紇援兵萬馬催。去國合爲封事上，對棋還見捷書來。誰憐社稷和戎日，辛苦調羹五月回。

其三

次第平奴被主恩，家餘脱粟卧高軒。皂輪初并三槐寵，黃鉞新開九廟昏。江表公爲真宰相，天涯吾是舊衡門。功臣争繪麒麟閣，誰共蒼生謁帝閽。

【箋】

高閣老，高弘圖也，已見卷二《贈太師大學士吏部尚書謚忠敏高公宏圖》題。此詩當作於弘光政權建立於南京後。參見《倡酬投贈集》『高弘圖』條。

## 雨中憩萬松庵

七十二峰峰底行，自收嵐市鎖山城。日臨滄海林初曉，木落秋窗雨後明。露冷閑房殘蘚積，魚飛香稻水田平。欲携藥物同君老，猶恨悠悠遲暮情。

【箋】

起句「七十二峰峰底行」，指太湖七十二峰，蓋如須座師徐汧及其子枋寓廬之所在。清人吴定璋輯有《七十二峰足徵集》，書凡一百三卷。

## 乙酉冬至和仲兄五首

其一

大將嫖姚刁斗横，匈奴擊破築降城。帝天律應黄鐘轉，神筴文浮寶鼎平。月照龍樓雕雁急，營連榆塞白雲晴。宸衷淒愴園陵遠，却憶先朝奉使行。

其二

警蹕旌旄尺五間，誰憐雪色穆陵關。四千里外河梁別，十九年中漢使還。傳羽戈鋋騰絕漠，吹毛突騎下陰山。即今帳殿趨朝賀，莫道功臣甲第間。

其三

七曜新頒指帝衢，千秋亭畔夜鳴枹。書生趨府儒爲將，戚畹驂乘主備胡。江上元年猶紀魯，軍中赤伏幸傳符。頗聞漢使通西域，重獻敦煌徑寸珠〔一〕。

【校】

〔一〕『珠』，原作『銖』，據清鈔本、整理本改。

其四

元老勛猷詔錫弓，朔方未宅尚臨戎。天門月照靈光殿，晝省香分萬歲宮。何日左賢投闕下，舊時英妙出山東。爲傷九廟笳吹亂，迢遞西清望欲窮。

其五

繐帷冷落爲誰開，甲帳朱簾竟可哀。關塞雁鴻逾晚到，孝陵風雨自西來。賈生前席書仍上，第五之官泪欲催。更荷新恩灑泉路，黄雲衰〔一〕草北邙臺。

【校】

〔一〕『衰』，原作『哀』，據清鈔本、整理本改。

【箋】

如農原唱《乙酉冬至五首》，見《敬亭集》卷四：

郊祀圜丘蹕衛多，新朝天子駕雲軻。明堂竊見陽春布，至日頻驚客舍過。彩筆逍遥曾佩玉，翠華趨走欲横戈。傳聞汗馬收京喜，春薦櫻桃九廟歌。

文昌殿外曉霜寒，中使擎來白玉盤。八表圭璋新氣象，百年帷幄舊琅玕。辟雍鐘鼓修文亟，戎馬君臣縱樂難。帝室飛灰吹不到，雲旓仙管斗南看。

空碧霜華萬瓦盈，將軍新築受降城。郊壇上帝祠宫遠，鳳鳥春官斗柄横。河北傷心秦日月，江東入目漢陰晴。可憐虎旅龍文地，玉帛菁茅幾處行。

陵闕燕山壄草斑，群峰鎖鑰自雄關。虎賁大内春猶在，龍馭黄華晚不還。銀海香烟虚玉碗，白雲弓劍冷橋山。明禋何處通宫闕，沙漠陰風未肯閑。

京兆新開雲鳥衢，隔江烽火夜聞枹。朱樓百尺懸新第，内郡千軍徙雜□。王子珊瑚盡龍種，材官風雨守魚符。南征衹爲標銅柱，不取通犀翠羽珠。

時兄弟同侍母居蘇州之上津橋。聞明遺臣朱大典、張國維等奉表請魯王監國於紹興後，二人因有詩唱和。

## 九日

廢井遺墟壯士回，却愁垂老賦天台。千門返照西〔一〕山繞，萬里悲風朔漠來。關塞馬嘶何太急，河梁秋色信堪哀。黄花盡濺孤臣泪，漢室旌旗安在哉。

【校】

〔一〕『西』，原作『鹵』，據清鈔本改。

【箋】

詩當作於順治四年(一六四七)重九日。時已離開魯王政權,避居天台。

**自天台西陸達東陽山行二百餘里始下竹船領幼子西來喜山溪林木之勝口號示客**

谷口寒崖落照低,芒鞋西去白雲齊。樓臺每向日邊出,鷄犬如從天上啼。愁緒亦知幽興足,浮家常願武陵迷。陟巔涉險終無力,草帽重衫付小奚。

【箋】

此如須離開魯王政權、自天台返吴門途中所作。時在順治四年。

**臨鏡忽見白髮滿頭内子驚嘆僕寧不傷口號相遣**

今我春秋未强仕,飄飄鬱鬱那安眠。繫書詎達三千里,杖節何堪十九年。飢食寒衣獨餘後,兒啼婦走當人前。滿頭白髮特零亂,少壯幾時卿自憐。

【箋】

起句『今我春秋未强仕』，知如須其時年未及四十也。

## 寄章台

山陰冉冉惜征途，每愛君家屋上烏。菱芡秋風千頃暮，薜蘿小徑一村孤。棹從安道幽溪返，酒向知章舊宅沽[一]。爲問西莊薛公子，寀林蟹壯欲携壺。

【校】

〔一〕『沽』，原作『□』，據清鈔本改。

## 江外遣愁

其一

烹牛啖彘自須肥，河北健兒春信違。投宿不時辭頓舍，間行幾度訪慈闈。戰場白骨誰仍在，邊塞黄沙客未歸。方寸總關徐庶事，啼痕常濺老萊衣。

其二

寂寞春郊百戰初，江山斥堠入青徐。定多父老長垂涕，豈有親朋好附書。歸去殘生牛馬倦，病來減食蕨薇餘。林間明月孤踪宿，烏鵲猶驚樹影疏。

## 丁亥春夏僦居灤水北郭閑田傭書隱名莫或知者行坐起居不無比興

其一

故人一飯有殊恩，烏噪猿啼亦斷魂。屋底青松泉吐竇，眼邊黄土泪成痕。不妨縱酒眠雲壑，祇合携家入鹿門。即墨臨淄音信杳，北來風雨暗孤村。

其二

中原戰骨已成枯，消息茫然客更逋。殊縣耕蘭香九畹，生涯對菊種千奴。張楷早駐弘農市，司馬親當賣酒爐。耳熱酣歌常不負，總宜春色在江湖。

其三

一月中無一日晴，嚴陵江外釣竿輕。西郊豈見紫騮出，南國今多紅豆生。新市徵師懷壯舉，武溪吹笛想軍聲。關河極目干戈滿，心折還摇萬里旌。

【箋】

丁亥，順治四年（一六四七），魯王江師潰敗之翌年。瀫水，浙江省衢江之古名也。《（乾隆）大清一統志》述衢江曰：『自衢州府龍游縣流入，經湯溪縣西北二十里，又北入蘭溪縣界，徑縣西南十五里爲金臺灘。又至蘭陰山下與婺港合，統名曰蘭溪亦曰大溪。又名瀫水，以水紋類羅縠岸多蘭茝，故名。』

## 徐氏園夜集偕諸子即席作

烟江初冷白雲天，好向陳徐榻上眠。避世更分河朔飲，霑衣敢忘永嘉年。座中月滿三千客，門外秋高萬里船。繞樹不堪別離地，故人心在夜烏前。

【箋】

徐崧、張大純《百城烟水·長洲》：『東園在閶門外下塘，徐冋卿秦時建。』按：徐秦時，明萬曆間太僕，所建園後於清嘉慶間爲劉氏所得，改名劉園。劉與留諧聲。即今之留園。

浙江嘉定人陸坦《讀姜如須徐氏東園詩》，收入《天啓崇禎兩朝遺詩》卷八《陸履常詩》：

金谷凄迷一徑斜，舊時歸燕已無家。落花細數章臺月，栖鳥閑啼錦石沙。有客題門吟碧草，何人掃榻慎寒瓜。薄肥秋雨凉颸動，十里江楓起暮笳。

如農游園詩題作《秋日游徐氏東園四首》，《百城烟水》引作《己亥秋日游徐氏東園》。己亥爲順治十六年（一六五九），時如須已下世六載，故第二首起句云：『憶弟看雲日，飄零滿地愁。』

徐氏園林在，招尋獨倚笻。三吴金谷地，萬古瑞雲峰。宿莽栖寒雁，澄潭伏蟄龍。西園花更好，香帔起南宗。

憶弟看雲日，飄零滿地愁。烽烟迷古戍，花草轉皇州。作客猶初夏，携家及暮秋。向來登眺意，憔悴仲宣樓。

地接蒼山遠，年催白髮新。登臨興廢眼，離亂死生身。秋水有孤鶩，寒塘無幾人。渡江諸子弟，隨意五湖春。

亂石荒郊外，危橋廢港邊。白茅南國地，黃葉北風天。撥火松陰冷，移尊竹翠偏。興來拚一醉，携有杖頭錢。

如農另有《重游徐氏東園用前韵四首》：

重來是何意，還有叩門筇。屋宇仍雙橘，雲霞忽萬峰。高灘叢白荻，亂水劃蒼龍。我亦無家客，因風想岱宗。

步屧林間熟，經過那免愁。清霜飛楚甸，白首倦吴州。城闕砧敲月，瑚珊樹挂秋。萬方多難日，此地有南樓。

窮居誰共適，况復雁鳴新。盜賊仍今日，乾坤止此身。寄懷阡陌地，携手兩三人。感爾園丁意，爲沽麯米春。

幸識曾游路，人家曲磴邊。風高寒極浦，霜净敞遥天。古木槎枒在，殘山位置偏。寄言經始者，珍重大官錢。

## 傷春

惆悵歸期老欲狂，江南柳色倍思鄉。千帆春轉青山遠，九陌晴飛紫燕長。芳草妒人懷婉嫕，桃花送客卧滄浪。清笳玉笛多愁恨，北曲聞來總斷腸。

【校】

孫鋐《皇清詩選》卷二十二收此題，第五句『婉嬿』作『嬿婉』。詩後有評曰：『伐毛洗髓，方有此躊躇滿志之作。』

## 新柳

其一

二月津柳〔一〕拂面絲，黄烟金穗不勝垂。西清微蕊〔二〕雨猶潤，南内疏簾風自吹。到眼欲驚寒食節，畫眉虚憶少年時。玉關雪盡行人泣，恐是春來管别離。

【校】

〔一〕『柳』，《詩觀》作『亭』。

〔二〕『蕊』，原作『藻』，據清鈔本、整理本改。

其二

碧玉輕妝水殿斜，翠條先試髻邊丫。藏鴉未綴黄金縷，逐蝶將拈白雪華。明月夜開雙鳳闕，雕欄春鎖五侯家。臺城烟雨年年發，愁殺楊花似笋芽。

其三

老去逢春不似春，御橋傷别屬何人。五陵風笛投鞭晚，六代宫鶯哺乳新。張緒當年花靧面，桓温感舊泪沾巾。輕狂漏泄無情思，更惹章臺馬足塵。

其四

征人二月出秦關，大嶺春陰幾樹斑。折去只愁京洛客，初生乃在豫章山。殷勤北館留甘澤，宛轉東風舞小蠻。好與梅花占節候，争差黛色五雲間。

其五

雲和别殿試芳菲，花滿咸陽人未歸。近水雪融迎畫舫，籠烟沙漲點羅衣。蘼蕪野店青驄出，錦綉長楊紫燕稀。早晚飽經離别苦，免教花絮任狂飛。

其六

故國關山笛裏聽，雕鞍寶馬卧旗亭。灞橋雨綻初含緑，榆塞天寒不遣青。留恨春衫臨綺席，承恩曉鏡對銀屏。永豐坊角啼烏散，肯伴梨花子夜零。

【箋】

鄧漢儀《詩觀二集》收第一、六兩首。詩後有評曰：『新情舊恨，借題傳寫，自爾綿婉無盡。』陶煊、張燦《國朝詩的》山東卷一收第六首。孫鋐《皇清詩選》卷二十二收第六首。詩後有評曰：『葱蘢奪目，麗娟百花舞也。』

陳田《明詩紀事》辛籤卷二十二録葉襄《新柳》一首：

駘蕩東風促放芽，有情應似惜年華。章臺濕雨追芳草，野郭輕陰待杏花。淺緑未堪遲幕燕，嫩黄何處暗栖鴉。永豐坊裏承恩早，柳宿光中一縷斜。

按：此詩用韻與上録如須第二首同。

又，潘江《龍眠風雅》卷四十八收齊維藩《新柳與姜如須同賦》，用韻與如須第三首同：

吾猶及見上林春，二月宫條御柳新。萬户垂青招燕子，千官拖紫曳龍鱗。虚誇張緒方年少，不數王恭是美人。肯與隋堤同日語，緑陰一樣旋輕塵。

葉、齊均如須晚年寄寓蘇州之詩友。見卷五《齋价人載酒過草堂偕秋若聖野霖臣分作》及下題《奉簡葉三兼示申中書齊舉人》等詩。

## 奉簡葉三兼示申中書齊舉人

主簿祠前官柳黄，真娘墓下野梅香。一行風信題書早，百丈春燈舞雪狂。田賽朱纓花壓帽，杜鳌猨豕酒登床。西鄰歌伎兼相許，何日携錢過草堂。

【箋】

葉三，葉聖野；齊舉人，齊价人。見卷五《齊价人載酒過草堂偕秋若聖野霖臣分作》。申中書，指申緼芳，見前《農部申侍郎見過貽示新篇有贈兼呈令五弟内史》題。

## 山中逢毛晋周榮起兼憶高起之亡

散髮相逢一釣舟，滄波萬里使人愁。翠屏娲娲春暉净，黄鳥關關晚閣幽。亡國子山仍寂寞，渡江公瑾最風流。應劉儕輩今如此，花下何妨秉〔一〕燭游。

【校】

〔一〕『秉』，原作『東』，據清鈔本、整理本改。《姜如須詩》收此題。

【箋】

毛晋《和友人詩》有《穀雨日中峰止宿逢子晋同若撫仲榮兼悼伯高之逝》，時與地較具體，相關人物增若撫一人，『高起之亡』另作『伯高之逝』，末句作『倚杖何妨汗漫游』。毛晋《隱湖倡和》題作《穀雨日中峰止宿逢子晋暨若撫仲榮兼悼伯高之逝》，時與地亦較具體，相關人物亦增若撫一人，『高起之亡』亦作『伯高之逝』，末句作『倚杖何妨汗漫游』，亦較貼切。以下釋解并參兩本。

穀雨，清明之後一節氣。中峰，指蒼雪讀徹之中峰寺。常熟縣頂山南峰。毛晋（一五九九—一六五九），原名鳳苞，字子晋、子九，號隱湖老人、汲古主人，常熟人。明諸生。乃明清間一重要之刊刻家。有《和古人詩》《和友人詩》《汲古閣集》。

第七句『應劉儕輩今如此』，典出曹丕《與吴質書》：『昔年疾疫，親故多離其灾，徐、陳、應、劉，一時俱逝，痛可言邪！』（蕭統《文選》卷四十二）應劉，指應瑒、劉楨。如須則泛指其昔年之游侣。詩題所及若撫，即林雲鳳，已見卷三《林翁行》。仲榮，周榮起字，兄名高起，字伯高，江陰人，詳下。今先請讀毛晋和如須詩：

雙燕分栖并繫舟，入林三笑解春愁。垂簾聽雨拖笻緩，隔座看花試茗幽。遠近林丘唬鳥換，存亡朋舊過雲流。結茅偏愛南山好，收拾詩編續澹游。蒼師喜南山，葺一把茅對之，索友人落成詩，擬定水老人《澹游集》編次。（《虞山叢刻》本《和友人詩》）

子晋既和如須詩，蒼雪從而和之。《南來堂詩集》補編卷三下《次答毛子晋雨夜見過同周仲榮林若撫周子佩昆玉賦》七律，用韵與如須之作正同：

頭尾相連岸次舟，春寒花鳥共閑愁。呼燈照雨客仍至，扣户無聲山更幽。人恰七賢同雅集，竹堪千畝抱溪流。禪非玉版參何有，玄度重來感舊游。

王培孫箋周榮起平生行事，先引王士禛《居易録》：

《梧溪集》七卷，細書工緻似鍾太傅，終卷如一，云是周研農榮起手録。周江陰老儒，常熟毛子晋刻校古書，多其刊正。其長子長源，字鄴侯。予在淮南時從游門下甚久。研農年八十七乃卒，今殁纔五六年耳。

繼引蔣光煦《東湖叢記》：

余所藏明周研農手鈔朱性父《鐵網珊瑚》，其珍惜之意甚至。卷前有紀緣一篇，題癸卯十一月三日六十四老人周榮起述。

復引《詩觀二集》：

周榮起，字仲榮，江南江陰人。選《早春江郊探梅》一首：不謀同趣趁閑雲，到處隨心寄遇欣。日暖乍烘寒玉放，風柔催發縞衣薰。竹圍江港潮初漲，人到山樓磬自聞。一片氤氳香世界，大堪投老謝囂氛。

毛晉與周氏兄弟唱酬頻繁。見子晉《和友人詩》：

**書帶草　江陰周高起　伯高**

前身曾向錦囊分，却笑秦王不盡焚。茂叔階前浮翠潤，康成庭下滿清芬。香回東閣縹緗帙，影散懸針篆籀文。更説藏書能辟蠹，名山一席合留君。

子晉和作：

鸞山中谷一枝分，種出淄川縣北鸞山。不與君苗研共焚。色映芸窗含露碧，影侵蘭榭挾風芬。流螢聚處渾無字，老蠹經行鮮蝕文。休問王孫芳草路，讀書臺畔笑逢君。

周仲榮詩《汲古閣聽雨同麟士人伯及溯聞端和兩上人子晉因出觀寒拾二像千二百五十阿羅漢長卷并宋刻諸書種種妙好得未曾見喜而作歌》：

春風劈柳春雨濃，湖天濕霧霏重重。蹲鳩高樹懶不起，捲簾入坐雲濤衝。同心如蘭靜言好，衣裳爲我歌顛倒。傑閣層懸列畫圖，酉陽觸目皆琳寶。茗甌香鼎不停披，上善同參及素緇。雲藍十幅展奇妙，大比丘衆皆吾師。龍眠嫡祖仇英筆，四百餘年工力匹。愛護能逢賞鑒真，玉蹬金題間緗帙。更看遺照國清賢，絹素神明墨妙傳。宣和遺澤自清灑，古香浮動澄心箋。魯魚讎校綆深汲，籤軸如雲供什襲。天厨誤入饞腹兒，禁臠江瑶都翕集。以之展轉耳目移，坐卧於中艷總持。嵐烟水氣奔紛接，錯認天禄藜重吹。徐徐握手下樓去，梅花半破迎人語。洗盡凡心骨具輕，鷄鳴隔屋東方曙。

子晉和作《仲春望夜喜仲榮從江上來握手道闊批閱兩令女畫十八羅漢暨九歌圖超越古人因出家藏寒山拾得二像千二百五十人卷示之見貽古歌次韻奉答》：

三十三山春漸濃，停雲靄靄幾千重。花朝雨過駕一葉，雨水灣頭潮互衝。行到湖村月正好，蒲帆影向橋邊倒。入門執手如夢寐，貽我閨人畫中寶。九歌之圖剪燭披，展轉懷沙品不緇。變幻鬚眉見龍象，坡仙列頌天人師。應真我有先民筆，阿堵傳神或相匹。千二百五十人俱，海山飛走羅一帙。閭丘太守間稱賢，國清寒拾至今傳。君看拍手笑何事，誰把神情托素箋。曹溪一滴隨人汲，四花亂墜香風襲。濡毫點綴蓮社圖，惠遠宗雷此中集。開函展卷日晷移，氍毹榻上卧軍持。茶烟香烟紛繚繞，更挾蘭風入坐吹。勝流先後留題去，送難存疑且語語。不敢輕論米氏船，薄飲倒床天欲曙。

《婁東詩派》顧夢麟《次韵周仲榮同字雲林畫記事詩二首》序云：

春仲周子仲榮從江上過隱湖，示余此畫。款識凡十八字，曰『雲林寫榮木筠石圖甲寅二月贈仲榮高士』。按《留青日札》，沈萬三秀，亦字仲榮。擁厚貲，與雲林同時，擁厚資。畫當爲沈作。甲寅，即洪武七年。雲林以是歲十一月辟地没江上。畫藏一青樓處。青樓，相城人，又沈舊地。其流傳皆可憑。仲榮偶見之三十五年前，至庚辰、辛巳之間，始購得之。陳寒山先生有詩紀其事。城民難作，仲榮逸而出，子身無所携。其兄伯高於圍城孔棘中，獨檢此畫，遣致仲榮。明日伯高遇害，寒山先生詩止以同字爲异，謂今仲榮即昔仲榮之後身，而不知有沈萬三秀。或及聞圍城，遣致伯兄遇害之詳，惋嘆又何如？恨不能起九原之靈告之也。

偶閲冒襄《同人集》，見研農《題樸巢詩》五古一題，因知周氏亦嘗客水繪園。詩云：

高簡詩人意，名言出杜陵。以兹新結構，那惜渡凌兢。村散真天放，身輕并鳥登。瞰池三島路，疊雪萬山冰。翳緑非藏燕，呼風不下鷹。許誰還把臂，示我却函縢。水陸俱權住，浮槎當偶乘。磬音清裊裊，蝶夢合騰騰。桑外鷄相續，雲中鶴可憑。綢繆長未雨，衡宇對高層。幸樸能投分，栖真欲似僧。他年署巢父，木亦借聲稱。

## 喜錢二自桂林奉敕還和留守相公行在扈駕諸公贈别之作兼懷令兄中丞方大閣學吴二大理錢五郎中汪皡職方

天南春樹鳳凰枝，帝子蒼梧拜謁時。三殿烽烟綸閣遠，百蠻瘴癘羽書遲。蠟封使節懸軍出，鐵裹征衫間道馳。口誦玉音堪涕泪，即今腸斷故宫思。

其二

月照龍堆朔雪消，陰山亭障舊防遼。殷勤粤檄傳天語，反覆禆王款聖朝。江海乘槎雙闕迴，風塵帶甲一身遥。故人臨别猶相問，却恨朱顔兩鬢凋。

【箋】

錢二，指錢邦寅，字馭少，江蘇鎮江人。已見本卷《燕邸憶萬壽祺在淮南》題。馭少兄邦芑，字開少，永曆朝以右僉御史兼撫貴州，詩題中所及『令兄中丞』者也。至馭少別桂林時，瞿式耜及張同敞均有贈詩。瞿詩題作《贈別錢馭少東歸》，見通行本《瞿式耜集》。詩云：

秋雲有意護南枝，八月乘槎奉使時。江漢再逢天詔到，山川莫恨蠟書遲。荒原祖道吹笳急，名士高吟介馬（遲）［馳］。爲語山東諸義士，二陵風雨繫人思。

影落旌頭祲自消，天涯宫闕豈遼遼。君王早鑒蘇卿節，父老應思萬曆朝。嶺海龍旗知迅速，陰山雁帛莫迢遥。孤臣無限江南恨，但道衰顔尚未凋。

張同敞詩題作《贈別錢馭少》，亦七律，惟僅見一首，載《天啓崇禎兩朝遺詩》卷五《張別山詩》：

中興十代漢家枝，義士回天應愛時。自恃芒鞋歸國早，不嫌金殿拜恩遲。秦庭雙泪風前盡，漢使孤軺雪後馳。莫道文章難濟世，衹今試表誦陳思。

詩繫永曆三年己丑（清順治六年，一六四九）歲杪。翌年，清兵攻陷桂林，同敞拒降被戮。如須此題，當作於順治六、七年間。兩律均步瞿作原韵。

錢馭少生平事迹，清初人撰述中不多見。馭少何以於此時離開桂林，更未見解釋其故。黄容《明遺民録》卷九所收小傳，亦僅有『戊子、己丑間，曾獨身裹糧游匡廬，度大庾。而西南涉蒼梧，從桂嶺出楚』一説。未及其奉使永曆政權之事。乃知瞿式耜詩中所謂『秋雲有意護南枝，八月乘槎奉使時』之彌足珍貴。然指使馭少往桂林者爲誰，則又不免有解人難得之嘆者也。

馭少大兄開少於永曆政權後，削髮爲僧。事詳陳垣《明季滇黔佛教考》。

如須與永曆政權中之方以智爲摯友，故雖身未預其事，然詩作中則再三及之。見卷一《庚寅五月承聞桂嶺消息仿同谷七歌兼懷同年友方大任平樂府》題。

如須同時人華時亨（字仲通）有《贈錢馭少》詩，叙馭少身預復明大業事云：

忽得劇孟來，向我偏勞苦。我苦難盡言，血盡君來路。君來萬仞五羊風，雙懸日月隔西東。已喜王師收漢壁，何時仙仗儼吴宫。吴宫芳草埋荆棘，猰貐縱横天地黑。我聞龍燭熠幽冥，旦復旦兮衆望亟。只今黄木占烽戍，將相功名争自樹。李郭戰馬氣常怒，雲臺功次無今古。君家兄弟不可當，建牙鳴角綉衣郎。扶唐起漢皆汝倚，手擎日月鬚眉蒼。

收篇二韵『君家兄弟不可當，建牙鳴角綉衣郎。扶唐起漢皆汝倚，手擎日月鬚眉蒼』，可見仲通對錢氏兄弟期許之高。詩見《天啓崇禎兩朝遺詩》。

又，如須同里摯友宋琬《安雅堂未刻稿》收有與錢馭少往還詩二題，當作於馭少自西南游歸江南之後，據之可見其晚年交游之一斑：

**初至汾湖喜方爾止潘江如錢馭少過訪**

痛飲江樓日，常詢廿八都。干戈餘此地，烟水待吾徒。荻岸千家隱，菱花一槳孤。銜杯忽灑泪，麋鹿滿姑蘇。

**懷潘江如錢馭少**

何地堪追憶，南徐共酒尊。名齊陸內史，人似李長源。慷慨還看劍，飄搖欲灌園。故人期共隱，頻到瀼西村。

顧炎武（一六一三—一六八二，號亭林）亦有《贈錢行人邦寅》詩。王蘧常繫之於順治十二年（一六五五）：

李白真狂客，江淹本恨人。生涯從吏議，直道托群倫。之子才名重，相知管鮑親。起風還鷁羽，决海動龍鱗。孤憤心猶烈，窮愁氣未申。凋年黄浦雪，殘臘玉山春。貫日精誠久，回天事業新。南徐游歷地，儻有和歌辰。

詩題中另及之『方大閣學』，指方以智；吴二大理，指吴德操，字鑒在，號鳧客，桐城人。密之舅氏吴道凝之堂侄。鑒在嘗爲密之撰《激楚顧瞻噫跋》，自署『同學愚表弟』。而密之序鑒在《北征草》，亦以表弟稱之。潘江《龍眠風雅》卷三十九《吴德操小傳》云：

吴德操，字鑒在，號皃客。才氣横放，跅弛自負。肆力爲詩古文，光芒氣焰，曄曄逼人。所與交，皆慷慨魁磊之士。嘗北走燕趙，憤國步多艱，與客抵掌談用世之略。目直上視，氣勃勃頤頰問。里中兒或以狂生目之，不顧也。南渡後，以諸生仕至大理丞，多所建白。其爲詩援據該博，上薄曹劉，下躡何李，有牢籠今古之概，惜不多傳。僅得《北征草》與《過江集》所載者百餘篇而已。

密之與如須同官京師時，鑒在有《柬懷方大密之京師》詩：

夢到蘆溝夜渡河，灰沙風色近如何。蒲葵粗扇今當貴，練布單衣客定多。秘閣有書堪借讀，兩京無賦好搜羅。比來料得張公市，曾記空山挂薜蘿。

錢五郎中，指錢澄之，字飲光。原名秉鐙，字幼光。嘗出家，法號幻光，又號西頑道人、田間老人。所著《藏山閣集》卷五有《吴廷尉鑒在傳》。卷九《生還集》，如《喜聞吴鑒在御史持斧粤西》《寄呈留守瞿相公》《密之與鑒在在相依桂水貽書招予書懷二十八韵奉答》諸詩，可證飲光嘗身預永曆政權。鑒在卒，幼光有詩哭之。繫順治十一、十二年（一六五四—一六五五）間，見《田間詩集》卷三：

吴生展轉桂林間，望見霓旌尚擬攀。已棄室家奔象郡，竟捐骸骨葬虞山。傳聞未定何時死，論志原知不肯還。笑我歸爲鄉里賤，餘生偷得幾年閑。

按：鑒在骨葬之虞山在桂林，非江南之虞山也。

又，飲光與如須之交誼，參本書《傳記資料》所收飲光撰《書姜大行如須傳後》。

如須詩題所及之汪皞，永曆時官至光禄少卿，城陷與瞿式耜、張同敞同殉難。《明史》有記。

## 奉和留守相公勞師全陽咏道旁古松之作

伏波山下鬱青松，不讓秦官領舊封。嶺嶠歸雲常起鳳，戈船出瀨定飛龍。寒柯偃翠雙崖色，嘉樹朝陽萬歲容。將士承恩還少憩，莫辭雨露拜春濃。

其二

上方劍佩錫平章，嶺表炎蒸暫納凉。陸賈封陀緣辨捷，相如喻蜀自徜徉。二江倒景鑾烟合，百尺凌雲漢壘香。無限江南芳草恨，巋然獨立傲冰霜。

其三

大樹將軍起漢年，霓旌尺五近南天。合肥折矩初平寇，石室飧脂晚學仙。此日王師興桂浦，何時陪從賦甘泉。手披荆棘回龍曉，會有朱條拱帝邊。

其四

南臺西苑昔曾過，錦樹丹楓奈爾何。銀海月深巢乳燕，玉宮草蔓没銅駝。重安寢殿需梁棟，再接〔一〕喬林附蔦蘿。早晚二陵瞻祀後，欲侈封禪未爲多。

【校】

〔一〕『接』，原作『摟』，據清鈔本、整理本改。

【箋】

瞿式耜原唱見《瞿式耜集》卷二《全陽道中古松綿連數百里余神往多年末由一經其地戊子季夏全陽大捷余扶病勞師途中因得縱觀焉先作長歌以紀之已復成近體四首俚淺不堪聊以引同人之珠玉云爾》：

青湘古道遍長松，百里連綿盡可封。直接嚴關當虎豹，斜臨平墅下虬龍。菁葱遠映征袍色，歷落高標正笏容。遥想鍾山千萬樹，西陲王氣喜偏濃。

亭亭千尺鬱千章，夾路清風沁骨凉。何异山陰疲應接，恍游秦嶺恣徜徉。彌空竽籟鈞天奏，遍地芝苓大國香。天護靈根原不偶，幾回冰火自風霜。

霜皮鐵幹幾千年，拂日凌雲直際天。翠黛滴來衣欲濕，蒼髯舞去骨疑仙。脂零飽吸三危露，濤響酣聽萬壑泉。愧我倦游纔到此，便將科跣卧林邊。

翠華昔日此經過，輦路風光竟若何。一自胡兒嘶鐵騎，幾令漢殿嘆銅駝。氛塵迅掃開青甸，喬木依然帶緑蘿。應是皇靈沾被遠，還憑大樹廓清多。

今人瞿果行《瞿式耜年譜》『永曆二年・順治五年戊子六月』條：

六月初三日，式耜勞師全陽。

《東日堂詩》載和式耜詩者有張同敞、方以智、金堡、劉遠生、朱治憪、錢光夏、汪皞、吴其雷等。另有庚寅五月遥和之姜垓，及癸巳二月追和的萬曰吉。未見。同敞和詩，見《天啓崇禎兩朝遺詩》卷五《張別山詩》所收《次留守相公勞師全陽咏道上古松》：

習氣年來説夢松，未經十八已支封。西山二帝坏無樹，建文、烈皇具葬西山。天壽諸陵鱗作龍。夾路蒼虬勞想像，六朝碧蘚費形容。輿言報國盤根古，莫爲陰晴有淡濃。

天保曾歌第六章，關山笛裹夢伊涼。嶺頭東祀當爲裔，橋畔南株相與徉。整似威儀長捧日，肅如衣履舊生香。可憐三殿諸梁棟，未飽湘嚴喬木霜。

錢澄之有《全陽松和留守相公韵》四首（《藏山閣集》卷九《生還集》）繫順治五年戊子（一六四八）：

全陽官路萬株松，蔽芾千年不受封。時留守辭桂林伯爵。爲駐元戎休汗馬，遥瞻大旆雜交龍。陰森夾道風堪御，屈曲臨關爈不容。見説相公曾攬轡，白雲常護至今濃。

謝公即事有篇章，况是褰帷乍得涼。萬騎迎風辭灑濯，千官解帶共徜徉。詩成馬上烟塵浄，客到軍前翰墨香。非是見松幽意愜，老臣同爾傲冰霜。

天南捧日再興年，草木公然戴漢天。弘景愛聲空憶隱，留侯作伴漫求仙。道旁早勒停車石，林下應添飲馬泉。莫擬相公心暫息，輕揺羽扇正籌邊。

此地新經虎豹過，更衝炎暑去如何。烽銷喜見栖玄鶴，泉閉嫌曾飲槖駝。側耳寒濤疑泛海，沾衣空翠笑捫蘿。幾經劫火陰常在，爲荷先朝雨露多。

## 喜余大自雲間來夜話明日送往婁江

楊柳樓頭六代青，相逢還憶舊旗亭。孤城夜杵鳴江練，細雨輕舠〔一〕濕翠屏。季路歸家頻負米，匡衡鑿壁更傳經。重來未脱風塵苦，短袖蕭蕭兩〔二〕鬢星。

【校】

〔一〕『舠』，原作『舠』，據稿鈔本改。

〔二〕『兩』，原作『雨』，據清鈔本、整理本改。

【箋】

余大，余懷也。如須與余懷於順治七年（一六五〇）同游事，已見卷三《暴風嘆》。二人作別後，澹心嘗作箋寄如須：

（六月）十六。晴。作箋寄如須：

同舟以濟，方郭李之俱仙；共枕而眠，擬莊光之信宿。抽鋒得句，陋彼彌明；釃酒臨風，擬斯孟德。山阿桂樹，倩明月以留人；石沚蘭蓀，帶寒潮而送客。我之懷矣，子好游乎。康樂孤嶼之帆，更偕妻子；靖節斜川之駕，少挈賓朋。雖旗鼓之相當，實盤匜之恐後。獨是怪雨盲風，驚魂落魄。幸免螭龍之腹，又充蚊蚋之腸。神物有神，不疾而速。痛定思痛，如何可言。以謝安石之冲襟，不能保其夷粹。即張茂先之博物，曷以辯此幽奇乎。謝東君於東海，訪西子於西湖。時隔夏秋，路經吴越。聊復削牘，以代推衿。

如農《敬亭集》卷二《簡余寒鐵》：

自我不見余秀才，夏雲徂矣秋來風。今我一到秀才宅，堂前堂後生蒿萊。丈夫骯髒只如此，誓欲破家去鄉里。今日路旁一匹夫，當時萬言干天子。低頭俯眉心不辭，養鷄牧豕身應爾。君今讀書停雲館，仰天往歌何衎衎。有時野老扶杖過，烹葵摘果酒先暖。白公堤上波欲没，期君同看溪雲滿。

康熙五年丙午（一六六六），如農慶還曆之壽，澹心有賀詞一闋《水龍吟·壽姜如農黄門六十》：

先生放逐歸來，吴門山水從吾好。松筠氣節，冰霜心性，潛身屠釣。諫草皆焚，離騷罷讀，只傷懷抱。看幅巾杖屨，逍遥塵外，尋鷗鷺、爲同調。　閲盡興亡今古，對斜陽、幾番歌嘯。柴桑老子，賦詩飲酒，不書年號。白髮催人，青山傲世，不須煩惱。願先生、從此年年强健，勝汾陽考。

澹心《玉琴齋詞》另有兩闋酬如農父子，亦皆作於如須下世之後：

### 驀山溪　飲學在乳魚軒遲如農先生不至

停雲止水，一片溪光碧。檻外柳枝垂，叫黄鸝、春殘幾日。菱花荇葉，點綴小斜川。中更有，鷺邊鷗，肯作閑賓客。　琴書親戚，知是淵明宅。留我坐東軒，看緑酒青梅頻設。先生杖屨，深夜不歸來。還向取，卯君家，剪燭同浮白。

### 水調歌頭　雨中簡姜學在

夏淺勝春日，風高送暑時。西山爽氣如許，槐柳蔭東籬。萬柄緑荷香蓋，一郡荆榛雲影，天與畫修眉。君寫花間集，我鑷鬢邊絲。　魚吞浪，鳩唤雨，鵲翻枝。張融陸處非屋，虹渴飲清池。堪笑垂竿老叟，强與人間興廢，白首出蟠溪。斗大黄金印，不换一篇詩。

## 和朱秀才鶴齡見寄

雪滿西山一紙通，回車獨立草堂空。太原耕鑿偕王霸，吴下交游愧阿蒙。去日總消羈旅内，壯年多值亂離中。五湖饒有扁舟在，逋播人間任轉蓬。

【箋】

朱鶴齡（一六〇六—一六八三），字長孺，號愚庵，吴江人。明末諸生，入清後專意撰述。有《杜工部集輯注》《李義山詩集箋注》。長孺《愚庵小集》卷五有《酬姜如須見寄》一題：

支離一病嘆無憀，經案繩床對緑蕉。猿鶴化來機漸息，芝蘭焚後泪難消。鹿門本自甘遺散，皋里憑誰慰寂寥。澤芷江蘺無限恨，頻傳莫惜五湖遥。

## 送徐四元日入金陵

江左風華芳草生，閶闔戎馬蓋初傾。驪歌早對椒盤發，春水還摇桂榜輕。鳳去空臺游子恨，烏啼明月故人情。孝陵豈有朝正使，長樂鐘聲曙未鳴。

## 壬辰三月登望石山題壁感情

詣闕西來夜未央，蓬萊碣石水蒼蒼。銅盤燒蠟新宫曉，玉露開筵别殿香。大地有時承色笑，長春何處憶君王。回思天寶年間事，滄海依然是故鄉。

## 登望石山奉和叔父貞文先生　附侄安節

碧城縹緲地中央，歲久仙臺松柏蒼。玉宇天高懸積翠，石壇人寂滿空香。黄庭丹授君爲老，青鳥書來母是王。安得餐霞成羽化，此身長傍白雲鄉。

【箋】

壬辰爲順治九年（一六五二）。安節和詩有如須謚號，明爲如須下世後所補入。

如農《敬亭集》卷四《登望石山和弟垓韵》：

御宴承恩出未央，九重閶闔渺蒼蒼。饔人捧案丹除近，神女吹笙絳節香。絶島雲霞開郡郭，空山伏臘憶君王。居民指點開元事，華蓋天驤擁一鄉。

## 贈友人二首

其一

青鞋布襪到吴州，畫裏關河早卧游。三輔雁來書尺帛，兩湖潮滿放輕舟。張燈草閣寒蛩聚，携酒江亭暮雨愁。曾是未央前殿客，霜臺重帳石城秋。

其二

落木蕭蕭江日曛，重陽時節又逢君。驪山圖繪新裝閲，開府辭名舊著聞。白首一家梅嶺樹，孤舟萬里錦官雲。草堂載酒郫筒滿，憐取寒花冒雨分。

## 己丑仲春鄧尉探梅以雨阻留玄初先生齋中用高季迪田居韵題贈七首

吹笛江城春事悲，靈陂水葉晚離離。花憐東閣懷人日，酒困西山卧病時。風土新鶯啼更徙，歲華社燕乳猶遲。瑤臺咫尺君應惜，十步愁聞芳草衰〔一〕。

【校】

〔一〕『衰』，原作『哀』，據清鈔本、整理本改。

其二

江天漠漠白雲長，鶴蓋鳧舟盡水鄉。載雪一春花不染，傍湖千頃霧兼香。寄書遠道傷遲暮，卷幔空山怨夕陽。二月蒼苔經雨滑，故人高卧欲迴腸。

其三

萬峰渺渺路難窮，衣白山人自老翁。坐卧荒山愁對雨，飄零故蒂亂〔一〕經風。草堂置酒寒花細，小艇歸莊雪浪空。寥落蘩香應未減，夜來遥憶翠微中。

【校】

〔一〕『亂』，原作『幾』，據清鈔本改。

其四

南州宜有舊儒冠，豁達殷勤奉客歡。井竈多煩投轄飲，烟霞空擬放舟看。風塵客裏三年久，冰雪花間二月寒。爲問孤山林處士，老妻稚子報平安。

其五

聞道仙人水閣居，漁烟小聚滿村墟。重思亂後丁年使，猶恨山中甲子書。十畝耕雲梅自放，萬竿步屧竹新疏。羅浮春色應須早，驛旅相思已漸除。

其六

谷口蒸梨味自全，幾〔一〕堪老大取人憐。眼逢阮籍翻愁白，書對揚雄伴草玄。杏柳他鄉寒食雨，烟花故國百重泉。何時縞素雲霓會，笠澤歸帆日夕邊。

【校】

〔一〕『幾』，清鈔本作『那』。

其七

山暝鵶啼雨欲沙，南鄰沽酒莫嫌賒。佳人晚〔一〕睡冰爲簟，公子宵游玉作花。屈宋招魂香未散，羊求款客徑初斜。月明已照三更夢，采隱相逢處士家。

【校】

〔一〕『晚』，原作『曉』，據清鈔本、整理本改。

姜如須先生己丑春探梅諸作，多叙懷抱，略咏物華。沉鬱孤憤之氣，不戚而神傷。蓋不在篇章，而在乎氣韵之間也。去今三十年，其人眉宇間意思所在，如或見之。適與舍弟果亭、立齋探梅鄧尉，白舫清尊，坐卧香雪中者累日夜。奉世出先生詩相示，欷歔不能已。冷蕊疏枝，義心苦調，讀者宜致思焉。己未春正月，昆山徐乾學謹識。

【校】

陶煊、張燦《國朝詩的》收第一首。卓爾堪《遺民詩》收七首。

【箋】

如須詩題『用高季迪田居韵』云云，指詩人高啓（一三三六—一三七四），字季迪，號青丘子，江南長洲人。所撰《高青丘集》，有近人徐澄宇、沈北宗點校本。集末附季迪傳記資料甚備。《田居》韵應指高氏《秋日江居寫懷七首》所用者。詩云：

每看摇落即成悲，况在漂零與别離。爲客偶當鱸美處，思兄正值雁來時。天邊暝爲秋陰蚤，江上寒因歲閏遲。莫把丰姿比楊柳，愁多蕭颯恐先衰。

葭菼連秋渺渺長，歸舟猶嘆滯江鄉。客衣欲冷鄰機急，農事初成野飯香。千里斷雲隨雁鶩，半村殘照送牛羊。有愁不解登高賦，空使頻迴宋玉腸。

舌在休誇術未窮，且將踪迹托漁翁。芙蓉澤國瀰漫雨，禾黍田疇奄冉風。身計未成先業廢，心懷欲説舊交空。楚雲吴樹無窮恨，都在蕭條隱几中。

風塵零落舊衣冠，獨客江邊自少歡。門巷有人催税到，鄰家無處借書看。野蟲催響天將夕，籬豆垂花雨稍寒。終卧此鄉應不憾，只憂漂泊尚難安。

桑苧翁家次近居，人烟沙竹自成墟。移門欲就山當榻，補屋唯防雨濕書。貧爲湖田長半没，拙因世事本多疏。當時亦有求名意，自喜年來漸已除。

喪亂將家幸得全，客中長耻受人憐。妻能守道同王霸，婢不知詩异鄭玄。借得種蔬傍舍地，分來灌菊别池泉。却欣遠迹無相問，一棹秋風笠澤邊。

秋塘門掩竹穿沙，爲客鄰酤未易賒。閑裏壯年慚白日，愁中佳節負黄花。漁村靄靄緣江暗，農徑蕭蕭入圃斜。薄俗相輕吾敢怨，魯人猶自笑東家。

詩見卷十五。《高青丘年譜》繫此詩於元至正二十七年（一三六七）。時季迪三十二歲，客居江東之渚。

按：己丑，順治六年（一六四九）。玄初先生，即徐謙尊，號嘉遁。翌年夏，如須挈余澹心游玄墓，亦得玄初盛待。澹心《三吴游覽志》記當日之游事頗詳：

（六月）十一。晴。如須招余爲玄墓游。浪破胥江，經古渡，繇走狗塘至靈岩山下。吴王雄風，西施艷色，歌舞馨香之處，千載令人神傷……薄暮，抵西崦。虎山橋赪壁霞舉，紅雲秀天。方搔首哦吟，而主人徐玄初已候於門矣。延入呥漁軒，桐陰承宇，静月澄高。光福之山，接嶺連峰。太湖之水，騰波灌日，悉犇走效技於櫺楹之下。豈非避世之貞廬、養幽之閑園者乎？

又云：

十四。小雨。玄初徐君，嘉遁光福，刺船就訪，盤薄浹宵。令子長民，温潤秀特，滌發湖山。群從兄弟，斐然有文，結社賓朋，允諧入徑。時搴芳蕙，日困香醪。上洞庭而下江，望長楸以嘆息。昔嵇蕃與趙至書云：『將與足下結箕山於茅屋，侣范子於海濱。』夙抱兹懷，今焉遂畢。歌以咏志，踴躍若湯。

詩末跋文署徐乾學（一六三一—一六九四，原一、健庵、玉峰先生），昆山三徐之一，顧炎武之外甥也。跋作於康熙十八年己未（一六七九），時健庵家居守母喪。『舍弟果亭立齋』者，徐秉義（一六三三—一七一一，字彦和）、徐元文（一六三四—一六九一，字公肅）也。奉世，如玹子寓節（一六四一—一六九九，字鶴澗），能詩善畫，有《焚餘草》，未見；羅振玉輯《鶴澗先生遺詩》，得四十九篇。畫作亦有傳世者，嘗見北京故宫博物院所藏作品之影片數幀。

此題又見卓爾堪《明遺民詩》卷五，徐跋不録。

# 二　流覽堂補遺不分卷

## 目　次

歌……二二九
山中歌贈由秀才……二二九
戊寅生日放歌……二二九
捐金詩爲宋麗岡先生作……二三一
賓都宮……二三一
送宋玉叔入都……二三一
秋野二首……二三四
中秋懷江南諸友寄董子敬……二三四
望月有懷……二三五
贈李山人……二三五
夜咏……二三五
夜同幼柱小艇歸山……二三六

寄吳學士……二三七
挺城……二四一
**五言律**……二四二
九日山陽舟中……二四二
宋光祿宅晤崔青蚓……二四三
山中寄答玉叔在京……二四四
送李筠如同年還郡……二四五
雪中贈別……二四六
簡吳中董氏兄弟……二四六
哭宋文玉……二四六
江岸……二四八
贈劉山人振東……二四八
泛月……二四九
杜嚕庵傍繫船……二四九
過張草臣賦贈……二五〇
昆山舟上……二五〇
送楊明遠渡江……二五一
春草閑房次韻……二五二
送馮太僕暫還滁陽奉新命即赴南通政……二五三
法螺庵秋居同徐枋作……二五四
**七言絕句**……二五七
懷吳姬蘭如……二五七
與四弟夜作懷二兄在京……二五七
送別……二五八
初春……二五八
蘭……二五八
送嵇六游金山……二五九
竹枝詞四首……二五九

七言律……………………………………二六〇
山行……………………………………二六〇
禪堂……………………………………二六〇
送遲侍御按部廣西……………………二六一
濟南賈氏玉元館作……………………二六一
丙子守歲都門同家兄如農……………二六一
村中……………………………………二六二
喜咸稚升至兼送入婁東………………二六二
游甘露寺二首…………………………二六二
贈陳太守默庵…………………………二六三
喜楊龍友過吴相訪……………………二六三
聞鐘……………………………………二六四
聽雲上人訊病過桐雨樓………………二六五
姚仙期葉聖野朱幼杜并至……………二六五
登靈岩咏懷往迹………………………二六六
亭山賦…………………………………二六六

## 歌

### 山中歌贈由秀才

君不見，六月披裘負薪翁，蒼顔白髮歸蒿蓬。未留姓字在人間，飄然踪迹有高風。終身不出門，十年不蹈巷。智慧足周身，窮達皆可向。古人行事眼所見，難得今人與對面。富不如貧，貴不如賤，獨有山中日月長，歌嘯時復當輪轉。山中人，山中人，與君結交四五年。君髮已盡落，我鬚不及鬈。昔日偕君下江南，江上清風吹過船。君不見，急棹揚帆千里來，悲哀滿目盡蒿萊。

### 戊寅生日放歌

嗟哉余生之甲寅，迄今二十五年人。髮先白，鬚如戟。當時冠蓋盈天下，若大頭顱尚空持。葉公雖好龍，真龍見却驚。伯樂能相馬，良馬售者寡。可憐海内無知己，同調何須問鄉里。好音懷美人，懿文思君子。凝霜零露聞芳澤，遥見川原隔秋水。人生不自由，日暮結百憂。間關儘可樂，攬衣思上游。動言失初意，行坐希侶儔。我將慷慨比飛鳥，高見滄江如池沼。東臨扶桑，西入崦嵫，南下閶風，北極三島。揮揮雙腕拂霿雺，飄摇如我者最少。奈何生不長羽翼，坐困俗緣勞如織。我將曳尾爲潛鰐，無俾臨淵輒驚矍。呼吸三泠，出没冽冰，上絶叠罟，中無彈繳。自兹霜落五湖濱，側身寒潭俯蒼壑。奈何生不有鱗甲，老與兒童改衫帢。我將凌風天鹿想，雲清月白出曭漭。嗅石抱璞，敕月含光，歸終知來，猩猩知往。餐英齧雪天一涯，野馬同群競空響。奈何生不出樊籠，伫見皓白老龍鍾。我將采芳履孤徑，發榮摇落與時應。望舒覿月，懷夢思人，萱草忘憂，屈軼指佞。天寒本隕十二洲，幽香不折佳人贈。奈何生不假卉卉，屢歲塵魔集如猬。我故思貧賤，貧賤何足羨。君不見，百里奚窮時，烹伏雌，炊扊扅。我欲求富貴，富貴亦可誤。君不見，石季倫在日，貿緑珠，用萬鎰。

【箋】

戊寅，即崇禎十一年（一六三八），如須時年二十五歲。前此二年舉於鄉後，即入都。見如農《自著年譜》。翌年，會試不中。詩中『髮先白，鬚如戟。當時冠蓋盈天下，若大頭顱尚空持』等句，失意之情狀可想見。

## 捐金詩爲宋麗岡先生作

世人清白人，掀鬚獨長呼。老翁持夜氣，猶吸霜與露。百種散黄金，不知多少數。曾記出門時，布袍且杖履。一身比輕蒿，遍走窮愁路。眼界已久静，棄擲如吐哺。譬之管幼安，揮鋤徑不顧。

## 賓都宫

山行幾千里，平地出松圃。我爲采藥來，長謁神仙府。自有賓都名，傳聞從父祖。譬如湘江水，東流變今古。我來正清晨，巾幅拜神主。更如有道僧，深夜搥鐘鼓。多有好古者，愛及瓦與土。率謂千年物，遠來爲掇取。此地自僻荒，蒼苔對曲塢。松柏已虬龍，風吹如揮麈。草木發今春，杖頭從我拄。安知龕上人，不是前身譜。

## 送宋玉叔入都

我昔下江州，西風天欲雪。年年爲送行，楊柳不堪折。無論去與住，悠悠比泉冽。何況春草生，日長且幽孑。初聞燕趙歌，立馬在荒畷。此意不告人，僮僕顧驚絶。世人發悲狀，一觸何殷切。挾策見天子，豈如三寸舌。十年知素心，含涕非爲别。君行固得意，予歸但嗚咽。

【箋】

宋玉叔，宋琬（一六一四—一六七三），號荔裳，山東萊陽人。宋氏自高祖黻舉進士，至玉叔父應亨舉天啓五年（一六二五）進士，科名至顯。應亨生四子，伯名璠，字玉伯；仲名璜，字玉仲，崇禎十三年（一六四〇）進士，與如須同科；叔名琬，以前明舉人中順治三年（一六四六）進士；季名珦，科名不詳。

玉叔與如須，生同年，居同里，長而同硯、同席。玉叔於明亡後有《長歌寄懷姜如須》詩，開篇即云：『甲寅之歲汝降初，我生汝後七月餘。竹馬春風事游戲，鷄犬暮歸同一閭。』是兩家結鄰而居，如須較玉叔早生七月餘。此玉叔詩『竹馬春風事游戲』、及如須句『蓬鬢心憐竹馬游』，所咏者同一事也。其後，玉叔以女妻如農子安節，宋、姜家於世誼外，遂兼有通家之好。玉叔《長歌》咏此事：

君家黄門早射策，盛年謁帝承明廬。有兒顔色嬌勝雪，珠襦綉褓青羊車。予時抱持著膝上，許以弱女充掃除。

崇禎十五、十六年間，清兵兩犯萊陽。玉叔父應亨及族人繼澄、九青，協同如須父瀉里一家等數十口，力守城垣，皆不屈死。玉叔詩云：

一朝變起塵沙飛，老親白首同日歸。骨肉摧殘那忍道，餘生孤孑將疇依。渡江浮海無消息，飄泊不辭寒與飢。予歸已類遼城鶴，十人九人存者稀。行經舊巷不復識，高臺傾圮無門扉。旅穀生庭故井塌，鴟鴞晝嘯狐狸肥。

甲申之變後，姜氏子弟無一出仕新朝。其中圻、垓兄弟且遠走浙東，身預魯王抗清行列。宋家則有玉叔歷仕順、康兩朝。雖曾兩次蒙冤下獄，然死時亦稱榮寵一時之興朝大吏。士人於國變之際，其出處行藏，遂往往有出人意表者焉。

然出處不同，似未足導致兩家情誼之破裂，前引玉叔所撰《長歌寄懷姜如須》，僅其中一例證。時如須已定居吳門。及如須下世，玉叔有《檢閱故人姜篔簹遺稿泫然有作》一律：

宿草萋萋幾度春，招魂不返大江濱。安知嗣祖非爲福，況有要離可作鄰。良友心期違楚些，孤兒風貌是吳人。西風似翦吹殘燭，三復遺文泪滿巾。

詩中『況有要離可作鄰』，用春秋吳國刺客要離典。蓋玉叔於康熙二年度獲釋獄，即寄寓蘇州與如須爲鄰故也。『孤兒風貌是吳人』，則明言如須遺孤長大於吳門也。時如農一家自儀徵移家蘇州，宋、姜二家，往還如昔，集中分别有詩。參本集《山中寄答玉叔在京》二首，《姜如須詩》中《廣陵舟中寄懷宋三》《懷玉仲入郡玉叔入泰安》等題。

## 秋野二首

古人悲黄落，門外當難看。况復登高臺，蒼蒼俯絶岸。上有楓樹林，下有田舍畔。悠悠南北路，所懷皆分散。憔悴出异境，日暮發長嘆。

其二

人生知有歡，感憤豈自由。往時不出門，行藏在一秋。出門見繫瓜，主人不復收。萎黄雜衰草，架除空樛樛。百年多辛苦，良足爲身謀。高墳淺土上，駕言寫我憂。

## 中秋懷江南諸友寄董子敬

爲客不記年，感時當有月。臨風動遐思，方秋見隕樾。水湖北湖南，人舟出舟没。上山望遠道，下山采薇蕨。豈不聞黄葉，因此知白髮。所遇盡所歡，胸臆乃恍忽。

## 望月有懷

當日見偉人，中夜迥難忘。其人既已遠，仿佛月中光。月光尚能絶，人違安可當。天清雲皓皓，縹緲非一方。形容苦憔悴，鷄鳴到我床。所思苟有定，終不離故鄉。

## 贈李山人

卜宅水西曲，層軒繞一限。幽居無遠近，荆門扃小開。仲宣樓上客，高見鶴登臺。疑此窗前月，先上汝家梅。心事嘆長夜，風雨復如催。設身鷗與鷺，下渚亦相猜。盥櫛懷知音，朝夕空徘徊。名山多古人，予去且懷來。

## 夜咏

嚒風穿松竹，松竹有餘響。怪此山中鳥，不離林木上。芳心已寥寥，所遭未能强。群卉不相猜，亦何嫌孤往。朧月入荒亭，憂心迷虛幌。思之天一方，中懷總如痒。

## 夜同幼柱小艇歸山

昏暮竟何往，櫓搖雲門邊。所思久離別，新情如散筵。同舟我與汝，异地復相憐。古人誰非客，爲客已〔一〕多年。君住白嶽下，我家海水前。相去三千里，寧但各一天。如何歌且謠，因風上釣船。汝歌我且〔二〕飲，汝飲我且眠。遥知雲外寺，深黑迥惟烟。林巒無遠近，望中如有遷。樓臺縱可到，終非心〔三〕所專。托迹何人見，言之久潸然。窮通觀流水，老去仗山川。嗟哉李若郭，何謂似登仙。

【校】

黄傳祖《扶輪續集》收此題。

〔一〕『已』，《扶輪續集》作『亦』。

〔二〕『且』，《續集》作『復』。

〔三〕『心』，《續集》作『身』。

## 寄吴學士〔一〕

飄飄白楊花，溶溶大江水。天衢既阻修，良人隔萬里。妾身如飛蓬，貞潔聊自矢。朝立〔二〕青雲端，暮倚〔三〕朱樓裏。四顧多彷徨，塵沙蔽野起。梧桐摧爲薪，蘭蕙化爲枳。中夜坐長嘆，皓首思君子。

其二

楚山有良璞，昆池有奇琛。投之非其主，誰能明我心。掩袖向前浦〔四〕，驅車出〔五〕丹岑。延頸蓬島上，白日忽以沉。北首瞻行旅，邊雨正浸淫。念我平生交〔六〕，泪下沾衣襟。

【校】

《天啓崇禎兩朝遺詩·姜如須詩》有此題，第一首中，「白楊」作「楊白」，是；第二首中，「以」作「西」，「浸」作「侵」。《姜如須詩》《詩觀二集》此題共三首。此本之其二，作其三。另有其二云：

閶闔杳何許，迢迢行路難。孤鴻自北來，哀鳴浮雲間。令名不自惜，朱顏多摧殘〔七〕。莊周釣濮水，段干逾墻垣。振衣想高躅，邈矣斯難攀。海宇寡儔侶，潛德遂所安。念子何爲情，踟躕〔八〕傷心肝。〔九〕

清初其他選本，亦多録此題：朱彝尊《明詩綜》卷六十九録第一、三首。卓爾堪《遺民詩》録第一、三首。鄧漢儀《詩觀二集》録三首。陶煊、張燦《國朝詩的》山東卷一録第一首。孫鋐《皇清詩選》卷四録三首。彭廷梅《國朝詩選》録第二首。諸本間頗有异詞。

〔一〕詩題《遺民詩》作『寄年丈』，《詩觀二集》作『寄吴駿公學士』。

〔二〕『朝立』，《詩觀二集》《國朝詩的》《皇清詩選》作『朝倚』。

〔三〕『椅』，《姜如須詩》《遺民詩》作『倚』，《詩觀二集》《國朝詩的》《皇清詩選》作『宿』。

〔四〕『向前浦』，《姜如須詩》作『出玄浦』，《詩觀二集》《皇清詩选》作『出縣圃』。

〔五〕『出』，《姜如須詩》《詩觀二集》《皇清詩选》作『歷』。

〔六〕『念我平生交』下，《姜如須詩》《詩觀二集》《皇清詩选》有『停軌思盍簪。昔爲膠與漆，今爲商與參，斷腸不可説』四句。

〔七〕『朱顔多摧殘』下，《詩觀二集》《皇清詩選》有『新人雖云好，未若故人歡』二句。

〔八〕『躇』，《姜如須詩》作『蹰』。

〔九〕《皇清詩選》所録，每首皆有評語：第一首：『君子而當陽九之會，進退惟谷，實勞我心。』第二首：『寧爲冥冥之鴻，無爲觸藩之羝，至言哉。』第三首：『北瞻行旅，泪下沾襟。君子之愛人以德如此。』

【箋】

吴學士，即吴偉業梅村。見卷三《放歌行贈吴宫尹》。第一首起句『飄飄楊白花』，郭茂倩《樂府詩集》卷七十三《楊白花》云：

《梁書》曰：『楊華，武都仇池人也。少有勇力，容貌雄偉，魏胡太后逼通之。華懼及禍，乃率其部曲來降。胡太后追思之不能已，爲作《楊白華》歌辭，使宫人晝夜連臂蹋足歌之，聲甚凄惋。』故《南史》曰：『楊華本名白花，奔梁後名華，魏名將楊大眼之子也。』

陽春二三月，楊柳齊作花。春風一夜入閨闥，楊花飄蕩落南家。含情出户脚無力，拾得楊花泪沾臆。秋去春還雙燕子，願銜楊花入窠裏。

**同前　柳宗元**

楊白花，風吹度江水。坐令宫樹無顏色，摇蕩春光千萬里。茫茫曉日下長秋，哀歌未斷城鴉起。

陳子龍有《楊白花》四首，收入《天啓崇禎兩朝遺詩》卷七《陳卧子詩》：

楊白花，春風一夜起。吹入長秋宫裏飛，隨風還墮春江水。墮水復作水上萍，飄蕩江湖千萬里。

楊白花，本自宮中樹。天風吹作陌頭泥，何日飛飛還住住。寄語穿簾雙燕子，銜來玳瑁巢春雨。

楊白花，開向三月暮。此時宮裏無雜花，飛楊欲碧青苔路。空留弱綫舞東風，新鶯啼斷相思樹。

楊白花，窈窕春風綺。飛來玉鏡繞妝臺，旋落平池粘泥滓。可憐綽約風華姿，碧烟如縷吹不起。

如須摯友張恂《樵山堂寓草·尊聞篇》收《楊白花》一題：

楊白花，長江不禁汝。宮樹荒涼誰與語，歸鴻凄斷亂如雨。江水入雲天，楊花益杳然。年年苑外春風起，思學楊花渡江水。

清初名選家魏憲亦有同題之作，收入卓爾堪《遺民詩》卷三：

江上春風暖，楊白花正開。一從飄蕩離枝葉，飛入誰家去不來。山門再望無顏色，每憶楊花愁似織。憑對春風長寄語，吹我楊花還舊處。

## 挺城

一日復一日，道衰仁讓徂。鸞鳳失其侶，且與燕雀居。朝食橡栗實，夜宿蓬蒿廬。仿佛還自顧，樂少悲有餘。靡靡攬芳草，冉冉依井閭。犁鋤非我宇，行路非我車。振衣瞰海嶽，結軫臨青徐。願得同氣友，寓之尺素書。

【校】

此題又見曾燦《過日集》卷五、卓爾堪《明遺民詩》卷五。

# 五言律

## 九日山陽舟中

思歸常遠望，況復遇重陽。已往之年少，獨行何日長。風從帆上下，下身比水蒼〔一〕。此意同飛鳥，還知翱且翔。

【校】

黄傳祖《扶輪續集》收此題。

〔一〕『下身比水蒼』，《扶輪續集》作『身比水清蒼』。

## 宋光禄宅晤崔青蚓

兹夕晚風寒，尋交客外看。忽逢崔伯子，質樸在衣冠。獨我知名久，斯人處世難。同來非有意，深夜坐盤餐。

【箋】

宋光禄，名玫，字文玉，一字九青，山東萊陽人。《明史》本傳記文玉父繼登，萬曆三十二年（一六〇四）進士，歷官陝西右參議。天啓五年（一六二五）謫官。同年，文玉與族叔應亨同舉進士。崇禎元年（一六二八）文玉兄琮亦舉進士。文玉歷官大理卿、工部右侍郎。崇禎十五年（一六四二）除名。明年清兵陷萊陽，與族人應亨、繼澄，并姜氏兄弟父瀉里一家數十口，并死之。

陳去病《崔青蚓先生傳》：

青蚓名子忠，又名丹，字道母。順天府諸生。甚貧，好讀書，尤深《戴禮》。爲詩文博奥奇崛，不類近世。督學御史左光斗奇其才，置高等食餼。篳門圭竇，裘葛不完。而課三女讀書誦詩，琅然如故也。史可法自撫皖歸過之，見其蕭然蓬户，晨炊不給，脱驂贈之。先生即售馬得數十金，呼朋轟飲，不崇朝立盡，曰：『此酒自史道鄰來，非盜泉也。』嘗爲宋應登門人，其弟應亨及玫皆同學。應亨官吏部，屬選人以千金爲壽，却之，笑曰：『若念我貧，當出槖中裝餉我，顧令受選人金耶？』應亨大慚。工圖繪，稱絶技。然非人，雖窮餓弗畫。玫居諫垣，數求之不應，乃誘致之邸，先生不獲已，爲畫一幅。出坐鄰舍，遣僮往取，曰：『樹石簡略，須增潤也。』玫與之，先生即碎畫去。明亡，圖《許旌陽移居》横幅丈餘，人物怪偉，略殊龔聖予，然寄托之情一也。卒以貧甚，不恤受蹴爾賜，死。悲夫！（錢仲聯《廣碑傳集》卷一，頁二四）如須座師徐汧（一五九七—一六四五，九一、勿齋）有《留别宋文玉給諫》（《天啓崇禎兩朝遺詩》卷七）。

《梅村詩話》『宋九青』：

崔青蚓，初名丹，字開予。更名子忠，字道母，又號北海。亦萊陽人。嘗游董其昌門。甲申後，走入土室中餓死。畫作與陳洪綬齊名。

詩當作於崇禎十五年文玉罷官前。

## 山中寄答玉叔在京

十年懷古意，相許莫輕身。入夢尋知己，含悲向故人。同窗偕汝弟，避俗動雙親。我亦浪游子，山中寡四鄰。

其二

汝兄作長嘆，汝弟出家書。吾友常無病，來人何太疏。東莊寧寂寞，北道亦回紆。世事難堪對，年年漸不如。

【箋】

玉叔，見前《送宋玉叔入都》題。

## 送李筠如同年還郡

繫愛非關別，才兼庾鮑長。相逢如昨日，忽回是同鄉。黄落隨人見，秋雲隔水望。不知君去後，何事到昌陽。

## 雪中贈别

歲暮飄零盡，傷心獨老夫。關舟明落月，霜露見啼烏。日短身難就，天寒客似孤。悠悠南北去，眼泪到時枯。

## 簡吴中董氏兄弟

隱淪在東海，踪迹久飄然。秋水明如月，伊人孤似烟。感懷曾到地，相送未歸船。不盡愁中境，因風寄汝邊。

## 哭宋文玉

阿兄已去没，故人空斷腸。結交良最晚，相失倍難償。髪落時無幾，書成身乃亡。感思更凄切，沾灑涕盈裳。

其二

渡江此一至，不悉汨滂沱。往事年年遠，浮生處處過。眼前人可數，死後日翻多。愴惋何能已，徒興薤露歌。

【箋】

又見陳田《明詩紀事》辛籤卷二一。宋文玉，見上《宋光禄宅晤崔青蚓》題。第二首開篇『渡江此一至，不悉汨滂沱』，知詩應作抵江南後。

《梅村詩話》：

宋玫字文玉，别字九青，萊陽人。年十九登乙丑進士。繇吏部給事中陞太常，進户侍，以枚卜遇譴歸，城陷不屈死。其父尚寶卿繼登，夢李北地生其家而得玫。少而穎异，爲詩學少陵，愛蒼渾而斥婉麗。然不無踳駁，當其合處，不減古人。日課五言詩一首。爲亞卿將大用，年尚未四十，集竟散佚不存。嘗與余同使楚，楚嘉魚熊魚山、竟陵鄭澹石俱九青同年，到武昌相訪。鄭詩亦清逸，其贈什曰：『剖斗折衡爲文章，天下婁東與萊陽。』謂吾兩人也。九青登黄鶴樓，過小孤，皆有作，今失記，惟憶其《掖中言懷》中一聯云：『朋友誰無生死問，朝廷今作是非看。』時上方切治苞苴，而金吾徼卒乘之，反行其奸利，貪吏放手無罰，而寸餽尺縑，輒加逮治。九青之語，蓋實録也。《過南中》有云：『草迷三國樹，水改六朝山。』九青曰：『天下之山，未有不繇水改者。』其用意精刻如此。

## 江岸

俯聽江聲合，樓臺接水明。漁舟宿且泛，春柳緑還生。雨覆三山暗，鷗飄一葉輕。孑然身事足，自任泊層城。

## 贈劉山人振東

不盡登舟意，尋君接水涯。四方從所友，五嶽散爲家。杖履行雲緩，江湖夕日遮。老人存至性，白髮惜如花。

## 泛月

危檣平進浪，野水復爲濱。何日看孤影，無端憶古人。亂雲先墮夜，青草暗歸春。勝地寡儔侶，寒風吹幅巾。

【校】

又見王爾綱《天下名家詩永》卷一。「何日」作「何意」，「先墮夜」作「光墮夜」。

## 杜嚕庵傍繫船

細霧青楓下，僧閑可閉軒。晴梧翻月出，高露亦天昏。坐石山當面，看泉水到門。揚舲雖不得，隨意興全存。

## 過張草臣賦贈

曲巷横橋北，逡巡到旨齋。果然人似菊，相對水成涯。晨夕了凡境，平生發遠懷。山中留得久，天意與吾儕。

【箋】

草臣名澤，號旨齋。吴江諸生。入清棄舉業。柯愈春《清人詩文集總目提要》著録其《旨齋詩草》一卷，崇禎六年（一六三三）刻本，北京大學圖書館入藏。

如須另有《張草臣過寓齋夜坐月出送至橋上》：

吴城鐘鼓迥猶冥，明月樓中夜夜聽。見我良人酬此夕，因君太史卜高星。悲歡對酌行還止，生死論交醉復醒。携手不辭相送遠，百橋松竹四時青。（王爾綱《天下名家詩永》卷一）

## 昆山舟上

鷺散鷗飄日，扁舟自往還。翠平兩岸樹，青聳一城山。塔歿雲烟上，樓高水石間。蒹葭深數畝，所憶在中灣。

## 送楊明遠渡江

書記從征日，軍咨入幕年。六朝京口樹，萬里海門船。裘馬誰爲主，才名自可憐。西風征雁急，遲爾菊花前。

【校】

又見《姜如須詩》、朱彝尊《明詩綜》卷六十九、卓爾堪《明遺民詩》卷五。《姜如須詩》題作《送楊炤渡江》，「征雁」作「離雁」。

【箋】

楊炤（一六一七—一六九二），字明遠，蘇州長洲人。父補，與徐汧父子及姜氏兄弟相善。所撰《懷古堂詩選》得錢謙益、顧夢游爲撰序。如須此題似作於明亡之前。

## 春草閑房次韵

春水蛟龍卧，芳洲薜荔衣。經綸人半老，兵甲客仍稀。濟世名山大，編年信史非。行藏所鄭重，不是戀漁磯。

【箋】

金俊明（一六〇二—一六七五），初名兖，字九章；改名孝章，號耿庵，又號不寐道人。吴縣人。孝章善書，平居繕録經籍秘本，構春草閑房以貯之。生平見汪琬《堯峰文鈔》卷十五《金孝章墓誌銘》。

拙編《錢遵王詩集校箋·夙興草堂集》有《爲金九章題春草閑房》：

落花簾館暮雲天，約略風光草色邊。終古送君南浦恨，于今伴我北窗眠。幽人逃劫唯皈佛，高士能閑便作仙。矯首蘇臺最腸斷，斜陽影裏自芊芊。

常熟馮舒（一五九三—一六四九）亦有《爲金九章題春草閑房五絶句》：

燒後平原緑又侵，此中卜築似山深。知君擬報春暉道，不負青青一寸心。

豫章松柏總成薪，忽見萋萋也覺春。屏却閑愁話閑事，惟君仍作上皇民。
一帶茅茨白板扉，年年嫩緑足相依。老人忽灑臨風泪，爲問王孫歸不歸。
閑來無喜亦無嗔，千卷書中寄此身。識得人生栖弱草，莫將紅泪濺輕塵。
老來無處覓知音，聞有閑房意便親。待問東風理閑棹，釣車茶竈托比鄰。

徐崧、張大純《百城烟水》卷二『吴縣·春草閑房』條收如須詩外，另有高世泰、張養重、倪之煌、金俊明、金上震、徐崧、金侃等所作。

## 送馮太僕暫還滁陽奉新命即赴南通政

草木春江遠，絲綸魏闕通。憂時頻望北，封事苦留中。逆耳何辭罪，批鱗敢論功。太平持奏體，敢入建章宫。

【校】

又見朱朱彝尊《明詩綜》卷六十九。

## 法螺庵秋居同徐枋作

寂寞重陽後，秋林晚更花。月高沙宿雁，風勁樹翻鴉。卷幔丹梯遠，懸燈竹院斜。定知愁病日，坐穩勝還家。

【校】

又見朱彝尊《明詩綜》卷六十九。

【箋】

徐枋《居易堂集》有《法螺庵同姜如須分韻》二首：

零落寒山路，香林帶晚霞。藤垂翳日蔓，菊吐故叢花。燈火山窗暗，星河石竇斜。踟躇頻感舊，中夜幾長嗟。

老屋依岩底，蓬門接水隈。諸天花作雨，五夜澗爲雷。乞飯春新穀，攢眉憶舊醅。流光老我急，節序巧相催。

徐崧、張大純《百城烟水》「吴縣·法螺庵」條：「度嶺，沿澗徑，絶幽秀。曲如旋螺，故名。內有二楞堂，康熙間僧德堅建大悲殿。』又録徐波《歲首見懸供趙凡夫先生父子像有感而作》：『每聽潺湲坐石磯，漸衰觔力到應稀。疏松黃葉秋將半，山澗枯來水不歸。』又：『開山父子世遥遥，歲晚魂歸腹更枵。誰似法螺招度歲，高懸二像過元宵。』

蒼雪《題旋螺頂》：

丫髻一峰秀，盤螺到幾天。有山皆下拜，無佛可齊肩。影顧蛤中現，聲隨甕裏旋。六時勤禮誦，住老不知年。

江接芹《過法螺庵》：

何處尋精舍，紆回入徑幽。當門一澗折，寓目四山收。細雨苔花滑，新陰石磴稠。高僧禪誦處，梵册與茶甌。

姜、徐二人游庵時，應在順治四年（一六四七），時則庵主修實上人花甲之年。蒼雪讀徹作《法螺庵主六十》賀之：

柴肩骨面鶴癯形，老至精修不少停。刻漏六時勤禮佛，現身三世畢書經。當樓好月秋分見，繞屋流泉雨後聽。終是草庵堪止宿，白頭期共住山青。（《南來堂詩集》補編卷三上）

曹溶《法螺庵偶題》：

信步層岩上，蒼筠照兩懸。那知微徑絶，忽涌大江前。密牖琉璃火，虚臺翡翠天。何年容習静，一悟鞠生禪。（《静惕堂詩集》卷二十一）

《（同治）蘇州府志》載：

法螺庵在寒山上，有二楞堂，爲中峰下院。山徑盤紆，從修篁中百折而上，勢如旋螺，故名。

《南來堂詩集》補編卷二有《題法螺庵之旋螺頂爲修實懺主》。

## 七言絶句

### 懷吴姬蘭如

吴門烟雨一時秋，白下往來孤似舟。昨日渡江江水淺，東流不見但悠悠。

### 與四弟夜坐懷二兄在京

北地寒深霜似雪，中庭夜白月如霜。朔風摇落西山盡，自是人人思故鄉。

其二

張翰寄意在鱸蒓，自愛秋風到水濱。北望長安愁不見，悲凉况有未歸人。

【箋】

四弟，指姜坡。

## 送别

此日登高爲送别，秋風歷亂動人情。南洲霜薄寒鷗立，多是褰裳涉水行。

## 初春

老去維舟江水邊，愁來獨坐柳橋前。此時已見流鶯過，况是春三二月天。

## 蘭

花草成名皆有命，湘洲澧浦望中俱。幽蘭雖是比君子，芳澤何如楚大夫。

## 送嵇六游金山

解纜東風上釣船，孤帆上下望如仙。似君意氣深千尺，何讓中泠第一泉。

## 竹枝詞四首

風恬浪息下吴州，短棹高歌坐上頭。鷺浴適當立淺水，魚行分付與中流。

其二

野橋齊度山前雨，斜徑常通水北村。若個老人能自在，呼童早晚候柴門。

其三

蝶舞蜂飛三月天，踏青獨在水雲邊。江春柳樹長如綫，手折一枝任作鞭。

其四

昨日渡江風凄凄，今朝繫纜雨霅霅。近城樓閣那無人，傍水烟村多養鴨。

# 七言律

## 山行

東西穿石出寒泉，曲繞荒峰清且漣。失對黄花開牖下，偶經霜葉落風前。遑遑一往隨荒草，踽踽獨行折柳鞭。山以無名成寂寞，猶將蒼翠滴雲邊。

## 禪堂

特着青衫禮世尊，宜將俗事托春繁。有心入寺忘搥磬，幾夜歸僧不叩門。信佛原因慈母教，除葷難與小兒論。閑身自許常來往，多在風前雨後軒。

## 送遲侍御按部廣西

有人驄馬下巃嵷，六十年來識此翁。江北曾傳吴父老，湖南初辨粤兒童。長風飄泊君先往，白髮知交路不通。我亦逸人驚出處，坐看泉石待飛鴻。

## 濟南賈氏玉元館作

歷山千古獨高邱，自製蓑衣山上游。我到此中嘗失意，君言汝輩且何求。罄囊衹買流泉處，閉户還知旅邸愁。雨後風前驚節序，梧桐今夜是深秋。

## 丙子守歲都門同家兄如農

佳節偏從羈旅人，愁中飄泊逐時新。身存异地獨游子，頭白今年二老親。應制關心通國事，爲官安意舊家貧。對床兄弟忽驚覺，度歲何堪兹夕頻。

## 村中

城南山水見吾家，獨往獨來水一涯。行過柳堤尋白鳥，輕扶竹杖拄殘花。雨前村暮窺林遠，夏至潮平繞岸斜。久愛野人乘暇日，隨高就濕植桑麻。

## 喜咸稚升至兼送入婁東

許君來處獨逡巡，鄉我高堂拜老親。江國蹲鳶愁已至，海天嚦雁過仍頻。三年指瞬無多日，一社當時有五人。寥落儒冠吾黨盡，何堪相送出風塵。

## 游甘露寺二首

山中日月幾沉浮，江上雲霞作侶儔。道人撞鐘三寸竹，游子聽雨一層樓。松林篁路結飛棟，僧竈漁烟依暮洲。悵望平原徒空闊，我生致足泛虛舟。

其二

曳杖入門無平地，蹇衣下郭盡崎嶇。山中采藥幽難比，亭上淩雲孤有餘。破浪乘船求友日，懷人擊楫渡江初。憑高北向中流望，不似閑身不出廬。

## 贈陳太守默庵

烟波蕩漾接江村，江上逸人安可論。豈曰登堂有孺子，自然下榻是陳蕃。清隨侣鶴高風至，幽比孤琴鄉日存。半席華堂雲片片，悲君心似望柴門。

【箋】

陳默庵即陳洪謐（一六〇〇—一六六八），字龍甫，福建晋江人。崇禎四年進士，除南京户部主事。六年，由員外郎出爲蘇州知府。龍甫，如農之進士同年也。

## 喜楊龍友過吴相訪

仙帆遠近李膺舟，青草平湖一水洲。自向林巒同雅合，不爲日月減風流。烟栖白下隨孤往。市隱吴門可暫留。潦倒形容誰問及，與君相見復相謀。

【箋】

楊文驄（一五九六—一六四六），字龍友，號山子，貴州貴陽人。萬曆四十六年（一六一八）舉人。崇禎年間累任教諭於江浙間。後歷事南明弘光及唐王政權。順治三年（一六四六）於福建蒲城爲清兵所殺。龍友生前所刻《山水移》及《洵美堂詩集》等，得今人關賢柱整理成《楊文驄詩文三種校注》（貴州人民出版社，一九九〇年）。

徐枋《楊無補傳》（《居易堂集》卷十二）中稱『貴陽楊文驄者，名士也。善畫能詩，自負其才，遺忽一世，顧獨重無補』。

## 聞鐘

灌木幽篁可閉關，邇來多似野人閑。愁中獨對雲門寺，病後尋知麋鹿山。白日林泉同我在，黃昏鐘磬與誰還。石床高枕聞聲盡，桐雨西樓卧一間。

## 聽雲上人訊病過桐雨樓

籬下西風草木殘，蕭條閣外雨漫漫。錫飛總似雲中過，髮落猶悲病後看。僻地時時疑鳥雀，閑心日日望林巒。坐來烟壑深千尺，自愛翩翩借羽翰。

## 姚仙期葉聖野朱幼柱并至

坐卧淒清水一涯，艱難無用惜芳華。將論若事憑誰立，得引同心重自嗟。澤畔逢人繇素日，山中織屨得黄麻。閑門遲客唯樽酒，旦夕探幽到汝家。

【箋】

姚佺，字仙期，一字山期，號辱庵，亦號口山貞逸，浙江秀水人。復社成員，入清隱居，從事選業。輯有《詩源初集》十七卷。錢謙益嘗取其詩與方文及孫枝蔚所撰合刻爲《三家詩》，未見。葉聖野，名襄，已見《流覽堂殘稿》卷六《和葉聖野獻歲二日送余東歸省母》箋。

## 登靈岩咏懷往迹

風泉欄堞酒城通，夜夜君王醉舞同。蕭管遠銜哀壑急，旌旗返蔽夕陽紅。六龍畫閣虚無裏，雙鳳雲鬟想像中。香徑琴臺俱泯滅，長留明月照吴宫。

【箋】

靈岩，已見《流覽堂殘稿》卷二《靈岩寺》箋。

## 亭山賦（見本書《姜垓文録》）

# 三　姜如須詩不分卷

陳濟生《天啓崇禎兩朝遺詩》卷七

## 目　次


送徐徵君還天台……二六九
贈侯二……二七一
録別……二七三
寄吴學士……二七三
思親詩……二七三
旱荒歌……二七三
放歌行……二七四
新城行……二七四
登州雜咏……二七五
夜雨……二七五
西崦晚坐……二七五
移居半塘小築思美草堂漫賦……二七六

南徐中秋逢山東親故憑寄家書……二七七
甘露寺亭子懷兄……二七七
送楊炤渡江……二七八
法螺庵秋居……二七八
人日宴集葉三采蘭堂……二七八
懷郝總戎……二七八
自歲暮遣使省母竟彌三春道路阻
　梗僅將口信憫然傷懷辭不能寫
　……二八〇
山中逢毛晋周榮起兼憶高起之亡
　……二八〇
喜錢二自桂林奉敕還和留守相公
　行在扈駕諸公贈別之作兼懷令
　兄中丞方大閣學吴二大理錢五
　郎中汪皞職方二首……二八一
寓亭書懷兼別階六諸子……二八一
廣陵舟中寄懷宋三……二八一
和鄧孝威立秋日送余赴吴會兼懷
　葉聖野之作……二八二
潤州秋懷二首……二八三
答徐昭法見訊之作……二八三
登陽山絶頂作……二八三
陽山先師徐公舊讀書地也將起祠
　堂記之爰爲此詩……二八四
秋懷三首……二八四
題李氏芥閣……二八五
登百丈山留題禪院用壁間原韵……二九一
懷玉仲入郡玉叔入泰安……二九一
與四弟夜坐懷二兄在京……二九二
月下咏梅……二九二

## 送徐徵君還天台

王綱既傾坼，人事宜迍邅。南服尚撐柱，島越仍攻堅。一望海濤没，泪下如涌泉。昔我居台邑，從游多豪賢。徐子最果敢，讜論鬚眉歡。千崖萬壑立，絶塵處其巔。間嘗隨八駿，即拜捧御箋。委重負國愛，内疚心拳拳。行在抒誠款，幽滯頗力宣。同游適七子，器使存取偏。惟子精三式，闊略分度躔。七較下殿走，北極妖星纏。爲我究秘訣，指顧開雲烟。悼震王氣靡，恨不軀體捐。别來忽四載，平生各醜妍。去就徵有别，吾子獨介然。石梁游行地，遠聞戰血膻。死者膏塗路，生者傷拘攣。十人九不保，官胥横索錢。舌耕乏文墨，力田無粥饘。仙源路窅窕，不得高枕眠。徵君屢徒跣，阿弟今逃禪。眼冷魂未蘇，衣敝肘欲穿。千里訪吴會，同我拜杜鵑。元直去劉日，子房投漢年。丹赤豈泯滅，節趣須完全。鶺鴒更失序，南陔幾廢篇。春江與子别，憔悴心自憐。

【箋】

徐徵君，指徐緘（？—一六七〇），字伯調，浙江山陰人。晚明諸生。有《歲星堂集》《雪屋未刻集》，俱未見。考嚴志雄教授對伯調之事迹，早已論述頗詳。見所著《錢謙益〈病榻消寒雜咏〉論釋》。書中引宋琬《徐伯調〈歲星堂集〉序》論述伯調之性格及其詩詣，甚是。余讀宋序，則嚮往玉叔對伯調居處之描述：

徐生家在若耶、鏡湖之間，其所居曰梅市，漢梅福栖隱地也。扁舟箬笠，弋釣自娱。落落焉與世俗鮮有所諧，故時人亦無知徐生者。其言曰：『文章非以悦俗，不爲當世所罵，則必無後世之傳也。』余聞其説而韙之。因嘆會稽山川名勝，肇自大禹以來，高門懸簿，甲第相望；烏頭銀榜，蔽虧雲日，皆一時之公卿大夫擢巍科而居顯秩者也。百餘年間，灰飛電逝，求其所爲卓然著書自成一家者，指未可一二僂，而風流文藻乃在於布衣之兩徐生，雖遭遇各有不同，而其文章之灼灼可傳無疑也。

顧景星（一六二二—一六八七，赤方、黄公）《山陰訪徐伯調緘》詩所描述，亦具體而微：

我向山陰道，如同鏡裏游。萬章山木出，幾曲剡溪流。未識徐元直，虚傳王子猷。相思不相遇，藤月照回舟。（《白茅堂集》卷七）

方以智《題徐伯調松柏圖》：

《人間世》匠石，診櫟杜樹，終其天年矣。《德充符》又曰：『受命於天，惟松柏獨也在。』請問松柏之樹，不可以窮年耶？《外物》曰：『春雨日時，草木怒生。銚鎒於是乎始修，草木之到植者過半而不知其然。』將謂誰在誰不在耶？直饒《山水》篇，處於材不材之間，亦未夢見在。

別峰愚者曰：松耶柏耶，誰與汝安名？拈作一莖草，不怕懸崖傾。（《浮山此藏軒別集》卷一）

徐伯調能畫事，畫史不見記載。方密之所題乃徐氏家藏之物耶？姑識於此，以俟來者。

## 贈侯二

寉江有公子，乘城事征麾。早嬰王室難，痛哭誓出師。落日蒼海白，慘淡炤大旗。仗劍從父兄，不惜軀體卑。奪馬二百匹，殺軍千人奇。參佐盡儒雅，敢問主物誰。安危豈終保，棟梁忽奔摧，大厦既顛隕，一木寧足支。刃血死戰埸，祇曰臣節宜。四郊未静謐，戎騎尚突馳。罄室且陣亡，去住徒心悲。死者魂體僵，存者骨髓靡。螻蟻識舊壤，宿鳥戀故枝。屢遭官長怒，辛苦强自持。豺虎紛攫拏，委身就瘡痍。日夕府帖下，追呼力無遺。煩冤填胸臆，穹宇將安之。昔爲玉階樹，今爲路傍葵。榮枯由他人，展轉俱塗泥。歲久霜雪幹，拳拳鄉里兒。内顧無所寄，收泪飽晨炊。雖爲江海客，匆异事邊陲。念子絶弱小，不受胥吏欺。乾坤向浩蕩，眼枯猶險巇。焉知昏晦後，日月無還期。行行重行行，努力須良時。

**【箋】**

侯二，名岐曾，字雍瞻，嘉定人，通政峒曾弟。

張岱（一五九七—一六八〇），又名維城，字宗子、石公，號陶庵、天孫、蝶庵居士、六休居士。

《石匱書後集》卷三十四：『侯峒曾，字豫瞻，别號廣成，南直嘉定人。峒曾有孿生弟岷曾及弟岐曾，同學八九歲，俱有文名，江南稱三鳳。』

錢謙益《吏科給事中贈太常寺少卿侯君墓誌銘》：『〔震暘〕生三子，長峒曾也，次曰岷曾、岐曾。岷曾早死，而岐曾猶未仕，人皆以爲國士。』（《牧齋初學集》卷五十二）

汪琬（一六二四——一六九一，苕文、鈍庵）《擬明史列傳》卷十九《侯震暘傳》附《侯岐曾傳》：『字雍瞻。國子監生。少以文行與峒曾齊名。峒曾既死，越二年，軍府名購故給事中陳子龍。子龍雅善岐曾，嘗過宿其家，旬日去。岐曾遂坐累，不屈死。有賓山参將者義之，嘑爲好男子云。』（《鈍翁續稿》卷四十九《别稿十九》）

朱彝尊《明詩綜》卷七十五：『縣學生，援例入國子監。以陳子龍事牽連，執至松江遇害。門人私謚曰文節先生。』

陳田《明詩紀事》辛籤卷五引《自靖録》：『岐曾丙戌十月十三日有《追哭亡兄峒曾殉節》詩云：「吾兄志氣古人追，萬旅雲從建義旗。赤手銀河非易事，丹心碧血豈求知。玉音競説從天降，金版應憐出地悲。莫向春風夢春草，江家池豈謝家池。」』

《天啓崇禎兩朝遺詩》卷六收《侯豫瞻詩》如干題。

## 録別（已見《流覽堂殘稿》卷二同題之其三、其四）

## 寄吳學士（已見《流覽堂補遺》）

## 思親詩（已見《流覽堂殘稿》卷二，題作《思親》）

## 旱荒歌

朝苦饑，暮苦饑。土焦草枯民力竭，城邊暴骨知是誰。傾貲只足辦升斗，爲農常愁餓死時。吳閶門外百丈船，六月水涸河底眠。昨日催租有令下，府官縣官横索錢。皇天不肯憫蒼赤，鳴鑼打鼓俱徒然。吁嗟乎！男兒殺賊死亦好，民命若此太草草。

## 放歌行

中原盜寇未全消，餘生那免嘗飄颻。關山明月同一照，壯士不還風蕭蕭。海内故交半降北，更有何人甘漁樵。幽燕豪傑誰爲首，中有孔生知名久。彎弓力過百人强，走馬獨覺千夫後。男兒三十老戰場，精力到今尚能否。前年河北討狂賊，連營奪寨氣衝臆。猛士失時趨淮徐，黄金散盡難再得。嗟我慽慽一羈人，形容憔翠傷苦辛。往昔聲名動人主，今日道途無六親。香溪溪外春夜雨，與子縱談漏五鼓。乾坤有恨血染塵，許身不得輕如羽。

## 新城行

新城城下春草肥，新城城中行人稀。崖沉谷没白骨滿，寡婦呼天兒啼饑。江南即今成絶塞，天下風塵吾未歸。骨肉消息阻京國，人生行樂難再得。繇來奸雄氣俱揚，自古聖賢足常側。里中小兒何足虞，桃花柳瓣炤顔色。赤頭袒臂呑胡漿，拔刀走馬長膂力。壯夫十年去故鄉，失時誰復誇計强。歸湖豈有致金術，漆身未算酬恩方。窮猿老馬有何意，好友爲我心彷徨。

## 登州雜咏

獨上蓬萊島，遥看不夜城。樓開山月白，雪盡海天清。列幕三千部，懸車百萬營。不知人在否，猶見水盈盈。

【箋】

登州府，清代府治。姜氏原籍萊陽。

## 夜雨

北地雪霜日，南中聞此聲。城鐘當夜遠，江雨帶潮生。高卧付流水，空庭疑落英。風扉吹不定，衰颯到天明。

## 西崦晚坐

山暝湖亭上，疏凉許獨看。輕烟籠野色，斜日净春寒。去住從杯酒，行藏倚釣竿。他時同井屋，應築白雲端。

## 移居半塘小築思美草堂漫賦

十月客初卧，江楓秋又紅。遭逢方寸際，去住淚痕中。吟越憐莊舄，還吴愧阿蒙。艱虞成老大，誰過慰飄蓬。

滿眼今戎服，傷心老布衣。虚傳漁父問，稍息漢陰機。躍馬音書絶，停船估客稀。憑誰訊王旅，沾灑憶西歸。

久憶山陰雪，何人棹却迴。閣窗官柳細，堤路野棠開。排網漁帆急，衝街羯鼓催。自嬰塵世苦，二載别天台。

【校】

黄傳祖《扶輪續集》卷八同題另收一首：

脱落誰憐汝，乾坤茹恨邊。聖朝名已辱，异域賦空傳。姻婭防中忤，瘖痍任自全。繫牛會鄰里，疏廢强同旋。

【箋】

参《流覽堂殘稿》卷二《仲冬草堂蘭秀》題。

顧禄《桐橋倚棹録》卷八『姜行人垓寓舍』條：

在山塘，額曰『山塘小隱』。垓字如須。明亡與兄埰來吴，卜隱虎丘山塘，與葉襄、金俊明、任大任諸宿老相過從。埰有《山塘旅寓》詩云（中略）。又葉襄《晏集姜如須山塘小隱》詩云：『繫纜清溪側，銜杯草閣間。槎枒荒樹老，慘淡凍雲斑。客盡東南轍，人逢大小山。天涯鐙鼓盛，相對一開顔。』

## 南徐中秋逢山東親故憑寄家書（已見《流覽堂殘稿》卷五）

## 甘露寺亭子懷兄

甘露清秋日，江山欲暮時。薄游身似葉，旅食命如絲。朔漠沙吹面，南樓酒對誰。風塵添別恨，愁殺雁來遲。

## 送楊炤渡江（已見《流覽堂補遺》，題作《送楊明遠渡江》）

## 法螺庵秋居（已見《流覽堂補遺》，題作《法螺庵秋居同徐枋作》）

## 人日宴集葉三采蘭堂

序啓青陽遍，花繁淑景移。烽烟催纛柳，笳鼓動雲旗。節候愁邊去，生涯亂後疑。可憐春雨冷，長閉子胥祠。

## 懷郝總戎

官罷崇弘末，交深戎馬間。乾坤一萬里，烽火幾重關。初鎮通炎海，孤軍喻百蠻。祇今空潦倒，采藥赤城山。

病婦愁猶在，羈人累不同。路窮牛女外，家破夜郎東。挂杖餘錢少，抄方細字工。市門看若見，早與入壺中。

**【箋】**

郝總戎，名太極，雲南晉寧人。秦光玉《明季滇南遺民録》卷上：

明天啓間，官霑益守備。安效良糾水西兵入寇，巡撫閔洪學率布政使謝存仁、副總兵袁善，合尹啓易、督太極及宣撫沙源，率兵堵截襲擊，斬賊級數千。厥後屢立戰功。國變後，流寓吴中，以醫隱於上津橋，人以郝將軍稱之。顧亭林先生贈以詩曰：『曾提一旅制黔中，水藺諸酋指顧空。入楚廉頗猶未老，過秦扁鵲更能工。風高劍氣蛉川外，水沸茶聲鶴澗東。橋畔相逢不相識，漫將方技試英雄。』殁，葬上津橋之南堍，吴縣知縣李超瓊修其墓，并立石於橋畔，曰『故明郝將軍賣藥處』云。參曹樹翹《滇南雜録》、《顧亭林詩集》、李超瓊碑文。

王冀民《顧亭林詩箋釋》卷二有贈郝詩一律，題作《郝將軍太極滇人也天啓中守霑益余于叙功疏識其名字今爲醫客于吴之上津橋言及舊事感而有贈》。詩見上文引。

如農《敬亭集》卷四《懷郝鍊師位中三首》：

萬里炎方邊徼多，夜郎諸部起夷歌。本朝封建隆黔國，外鎮飛揚擁兑戈。金馬欲勞天北使，白狼不渡日南河。昆明池上旂常事，千載君同馬伏波。

石梁橋上草萋萋，天外諸峰越望齊。臘月山寒生杜若，春風花滿過楢溪。千軍部伍鉦聲急，百粤珊瑚樹色迷。祇恐朝中思李牧，如今樓櫓下江西。

寂歷千山策蹇行，見人欲避故俟名。不歸河北漢光武，嘗訪天台司馬禎。仙冢黄塵多磊磊，海雲白日自冥冥。莫言道士雕胡飯，失意難堪暹暮情。

## 自歲暮遣使省母竟彌三春道路阻梗僅將口信憫然傷懷辭不能寫

萬里風塵隔，三年行路難。入春鄉夢切，沾草泪痕殘。徐庶長辭漢，張良晚報韓。朝來烏鵲噪，穿眼送平安。

## 山中逢毛晋周榮起兼憶高起之亡（已見《流覽堂殘稿》卷六）

## 喜錢二自桂林奉敕還和留守相公行在扈駕諸公贈别之作兼懷令兄中丞方大閣學吴二大理錢五郎中汪皡職方二首（已見《流覽堂殘稿》卷六）

## 寓亭書懷兼别階六諸子（已見《流覽堂殘稿》卷六）

## 廣陵舟中寄懷宋三

舊時親串滅應劉，蓬鬢心憐竹馬游。八口江南庾信賦，十年生計仲宣樓。藿藜切念高堂奉，參术適爲老病留。落日輕舟人近遠，吴王臺下又新秋。

【箋】

宋三，即宋琬，已見《流覽堂補遺·送宋玉叔入都》。

## 和鄧孝威立秋日送余赴吴會兼懷葉聖野之作

郡國供輸百戰餘，中原消息竟何如。吴楓晚對關橋宿，芳草晴隨舫屋居。秋色二陵連泲泗，白雲千里入青徐。西風江口龍蛇動，遺廟栖鴉吊子胥。

【校】

鄧漢儀《詩觀二集》卷一收此題，共四首，其二即上録詩。其餘三：

蒼茫鐵甕海門涯，秋蒂芙蓉水作花。楊惲放懷蒙污濁，阮咸工曲弄琵琶。園林日落玄猿哭，關輔霜深白雁嗟。試向吴王臺上看，月明閶闔萬人家。（其一）

城上栖栖頭白烏，月明水驛更銜蘆。歌逢南國生紅豆，人老成都舊酒壚。蘿雨野墻千葉主，橘香秋頃萬株奴。烟霞客處猶無恙，携杖過橋送玉壺。（其三）

淮海輪蹄十載多，故人踪迹半烟蘿。雨花淅淅燕還宿，木葉蕭蕭江欲波。季札終留三尺劍，伯鸞猶作五噫歌。此行勿負歸湖志，桂楫荷風老釣簑。（其四）

又，陶煊、張燦《國朝詩的》收第三首。

## 潤州秋懷二首（已見《流覽堂殘稿》卷六《潤州秋懷八首》之其三、其八）

## 答徐昭法見訊之作

渡河三月覲庭闈，垂白西山采蕨薇。報國已虚慚馬革，歸家衹合有鶉衣。王陽回馭心先苦，孔甲投陳事亦違。濁世鄉身縱難保，蓆門風雨奈朝饑。

【箋】

徐枋，字昭法。

## 登陽山絶頂作

山色陰陰雨欲來，帝臺仙掌接蓬萊。雲中樓閣三吴出，天際江湖四郡開。日落上方人影直，秋高南國雁群回。陵京極目今何處，獨立蒼茫心自哀。

【箋】

《歸莊集》卷一有《游陽山三首》七絶三首、《九月晦十月朔再登陽山絶頂》一首。詩不録。

## 陽山先師徐公舊讀書地也將起祠堂記之爰爲此詩

文靖祠堂舊講堂，忠魂對越起先皇。雕甍畫棟連霄漢，古殿豐碑鎖御香。一代才名供視草，十年陪從賦長楊。可憐誓死沉淵日，吴水燕雲總斷腸。

## 秋懷三首

漢家宫闕草萋萋，木落章華烏欲栖。北斗朱旗三楚閃，南交白羽九江齊。秋霜行殿迴鑾曉，夜月昭陵汗馬嘶。稍破愁顔對樽酒，故人書信好封題。

扶桑迴首日冥冥，萬里海山何處青。兵出盤江愁瘴癘，地連銅柱動滄溟。衡陽南下逢歸雁，益部西來睹使星。故國關河惆悵盡，喜心倒極泪翻零。

一旅移軍刀斗鳴，商山羽翼盡平生。附書海嶠風臨幕，吹笛江樓月滿城。關隴降王收魏豹，幽燕刺客得荆卿。期門侯府傳清切，璇蓋争趨杖策迎。

## 題李氏芥閣

芳樹斜陽起陌頭，懸崖茆屋北城幽。簾前官柳千絲雨，木末春帆一葉舟。高卧自知遺世樂，栖真不用買山謀。伯通橋下新居近，應得閑來半日留。

【箋】

蒼雪《南來堂詩集·芥閣次韵二首》詩前序云：

昔李渤問歸宗禪師：『須彌納芥子則不問。如何是芥子納須彌？』師曰：『聞公曾讀五車書。身僅一椰子樹大，五車書置之何處？』公于言下領旨。文中李公子文心道韵，博學多聞，嘗構小閣于園之西隅，面城臨流，烟蓑雨笠，頗饒野趣。偶登，屬題其眉，因署書曰『芥閣』。爲拈前語一則以贈之，庶幾取義，人地永當，即請質之案山子，其能爲我點頭否？

詩云：

遥分山色隔城頭，眼底沙鷗事事幽。可是須彌堪見納，漫同莊叟認爲舟。五車填腹渾無迹，萬卷藏樓不用謀。秋水落霞看仿佛，拈題坐客好淹留。路滑梯盤看石頭，妙高縮入最深幽。機鋒失却針投芥，轉語徒勞劍刻舟。滄海豈能窮目望，雲霄更上置身謀。五車文字知多少，一吸天河水不留。

如須詩，用韵與蒼雪之作同。

徐崧、張大純《百城烟水》卷二「吴縣·密庵舊築」條：

在閶門後板廠，本蘇家園，御史蘇懷愚所築，僅存樹石。爲李侍御灌溪公諱模宅，後圃内有桃隖草堂及芥閣諸勝。旁有庵曰能仁，元建。

同書録李模《初掃密庵舊築》：

昔日深深意，今依幻住身。蓬蒿迷若醒，竹柏故猶新。小得蜘蛛隱，居惟鐘磬鄰。掃苔迎古佛，竺國備遺民。

祁班孫《李文中公子招飲園亭》：

葡萄初緑好誰携，公子邀賓曲院西。花裏游絲縈翠幕，檐前飛絮繞金堤。可憐春色當筵過，不惜流鶯盡日啼。月出可知人未醉，無勞相送過前溪。

張適《甲寅春杪李灌溪侍御招同徐松之濮澹軒陸陶孺王石年諸君集桃塢草堂》：

桃塢草堂静，花殘不辨名。正愁連月雨，却喜一朝晴。望自東山重，樽開北海清。風流人似晋，乘醉句同賡。

孫暘《乙丑新正芥閣書懷十首》之六：

風暖平疇雪漸融，野塘水漲小池通。松間扃户無人到，花底攤書有妾同。娱老心情詩句裏，忘機歲月酒杯中。却嫌山路春泥滑，妨我探梅十日功。

新年小閣俯金閶，碧樹圍環水一方。積雪擁門容我懶，鮮衣争道看人忙。春臨勝地逢場戲，天與閑身任意狂。莫怪世情疏淡甚，此生曾閲幾滄桑。

消盡關河遠别魂，君恩乞與舊江村。榮名豈敵還家樂，久客方知閉户尊。總角故人相慰藉，撚髭新句自評論。生涯剩有看山興，點點烟浮破楚門。

玉關生入又逢春，皐廡蕭然寄一身。餐雪有年堪耐老，立錐無地不知貧。出門愁見三叉路，遠夢驚迴九折輪。最憶朔風凉月夜，天涯多有未歸人。

還家三載尚無家，水閣栖遲似泛槎。敢擬牽船居陸地，愛他開徑帶烟霞。簾垂斗室香難散，爐近旗亭酒易賒。自笑閑人有忙事，終朝洗硯又澆花。

衰年忘却舊悲歡，心本無愁底用寬。對局喜同低手弈，消閑不借异書看。窗横遠黛晴分翠，爐爇名香夜辟寒。八尺藤床春夢穩，更無殘夢到長安。

王箋附録錢牧齋《芥閣詩次中峰蒼老原韵四首》：

讀書何似識拳頭？老宿當機背觸幽。一粒須彌應着眼，百城烟火好維舟。拂衣石盡憑誰數？彈指門開不用謀。剩欲披襟談此事，明燈落月正遲留。

人世喧豗鏡裏頭，閑園小閣貯深幽。翻風跋浪分千海，暖日香雲隱一舟。于野鶴鳴將子和，定巢燕乳爲孫謀。哭他世上長年者，白晝攤錢自滯留。

舫齋平繫子城頭，穴壁穿櫨架構幽。返照閃紅翻雉堞，垂楊搓緑影漁舟。蕩雲决鳥從吾好，駐月紆嵐與自謀。騁望即應同快閣，奔星飛約任勾留。

公車不肯赴綃頭，簾閣疏窗事事幽。清曉卷書如繫纜，當風放筆似行舟。遺民共作悲秋語，禪侣長爲結夏謀。衰老不忘求末契，憑闌真欲爲君留。

詩繫甲午、乙未秋，即順治十一、十二年（一六五四—一六五五）。見《有學集》卷五。牧齋詩四首，次蒼雪韵。姜垓亦有和詩，押韵同。則蒼雪原詩，或亦四首。

如農與灌溪本舊交。其《贈李侍御灌溪二首》云：

鸞觴酌醴酒，高會西北樓。良辰不可值，與子交勸酬。欲語不能語，默默泪雙流。邂逅無幾時，白日没不周。清川黄鶴鳴，華館嘉樹稠。對此顧嘆息，不知爲誰憂。念我金石友，關河長悠悠。一别二三年，相看各白頭。季札居延陵，梁鴻寄异州。終當適吴會，神靈與子休。古人重比鄰，所貴求其儔。願爲雙鴛鴦，拊翼故遨游。

貴盛不易居，貧賤幸無他。君子崇明德，不辭身蹉跎。蘭蕙摧爲芻，根柢本山阿。燕麥生道旁，采之將奈何。白首自黽勉，忠信亮不磨。悠悠六合間，所當慎風波。出門逢少年，翻手忽揮戈。長揖謝之去，相知豈貴多。鳳皇托昆侖，羽儀何光華。高高飛無極，嘗恐罹網羅。與子共努力，隱璞養天和。

**葉襄**《訪李灌溪侍御》：

竹林精舍裏，曲巷薜門斜。經歲常如客，中年已毁家。休糧憐瘦鶴，對酒惜寒花。尚有雄心在，圍棋賭未賒。（見《天啓崇禎兩朝遺詩》卷十《葉聖野詩》）

**朱鶴齡**《愚庵小集》卷六有《贈李侍御灌溪先生》二首，以仙人目之：

柱史仙根發舊枝，中朝冠冕更先誰。法王晨盥勤朝禮，猶似朱衣待漏時。

玉鏡珠囊拜五雲，佛香薰染散靈文。先生近有邇禪初刻。春來愁聽高枝鳥，恐有蒲卑是舊君。杜宇一名蒲卑，見《華陽國志》。

梅村《爲李灌溪侍御題高澹游畫》：

烟雨扁舟放五湖，自甘生計老菰蒲。誰將白馬西臺客，寫作青牛道士圖。（《吴梅村全集》卷五十九）

康熙十九年（一六八〇），灌溪以年八十二卒於吴江，時顧炎武方奔波於山、陝間，聞訃，撰五古一題哭之，詩中以灌溪爲龔勝、爲介推，而無一語及其逃禪。詩云：

故國悲遺老，南邦憶羽儀。巡方先帝日，射策德陵時。落照辭烏府，秋風散赤墀。君以崇禎十四年左遷南京國子監典籍。南渡復官，稱病不出。行年逾八十，當世歷興衰。廉里居龔勝，綿山隱介推。清操侔白璧，直道叶朱絲。函丈天涯遠，杓衡歲序移。無繇承問訊，祇益嘆差池。水没延州宅，山頹伍相祠。傳家唯疏草，累德有銘碑。灑涕瞻鄉社，論心切舊知。空餘歲寒誼，不敢負交期。（王冀民《顧亭林詩箋釋》卷五）

灌溪物逝前，嘗應番禺黎延禎之請，爲其父遂球《蓮鬚閣集》撰序，自署「吴郡八十二翁密庵李模」，序有云：

顧自三十餘年以來，憶及明師良友，喟然有所動於心。或得之詩歌，或形之贊嘆，不能釋諸瘖瘵之懷。若吾美周，則尤不能忘者也。

灌溪舉明天啓五年（一六二五）進士，任東莞縣丞。李、黎二家，固舊好也。

故友汪丈宗衍《屈大均年譜》順治十六年條記屈大均（一六三〇——一六九六，翁山、萊圃）是年有《靈岩春日與李侍御灌溪游覽作》詩：

春光如有意，先到館娃宫。石響佳人屧，花銜使者驄。湖吞三郡白，水落半山紅。七十二峰裏，梅花望不窮。（《翁山詩外》卷五）

## 登百丈山留題禪院用壁間原韻

滄海西州百丈浮，越天漠漠亂峰稠。霎崖寘屋迴山口，三塔環溪落渡頭。菰米香炊雲子熟，松濤碧暗石龕秋。艱難行路今如此，卓筆沉陰鳥度愁。

## 懷玉仲入郡玉叔入泰安

去後經過山北村，自然常憶汝家昆。敝廬岐徑栽新竹，小邑春光坐舊園。放意輕舟歸島嶼，探幽宿岳望吴門。數年出處皆如此，白髮飄零何可論。

【箋】

宋氏玉仲、玉叔兄弟，已見《流覽堂補遺·送宋玉叔入都》。

## 與四弟夜坐懷二兄在京（已見《流覽堂補遺》）

## 月下咏梅（已見《流覽堂殘稿》卷四）

# 四　集外詩輯

## 目　次


對酒行同秋岳……二九五
寄贈馬秀才天襄……二九九
游高明禪院宿青嬴閣題文心和尚
卷……三〇〇
澮心過吴雨中同賦懷舊之作……三〇〇
張草臣過寓齋夜坐月出送至橋上……三〇一
五人墓次張太史溥韵……三〇一
雨中放艇謡横塘經靈岩山下作……三〇一
蘭江歲晏雜感二首……三〇二
雨華庵……三〇三
浴佛日玄墓聽剖公説法後吴翁邀
至司徒廟山居同徐孝廉枋楊文

學炤吴文學昌文作……三〇三
和宋孝廉贈别……三〇三
泛月……三〇四
江天閣眺覽……三〇四
送余大還白門……三〇五
烽火山禪院雜咏兼贈宋孝廉林寺
董茂才樵……三〇五
秋日雜感……三〇六
柳巷信宿遂爲穆倩盟兄作柳巷行
……三〇七

## 對酒行同秋岳

今晨雨歇天氣新，花墅酒樓逢故人。塵垢撲面力疲鈍，江湖落拓情最真。鶯啼燕語春風好，眼底興廢傷懷抱。城中朱門百萬家，慎勿當筵惜醉飽。九州瘡痍殺氣翳，何况他鄉易速老。割膾薦醪主太切，欲諧客歡神志竭。朋友膠漆無處無，推心結納即人傑。時危那能快意游，日暝尚苦趁船别。西風觱篥并馬驕，供給漁奪勢愁絶。江南早傳庾信賦，河梁未繳蘇卿節。往昔出入黄金臺，曹龔比肩皆茂才。皖桐方大善許與，袖中半字驚風雷。使星直廬故散秩，并馬賦詩朝罷回。十月承旨詣天壽，上陵寢殿祠宫開。靈衣一舉色慘愴，霜露長體皇心哀。此時我行各執事，西山爽氣盈蓬萊。草凋騏驥分宜瘦，國危賢哲須自疚。末期朝議最紛紛，兄弟擊奸計不就。黄門北寺血染裾，御史中丞疏特救。男兒束縛且倔强，排解滌蕩相先後。塌翼一逐甘愚蒙，賊氛晝捲葡萄宫。公等流涕仰乘輿，我亦喪家羈江東。道旁軀命值糞壤，城下枯樹藏蛟龍。人生寵辱安可料，憂多蒙蔽成英雄。與君對酒莫啾唧，一息尚存應努力。（王士禛《感舊集》卷二）

【箋】

秋岳，即曹溶。已詳《流覽堂殘稿》卷一《庚寅五月承聞桂嶺消息仿同谷七歌兼懷同年友方大任平樂府》題。

曹溶《静惕堂詩集》卷十《對酒行嚴氏山樓同如須作》：

日光穿溜山峰出，久晴不雨終難必。褐衣蒸濕厭頻浣，連旬閉户春將畢。落拓萍踪俗盡疑，開懷放意無良術。何期雲散復星移，與君海内爲膠漆。僑寓正逐三吴濱，藜床土釜貧尤密。隔城數武物候殊，乘閑相訪休相失。方塘新水碧於染，輕舠欲似追風質。擊鮮買酒荷地主，瓦瓶雜坐愛真率。虎丘僧舍茶始芽，爲我采致美無匹。且貪一飽對酕醄，隨他百事同蟣虱。愁人故態那禁得，洗盞凄其翻促膝。曾是丁年奉使臣，金魚鐵豸陪行蹕。忤奸直諫熊與姜，楚中魚山司副，萊陽如農給事。比肩論事最親暱。朝堂盤踞多鉅公，鄙軀未肯供呵叱。入殿雖稀雨露恩，當時頗畏風霜筆。寧解反覆存一身，蓬頭垢襪不自恤。草間含涕覓妻子，手除溲渤安家室。鑿蹄驕馬嘶動地，血暗諸營吹觱篥。塞河衹見芻糧船，沿江悉置三邊卒。不先不後太充斥，仰天此理焉能詰。偃然食肉還賦詩，甚愧人呼林下逸。錦帆涇口■遷居，更擬深村種粳秫。不爾浮沉廛市中，佯狂竊恐時賢嫉。返照檐前催暝色，苦語沾唇閒清瑟。座上誰無憶舊情，飲罷微聞聲唧唧。

陳維崧《篋衍集》卷六亦收曹溶此題。當作於順治初二人同寓蘇州之時。詩中『僑寓正逐三吴濱』『虎丘僧舍茶始芽，爲我采致美無匹』等句，足證。

崇禎末年，如須、秋岳、孝升、密之等同官於京師，文酒爲樂，幾無虚日。已詳《流覽堂殘稿》卷一《庚寅五月承聞桂嶺消息仿同谷七歌兼懷同年友方大任平樂府》箋。亦即如須此詩中『往昔出入黄金臺，曹龔比肩皆茂才。皖桐方大善許與，袖中半字驚風雷』二韵所指。

先是，如須於甲申前即奉母南行，寄寓蘇州山塘。順治二年，清兵下江南。明年三月，如須奔赴浙江紹興，身預以朱以海爲首之魯王政權。授吏部考功司員外郎。以志不獲伸，辭官，隱於天臺雁蕩。順治四年復歸吴。

秋岳於甲申之難，先降大順，後投清。順治三年因事被革職回籍。秋岳旋聞龔鼎孳携顧横波南來奔喪，不回秀水，而入吴中以待龔。時恰值如須歸吴，遂得相見。苟非天蒼安排，何以得之？

秋岳詩中，追憶先朝姜家兄弟宦途，如何『曾是丁年奉使臣，金魚鐵豸陪行蹕』。却因姜埰意圖『忤奸直諫』，被杖下獄。自『寧解反覆存一身』七韵，叙如須於烽烟四起之際，携家自京城南抵蘇州。所叙之事有據，彰彰可考。詩而堪稱史者，此之謂也。

如須、秋岳同時居吴期間，往來頗密。《静惕堂詩集》中如卷三《申青門招（齊）价人（葉）聖野如須飲雒如堂有作予以還里不及赴追和一首》及卷三十《如須招同（龔）芝麓（周）穎侯（顧）赤方即席限韵二首》，可證。順治八年（一六五一），秋岳於居吴五載後，鳥倦知還，决意回秀水原籍。臨行，有《辛卯冬日自吴郡移還故里文公以詩見贈率爾奉答兼感往事二十二首》，第十六首即咏如須：

姜君多雅調，葉子辱同盟。索處從茲始，高懷對孰傾。坐猨津驛晚，過雁荻洲横。好訂扁舟約，春波爛熳行。姜名垓，萊陽人，寓吴。葉名襄，吴人。（《静惕堂詩集》卷十七）

秋岳回秀水後四載，獲召回京任原官，從此一帆風順，官至户部右侍郎、山西布政使。如須與秋岳作别後兩載即下世，年未及四十。《静惕堂詩集》集中不見有挽悼文字。然秋岳與僑寓蘇州之姜氏宗人，始終保持聯繫。如農次子實節（一六四七—一七〇九，字學在）與秋岳往來尤密。秋岳詩如《過姜學在紅鵝館三首》（卷二十五）、《湖上與姜學在飲酒四首》（卷四十三）、《姜學在招飲錢飲光暨余出自釀葡萄酒共酌二首》（卷四十四），皆當日紀實之作。

康熙十二年（一六七三）如農亡故。上距如須之死，已二十年。時秋岳罷官居里，有《挽姜如農給諫》二首：

主聖能容直，耆年遠禍氛。史傳丹陛血，天贈敬亭雲。寒被嗟曾共，清襟慘竟分。吴閶今夜泊，鵩鳥最先聞。如農葬宣城，不忘戍所也。

花底新居好，池亭有諫書。術疏還自艾，權焰竟何如。浩氣青霄迥，迴腸紫殿虚。輴車千里發，無路報瓊琚。（《静惕堂詩集》卷二十二）

又，台北『中央研究院』史語所藏曹秋岳《倦圃尺牘》卷下收《與姜奉世》札一通；奉世，如須孤子寓節之字也。札云：

> 拜教稍遲，尊公大疏，遂不得入進呈書内。然此書將傳信後世，即圖刊刻，與歷代名臣奏議并垂，已弁冕拙選之中。秘之石渠，尤不若市之海内也。十七年遺事，逐漸銷沉。雖極力網羅，尤多挂漏之懼。年兄篋中收藏不少，尚思造請，用廣見聞。青老迫行，草草不備。

札首『尊公大疏』，蓋指如須於崇禎十六年三月，上奏詳言其父瀉里及弟等二十餘人被清兵殺戮於萊陽一疏。疏中如須請以身代其兄牢獄之刑，禪如農得歸里葬父。原疏收入本書《姜垓文録》。

至札中所云『十七年遺事，逐漸消沉』，僅指崇禎一朝事而已。考其實，秋岳之志乃在修朱明一代之史。康熙十六年（一六七七）秋岳有《寄顧寧人都下》詩，結句云『亭成野史空留約，軍幕無心倒濁醪』，則明以金源史自期之元好問自況矣。

## 寄贈馬秀才天襄

失意與君爻，相遭不識名。誼非關夙昔，人自見生平。年少吾先隱，才高汝晚成。車中堪一別，記得雨初晴。（王爾綱《天下名家詩永》卷一）

【箋】

馬秀才，不知何許人。如農《敬亭集》卷四有《贈馬孝廉■■二首》。其詩云：

九月霜飛錦樹凋，故人相見意翛翛。江南作客傷秋晚，河北歸耕度地遥。吾道因君爲羽翼，深山容我老漁樵。親朋韋杜誰相問，舊國音書久寂寥。

憶昔乘車過壄坰，銅盤燒臘醉還醒。山深故國憂豺虎，人老他鄉悵鶺鴒。茂苑笙歌連夜沸，長洲荷芰入秋青。明朝風笛離亭别，一曲驪駒不忍聽。

## 游高明禪院宿青嬴閣題文心和尚卷

亂岫松窗暮，深山古木丹。臨星雙塔曉，將雨萬峰寒。海嶠樓臺迥，陰城鼓角闌。越宫好消息，頻向斗牛看。（鄧漢儀《詩觀二集》卷一）

## 澹心過吴雨中同賦懷舊之作

關山迢遞暗隨陽，離樹飄零塞北霜。公子晚銜松柏恨，美人春帶芰荷香。六朝建業思君遠，萬里銀州

怨别長。白髮歸湖非活計，扁舟莫笑老夫狂。（王士禛《感舊集》卷二）

## 張草臣過寓齋夜坐月出送至橋上

吴城鐘鼓迥猶冥，明月樓中夜夜聽。見我良人酬此夕，因君太史卜高星。悲歡對酌行還止，生死論交醉復醒。攜手不辭相送遠，百橋松竹四時青。（王爾綱《天下名家詩永》卷一）

## 五人墓次張太史溥韵

氣結吴雲雷雨殷，却爲憐惜紫芝焚。每看松柏思人傑，不畏豺狼號獸君。亂世布衣能立命，夜臺血泪佐修文。當時各有回天力，肯以邱山付蚋蚊。（宋犖《山左明詩鈔》卷三三）

## 雨中放艇谿横塘經靈岩山下作

江雨此爲客，潮迴急浪游。梧宫春燕哺，露井夜烏啼。稅織經蠶月，犁荒失麥秋。山花紅似火，苦勸故人留。

花事莽岑寂，山川迴別時。下秧湖獺集，收果夜猿悲。水驛投應暗，春郊去故遲。友生淹別墅，不醉欲何之。

射獵朝迴駕，晶簾夜入宮。俄驚山槿故，翻恨粉樓空。碧瓦深埋蘚，朱旛晚落風。興衰吴越裏，仿佛舊江東。（鄧漢儀《詩觀二集》卷一；陶煊、張燦《國朝詩的》山東卷一收第二首；姚佺《詩源初集》齊魯卷十二收第三首）

## 蘭江歲晏雜感二首

屠釣非勞事，傭書舊隱流。齊城還渺渺，越水自悠悠。筭繪思供母，風塵苦繫舟。抨力辭故友，壯士最淹留。

未遇孫登嘯，猶工庾信哀。殘花三載過，歸雁數行來。刀尺寒衣改，關樓暮角催。妻孥回首地，翻恨別天台。（宋弼《山左明詩鈔》卷三三；陳田《明詩紀事》辛籤卷十七收第二首）

【箋】

蘭江，又名瀔水、蘭溪。由衢、婺兩水匯合於蘭陰山下，乃錢塘江最大支流之一。詩當作於順治三年（一六四六）歲暮自天台歸吴途中。

## 雨華庵

隴首涼風起，空田野鵲鳴。院青深映竹，江暗遠浮城。八月旅還滯，三山情易生。鄉僧出徐兗，泰岱語分明。（宋弼《山左明詩鈔》卷三三）

## 浴佛日玄墓聽剖公説法後吴翁邀至司徒廟山居同徐孝廉枋楊文學炤吴文學昌文作

講罷春暉净，携歸水霧曛。鹿柴人共啓，蝦菜客能勤。捲幔蠻莊火，吹旗古殿雲。放舡同結隱，莫漫更離群。（鄧漢儀《詩觀二集》卷一）

【箋】

楊文學炤，字明遠，已見《流覽堂補遺》内《送楊明遠渡江》題。

## 和宋孝廉贈别

此别更何日，相逢白髮前。雁魚歸客泪，燈火渡江船。遠道分絺葛，炎天煮活泉。西方有音信，好爲寄

書傳。（鄧漢儀《詩觀二集》卷一）

【箋】

宋孝廉，即宋林寺。

## 泛月

危檣平進浪，野水覆爲濱。何意看孤影，無端憶故人。亂雲光墮夜，青草暗歸春。勝地寡儔侶，寒風吹幅巾。（王爾綱《天下名家詩永》卷一）

## 江天閣眺覽

别浦凍雲飛不遲，稷苗黯黯黍離離。雨邊楓樹伍員廟，江口蓼花文相祠。騏驥病殘五馬渡，鳳凰栖老萬年枝。重山縹緲非京縣，日暮高樓有所思。（宋弼《山左明詩鈔》卷三三）

【校】

盧見曾《金山寺志》（乾隆三年序刊本）卷七録如須所撰題同韵同七律一首。知原作爲兩首：

萬頃江波碧四圍，江流終古此斜暉。三山樓閣生春草，六代邱墟鎖翠微。楊柳幕亭巢燕舞，汀沙平岸乳鴉歸。荒凉鐘板諸天寂，倚遍闌干泪濕衣。

## 送余大還白門

蠡口停橈晚，胥江出餞遲。春衫沾別泪，細雨濕征旗。暫解元龍榻，争傳幼婦辭。烏啼吴苑冷，多是後栖時。（鄧漢儀《詩觀二集》卷一）

【校】

《詩觀二集》詩後有評語云：『落筆新麗。』

## 烽火山禪院雜咏兼贈宋孝廉林寺董茂才樵

烽火關山笛，東來實飽聞。孤城烟欲合，斜日海同曛。土竈炊殘雪，松窗鎖凍雲。故人來意表，鷄黍最殷勤。（鄧漢儀《詩觀二集》卷一）

【箋】

《詩觀二集》詩後有評語云：『濃淡處各極工緻。』

## 秋日雜感

緑芷烟江客思哀，紫宸回首重徘徊。吴天楓樹凌霜下，水國芙蓉落照來。萬里月明鳷鵲觀，六朝花满鳳凰臺。關河擊筑逢人少，繫馬旗亭一舉杯。

黄羊蘆酒客悠悠，寂寞關河二百州。觱篥吹殘秦殿月，琵琶撥碎漢宫秋。寶刀自哭饑行路，芳草誰憐賦遠游。烟閣雲樓纔駐節，子胥江上又生愁。（鄧漢儀《詩觀二集》卷一）

【校】

《詩觀二集》於第一首後有評語云：『結處含情無限。』第二首後有評語云：『貧富騷才賦筆，兼以苦緒深衷，落紙便爾殊絶。』

## 柳巷信宿遂爲穆倩盟兄作柳巷行

朝從柳巷出，暮來柳巷宿。柳條攀折不應手，年年空見隋堤緑。秃鬢亡袖逢故人，憔悴仰面向天哭。人生意氣絶可憐，黄海坎壈情最堅。三萬六千轉盼過，焉得内顧心拳拳。檐花溜雨燈窗憩，我友爲我試長藝。稱詩論道既沉酣，摩印作書特精秘。苦縣光和雜二體，前有程邈後程邃。憶昔漳浦清江偕，得君半字投君懷。坐客登龍色惆悵，偏袒右肩忘形骸。司馬滌器成都市，張楷溷迹弘農街。山頽棟圻莽岑寂，吾子落拓淹江淮。江淮之間客不少，推陳樂新損懷抱。定應心遠邁時傾，何恤道廣被人惱。君不見，成連死後伯牙悲。又不見，嵇康罹害孫登嗤。種瓜飯葵根苗直，栖栖途路將何爲。安得郄超代辦百萬貲，買山治宅剡溪湄，長令高人達士相追隨。（程邃《蕭然吟》）

【校】

詩見程邃《蕭然吟》卷前所録友朋倡和詩。本詩末題『萊陽弟姜垓』。

# 五　姜垓文録

## 目次

亭山賦……三一一
募刻胡白叔螅蛄吟引……三一二
唐詩擎香集序……三一三
楓江酒船詩序……三一五
冒辟疆省親游嶽詩序……三一六
請代兄繫獄疏……三一七
被逮紀事……三一九
致章拙生柬又書札一通……三二六
與冒襄書三通……三二七
杜工部詩跋……三三〇

# 亭山賦

夏之初，余招友酌於亭山之西洲。此山蓋議曹張先生之荒之也。峭壁崚嶒，長溪潭瀏。人去一風花篷，獨歌獨處；我當七歲兒童，來傲來游。既往事之愕愕，遂事變以悠悠。瞻望深林，松青柳碧。懷古人兮不見，嘆當年兮頭白。我何意結，侑朝入山兮至夕。東皋隔河，烟環霹靂。采芳兮自喜乘風，新沐兮還來坐石。野漫雲奔，天晴日赤。携手兮伊人佩瑶，相與答言兮河上逍遥。初大醉於中庭，旋高卧于危橋。及寤而歌歌且嘯，聲啾啾兮寂寥。客左右注醪而勸之，謂吾儕乘鹿車而來此，何爲乎汝獨無聊。爰是復洗松卮，再盈黄釃。撫西日之迅流，抵手遮以行止。飛鳴兮鳥鵲，處宿兮鹿豕。憂鬱葱之當晚，若將歸而復已。花落綺茵前，塵霏玉屑裏。爲搔頭而加韆，嘗岸幘以憑几。覽荒邱之層叠，對長汀之溆涘。東去大海僅百有餘里，願操琴而移之。流水汪洋，更效昔人之洗耳，料汩没其難聞。倘遭仙于嶼峙，敢云無以稱有，聊易彼而爲此。兹時簡點山雨浦雲中，東亭友謝，西亭訪真，人物屢變，風俗迭更，其爲今昔之感，且歷歷矣。于是衆客怏然各去，凡十四人；又有三姬掉臂以行下。嵐松之崾□，至於沿坡。或乘篾輿御駛，高天何極。星月黄昏，隨杖屨之。是樂况鬚鬢其軒軒，家有老僕迎我于北門。吁嗟乎，揖客而散，中心改圖兮深夜難言。（載《流覽堂補遺》，上海圖書館藏）

# 募刻胡白叔蟪蛄吟引

竊聞春鶊秋蟀，曉序悲吟；幕燕風螢，臨年鼓翼。況六翼有聲，集綿思于簡素；乃連章應體，效逸緒于詠歌。匹夫末言，采陳風土；伶官賤秩，司奏明堂。雖宮商所懸，亦貞淫攸別。翟湯被獎乎庾亮，仲宣見知于蔡邕。桂生五嶺，杞出三荊。人産名都，藝關方誌。龍鸞之驂駕，老倍服襄；蘭蓓之摘芳，孤當永佩。赤驥顯于伯樂之肆，良寶輝于卞和之庭。千古同然，于兹爲尚。若夫華植茂零，誠陰陽有數；聖哲窮達，亦命相攸關。揚栻蔽幽，皆吾黨所貴；扶進民譽，豈异人是任。兹者閶闔上京，夫差舊宇。有老盲白叔胡梅者，潛心版圖，雅懷撰述。少聞鄉曲，壯游四方。顧衆著述于東吴，陸賈定交于南粵。談經入帳，多當世之名卿；載筆扶輪，盡儒英之流亞。顧坎壈失職，貪越孫晨；勤款持身，清同欒武。市中賣藥，以草樹作君臣；物表絶塵，伴鶴梅爲妻子。既左氏之喪目，兼伯道之無兒。渺渺愁予，何方帝子；悠悠岐路，堪吊夫君。齒已過夫七旬，志不倦于三百。篇章口授，勢應鼓鐘；體製腹裁，聲諧金石。葦籬短巷，饑來允愧侏儒；雲水徂年，病久空嗟魚蠹。生長嘉隆之代，垂老板蕩之秋。紅雨江南，易懷故國；紫烟朔漠，徒憤荒墟。獨以汗牛之編，未投梨棗；敢冀雕龍之好，共佐金錢。相彼無告之人，允矣有文之隱。昔北海既没，魏文廣募其書；相如臨終，漢皇遣求其稿。何論吾輩，猶屬交情。使梅畢志騷壇，成功文藝，斯則士林勝事，庶幾篡素所通傳者矣。

曾青藜曰：即此一引，而先生憐才至意具見之矣。白叔懷才不遇，遇先生錫此大文，詎不榮于華衮耶。

錢礎日曰：通篇純用綺語，而情真誼摯，惻惻動人，至性之文，其不爲詞掩如此，此固先生運筆之高，亦由其立心之厚也。（載錢肅潤輯《文瀔初編》卷十八，清康熙錢氏十峰草堂刻本）

## 唐詩擘香集序

六藝之繫，周南倡以爲宗；四始之源，歷世規而爲則。匹夫感緣情之作，咸裨土風；公子懷幽恨之篇，無虚往牘。書稱釐降，乃唐女之來嬪；詩咏肅雍，亦周姬之下嫁。風生步塵，宓妃托從于伊洛；血痕斑竹，帝后銜怨于瀟湘。憶秦女之高樓，起漢皇之金屋。掖庭三千，俱良家之子；章臺二八，間倡婦之流。銅街麗人，娉婷似月；玉樹才女，嫵婉如春。鳳暖妝臺，鮫綃之幰頻舞；花深翠畹，箜篌之奏疊傳。于斯時也，猗歟樂哉！夫蛾眉出於燕、趙之都，艷色生于鄭、衛之國。采桑岐路，既妖且閑；借問城南，何嗟之及。想其悦合，思彼投歡。寢必藍田之帳，坐必蒲萄之席。動浮雲而流明月，攬桂蕊而吸椒漿。魚見之深潛，鳥遇之高飛。長樂聞鐘，寵逾陳后；甘泉畫象，妒見閼氏。使非結趣之遥，抑何鍾情之篤。若夫筵罷酒闌，色衰愛謝。昭陽之悲紈扇，成都之吟白頭。新人故人，各抒縑素；大婦小婦，競出伎能。長門縣買賦之金，尹姬有掩袖之涕。或形捐而恩不歇，或地阻而思猶聯。銅雀之臺，長辭魏武；椒房之輦，遠嫁明妃。桓司馬妾，忽興國破家亡之語；蔡中郎息，亦在貞媛烈女之儔。自愧小家，乞尚貴主。何瑀見投于深井，王偃踝雪於北階。東鄰非以自媒，西施因之增戚。身同連理，始能動而輒俱；體异比目，豈得偕而不去。琴悲別鶴，鏡想分鸞。爰見哀怨之興，繇於愛戀之旨矣。至于刻三秋者，曾駐仙輿；期九日者，屢煩神女。發宮人之冢，漢事堪聞；繞巫山之雲，楚魂猶在。海中靈怪，逐潮來迎；天上星辰，填河相見。自逢車于魚嶺，復息駕於芝田。含睇纏綿，追歡窈窕；甚且聽夜猿而泪下，睹芳草而傷心。冥漠之間，還復若此；人世之偶，何可量哉！惟此幽閑之德，動天地，感鬼神；貞一之操，貫日月，穿金石。誠綱常所係，亦風教攸存。魯婦投死于力桑之陰，齊女畢命于漸臺之水。割鼻者明志，聘却黃金；截髮者表衷，身輕白刃。行無片言之玷，心存匪石之堅。攬蘼蕪而貽故夫，感驊騮而思舊主。洵稱閨閣之傑，有愧鬟眉之流。燕子樓中，空憐隻影；琵琶曲內，莫上別船。因事抹時，借彼喻此。今茲之選也，其殆庶幾乎！靈均托介于蹇脩，詩人寄興于彼美。蓋三百篇之遺意，得思無邪之大端云爾。

錢礎日曰：俞子無殊有《擘香集選》，删蕪滌穢，獨采芳詞，極得三百篇無邪大意。此序特爲拈出，頓令選詩之旨躍然，讀者勿與《香奩》并觀可也。（載錢肅潤輯《文瀫初編》卷六，清康熙錢氏十峰草堂刻本）

# 楓江酒船詩序

姜子曰：詩繇人心生也，發於哀樂而止於禮義。四方風土以之志盛衰，卿士庶民以之表貞淫。不然，音節莫舉，正變淆雜，《詩》何以列於六經哉？故詩之教，關於世風人化者大也。《三百篇》以降，漢、魏之詩，始於蘇、李《録别》。當其時，羈鎖殊遇，投荒沙漠，志异而情同：屬國悲，都尉亦悲。二子者，朝聞馬嘶，夜聽邊曲，登單于之烽臺，矚關山之迢遞。雖欲不悲，其可得乎？論者謂漢、魏去古近，亦猶夫昭、夷、幽、厲，閔板蕩，發疾苦，不失其爲變雅之類也。杜甫遭天寶之變，眼穿心灰，徒跣詣行在，一飯不忘君國，抗言玄、肅父子之間，反覆再三。而岑參贈甫之作，且曰『聖朝無一事，自覺諫書稀』，其亦友朋勸勉者之極思乎！

崇禎初，僕客蔣陵，與余子澹心同爲布衣交。時方聞之士，咸來京邑，而劉伯宗、吴次尾、孫克咸、錢仲馭、吴鑒在、方爾止及密之兄弟輩，居游尤篤。今十年間，諸子多墓木拱矣。爾止賣文傭工，鑒在、密之亦遠滯天末。僕與澹心，雖年齒僅及壯，於諸子中亦如靈光殿也。今兹之聚，能不悲哉！自晨夕啓處，野店湖舫、僧寮酒舍之集，無不爲詩。澹心才最敏。僕方樂與客酣歌賭賽抵戲，澹心輒復有十數篇，觀者嗟嘆爲异，顧獨不知澹心之人耳。昔王禹偁作《五代史》，稱司空圖有雋才。會逆巢亂，車駕播遷，圖避地中條山，以詩文自娱，士人多往依之。是時盜賊充斥，獨不入王官谷。後昭宗返正，召見之，爲柳璨所抑。且其後委質朱粱，如李振、杜曉皆不免，惟圖終身不仕。余子所志，與圖略同，僕因次第及之。後有讀《楓江酒船詩》者，且知余子之爲人，亦如是也夫！吴會流寓同學弟姜垓撰。（載李金堂編校《余懷全集·楓江酒船詩》）

## 冒辟疆省親游嶽詩序

夫公子有從軍之什，貴胄多流離之情，自古及今，有所未免。吾盟友冒辟疆氏，少負重名，以辭賦爲士林祭酒，又長於議論，雖處艱苦，譚笑自如。余每與人言『東皋冒大差有孔北海之風』，蓋心佩之也。其尊先生以天官尚書郎出鎮鄖襄，彈壓全楚，身親甲兵，志在蕩平大寇。當宁嘉其勞績，賞軍犒士，識其爵里世家，説者謂猶具古君臣之遺意焉。辟疆嘗省其親於官，道經吴越、豫章以達南嶽。凡所歷名山川，丘墟、陵廟，交游晋接，無不稱詩以明其志。冒子意誠遠哉！夫道路之榛蕪，草木之靈异，憂多者感而記憶，樂勝者過而遺忘。此文士之深悲，賢者必弗恤耳。今冒子萬里戒道，托歌行役，則楊樹不改興思也；出入行間，間諜草檄，則同仇用以嚮勇也；君父之懷，不遑寧處，則東山方其未歸也。今冒子具此數者之情，又何怪其詩文一皆風雅之作、正始之音乎！竊稽昭代以詩賦夙名特擅於廣陵郡者，厥有二家：汪忠勤當開國草創之初，而文明以興；宗子相當世廟丕盛之朝，而詞學鼎立。過此以往，實乏其儔，冒子又安得不黽勉歟！况其家世多高勛，樂美業。他日中原蕩平，冒氏父子或安車結轡，告歸鄉里；或豐衣博帶，從見宗廟。回思間關征戍之勞，終其身如一日也。從事追昔，藉有此詩，豈猶夫人之平生也哉！壬午二月。（載冒襄《同人集》卷一，清康熙冒氏水繪庵刻本）

## 請代兄繫獄疏

行人司行人臣姜垓奏：臣前於本月初四日，拜有《警聞臣邑已陷》一疏，蓋以臣父素矢忠貞，勢在必死。未幾訃音至，臣父果死，而且烈矣，痛哉！臣恨不即從父地下游。獨念臣兄已將垂斃闈扉，臣若即填溝壑，將臣父死難最烈最酷之情，誰復瀆天聽者。臣得不灑血爲陛下陳之。臣父姜瀉里，爲諸生二十年，甘貧自守，雖衰晚落寞不得志，身在岩穴，未嘗一日忘朝廷也。臣兄弟先後登籍，惟勖以忠君愛國之事。又賦性淡泊，不治貲産，鄉黨間群稱臣父爲長者。而臣兄弟砥礪之名，亦稍稍見白于四方。前敵逼臣邑，臣父故山居耳，無地方責，無寸貲可饗士待敵。聞變，首率親丁老幼入城死守，敵不能薄。兩月後，敵突陷城，臣父被執。敵索金帛，臣父詈曰：『我兒爲清白吏，家豈有若物飽若腹。若速殺我，報國恩，予願足矣！』敵恚憤甚，攢刃交刺，體無完骸。維時臣家聞難死者，臣弟、臣嫂、臣姊、臣妻、臣弟婦等，幾以閤門殉。僅臣老母幸出鋒鏑中，身被重傷，生死尚未可知也。

先是陷城前一日，臣父母始聞罪兄蒙譴，相對洟涕。復北望稽首者三，謂主上不以罪臣即膏斧鑕，高厚難報，庶幾可望生還，提醒愚昧。臣親之愛子，可謂至矣、痛矣！一字家書，萬點清淚。方以衰年危卵，泣貫索於青天；孰知隔夜覆巢，投身命於碧血。臣家門痛慘，一至於此！伏察往例，凡士紳殉難烈死者，合有恤典。臣父向叨一命，報國捐軀。罵敵幽魂，尤關風節。哀懇敕部察例，從優恩恤，闡孤忠而維壯義，庶臣父雖死猶生也。

至臣罪兄埰，少習吏事，長膺家務，事親教幼，苦備一身，是以臣母於諸子中尤憐之。不幸狂瞽，冒死天威。身在犴狴之中，心驚焚戮之禍。負釁既重，含痛益深。其所以苟活旦夕，出萬死一生者，徒以有臣在，相依爲命。今臣聞訃奔歸，則罪臣縲絏伶仃，勢必速斃。欲兼顧鶺鴒，則父慘殺而暴骨未收，母驚魂而衰齡無靠。臣際此時，腸一日九迴，人世之苦，無以復逾矣。重念臣罪兄扣閽扉而號天，藉草土以泣血。進不得盡忠於君，不可以爲人臣；退不得致孝於父，不可以爲人子。蓋從來以言得罪者多矣，而未必家有不測之禍。即臣鄉被慘殺不可言者衆矣，然救死扶傷，猶得骨肉相保，未有身在幽囚，耳既不忍聞，而面曾不得一見者也。

臣是以日夜思維，哀痛迫切，泣懇陛下將臣付法司代兄，使得歸里葬父事母。倘蒙陛下憫念，矜釋臣兄，歸命首邱，臣之願也，死且不朽。即或以臣兄必不容逭，使暫還省視，仍復逮治以前日妄言之罪，并治臣以今日妄請之罪，亦死且不朽矣。夫法之難貸者，豈纍臣之所敢邀？而情之最苦者，亦仁主之所深念也。伏惟舜日之下無寒鱗，湯網之中無滯羽，破格垂恩，伏允臣請。雖并及臣兄，實皆爲臣親也。世世生生，銜結無量。（姜垓《流覽堂詩稿殘編》附録，載高洪鈞編《明清遺書五種》）

## 被逮紀事

崇禎十五年，首輔周延儒以貪墨著聞，總憲劉宗周有『長安金貴』之疏。首輔懼，欲脱己罪，乃具密揭進上，誣皆言官所爲。上信之，申諭言官曰：『言官以言爲職，緘默不言，及言而不當，俱屬溺職。諸臣中有大奸大貪，自當直糾，其餘往事細過，不應苛索。近來忠讜固多，挾私偏執，更端争勝，亦復不少。或代人規卸，或爲人出缺，種種情弊，難以枚舉。前頒憲綱，面諭已明，俱著祗遵奉行。』

時首輔欲引用逆輔馮銓，授意涿州知州劉三聘薦之。於是垓兄埰上疏力争，會行人司副熊開元亦疏論首輔。上怒，於閏十一月二十三日御皇極門，嘑禮科給事中姜埰、行人司司副熊開元出班。上手持紅本，親宣玉音，曰：『朕初九日頒有諭旨，修省戴罪，原期大小文武，各盡所職，迅掃狂氛，早安萬民。民安，乃所以敬天法祖。適覽姜埰一疏，將諭旨單題二句，敢於詰問朕何所見而云然，恣肆欺藐，莫此爲甚。朕於言官特加優容，故又於諭旨再加申飭，使知警改。設朕每次詰責處分，則非朕求言樂諫之初心矣。至所言二十四氣之説，朕不知所指何事，所載何人。姜埰必知其詳，著革了職，錦衣衛拏送北鎮撫司，著實打問速奏。該衙門知道。欽此。』天語重疊，霆威震赫，百官皆失色。

時兄方以敵警分防德勝門，出入典閽，例不趨掖。該本科都給事中沈胤培奏報，次及開元，北面跪，上復宣旨畢，命金吾縶之，遂撤朝駕還。是日，首次輔以聞劾出直，惟晋江二相公蔣德璟、黄景昉牽帝衣亟救之。上曰：『頃面諭已明，不必申請。』且行且言。先是垓以病注籍卧邸中，奴子偶佗出，見官長胥役走如鶩，傳姜給事、熊司副以言事觸忤并逮，禍且不測，急歸白垓。垓力疾徒步以往。道逢簡討方以智，適徒步來將過慰，述上特嚴切，爲其目擊皇上御極以來所未有，相顧錯愕，倉皇間投春肆立談，主人擠之出，曰：『毋累我輩。』簡討别去，奴子掖垓行，垓一步一攬涕，急赴北寺門，至則校尉數十擁兄從驢背來。校尉詆訶垓不得前，兄曰：『埰得罪於君，雖死不怨，但見兄弟，亦須一言引决，何若是？』言竟墮驢，徒行至詔獄，謂垓曰：『首輔婪賄，比昵逆銓，設穽伏機，壅蔽主聽。我今日不言，天下誰復言者？縱今對簿鞭笞，負痛而斃，吾願也，悔何有焉？獨恨二十四氣多海内人望，若坐以黨錮鈎連之法，三君厨顧，交罹禍毒，此變滋起，天下豈有幸乎？』又曰：『二親衰老，而一子幼齡，弟之責也。』慷慨激烈，左右壯之。北司例不携戚僕，投獄之頃，垓偕蒼頭趙登，長號求入，門吏奮擊垓左脅仆地，登被執，復釋垓。自是微服每昏旦徘徊所司門外，凡旬日，藥漿衣絮罔進。兄身嬰三木，血流貫械，凍餒并至，呼吸僅存，法禁之嚴，從來未有也。

九列臺省官章疏求釋，日十數通，皆不報。一日，召衛臣駱養性、司臣梁清宏賜馬馳行上殿，二臣承望上意，挾刑具進覽。是時傳上坐暖閣，備問以考訊之故，謂：『埰與開元交通彈奏，一則顯指大臣，一則隱斥秘密，事异情同。汝等爲朕讞實，即是忠良，否則自貽罪戾勿悔。』明日再訊，司臣畏禍，聲色變動，謂：『汝埰死何足惜，上必得二十四人姓名。』兄堅弗承，被刑尤酷。兄大呼高皇帝數聲，氣欲絶，惟以指染口血書『死』字。司臣退，置兄階下，半日得甦，復讞如初。司臣以兄昏憒，令旂尉灌酒一盂，以供二十四人之狀，手持仕版一册，附案而斥曰：『諸部黨名，得無在此？其盡陳引勿遺。』讞畢，具爰書以入。上大怒，猶謂其緩，責清宏等徇私，二十四氣係匿名文書，何屢謄奏疏招内大小諸臣一概混供？姜埰敢於誣謗，只此一事，亦應重治，更嚴讞速奏，毋再延取罪。

垓方於邸中具藥餌投兄，軍卒趨報有嚴旨，未識何若。是夕風霾交作，覿面不睹。垓詣長安右門，聞密封敕衛司二臣，意御札賜死矣。次日，薦紳交傳兄及司副無復幸生。有嶺南友將楮帛儀走垓所，瞪目左右視，從者驚問之，蓋街陌閫忠慕義者，咸謂兄已杖下隕矣。例，北司案斷，厰監牙爪預見聞，名曰聽記，曰抄事件。凡經案對，先具筆札坐廨下，狼吞虎視，氣張甚。當兄寄犴狴，桎梏纏束，手指幾斷，血肉狼狽，此輩亦且泣下，謂：『頗聞姜公者素清節，今將以骸骨填栫棘矣。』

未幾，上少悟，前詔札并繳，命付司敗。垓同弱僕舁簷輿伺之，則披髮，血濺赭衣，四肢柴羸，面若黄沙，疾噱不應，惟搖手而已。其所用槀薦、泥釜、瓢罌之類，獄卒齎隨之，將以邀厚予。既而兄曰：

『我罪應死，而蒙聖宥，主上殊恩，何得不拜？』於是北面稽首，涕下數行。自閏十一月二十三日訖十二月初四日，凡十日之内，幾死復生，惟二十八日之御札密發所司，衆皆猜疑，如身履危地，悲愴不禁。二十九日，上召吏部督察院臺省等官集中左門，朝紳相率謂兄及司副之事。上延問，必及在列，各當免冠乞貸；又私謂都憲劉宗周上殿一言，必觸相忌，上當嚴譴於二臣，非有幸。駕出，上首問推舉督撫一事，不及埰與開元諸卿。答奏將起，劉都憲造膝而前曰：『陛下天資敏斷，意在用人，而乃拒諫，恐明主不若是。埰、開元二臣，才品倍於臣，二臣蒙譴，而臣獨見容，忠鯁擯斥，國之患也。』奏對自晨逮午，引陳反覆，首輔側目再三。上以其執拗，非對君禮，幾下有司治罪；後矜其耄年新簡，賜之優容，褫罷歸田。都憲方伏請，時僉院金光宸奏其清直，願以身代，亦以雷同奪降。頗聞馮侍郎元飈、吴都諫麟徵，開陳大指，不激不徐，主心少轉。

憲臣既廢，百寮大小皆上書挽留，大半留中。輔臣蔣德璟奏曰：『言官言朝廷之事，能容則名在上，不能容則名在下。』又引用魏徵軼事。上曰：『朕非唐太宗主，而二臣亦非徵之可比。』上一日問：『罪相馮銓，附逆久定，朕自不用，何故言路屢争？且朕亦知二十四氣，强半清流也。』輔臣吴甡、黄景昉以名列謗木，伏請罷斥，因備陳東林之號，起於無錫高攀龍、顧憲成二人建立書院講學，稱先慕古，有節者多趨之。四明相臣沈一貫嫉其行能爲當世表，旋亦招致才華之輩，樹朋私里，名曰『浙黨』。至熹宗末年，閹竪睥睨，國釁頻啓，宵小煽結，於是世所稱爲『東林』，負清譽、持勁節者，言出禍隨，屠戮殆盡。若非陛下龍飛，首辨邪正，清流冤慘，蕩然失録矣。至於今，其人雖没，其名猶傳，好修之徒，樂與嘉尚，故復有愛護端人爲陛下言，至於口觸宸扆、身付法吏而不悔者。然臣等謂高攀龍等理學名臣，原非有心標榜，在於哲士矜趨，亦非有心依附，特不肖之人强而名之曰東林黨也。上聽之，默然嘉悦。

兄既至西曹，垓得從奴子橐饘而入，執手惋惻。兄因追溯負罪以來，生死漠然，神氣不亂。初就逮，方于役門禁，俄有青襞使者急嘑至朝房，同事相顧駭愕。兄曰：『子非金吾校尉乎？採無佗，獨有昨朝封事也。』二使不答，立迫回寓，將大索。兄曰：『小臣立言，寔出樸誠，此時恩威，聽之君父。汝曹何乃爾爾？』其始投北寺也，未就理，兩手足預加拷掠。抵暮，見傍有關械，以木爲之，似榻而隘，入則身不令左右轉，四角各以鐵釘刺之，不得開閉。有獄吏顧兄而言：『此黄漳浦到任所，君聞之乎？』時天寒冰冽，飛沙晝晦，牢屋有垣而無門，壘土以爲障。再日，無勺漿下脣。有一囚自稱廣陵人，以漕政犯科，手持盂粥而泣曰：『昔以簿書令我江縣者，非公乎？公十年不受一緡錢，嗟嗟一入此地，誰哀公而進之食乎？』典獄者夜警，約十人爲一隊，各擊柝揚鈴，匝屋四面，凡經過一門，嘑囚名一過，群答之，伊復應聲高喊乃去。越三日，始詣讞所，一拶一夾，上下敲擸各五十，撻三十，名曰一套。以拶之苦言之，自十指至兩乳，攢擊一震，萬刃刺心。以夾之苦言之，足如刖，目如抉，腦如迸出，昏暈不復知人間事。次日再讞，敲擸各八十，撻三十，噓吸氣息，不相貫屬，終賴廣陵囚以湯糜活之。每至創摧痛煩，歷噱高帝以下十五廟號以自解。因思楊、左諸公繇此而死，可以死則死矣；黄、葉諸公繇此而生，可以生則生矣。

是時兄初至西曹，血肉潰爛，沉痛床間。十三日上早朝畢，傳諭旨一道，責言官之申救者。司敗懼有嚴命，遂於十四日具初讞疏，引挾制官府例配之。二十一日，埰卧病寓邸，忽傳兄已縛西市。埰魂魄如喪，同邑黄道晋方在坐，掖埰左右肘，疾走西曹。兄已出貫城，下所司。金吾羽仗，首紅棍數十行，次捧旨官跨馬上，最後兩罪臣至。埰搥心頓足，但於人叢相望，謂曰：『吾兄吾兄！忠孝不能兩全矣。』黄童白叟，欷歔下泣，或載酒而過，或有齎木耳灰以和酒者。衛卒疑有毒，逐之去。埰曰：『兄則死耳，埰何罪，寧自殺哉？』滿飲一卮，衛卒不復疑。先是，長安道上，有『終日詔，周曹操；終日對，周秦檜』之謡，今觀護惜直臣如此，可見是非猶在人心矣。乃入西長安門，置精微科廊下。熊司副與兄相對，但曰：『不及黄泉，無相見也。』

例，廷杖，金吾主之，中使僅下員執事而已。上怒甚，特命司禮東廠二大璫監視，衣吉服，少選，多官羅列，魚貫蟬聯偏午門西墀下，中使、錦衣各三十員，下旗校四十人，人各執棍一，或二三分，東西立。二臣北向跪。捧旨官西向立，宣讀畢，一旗校過執麻兜一具，自首及肩脊縛兩肘，使勿展；一旗校過縛兩足。各二十人，人各五棍畢，紀數者高噱『著實打』三字，群相諾，凡三棍，又一噱，群諾如前。杖及半，司禮王德化督金吾嚴擊之，故後五十棍，棍凡三折。杖畢，獄卒用布兜舁歸部。是時，兄暈迷無餘息。垓口汲童便，灌之不入。吕邦相者，長安俞跗手也。少詹黄道周、計部葉廷秀，以邦相金膏，得不死。是日，延邦相至，曰：『杖以青痕過膝者不治。吾以刀割患處，七日而疼，爲君賀矣。』

時北兵充斥青徐之間，又恐浪傳失實，貽兩親憂，遣僕子徐早，間道持疏草歸。母太孺人痛且不已。父謂母曰：『子官言職，子不言，負職；子不職，負君。負君、負職，非吾子也。吾子若此，不喜而悲，何爲也？』發使歸報兩兒曰：『十日之前，流傳如此，汝父素謂陽城七年後諫，千古譏之。子既秉父教，汝父何恨？上堯舜主，無撲殺諫官理，可努力加餐，以俟聖霽在原之義。垓子勿忽。』及被杖之後，有自京師歸者，吾萊扃户不通。二月初五日，吾父母知兄被杖事，明日城破矣。垓既得塘報，摧號仆地。知交相謂：『城即破，豈獨不生。』垓曰：『忠孝節義，大人素志也。』於三月十二日得長兄圻訃報，知大人烈殉，季弟坡亦被殺，嫂王氏、妻孫氏、弟婦左氏、仲姊左，同日盡節。垓具疏上聞，乞代兄繫獄，俾兄治喪。九列臺省，亦多請之。上持奏，示閣臣曰：『埰有弟垓，埰非獨子也。』弗聽。司敗再讞具疏，未報。

垓於四月初八日陛辭東歸，再過貫城，與兄號慟握别。逾二十日抵故園，擗踴先卿殯庭，聞皇上清夏獄，兄出大理，太孺人赴都視兄。時烽火甫解，太孺人驢背間關炎苦中，於七月十一日至京，而旋聞初十日兄再入西曹矣。太孺人既未得見兄，徘徊旅次，悵惘失緒，於八月二十九日買舟將南下，三十日忽聞皇上清疫獄，兄又得出大理。太孺人自舟中歸，相見於順城門之西隅。當萊城遭屠戮，横尸蔽壄，身經箠楚之下，十九不得生，母若子，固萬死而不死焉者。嗟乎，豈不痛哉！

九月十二日，垓既奉母往維揚，十六日，上以發保濫縱，責讓司寇，兄於是三入貫城。會罪輔周延儒伏誅，閣臣某數爲上言，請示寬典，上曰：『如卿言。』十七年二月初一日，詔報姜埰謫戍宣州衛。兄初十日出都，奔先卿喪次，至淮上，而鼎湖之變至矣。（姜埰《敬亭集》附録）

## 致章拙生柬又書札一通

［本幅］紙本行書半葉

［款識］

淮上陳階六年兄在此，慕如椽之筆，以舊紙請書，乞即爲之。陳能賞鑒收藏，即無鵝换可也。如何如何？

拙生先生盟主。弟垓頓首。

［附注］拙生，章美字，吴縣人。工章草。

## 又　書札

［本幅］紙本行草書一葉

［款識］此來特欲與足下聚。塗泥着屐，裴徊于吴氏之門者數回。閽者或謂相公在，或謂相公他出，即歸及暮。抵階老寓齋，始知夷然高舉，此行竟爲避我輩邪？弟不敢信。階老、徲老備極諄切，此而不來，弟更何望？惟有太息而已。弟垓頓。（載程琦《萱暉堂書畫録》）

## 與冒襄書三通

影園同榻，促膝握手。經年爲别，喪亂慘心。家室板蕩，母子飄飖。弟已自分無復生理，而母老抱病，相倚爲命，骨山肉林，竟無死法。嗟乎！蒼天何使我至於此極耶！弟將母至邗，冀見辟疆，即之青溪，而手足難未了。咫尺河北，便訊消息，飢寒苟延，未常出門一步。念吾兄相距三百里，内外不能凌雲縮地，一話悲感，心且縈縈。然悉知尊公老伯已釋鄖襄重擔，在都傳吾兄上書政府，言路諸公數千言，無不變色動容，卒能反讎爲德，移禍爲福。老伯枯松化石之忠，吾兄茹蘖成飴之孝，與密之并傳。然密之尚爲其易，而橋梓更全其難。不知吾輩丁此亂世，何以骨肉天倫之間，咸際此灔澦風波之險。今疏家父子，逍遥閭里，自顧顛沛，且泣且嘆。書到，應爲弟下十斛泪也。子沖從金華黄門處來，除夕過此，深感疇昔，傾囊少留，書鏹付超宗，以報萬一，并附數行。望後奉母省墓東還，晤期何日，言之楚楚。

## 又

垓復狀，垓不知前世作何孽，今一旦至此。其事始於壬午之冬，自罪兄蒙難，垓憂憤哀激，歷登險危，五投死所。罪兄北寺對簿，呼天呼高帝。虎賁牙爪，猙獰思噬，白日哮於城。北寺例，官民下榜掠，戚屬不得扶救，并治炊裹藥以入者。垓於是時伏獄門，兄弟號泣聲響應，被收捕彌夜，卒獲解免。當刑官馳馬上殿報纍臣狀，豈意黄門尚有今日。又天寒，皮肉凍脱，黄沙夕卷。垓匿闕下，伺兄消息，廢食忘寢。垓之既死而生者一。權相始終不樂，又逆臣關通宦寺，謀殺諫臣，以秋官讞不協，詔廷杖之。是時罪兄方繇北寺繫貫城，血肉狼狽，不任起坐，校尉負之行。兄弟相爲訣絶，聲泪共收，魂魄無附。垓之既死而生者再。西曹出入，爲罪兄觀食進藥，刀圭家既關垂絶之命，動非巨金無能酬。垓約於十日中，以五六日隨福堂，餘亦朝出暮至爲計，橐饘延醫。苦邏卒四布，魍魎晝走，孽臣每易衣冠行，猶嘗遇窘辱。時□兵肆虐東省，日下名城，警書一夕十數。至萊城圍急，垓遠念二親，近急兄長，焚香告天，願以身代，日嘔血升許，不敢以告纍臣。未幾，邑陷。又未幾，訃至，垓叫號，勺水不入口，血症復劇。垓子二歲，家人投諸懷，竟不識爲己之子也，亦危絶矣。垓之既死而生者三。東奔之日，叩閽扉與兄作别。長夜秉燭，阿鼻現在，吞聲飲泣，獄卒爲之動色。兄既無所寄命，垓又不能不歸。上書請代，不獲報赦。賊勢亘畿輔，路梗，舉目烽塵蔽日，陸行沾濡不能前。繇津海偵卒小舠，乘巨浪。黄昏風發，舟幾覆。垓北面禱於海若，垓所以不即死者，以父未葬、母無依耳。今避賊繇此，中國神人，何如盗賊？三祈而風尋㤄。垓之既死而生者四。既抵家，土兵方熾，以彌月葬父。若弟若妻嫂，夜宿墓壟，聞城中鬼哭，日手拾草根菜蒂餉母。斗粟千錢，尺布倍百，饑寒不能忍。膠卣高司空聞之，齎百金爲糧，於是掖母負寡孤，詣京師，急兄之難。九月，由水道南徙。偶一夜，賊千百舉火岸上，鳴鑼齊進，矢發如雨，賴鄰舟共擊之以免。垓之既死而生者五。有此五死而終得自全，謂非貪生，豈可得哉！今四方告急，蹙蹙靡騁，家國之難至矣，骨肉之傷極矣。母老，以兩妹少孀且不得不歸，又先人墓土未乾，久投殊鄉，良非得已。子路負米以悲，徐庶辭主而去，垓之進退，且將安適乎！前音未悉，伏承宣書示慰，垂詢周詳，輒爲此報。死罪死罪！垓自入邗，節文俱棄，凡良友相贈，概不敢以患難累人。厚貺特至，又以遺慈親者，義不敢却，謹對使登之。漂母既去，僅見有此誼重千古矣。惟有泣感！吴茗在手，不忍入口，以愛弟坡酷嗜此。江流浩渺，泪綫并長。附寄歸壺一具，海南香廿觔，非云報也。主臣。主臣。

## 又絶筆

吴渚爲别，五經寒暑。天涯羈滯，浮雲斷梗。戎馬鍊尾，喘息僅存。漆身無術，變姓何策。長夜不旦，惟日作楚囚對泣耳。自赤城雁宕，間道旋吴會，遂舂傭賃廡。荏苒餘生，忽忽三年。王粲投楚作賦，莊舄懷越哀吟。人生有情，我輩爲最，顧誰能堪此哉！頃渡江覲兄，便道訪故，相思吾友，寸心如擣，正擬發東皋之棹，乃以吴陵邂逅階兄，酣歌醉舞，情無聊賴，不減路傍之泣，幾由此而中道焉。然一舉杯，不能忘吾辟疆也。海内兄弟凋零殆盡，吾曹年不滿疆仕，而身經生死患難，幾爲靈光巋然。又分散四方，不能常聚。曹氏《離友》之篇，淵明《停雲》之什，蓋嘗廢書太息，憑軒涕泗也。問朗和尚頗悉近況，趨庭問字，怡情田廬，著作之盛，過於名山。他年携家相就，爲西園賓客，其許之否耶！如盟兄能乘興相過，共寫離愁，當與紫玄、階六絶倒耳。特賦二詩，書之扇頭，寄此懷抱，用以驅蚊，不堪出入懷袖也。尊公老盟伯，希叱名道訊。徂老一札并致。病中草勒。愧無伴緘，臨風惟有依戀。主臣。主臣。

（載冒襄《同人集》卷四，清康熙冒氏水繪庵刻本）

## 杜工部詩跋

杜工部詩凡千四百有奇，世稱《三百篇》之後一人而已。上軼漢魏，下超三唐，與日月争明，江海競流，古今作者罕能望其涯涘。國朝弘、正間，益發明其義。自兹以往，寥寥無人。蓋作者難，論者愈難。吾友徐武子誦讀之暇，獨取杜集手書數十過，服膺不倦。蓋工部之詩勿論矣，自其獻三大賦，辭西河尉，天寶之亂，身嬰板蕩，出入賊中，生還轉徙。觀其靈武拜秩，疏救房琯，於玄、肅父子之間微言規正，忠愛款款，此千古立論之極，不止關琯之去留也。卒遭罷斥，流離劍外，負薪采橡，餔糗不飽。晚依嚴武，挈家就食，傷廟社之丘墟，嘆故國之黍離。至今覽其篇章，論其世次，無不凄惻流涕！蓋甫誠有唐忠正之儔也。又杜注人多推服劉須溪，而虞鄉老民箋疏中攻駁紕繆不少貸，徐子深然之。須溪當宋之亡也，終身不事犬羊，徐子叙謂匪虞鄉之人所及萬一者，而徐子執鞭工部之意蓋誠，不獨以詩也哉！伫石山人姜垓謹識。（原題『跋語』，載徐樹丕《杜詩執鞭録》，南京圖書館藏稿本）

# 六　倡酬投贈集

共四十五家，詩一百四十七首

## 目次


**林雲鳳**一首……三四一
暮秋同姜如須林衡者顧茂倫登虎丘……三四一
**宋繼澄**一首……三四五
送姜如須還蘇州……三四五
**高弘圖**一首……三四六
觀吏部政姜如須書至知新除膠州牧……三四六
徐乾若公同如須出勿齋太史門……三四六
**馮元仲**一首……三四八
和姜如須見貽韵……三四八

**徐波**一首 …… 三五〇
買山後山東姜如須見訪不值飲鄰翁之酒還宿小庵 …… 三五〇
**劉城**二首 …… 三五一
送姜如須垓舉南宫給假還里次來韵 …… 三五一
姜如須垓乞假南游結班荆社余爲作詩 …… 三五二
**姚孫棐**一首 …… 三五四
同李小有吕鱗生胡將美趙月潭陳階六姜如須張稚恭諸年友赴孫大宣年兄園亭之酌賦此志喜 …… 三五四
**顧夢游**三首 …… 三五六
徐昭法山房同姜如須楊明遠賦 …… 三五六
江上柬班荆社諸子 …… 三五七
**毛晋**一首 …… 三五八
和姜垓榖雨日中峰止宿逢子晋同若撫仲榮兼悼伯高之逝 …… 三五八
**張溥**一首 …… 三六〇
贈姜如須 …… 三六〇
**黎遂球**二首 …… 三六二
春試後姜如須見過賦贈 …… 三六二
姜如須花燭詞和萬茂先韵 …… 三六二
**萬壽祺**一首 …… 三六四
留別姜三垓張大澤鄒大典錢大邦芑 …… 三六四
**程邃**二十六首 …… 三六六
懷贈姜如須兼柬如農令公三首 …… 三六六
偕如須集黄心甫秦以巽家有作 …… 三六七
集影園同姜如須趙韞退周穎侯劉

宜綏陳青雷顧脩遠梁湛之姜開
先鄭超宗諸君有作……三六八
邗上集汪雪巘舟次同鄭超宗張草
臣曹聿脩送別如須公車……三七一
又和如須韵……三七二
射陽湖進舟急雪偕如須分拈……三七二
廣陵舟夜懷如須……三七三
送姜如農先生省親兼寄如須吏部
……三七三
自返淮陰夜宿射陽湖懷萬年少先是
如須同余過其寓廬北發五日矣
……三七五
喜姜如須成進士却寄……三七五
邗上逢如須叔季兼柬仲令……三七五
引酒懷姜如須……三七六
班荆社詩姜如須主盟……三七六
同沈石臣姜如須宴集項水心先生園
林時讀其新集即席有贈二首……三七六
君山同如須周仲縈以酒榼來選飲
于密樹下舊游也因柬木叔……三七八
過訪孫克咸山居同如須如坡分賦
……三七九
劍池聞歌同姜如須萬年少贈歌者
……三八〇
秦郵夜泊再和用前人韵……三八一
千人石上即席同熊魚山黄門姜氏
伯仲有作呈仲公黄門……三八一
**朱鶴齡**一首……三八七
酬姜如須見寄……三八七

**姜埰十四首**……三八八
癸巳春赴吳視弟垓疾二首……三八八
同劉臣向兄如圃弟垓過吳門徐氏園……三八九
九日登越州稷山和弟垓四首……三八九
和韻送弟垓之官二首……三九一
送別弟垓還蘇州……三九一
登望石山和弟垓韵……三九二
壬午十月奉祀山陵臣弟行人臣垓受詔同事……三九二
案頭玉羊一具前朝物也昔弟垓得於廟市易簀之際出以貽贈覽之感賦……三九三
簡弟垓詩稿將付剞劂……三九三
**吳偉業二首**……三九四
東萊行爲姜如農如須兄弟作也……三九四
姜如須從越中寄詩次韵……三九五
**顧苓一首**……三九六
與姜如須代晤因念萊陽故人……三九六
**孫臨一首**……三九七
謝姜如須薦……三九七
**方以智五首，附紀事二則**……三九九
書姜如須……三九九
與乾若其章孫若如須同在九一徐公坐……四〇〇
同如須入九青宋公齋中……四〇一
與姜如須論詩……四〇一
同姜如須早朝看月分作……四〇三
附紀事二則……四〇四

杜濬二首……四〇六
重陽後二日過如須密之亦至分得
長字……四〇六
送萬年少返吴門兼訊姜三如須時
余亦將于役……四〇七
方文二首……四〇八
姜如須班荆社初集賦此……四〇八
姜先生六十雙壽如農如須尊人也……四〇八
曹溶五首……四一〇
同龔芝麓姜如須張爾唯姜酒民集
曼寓即席分賦……四一〇
中青門招价人聖野如須飲雒如堂有
作予以還里不及赴追和一首……四一一
對酒行嚴氏山樓同如須作……四一二
如須招同芝麓穎侯赤方即席限韵
二首……四一三
秦祖襄一首……四一四
姜如須葉聖野以詩見示……四一四
朱陵一首……四一五
姜如須有詩送予東游次韵答之……四一五
魏耕二首……四一六
醉歌行姜大行筵中作……四一六
自破楚門别王庭璧姚宗典金俊明
張雋葉襄朱鶴齡顧有孝姜垓徐
晟陳三島徐崧李炳歸苕溪草堂
悵然有懷……四一六
宋琬二首……四一七
長歌寄懷姜如須……四一七
檢閲故人姜篔簹遺稿泫然有作……四二一

**龔鼎孳**十首 ……四二二
方密之曼寓初成招同曹秋岳姜如須張爾唯宴集限韻 ……四二二
爲密之催妝同秋岳于皇爾唯如須限韻三首 ……四二二
送姜如農給諫謫戍宛陵兼懷如須大行四首 ……四二三
如須邀同秋岳潁侯赤方半塘舟中限韻二首 ……四二五
**余懷**二十五首，**附札五通** ……四二六
擬古詩八首隔河寄姜如須 ……四二六
吳郡五君咏姜吏部如須垓流寓 ……四二八
海上碧雲歌寄姜如須 ……四二九
吳門逢姜如須有贈二首 ……四二九
雨中集飲周忠介公蓼庵與如須分韻懷舊有作五首 ……四三〇
相逢行同如須用華山道士素詩體 ……四三一
過姜如須舊宅作詩寄之二首 ……四三二
坐如須思美草堂話舊分賦二首 ……四三三
自閶門抵昆山作孤舟夜雨歌柬如須聖野 ……四三三
將歸秦淮留別如須及周子佩子潔子暉子向時林若撫黃愓如顧右民至抽毫攬涕情見乎詞二首 ……四三四
附札五通 ……四三六
**鄧漢儀**一首 ……四三九
亂後懷姜如須 ……四三九
**侯方域**一首 ……四四〇
夜泊過姜如須 ……四四〇

**錢棟**一首……四四二
方密之招同姜如須市樓看春共賦
冠字……四四二
**方其義**三首……四四四
班荆社初集……四四四
同姜如須楊雲嶠劉薦叔登城角……四四五
柬懷姜如須大行……四四五
**顧景星五首，附札一通**……四四六
姜如須招同合肥公曹秋岳周穎侯
半塘舟中限韻……四四六
如須雲國季深再游虎丘飲道公房
疊前韵呈龔公……四四七
附與姜如須札……四四八
立春夜留姜行人垓萬昆山王錢塘
虎丘小飲……四四八
**徐枋**三首……四四九
法螺庵同姜如須分韵……四四九
懷舊篇長句一千四百字（節選）……四五〇
**陳維崧**二首……四五一
四子詩・萊陽姜如須垓……四五一
過吳門贈姜如須……四五二
**王昊**一首……四五三
上姜大行如須……四五三
**姜安節**一首……四五四
登望石山奉和叔父貞文先生……四五四
**葉裕**一首……四五五
和姜大行如須晚郊次韵，時如須旅寓
山塘橋下……四五五
**葉襄**六首……四五六
齊价人招同曹秋岳申霖臣徐松之

集姜如須山塘小隱分韵……四五六
送姜如須還萊陽……四五七
送姜如須省親萊陽兼呈令兄如農先生及李灌溪張草臣陳皇士徐昭法一百韵……四五七
和廣陵鄧孝威秋日送姜如須赴吴兼承見懷之作三首……四五九
**齊維藩**一首……四六二
新柳與姜如須同賦……四六二
**宋璉**一首……四六三
贈别姜如須……四六三
**姚景詹**一首……四六四
姜如須大行以詩見投依韵步和……四六四
**董樵**一首……四六五
同姜如須宋林寺禪院冬居和如須見贈韵……四六五
**吴道凝**一首……四六八
送姜如須北上謁選兼奉兩親歸里……四六八
**陸坦**一首……四七〇
讀姜如須徐氏東園詩有感……四七〇

## 林雲鳳（一五七八—一六五四）一首

### 暮秋同姜如須林衡者顧茂倫登虎丘

虎丘名勝虎溪同，載酒重來問遠公。草木正逢黃落後，樓臺多在翠微中。池深暗受三秋雨，塔迥虛含萬里風。此日登臨須盡醉，莫教搔首嘆飛蓬。（陳田《明詩紀事》辛籤卷三十二）

【箋】

林雲鳳生平，參《流覽堂殘稿》卷三《林翁行》、卷六《草堂偕林若撫分賦》。

吴偉業《梅村詩話》：

林佳璣字衡者，莆田人。少游黄忠烈之門。以壬辰二月來婁東。所著詩文詞數十卷。詩蒼深秀渾，古文雅健有法。其行也，余贈以詩，有『五月關山樹影圓，送君吹笛柳陰船』之句。已而道阻，再游吾州。則秋深木落，鄉關烽火，南望思親，旅懷感咤，有《聽鐘鳴》《悲落葉》之風焉。其《客中言懷》五首曰（詩略）。衡者詩文極多。以閩南不辨四聲，多拗體，此五首騷騷江南風致矣。

黄忠烈，即黄道周（一五八五—一六四六），字幼玄，號石齋。壬辰，順治九年（一六五二）。如須死於翌年二月。見魏禧《萊陽姜公偕繼室傅孺人合葬墓表》（《魏叔子文集》外篇卷十八）。

梅村贈衡者七律一首：

五月關山樹影圓，送君吹笛柳陰船。征途鷓鴣愁中雨，故國桄榔夢裏天。夾漈草荒書滿屋，連江人去雁飛田。無諸臺上休南望，海色秋風又一年。（《吴梅村全集》詩前集卷六《送林衡者歸閩》）

梅村里人陸世儀（一六一一—一六七二，道威、桴亭）《送閩中林衡者游中原長歌》：

石齋先生天下師，君能弱冠長揖之。著書如風腕欲脱，吐論鑿鑿稱雄奇。石齋爲君亦拱手，略盡形骸呼小友。贈君藥言送君詩，直欲與君分半畝。石齋贈詩有「應分半畝與君居」之句。天公天公何不仁，忠臣餓死英雄貧。嶺雲如山戰骨白，至今閩海飛征塵。男兒致身苦不早，雙鬢蹉跎渾欲老。安能跼蹐轅下駒，鳳凰翱翔在蒼昊。束書躡屩作壯游，志氣直欲凌九州。扁舟千里入吴會，上書論古驚同儔。腐儒如予那足道，感君意氣爲傾倒。揮毫贈我琅玕辭，愧乏瓊瑶無以報。君今策蹇問中原，山川漫漫道路昏。胡琴欲碎向何處，夜半起舞心煩冤。金陵城中王氣盡，蔣山斷樹生芝菌。日落江潮慘不波，維揚明月歌春蚓。君不見，昔日江東祖士稚，擊楫中流泪盈把。又不見，遼東白帽翁，語惟經典甘孤窮。丈夫處世只兩途，吾子坎壈將安終。中原人才頗不惡，風塵往往傾然諾。昂藏七尺未長貧，暗中定可相摸索。歸來好復過桴亭，西窗剪燭開短屏。知交四海見吾子，相對使人雙眼青。（《桴亭先生詩文集》詩集卷四）

朱彝尊有《送林佳璣還莆田》詩（《曝書亭集》卷十），張宗友《朱彝尊年譜》繫順治十年（一六五三）深秋。

魏耕《送林佳璣還閩》：

憐君國破總飄蓬，歸去休尋扶荔宫。當日君臣空灑泪，异時城闕滿飛鴻。老人白髮一相送，落日青山萬感中。蘇武李陵終地隔，陳遵阮籍各途窮。（《雪翁詩集》卷十）

如須知交余懷則與林衡者情緣尤深。二人初晤於南都，繼復同客浙之秀水，澹心皆有詩紀之。《喜林衡者來白下》：

萬里冰霜路，青衫染泪多。傷心觀壁壘，舉目异山河。海月侵詩卷，吴船挂釣簑。六朝

花落盡，待爾一悲歌。（李金堂編校《余懷全集·味外軒詩輯》）

《客醉李遇林衡者即同諸子晚集朱子葆山樓》五首：

故國干戈滿，窮途風雨多。有心翻地軸，無計挽天河。潦倒悲雙鬢，生涯寄一簑。相逢紅豆落，猶唱蟪蛄歌。

朱雀航邊樹，留君鎮日狂。別離經歲暮，奔走著文章。海燕難歸夢，江猿總斷腸。懷沙情倍切，落月滿空梁。

來往南湖路，張帆雲水中。飄零惟我慣，歌哭賴君同。磨蝎窮人命，元龍國士風。田橫猶有客，血泪灑山東。

出處成何事，北山曾勒文。每逢寒食雨，不見孝陵雲。自擁牛衣卧，誰將芰製焚。乾坤留醉眼，容易失斜曛。

荷葉田田處，微風送晚香。山樓良宴會，不覺是他鄉。杯酒傾湖海，亭臺起雪霜。此間堪避暑，朝夕買舟航。（《余懷全集·五湖游稿》）

# 宋繼澄（一五九四—一六七六）一首

## 送姜如須還蘇州

送君分手馬長嘶，夾岸風吹柳盡低。海上故山天漠漠，江南新樹雨凄凄。白雲寺裹秋光入，紅土崖邊夢不迷。好自高吟清夜迥，姑蘇城外聽烏啼。（孫鋐《皇清詩選》卷十九）

【箋】

宋繼澄，字澄風，號萬柳，山東萊陽人。天啓七年（一六二七）舉人。《（民國）萊陽縣志》繼澄傳叙山左社之成員，萊陽除繼澄父子，還有左懋泰、宋璜、姜圻、姜垓、宋琬、左懋第等人，實居社中十之六七。

繼澄子璉，字曉圃，一字林寺。崇禎十二年（一六三九）舉人。如須有贈宋林寺詩。明亡後與父并以遺民自居。父子皆治《詩經》及四子書。繼澄有《丙戌集》《萬柳文集》，未見。

## 高弘圖（一五八三—一六四五）一首

### 觀吏部政姜如須書至知新除膠州牧徐乾若公同如須出勿齋太史門

塔尖聯雁字，次第曲江杯。用鳳題名到，因人見日來。兼能動露冕，不至勞塵埃。霖雨濃春處，程亭尺雪培。（高弘圖《太古堂集》卷一）

【箋】

詩題所及之徐乾若，名律時，與如須爲同榜進士，且同出徐勿齋門。參本集方以智《與乾若其章孫若如須同在九一徐公坐》詩。乾若舉進士，旋獲授膠州州牧，高弘圖本籍膠州，因有是作。

高研文詩頗堪玩味。起句『塔尖聯雁字』，具雙重涵義。一者，《南部新書》載唐人韋肇初進士及第，偶於洛陽慈恩塔題名，後進慕之，遂有雁塔題名之故事。二者，『聯雁』云云，指姜氏兄弟如雁并飛而進，先後舉進士。第二句『次第曲江杯』，典出《歲華紀麗》，唐時春放榜進士，大宴於曲江亭子，『次第』云云，亦指姜氏兄第先後及第事。辭意顯明。

頷聯『用鳳題門到』則似稍蹊蹺。按：《世説新語·簡傲》第四則云：

> 嵇康與吕安善，每一相思，千里命駕。安後來，值康不在，喜出户延之，不入。題門上作『鳳』字而去。喜不覺，猶以爲欣。故作『鳳』字，凡鳥也。

注引許慎《説文》曰：『鳳，神鳥也。從鳥，凡聲。』豈研文以如須比嵇康，而目如農如嵇喜，乃『凡鳥』一隻耶？

徐門另有名胡周鼐者，有《送徐乾若之膠州》：

> 南國烟雲托抱長，青銅握炤并蘭纕。文章龍象真詞杰，意氣芙蓉是劍王。三島香吹仙子邑，四知清綴古臣坊。看君雉馴膠西後，好把玻瓈醉小姜。（朱隗《明詩平論二集》卷十五）

末句所及之小姜，明指如須。浙東沈壽民有送乾若序，見所撰《姑山遺集》卷十六，文長不録。參《流覽堂殘稿》卷二《贈太師大學士吏部尚書謚忠敏高公宏圖》、卷六《贈高閣老》。

## 馮元仲（一五七九—一六六〇）一首

### 和姜如須見貽韵

同醉水中居，都忘蝕字魚。熱腸初得友，懶骨止慚予。一讀驢囊句，如貪鴻寶書。孤山梅正好，吾道引雲旗。（徐世昌《晚清簃詩匯》卷十七）

【箋】

元仲，字次牧，慈溪人。撰《復古堂詩文集》《叢桂蘭暉二社稿》《白雪草堂師生合稿》等。柯愈春稱元仲生前所刻早佚無存，其曾孫延楷爲輯遺佚，編爲《天益山堂遺集》十卷、續刻一卷，乾隆八年刻於貽安廬。俱未見。朱彝尊《静志居詩話》卷二十馮元仲《小傳》則言馮氏有《天益山房詩集》，乾隆時所刻，書名稍异。竹垞卒於康熙四十八年（一七〇九），知乾隆刻本之前，或另尚有刊本也。

徐氏《晚晴簃詩匯·詩話》：

次牧在明季嘗被薦，詣京師，上書論時事，言甚直，銓曹授以縣佐，乃辭歸。築室郭東山，改山名曰天益，因以號其堂。家故饒，鼎革後，貧不自聊，終隱居不出。其集至乾隆中，曾孫廷楷始手録付刻，凡言明事跳行空格，『校』字諱作『較』，蓋存稿本之舊。詩多自出新意，七言律句有云：『忍遺虞玩之芒屐，畢著陶元亮葛巾。樂郊即樹木相讓，愚谷雖鷄犬不驚。』皆以下五字相屬爲句，雖亦戛戛獨造，要非正軌也。

## 徐波（一五九〇—一六六三）一首

### 買山後山東姜如須見訪不值飲鄰翁之酒還宿小庵

逾嶺得微徑，南引向山曲。既謂是我山，營居不更卜。小築無成規，面勢就群木。牽蘿當垂帷，枕石聊寤宿。窮流蔦花源，跫音吊空谷。果遇采山人，引領勞瞻矚。主人無心雲，朝出暮不復。入門客小憩，几榻素所熟。架書雜亂披，茗碗一再覆。鄰翁過村醪，薦之以旨蓄。薄醉便欣然，落英藉坦腹。晨霧豁前峰，聳登他山麓。貽詩付守僧，不待乞珠玉。壁間留古風，清音尚可掬。（嚴志雄輯編，謝正光箋釋《落木庵詩集輯箋》所收《天池落木庵存詩》）

【箋】

詩中『入門客小憩，几榻素所熟』句，如須似爲徐氏落木庵之常客也。徐波生平，見上及《落木庵詩集輯箋》嚴志雄序。

## 劉城（一五九八—一六五〇）二首

### 送姜如須垓舉南宮給假還里次來韵

秋風漸欲動霜鼙，宮錦身還牟子栖。上國文傳貂珥震，故鄉人迓馬蹏擠。相逢似立之罘石，暫去應憐介羽鶏。高議金臺惟女待，長吟莫戀舊漁溪。（劉城《嶧桐詩集》卷八）

【箋】

劉城，字伯宗，安徽貴池人。與同邑吴應箕，明末均以負用世才齊名，人稱『貴池二妙』。明亡隱居不出。著《嶧桐詩集》。如須與吴應箕則似無文字往還。詩題所及『南宮』，唐時尚書省六部之統稱，後以進士試多在禮部舉行，舉南宮，遂即指中進士也。

## 姜如須垓乞假南游結班荆社余爲作詩

細數班荆曾幾處，帝京白下與吴趨。相看漆室悲吟意，共托高陽跌蕩徒。滿目旌旗迷去住，别思壺嶠亦虚無。蛾眉多少新承寵，辭輦方知與衆殊。（劉城《嶧桐詩集》卷八）

【箋】

劉世衍《劉伯宗先生年譜》崇禎十四年四十四歲條有云：『姜如須垓乞假南游，結班荆社。余爲作詩。』

班荆，用春秋時楚人伍舉奔晋事。《左氏・襄二十六年》云：『伍舉奔鄭，將遂奔晋。聲子將如晋，遇之於鄭郊，班荆相與食，而言復故。』引申爲朋友道路相遇、互叙故舊之意。詩中『細數班荆曾幾處，帝京白下與吴趨』句，知此社分布於北京、南京、蘇州三地。本集顧夢游、方文、方其義，皆有詩咏之。近人言明季社事者，似多不見及此。

劉氏《古意與徐九一汧》，見《嶧桐詩集》卷二，知伯宗與如須師徐汧相熟：

東海有奇樹，鬱鬱干霄姿。下蟠萬仞根，上垂千尺枝。芳香郁廣野，文采光陸離。卿雲繚繞之，惡鳥不敢栖。經年宿鸑鷟，鸑鷟治世儀。有時出雷雨，一雨四方滋。

伯宗另有《趙友沂孝廉還楚潭過池州留書見訪因述姜如須冒辟疆李玉潤孫坦夫方爾止何寤明垂念老夫即次其荷池分韵六首寄懷》(《嶧桐詩集》卷九)詩：

山隩流香草正青，忽傳短札擁丘亭。嘆誰秋浦誇貧道，勞自江潭問醉伶。商亂不言金匱訣，宋衰但秘鐵函經。相看俱是王孫怨，缺劍猶存漫號萍。

錦帆遥指孝廉舟，浴硯囊琴尺素修。揚子之間淮共海，大姑以上水中丘。一時流盼俱相戀，萬里還家莫便留。倘與何郎尋石隱，風烟同上半山樓。

麈尾那從對小談，愛君律細筆先酣。兩間噫氣空悲萬，一唱悲歌更嘆三。食減淵明乞倍拙，梳希叔夜懶何堪。雖存短髮難濡墨，坐聽啼鵑不向南。

琴絲茶鼎響相應，柳色當時快廣陵。歐鄭連宵開綺饌，李孫五夜聞書燈。縱觀紅粉歡何限，欲散黄金笑未曾。藩鎮争餘笳吹滿，河山雖泐月猶恒。

黔首如吾敢自頑，典籤研北缺雙鬟。冒家樸樹巢方穩，梁子松花餉莫删。但憶盤匜當日盛，爲繙金石幾時閑。可憐六載鷦枝寄，真學高人不買山。

以詩無敵我心降，况復交游遍過江。待獵姜公才十倍，祝鷄方子跖千雙。近聞方丈祝鷄之樂。盟壇久别真冠笠，野社粗安不見幢。新雨撩人吹禁火，蒼茫客思立春矼。

## 姚孫棐（一五九八—一六六三）一首

### 同李小有吕鱗生胡將美趙月潭陳階六姜如須張稚恭諸年友赴孫大宣年兄園亭之酌賦此志喜

相逢一笑便銜杯，不獨園林選勝來。四海弟兄緣復合，幾年風雨夢初回。洞門出月娟娟静，石砌扶花緩緩開。款語重觴忘夜永，露承秋氣墜莓苔。（姚孫棐《亦園全集》四集）

【箋】

詩繫順治六年己丑（一六四九），時如須寓蘇州。孫棐，字繩甫，號戊生，安徽桐城人。如須進士同年，授浙江蘭溪知縣，官至兵部職方主事。鄧之誠《清詩紀事初編》卷一述桐城姚氏宗人於明清間之出處榮衰頗詳：

桐城姚港姚氏，自之芳始大。之芳字汝芳，號芳麓，萬曆二十九年進士。由海澄令入爲禮部郎，出守杭州、汀州，陞副使以歸。子孫棨，字前甫，早卒。其妻方維儀，字仲賢，方十八歲，至八十四而卒，著《清芬集》。與方孟式《紉蘭集》，同爲桐城閨閣之秀。次孫棨，字心甫，天啓二年進士，龍游知縣。調晉江，擢御史，出爲漳南兵備道，官至尚寶丞。與孫枼同祀鄉賢。孫枼八子。文烈字覲侯，順治八年舉人，官至楚雄知府。文勛字集侯。文然字若侯，崇禎十六年庶吉士，入清官至刑部尚書，卒于康熙十七年，年五十九，謚端恪。文鰲。文燕字翼侯，順治十八年進士，德安知縣。文烝字聲侯。文廌字介侯，早卒，有《竹齋詩》。文負字夏侯，年二十餘卒，有《瑞隱草》。孫枼長女鳳儀，適方于宣，二十一而寡，卒于康熙二年，年三十六，著《蕙綢閣詩集》。次女鳳喈，適江寧吴兆武。文烈第二子士垐字嵩肇，有《如舫齋草》。一門文采，亦足多也。

李小有，原名長科，又名盤，字根大，江蘇興化人。崇禎朝授廣西懷遠知縣。入清，不仕。卒於順治十四年。有《李小有詩紀》二十五卷。《詩紀·燕離》卷有《庚辰謁選出都有感》二首，咏崇禎十三年入都參加會試，落第後踉蹌離京之況：

塵埃那復辨龍蛇，失路翻驚心計差。衣錦緣慳羞製錦，筆花夢斷學栽花。棄繻詎有纓堪請，懷刺空勞鼓自撾。三十年來頭角在，一朝頫首便泥沙。

俗狀塵容骨亦酸，聽呼名字泪闌珊。養親思乞陶潛米，報主先彈貢禹冠。豈是蒲輪光草澤，且將銅墨謝泥蟠。賤身只合青山老，何用弓旌滯一官。

如農《敬亭集·補遺》，有《贈孫大宣大理》一律。

## 顧夢游（一五九九—一六六〇）三首

### 徐昭法山房同姜如須楊明遠賦

一棹溯秋清，幽人正倚荊。山癯先入夢，水國久逃名。土室冰霜氣，商歌金石聲。五湖村外白，光采化雲英。先是昭法移書明遠，道見爾夢中，形瘦如鶴，聞當相訪，病爲霍然，故云。

其二

未免塵中去，其如惜別真。得朋能愈疾，留客不知貧。天地存諸子，蒹葭老此人。相逢惟痛飲，往事莫沾巾。（顧夢游《顧與治詩》卷五）

【校】

又見卓爾堪《遺民詩》卷一，徐崧、張大純《百城烟水》卷二，姚佺《詩源初集》吳卷。

【箋】

顧夢游，名與治，以字行，江寧人。牧齋門人。崇禎末貢生。入清以逸民終，得年六十二。爲如須之先輩。集名《顧與治詩》，得其師爲之序。

徐昭法，名枋；楊明遠，名炤。均江南長洲人。參《集外詩輯》内《浴佛日玄墓聽剖公説法後吴翁邀至司徒廟山居同徐孝廉枋楊文學炤吴文學昌文作》條。

## 江上柬班荆社諸子

客愁忽無際，落日江悠悠。曠望獨回首，芳春不共游。酒聲花下鼓，詩思柳邊樓。自是清歡徹，能無悵去舟。（顧夢游《顧與治詩》卷三）

【箋】

第二題所及「班荆社」，見本集「劉城」條。

# 毛晋（一五九九——一六五九）一首

## 和姜垓穀雨日中峰止宿逢子晋同若撫仲榮兼悼伯高之逝

雙燕分栖并繫舟，入林三笑解春愁。垂簾聽雨拖筇緩，隔座看花試茗幽。遠近林丘嘑鳥换，存亡朋舊過雲流。結茅偏愛南山好，收拾詩編續澹游。蒼師喜南山，葺一把茅對之，索友人落成詩，擬定水老人澹游集編次。（毛晋《和友人詩》）

【箋】

參《流覽堂殘稿》卷六《山中逢毛晋周榮起兼憶高起之亡》。

蒼雪和詩，題作《次答毛子晋雨夜見過同周仲榮林若撫周子佩昆玉賦》：

頭尾相連岸次舟，春寒花鳥共聞愁。呼燈照雨客仍至，扣户無聲山更幽。人恰七賢同雅

集，竹堪千畝抱溪流。禪非玉版參何有，玄度重來感舊游。（《南來堂詩集》補篇卷三下）

『人恰七賢同雅集』句，合毛晋、蒼雪、姜垓、周榮起、林若撫、與周氏兄弟，非剛合『竹林七賢』之數耶？

## 張溥（一六〇二—一六四一）一首

### 贈姜如須

獨立見明月，與我山水期。潛虬自岱澮，高深萬物儀。理楫陶賓客，樽前逢河湄。一見即狂笑，別遽何所思。擊缶期永夜，樂莫心相知。（《四朝詩》明詩卷三十三）

【箋】

朱彝尊《静志居詩話》卷十九張溥小傳：

字天如，太倉州人，崇禎辛未進士，改庶吉士。有《七録齋集》。天如狎主復社，以附東林，聲應氣求，龍集鳳會，一言以爲月旦，四海重其人倫。書晷刻而百函，賓晝日以三接。由是青衿胄子，白蠟明經。登李元禮之門，不啻虬户；爲柳伯騫所識，勝於笥金。列郡人文，一時風尚，口談朝事，案置《漢書》。頭包露額之巾，足著踏跟之履。和歌下里，擁鼻東川。俄而哲人其萎，踐康成之妖夢；天子有詔，求司馬之遺書。黨論日興，清流釀禍。周之夔彈之於始，阮大鋮厄之於終，而邦國因之殄瘁矣。

天如與姜氏兄弟之關係，參《集外詩輯·五人墓次張太史溥韵》。

## 黎遂球（一六〇二—一六四六）二首

### 春試後姜如須見過賦贈

苑西禪寺閣重重，篋有儒書遠近宗。香噴玉河朝蘸筆，月迴金闕夜吟鐘。題門字幾疑凡鳥，懷刺名應辨一龍。同值堯蓂閏正後，賦成何以頌乾封。（黎遂球《蓮鬚閣集》卷七，香港何氏至樂樓影印道光間南海伍氏重刊康熙黎延祖刻本）

### 姜如須花燭詞和萬茂先韵

遥夜吹簫聽鳳來，燭花頻剪漏頻催。簾垂竹閣禁行立，香撲梅廊望繞迴。玉燕舞烟釵翠裊，金龍盤月鏡雲堆。何煩渡口歌桃葉，家傍紅闌柳浪隈。（黎遂球《蓮鬚閣集》卷七）

【箋】

黎字美周，廣東番禺人。明天啓七年（一六二七）舉人。唐王立，以兵部主事守贛州。清兵陷城，巷戰死。朱彝尊《明詩綜》及陳田《明詩紀事》均選有美周詩。

上録第一首當作於崇禎十三年（一六四〇）如須會試中式後。詩末『同值堯蓂閏正後』句，明言是年閏正月，紀實也。

同年，揚州影園盛開黄牡丹一枝。園主鄭元勛遍邀名士賦詩，得七律九百首。寄請錢謙益評定。美周所作十首，被評第一，因得『黄牡丹狀元』之名。此事哄動一時。牧齋事後亦撰詩四首，自謙聊復效颦云云。詩見《初學集》卷十六。

第二首則應作於崇禎十二年（一六三九）之前，蓋由原唱之作者萬茂先於崇禎末應徵北上，十二年抵廣陵，客死其地。美周有詩哭之，見《蓮鬚閣集》。

## 萬壽祺（一六〇三—一六五二）一首

### 留别姜三垓張大澤鄒大典錢大邦芑

八月廿日余東歸，空江秋風水正肥。持螯兩手勸酬急，抱膝一人心事違。西引二楚鼠始碩，北聞三輔雁初飛。吾曹聚散亦有分，僕僕車馬徒誚譏。（萬壽祺《隰西草堂集》卷三）

【箋】

詩作於崇禎十二年（一六三九）離金陵東返淮安時。參《流覽堂殘稿》卷六《燕邸憶萬壽祺在淮南》。

詩題所及之張澤，字草臣。參《流覽堂補遺·過張草臣賦贈》《集外詩輯·張草臣過寓齋夜坐月出送至橋上》；鄒典，字滿字。程邃《蕭然吟》卷一有《題鄒滿字節霞閣》四首：

竹杪披撑盡，單樓瓦數鱗。門庭删下徑，居處稍超入。習息諧雲鳥，安神樂道真。青天時可閲，嘘納頗無津。

四屋蒼然氣，登留輒改容。神仙餘碧落，朱刹補寒鐘。雨澤飛陶寫，塵氛罷折衝。公和高嘯處，萬有發瑽瑢。

窗户多開闢，蜂禽交附庸。堵環休見式，城闕怒朝宗。注目惟霜畝，關心只野峰。何當經屋外，栖遁累全功。

徒倚同今昔，風流足送窮。逍遥拋儋石，圖寫後雕蟲。了達人趨尚，沉冥事塞通。告閑終盛世，天地任朋從。

錢邦芑，見《流覽堂殘稿》卷六《燕邸憶萬壽祺在淮南》。

## 程邃（一六〇七—一六九二）二十六首

### 懷贈姜如須兼柬如農令公三首

天韵余艱乏，時譏薄寓公。勞謙望海内，英妙信山東。伯仲雙人鳳，文章八面風。狂奴慚水鏡，落魄賴相從。

又

豈不圖雄世，人才罷責成。已甘供鬼笑，終奉所天行。家宅縣江海，詩書偶姓名。飄零承慰喻，氣類匪將迎。

又

嘆述安能了，伊人愈可懷。尺書仍再至，虛袖重安排。賓客良堪示，咀吟許自佳。天涯如一室，結思漫

西崖。（《蕭然吟》卷一）

【箋】

程邃（一六〇七——一六九二），字穆倩，號垢區、垢道人、青溪朽民、野全道者、江東布衣。祖籍安徽歙縣，生於江蘇華亭，晚年移居揚州。

如須與穆倩初晤於南京，時在崇禎十二年（一六三九）。萬壽祺《建業聯句詩序》記萬、程、如須及錢邦芑於南京舉觴賦詩事。見《流覽堂殘稿》卷六《燕邸憶萬壽祺在淮南》及《集外詩輯》中《柳巷信宿遂爲穆倩盟兄作柳巷行》。

## 偕如須集黄心甫秦以巽家有作

黄秦看合璧，昔我得其風。春柳月疏濯，閑堂天廓穹。齊餐泉石臭，俱負蠹魚雄。坐上人鄒魯，江東嗜列公。（《蕭然吟》卷一）

【箋】

黄心甫，名傳祖，江南無錫人。崇禎十年與錢陸燦、華時亨等創「聽社」，與幾社、復社遥相應和。其詩作嘗見賞於錢牧齋及吴梅村。心甫又爲當時一重要選家，輯有《扶輪續集》《廣集》《新集》等并時人詩四十餘卷。參謝正光、佘汝豐編著《清初人選清初詩彙考》。心甫另有自撰《華陽》《武陵》《浙東》游草，俱未見。

秦以巽，原名德兹，改名漁，江南無錫人。周亮工《印人傳》卷三《書秦以巽圖章前》云：

君以高閥負尤异才。少游馬文肅公門，以制舉業名。中年與華聞修諸君以詩名。晚歲謝去一切，惟自適山水間。蒔花種竹，或與童子鬥蟋蟀、調鸜鵒爲戲，不問户以外也。君詩多香奩體。濃聲之中，别有清芬。書法顔褚，分君之才，足了十人。予癖印錫山，君盡出所藏，恣予擇取，無所吝惜。因得見其手製，遠追秦漢，近取文何，真苦心此道者。乃君殊不屑屑于此。自語予曰：『此三十年前游戲爲之者，今并浄名經，亦不知所在矣。』

## 集影園同姜如須趙韞退周穎侯劉宜綏陳青雷顧脩遠梁湛之姜開先鄭超宗諸君有作

竹西溪上竹林園，結駟來游赤石礬。北斗近人明可拾，長河曳雁直如痕。烟霜突兀蕪城柝，草木交鳴四海言。望望堤橋風景异，相逢蘿薜共挈尊。（《蕭然吟》卷二）

【箋】

題中所見如其他諸人，僅趙韞退、周穎侯、鄭超宗可考。趙名進美，字韞叔，一字韞退，號清止，山東益州人。崇禎十三年（一六四〇）進士，與如須同榜。授行人，奉使江西寧益二藩府。值甲申之變，流寓金陵，轉徙吴江之汾湖。後應清廷之召，累官至福建之按察使。乃一典型之貳臣。卒於康熙三十一年（一六九二），得年七十有三。生平其見王士禛所撰《墓誌銘》及田雯《墓碑》。韞退能詩，清初詩選收其詩作者幾三十家。王漁洋《感舊集》所收，即過三十章。有《清止閣集》十四卷，順治間刻本。

《墓誌銘》稱進美之少作，『清真絶俗，得王、孟之趣……丙戌後，官京師，與龔芝麓尚書、曹秋岳侍郎諸公唱和，一變而高華，尚聲調』。檢今本《定山堂詩集》及《静惕堂詩集》，則見進美與龔、曹諸公唱和之作，多成於崇禎十三年舉進士之前；漁洋所及之『丙戌』，乃順治三年，其時三人之唱和并不多見。漁洋不知何所據而云焉？

徐世昌《晚晴簃詩匯》卷二十二《趙進美小傳》後附《詩話》：

韞退少即工詩，與姜如須、宋荔裳、陳卧子、李舒章、宋轅文輩，分據南北壇坫。遭亂，與荔裳避地吴中。稱詩服膺滄浪、昌穀、元美三家。分守左江日，嘗寓書漁洋論詩。漁洋答以詩曰：『風塵憔悴趙黄門，嶺表遷移役夢魂。昨見端州書一紙，説詩真欲到河源。』秋谷爲其從孫，論其詩，謂踐信陽歷下之庭。蓋國初諸家多自七子入，不獨韞退爲然也。

周穎侯，名世臣，江蘇宜興人。萬曆四十年（一六一二）生，與如須同舉崇禎十三年進士，知漢川縣，擢興化府推官。嘗從學於黃道周。陳子龍嘗序其文稿，述其於甲申北都淪陷後起兵事：

陽羨周進士穎侯，倜儻好大略。負經世之志，工爲文章。所交結多海內英士。司李莆陽，治行炳偉。聞寇陷京師，投袂而起，屨及室皇。願執戈以身先天下，而又移書檄告同志，申大義、陳利害。先之以內治，繼之以外攘。老謀本論，可謂國有人焉。相國晋江黃公，爲賦《載馳》之卒章。蓋大之也。

穎侯早年與方以智相善，與如須等同爲密之京城寓所「曼寓」之常客。

順治十二年（一六五五），穎侯以蜚語論死。其同鄉晚輩陳維崧有詩哭之。見《湖海樓詩集》卷四《感舊絕句十五首·周進士穎侯》：

斷紈零墨總離披，董巨荆關作本師。却憶嵇康東市日，琴聲日影不勝悲。進士諱世臣，生平筆墨淡遠，方袍道服，不异苦行僧。最精粉繪，矜慎不妄作，自娱而已。後以蜚語株連論死。

穎侯能詩善畫，惟不見有詩集傳世。清初選本如姚佺《詩源》、黃傳祖《扶輪續集》、魏耕、錢价人《今詩粹》、徐崧、陳濟生《詩風初集》，均收有穎侯詩。冒襄《同人集》卷三收穎侯《題畫贈辟疆》。

鄭超宗，名元勛，號惠東，歙縣籍而家廣陵。得董其昌手書『影園』二字，遂據以名新園。自言得地七八年，它材七八年，積久而備，又胸有成竹，故八閱月而粗具。及園成，迅即爲明末文士宴游之一重要據點。黄牡丹詩，較有名之一事爾。超宗復輯有《媚幽閣文娱》初、二集，收明季名人如陳繼儒、茅元儀、劉侗、徐世溥、錢謙益等數十人之詩文頗備。其摯友冒襄《同人集》中亦有影園文酒唱和之作。凡此皆研治明末文人交游不可或缺之文獻者也。

程邃詩中所叙影園之會，當在崇禎十三年如須舉進士前。蓋如須再到揚州，已是十六年夏奉母避禍南行時，何得有暇作詩酒之會？况該年超宗成進士，後年下半載即爲亂兵所殺。如農於甲申二月南行至瓜州，超宗曾爲解難。《自著年譜》『甲申年三十八歲』條：

友人鄭元勛送至瓜洲。時劉帥駐瓜洲，不許人渡江。鎮江當路某屬張萬鍾締好劉帥，張故採舊交，偕行抵江。

## 邗上集汪雪巘舟次同鄭超宗張草臣曹聿脩送别如須公車

四海論心酒一卮，千秋曠望夜何其。繁霜錯落兼天隕，急管玲瓏震水吹。送遠却生飛動意，憫時咸擅古今痴。木蘭及旦分南北，執手踟躕道在兹。（《蕭然吟》卷二）

【箋】

題稱如須爲『公車』，知作於崇禎十三年如須舉進士之前。所及汪、曹二人，俱無考。張草臣，名澤。參《流覽堂殘稿》卷六《燕邸憶萬壽祺在淮南》、《集外詩輯》內《張草臣過寓齋夜坐月出送至橋上》。

## 又和如須韵

朔鳥翔鳴夜拂林，警時成論不堪深。生郊戎馬鉦鼙日，動地風雷羽鏑音。奏賦上林京雒客，狂歌中夕別離心。關梁擊榜寒流曲，倚酒同爲浩浩吟。（《蕭然吟》卷二）

## 射陽湖進舟急雪偕如須分拈

不識嚴風勁，奔艘射迅流。夜聞湖獺嘯，寒結旅人愁。驟雪明昏岸，孤燈碧小舟。僕徒頭并白，安泊理重裘。（《蕭然吟》卷一）

## 廣陵舟夜懷如須

水宿孤篷下，于焉倚載書。岸濤秋幾部，江客意何居。發發雲吹練，飛飛星弄珠。夜深天宇肅，沙雁掠舟餘。（《蕭然吟》卷一）

## 送姜如農先生省親兼寄如須吏部

屈體親之日，巋然尚逐臣。無斯不攀卧，何以謝生民。公返斑衣舍，吾非皂帽人。依依舊草木，萌動古王春。

其二

千秋誠患害，妙絶一囊錢。李白言非惡，宣州事可憐。先是，公謫宣州故也。及時還故國，前日問青天。浩氣老兵盡，白雲心頓堅。

其三

倚和豈徒爾，于時好盡言。干將傷缺後，君子慨慷存。東國人倫望，南天夙譽尊。漫勞重曲突，土室共諸昆。

其四

域内棠陰大，神州桑海移。吾生終赤子，伯仲有餘師。作達逃名侶，佯狂行樂時。此真同物意，寧謂世相遺。

其五

微笑復微笑，何來醉飽情。飛樓風景合，接地雪波輕。城邑花彌茂，乾坤客獨行。强顔忘老默，人子急歸程。（《蕭然吟》卷一）

【箋】

姜埰《自著年譜》『戊子（順治五年）四十二歲』條：『是年奉母歸故縣，探女兄弟焉。』

## 自返淮陰夜宿射陽湖懷萬年少先是如須同余過其寓廬北發五日矣

飄飄虚有夢思縣，深夜霜綈不可褰。興發大江千里駕，歸踪碧月一支船。遥天人在鷄聲道，獨客行侵漁夫眠。東海車輪相近遠，知君賦草互相研。（《蕭然吟》卷二）

## 喜姜如須成進士却寄

九霄鳳翥繽紛日，身拜氤氲天子薰。吾道師生真鄭馬，如須自著《吾道》詩，以美其同門諸公。晋人兄弟壓機雲。呼名四海咸稱善，傳賦中原作者欣。野友不圖私慰望，人心歸爾舊聲聞。（《蕭然吟》卷二）

## 邗上逢如須叔季兼柬仲令

蒼茫野露夜蕭條，何處扁舟共繫橈。客路逢人驚意表，天涯高論起江潮。諸侯久有遺肝累，寓士難居下榻招。憶别兩年如昨日，玲瓏又聽廣陵簫。（《蕭然吟》卷二）

## 引酒懷姜如須

淮市分舟齎具資，再來蕭寺待何爲。高霜遞夜棱寒骨，遥夢通天耿薄帷。無補孤征千里送，有懷空賦數行詩。如今坐酌江南酒，知道長安到幾時。（《蕭然吟》卷二）

## 班荆社詩姜如須主盟

莫愁湖上收綸者，亦向鷄壇作酒徒。當世醇醪知共好，同心風采益華腴。西京炳炳觀奇藻，東海泱泱見大儒。使我岧栖通六籍，融衡一致古歡娱。（《蕭然吟》卷二）

【箋】

班荆社，參本集劉城《姜如須垓乞假南游結班荆社余爲作詩》。

## 同沈石臣姜如須宴集項水心先生園林時讀其新集即席有贈二首

餉醴聞笙放世儀，相將譚咏最淋漓。宵餘步壑周蘿樹，林外垂星蒂樹枝。中宴益揚高節唱，休風盡革衆音衰。目前伎賞逃情望，憂托靡端乃笑嬉。

其二

多載推誠愛野愚，古今通德泮精粗。當時諍史干朝諱，一代歌騷冠正徒。名下無龍天地瑞，胸中有物廢興符。恭聞碑碎風雷事，身見端明拜大蘇。（《蕭然吟》卷二）

【箋】

沈石臣，名中柱，浙江平湖人。如須進士同年。官吉水知縣，國變後爲僧，名行然，號無浄，往來靈隱、金粟間，撰《懷木庵詩草》，未見。并時另有安徽歙縣人亦名沈中柱者，字爲石，杭州府學生，有《光霽軒集》，見朱彝尊《明詩綜》卷八十一下。方外中亦另有名行然者，參陳垣《釋氏疑年録》『杭州東蓮寺古風行然』條。

項水心，徐鼒《小腆紀傳》卷十九：

項煜，字仲昭，號水心，吴縣人。天啓乙丑（五年，一六二五）進士，授庶吉士。嘗抹江西艾南英文，爲所詆，怒，因磨勘，陷之停科。甲戌（崇禎七年，一六三四），分校會闈，抑陳大士而進李青，群論大譁。煜故以經藝名天下，耻之，納賄於嘉定伯周奎，求再入闈雪耻，而癸未（崇禎十六年，一六四三）會元所得又爲陳名夏，聲譽頓減，累遷少詹兼侍讀。……適弘光帝登極，雜入朝賀班，爲衆所逐。尋與周鍾等同下獄，刑部尚書高倬爲煜乙丑同年，爲援助餉例，斂金出獄。而故里居已爲鄉人之討賊者所毀，不敢歸，走慈溪門生馮元飇之鄉村。明年，剃髮令下，衆揭竿起，擁煜入縣署。令王玉藻者，亦癸未門生也，將爲煜地，衆復擁之西門外之太平橋，繩繫擲激湍中，噪曰：『今日真項水心矣。』元飇奔救之，氣已絶云。

詩中『恭聞碑碎風雷事』句，見《静志居詩話》卷十九『姜垓』條：

如須官行人，見廨舍碑有阮大鋮姓名，特疏請碎之，重書勒石。思陵允之，乃削去大鋮名。徐昭法詩所云『擊奸穹碑碎』是也。

## 君山同如須周仲榮以酒榼來選飲于密樹下舊游也因柬木叔

摇曳長雲紳練飄，海門東望見縣飈。故時履蹈青松石，戰國封疆赤水潮。冢碣揚塵人百世，波瀾滿地客孤舠。用君杯酒澆黄相，隔岸圜峰碧玉標。（《蕭然吟》卷二）

【箋】

君山，在江陰縣北，突起平野，俯臨大江。侯方域《壯悔堂集》卷五有《君山》《晚登君山大風望江》二題，自注：『春申君葬此，故名。』

題中所及周仲榮，名榮起。參《流覽堂殘稿》卷六《山中逢毛晋周榮起兼憶高起之亡》。木叔，名陳函輝、涵輝，初名陳煒，一字永叔，號寒山，浙江臨海人。崇禎七年（一六三四）進士，授江蘇靖江縣丞。清兵南下，自縊於天臺雲峰寺。得年五十七。後清廷賜通謚曰忠節。見高宇泰《雪交亭正氣集》。徐鼒《小腆紀傳》有傳。

木叔有《小寒山子集》十四卷，崇禎年間刻本。收入《四庫禁毀書叢刊》。集中與唱和者，如楊龍友、萬壽祺、鄭元勛、張學曾等，皆如須友人也。

## 過訪孫克咸山居同如須如坡分賦

松濤飛黑谷鐘昏，澗落春籬見板門。底事咿唔如少小，何來車馬過寒温。相逢各有超超論，擁被仍銜浩浩尊。山榻對張麋鹿起，才人志不在林園。（《蕭然吟》卷二）

【箋】

孫克咸，名臨，安徽桐城人。方以智妹子耀夫。參本集『孫咸』條。題曰『同如須如坡』分韵，如坡死於崇禎十六年（一六四三）萊陽之役，詩當作於如農官儀徵、如須携如坡往訪克咸時。如須詩未見。

## 劍池聞歌同姜如須萬年少贈歌者

一發高秋萬籟清，笙竽振宕闔閭城。客來徙倚中丘石，木落飄搖積水鯨。變節泠然星串串，銷魂老矣月明明。緱山湘浦耶非是，携手仙人掌上行。（《蕭然吟》卷二）

【箋】

劍池，在蘇州虎丘。徐崧、張大純《百城烟水》云：

劍池，謂闔閭葬處。兩崖陡削，泉水中深。横架如橋，平穿兩孔。上置轆轤汲水，今廢。或云秦皇鑿山求劍，或云孫權穿之，其鑿處遂成深澗。顔真卿書虎丘劍池四字。

如須摯友余澹心有《劍池》一題，收入所著《甲申集》：

斷岫埋孤劍，陰房閟一門。地靈傳白虎，天氣變黃昏。秦代金銀去，吴宫花草存。風泉與雲壑，夜夜伴芳樽。

## 秦郵夜泊再和用前人韵

零葦垂灘浦溆寬，魚烟曛黑梟霜瀾。飛舸剔炬看龍劍，搔首銜觴聳鷃冠。淮海風流將試問，江湖歲月急孤寒。時如須欲余投李青藜，極勸駕。爾爲救世勞行役，分我書囊脉望餐。（《蕭然吟》卷二）

【箋】

如須原唱，見《流覽堂殘稿》卷六《秦郵舟中》。詩注所及之青藜，疑指曾傳燦，後改名燦，號止山，江西寧都人。曾身預隆武政權，與清軍轉戰於贛南。事敗後，改僧服行游，與易堂九子結性命之交。後出游東南，居蘇州光福玄墓者二十餘載。有《六松堂集》。又嘗選當時勝流詩，刻《過日集》，如須名列其中。今本青藜集中多成於中年之後，不見有與程穆倩及姜如須輩倡酬之作，然有青藜和贈姜氏後輩如勉中，奉世等人之作，數亦不多。

## 千人石上即席同熊魚山黄門姜氏伯仲有作呈仲公黄門

刹室乘燈弄濁醪，塔鈴摇動衆星毛。山川氣入秋絺綻，天宇宵綿露影勞。夫子半生忠孝苦，昔賢一德

事名高。扁舟無定同歌哭，人又傳公賓客豪。（《蕭然吟》卷二）

【箋】

千人石在蘇州虎丘。徐崧、張大純《百城烟水》：

千人石，本名千人坐。大石盤陀數畝，高下如刻削。相傳生公講經處。

熊魚山，名開元。與如農同於崇禎十五年（一六四三）同被杖。姜氏伯仲，即如農、如須。參《流覽堂殘稿》卷六《兄被罪幽拘僕乘間入西曹伺問及將母南竄苦賊梗會故友以轉漕往來河上恃之無恐却賦志感》詩。

如農《同程穆倩周伯符飲何嗣東水閣》：

主人宴我皆春堂，江天暮靄冬蒼蒼。笙歌沸盡津樓月，畫角吹殘粉堞霜。接席輕烟金縷繞，敕厨兼味紫茸香。周程跋扈飛揚意，翻説山翁老更狂。（《敬亭集》卷四）

張恂《奉題穆倩程子畫册》：

宋元衣鉢久失傳，理趣何人堪比肩。近來海内稱能手，處士高名豈偶然。往往筆墨備風雅，惜墨如金工鍊冶。自君之前無古人，自君之後無來者。慘澹經營不屑爲，閟中骨韵真英奇。木石神明栖紙上，孤高未許時人知。我亦丹青好別解，師承每自推黄海。虞山夫子有詩歌，亦謂王蒙至今在。世俗空誇點染工，雖餘鱗爪非真龍。天挺老筆開生面，有意無意留鴻濛。鴻濛寧獨繪事絶，胸襟奥府入冰雪。側聞材藝各精專，筆補造化天工拙。（《蕭然吟》書前）

張恂，見本集「張恂」條。稚恭《樵山堂寓草》有《贈密之檢討兼贈尊公大中丞》詩：

南國昔年幸得逢，玉標原擬著紗籠。光分午夜青藜客，道濟高文太史公。俱喜杜房歸禁内，幾歌韓范在軍中。因瞻喬木東山望，欲爲蒼生問碧空。

知稚恭與如須同爲桐城方氏之摯友。

錢謙益《題程穆倩卷》：

讀稚恭先生《贈穆倩序》，傾倒於穆倩至矣。稚恭之文，三嘆于漳海、清江，頗以其不能薦樽穆倩爲惜。余于二君禮先一飯，不以我老耄而舍我。清江自監軍還，訪余山中，余贈詩有「梅花樹下解征衣」之句。漳海畢命日，猶語所知：「虞山不死，國史未死也。」嗟乎！吾黨心期蘊藉，良有托寄。向令得操化權、運帝車，海内投竿舍築，詎止一穆倩？今日者，駕鵝高飛，石馬流汗，穆倩既旅人栖栖，稚恭亦有客信信。詩有之：「誰秉國成？不自爲正，大命以傾。」豈不痛哉！世之有心人，讀稚恭斯文，而有感於漳海、清江用舍存亡之故，爰止之悼、百身之悲，蓋將交作互發，而稚恭之贈穆倩者，爲不徒矣。然吾聞稚恭，秦人也。秦士之論，皆布侯於慶陽。而稚恭此文，抑揚起伏，油然自得，有歐陽子之風，此則吾所爲喜而不寐也。（《有學集》卷四十七）

文中所及三人：稚恭，張恂之字，又字壺山，陝西涇陽人，寓居揚州。故牧齋稱稚恭爲秦人。乾隆間人全祖望得見如須遺稿，稱稿前有稚恭、茶村（杜濬）、澹心（余懷）三序。今皆不可見矣。稚恭有《樵山堂詩集》九卷，今藏北京國家圖書館。余於台北台灣大學圖書館得讀《樵山堂寓草》，作一卷，收有賦五首、《尊聞篇》詩五十首、《灰餘苦言》詩百餘首，非全本也。漳海者，閩人黄道周。清江，指楊廷麟，字伯祥。牧齋贈伯祥詩，見《初學集》卷十六《雪中楊伯祥館丈廷麟過訪山堂即事贈別》，繫崇禎十三年。

牧齋文中所及稚恭之文，題作《贈穆倩序》：

漢通一藝以上，罔弗徵用。彼其繼焚書之後，殘缺未興，尚多能起而修明之。今天下典文明備，其於逸書古文，反多所未睹。況求其討究之邪。穆倩文，探奥府則洪泉涌於爪畫也。詩超蹊徑，則神龍馭乎翠岑也。一話一言，一山一水，則青鸐之鐘竿、昆臺之冠劍也。至鳥篆蟲章、金繩玉牒之書，尤不惜專精而博搜之。此豈可執一藝以名，而顧以散人處士自命哉。間嘗欲擬之，而未得其倫，亦復於兩漢之季，得兩人焉。向長不應新莽之辟，待兒女婚嫁畢，游五嶽名山。龐德公避劉表父子，率妻子采藥鹿門，樂而忘返。今穆倩方有事婚嫁，不汲汲分其澄懷，而道同偕隱，視子平襄陽耆舊又何如也。且莽以篡聞，表以暗聞。有志之士，見幾而作，固其宜矣。孰於當極隆之代，天下義府，昕夕周旋，顧掉臂游行如吾穆倩者。此猶向長龐公之所望而遜焉者也。或者爲穆倩調高寡和，與物難合，此非真知穆倩者。穆倩少負拓落不羈之才，淹雅鴻通。一時尊宿清流，争雁行以進。此所謂貞不絶俗，潔無遺行。不然，何以得此於賢豪間哉。即今浮海入山，尤難之難矣。余蓬門日閉，漫無一長，穆倩卜居相望，若以余庶幾散人處士者。時時剥啄披帷，從談今昔，意未嘗不在漳海、清江也。蘇長公有云：『西漢之士多智謀，薄於名義。東京事風節，短於權略。』自穆倩觀之，不既兼其所長哉。以之風世厲俗可矣。喈六嘗爲余言，吾過淮海，一日不見穆倩，覺身心無所着。今穆倩方將泛舟三江五湖間，小試他年向長五嶽之游，而余三徑就荒，不緣客掃，其獨不念我乎。然則穆倩人品藝文，爲吾徒所繾綣者，盖不止於此，而此亦可以觀穆倩矣。西周社盟弟張恂頓首撰并書。

見《蕭然吟》。又，稚恭於明亡後出仕清廷。因牽連順治丁酉科場案流放沈陽，康熙初援例贖還。有塞外詩之作。周亮工《賴古堂集》卷五贈稚恭詩，則當作於順治六、七年左右：

**維揚人日同稚恭穆倩集友沂桐樓即席分得晴字**

楚客高樓坐，枯桐亦有聲。江干烽燧滿，意外酒卮輕。珍重今宵集，難逢人日晴。天風吹戰伐，莫更賦蕪城。

**平山堂留别稚恭友沂穆倩**

直北踪無定，淮南路未通。寒沙迷古驛，濁酒紀春風。嶺客新呼馬，吴兒學挽弓。臺前雲影亂，何處盼飛鴻。

## 朱鶴齡（一六〇六—一六八三）一首

### 酬姜如須見寄

支離一病嘆無憀，經案繩床對緑蕉。猿鶴化來機漸息，芝蘭焚後泪難消。鹿門本自甘遺散，皋里憑誰慰寂寥。澤芷江蘺無限恨，頻傳莫惜五湖遥。（《愚庵小集》卷五）

【箋】

鶴齡，蘇州吴江人。與錢牧齋在詩友之間。參《流覽堂殘稿》卷六《和朱秀才鶴齡見寄》。

# 姜埰（一六〇七—一六七三）十四首

## 癸巳春赴吴視弟垓疾二首

嗟彼峘山鳥，四子將飛飛。羽翼尚未就，其母心先悲。出門逢少年，一息不相知。萬里阻且長，何況遠别離。寄言千金軀，日暮當來歸。

其二

孟春泛蘭橈，駕言適吴州。問君何遠行，有弟沉百憂。登高眺八極，通波彌悠悠。昔我遭板蕩，中與數子游。袁公三楚秀，劉生璠璵儔。婉孌彼姝子，皓齒發清謳。飲酒金叵羅，結束白玉鈎。拔劍凌太虚，誓欲報國讎。此志既不就，天地爲墟丘。眷言思夙昔，泪下如泉流。（《敬亭集》卷一）

【箋】

《姜貞毅先生自著年譜》『癸巳年』(順治十年[一六五三])條：

正月，弟垓患病，至吴視藥餌。二月，疾革。冬，奉太孺人來自山東，哭弟垓。

## 同劉臣向兄如圃弟垓過吴門徐氏園

步屧江城路，名園出上津。尋芳春欲早，選勝酒應頻。乳雀飢喧谷，游蜂暖趁人。天涯今日聚，離亂各沾巾。(《敬亭集》卷三)

【箋】

劉臣向，無考。如圃，姜埰長兄，名圻。如圃、如農、如須見於同一詩中，僅此一題。當作於順治初年三人自浙東返吴門時。

## 九日登越州稷山和弟垓四首

萬木凋霜嶺，千岩帶水郵。雲屯山郭静，潮過海門昏。皂帽風堪落，黄花酒正温。愁聞江徼外，嗚鏑滿中原。

其二

屏嶂仍秦望，舟車自禹圖。列封開邸第，三輔象通衢。弭盗思馮勝，安邊賴郅都。王廷下徵召，肯著鵁鶄無。

其三

越國兵嘗鬥，風塵那可停。餘杭舂米白，東海煮鹽青。山僻防豺虎，江寒蹴鶺鴒。若逢更戍士，一一問朝廷。

其四

昨歲登高處，吴山望眼空。楓林秋色外，雁字夕陽中。桐柏諸峰杳，蓬萊此路通。弟兄年四十，愁病已成翁。（《敬亭集》卷三）

【箋】

如須原唱，未見。詩當作二人自浙東返吴門途中。

## 和韵送弟垓之官二首

晝漏傳呼騎馬郎，謾言宫殿啓東方。甘泉落日雲裘冷，鳷鵲春風粉署香。秦塞玉關馳露布，漢家魯邸議明堂。郭公爲上人倫表，拔盡驊騮冀北良。

其二

新朝初詔尚書郎，十札丁寧選士方。月照虎賁雲外輦，風飄鷄舌殿中香。南陔兄弟慚烏鳥，西瀼乾坤卜草堂。宣室夜來應詔問，爲言畎畝負明良。（《敬亭集》卷四）

【箋】

作於如須自吴門往浙東應考功召。

## 送别弟垓還蘇州

汝自十歲從余出，至今四十嘗飢寒。成名已覺文章好，亂世偏知骨肉難。亡國君臣悲范蠡，歸山服食

法劉安。學詩必學杜工部，翡翠蘭苕時輩看。（《敬亭集》卷四）

【箋】

開篇「汝自十歲從余出，至今四十嘗飢寒」，上句指如須十歲往投靠如農（時如農方舉崇禎四年［一六三一］進士、任儀真縣令）；下句則明言詩作於如須幾四十之時。

## 登望石山和弟垓韵

御宴承恩出未央，九重閶闔渺蒼蒼。饔人捧案丹除近，神女吹笙絳節香。絶島雲霞開郡郭，空山伏臘憶君王。居民指點開元事，華蓋天驤擁一鄉。（《敬亭集》卷四）

【箋】

參《流覽堂殘稿》卷六如須原唱《壬辰三月登望石山題壁感情》。

## 壬午十月奉祀山陵臣弟行人臣垓受詔同事

聖造神都制勝形，松楸隧道鬱青青。銀床禁籞連千嶺，鐵馬陰風走百靈。具禮趨蹌神不隔，皇心對越

泪頻零。祠官榮遇恩偏重，兄弟班聯徹帝聽。（《敬亭集》卷四）

【箋】

壬午，崇禎十五年，如農三十八歲。《自著年譜》：『十月一日，上御殿頒曆，以次侍班，又命陪祭長陵。』同年閏十一月二十三日，被杖。

## 案頭玉羊一具前朝物也昔弟垓得於廟市易簀之際出以貽贈覽之感賦

咸陽烽火倍堪傷，御府銀鈎宛宛藏。薊北山川豺虎窟，天涯生死鶺鴒行。裴楷甲第今荒草，昔弟寄書有『裴楷治第，即讓兄居』之語。蘇武丁年故乳羊。爲語兒曹好珍惜，吾家傳笏尚盈床。（《敬亭集》卷四）

## 簡弟垓詩稿將付剞劂

七子才名每自憐，每曰詩便作去，那得有嘉隆才子名也。豐城寶氣隱龍泉。玉樓天上青蒲瘁，金碗人間碧草芊。余葉書成魚豕日，何王心許棗梨年。四友姓。阿咸窮困真無賴，欲棄湖田作版錢。（《敬亭集》卷四）

## 吴偉業（一六〇九—一六七二）二首

### 東萊行爲姜如農如須兄弟作也

漢皇策士天人畢，二月東巡臨碣石。獻賦凌雲魯兩生，家近蓬萊看日出。仲孺召入明光宫，補過拾遺稱侍中。叔子輶軒四方使，一門二妙傾山東。同時里人官侍從，左徒宋玉君王重。就中最數司空賢，三十孤卿需大用。君家兄弟俱承恩，感時危涕長安門。侍中扣閣數强諫，上書對仗彈平津。天顏不懌要人怨，衛尉捉頭捽下殿。中旨傳呼赤棒來，血裹朝衫路人看。愛弟棄官相追從，避兵盡室來江東。本爲逐臣溝壑裏，却因奉母亂離中。三年流落江湖夢，茂陵荒草西風慟。頭顱雖在故人憐，髀肉猶爲舊君痛。我來扶杖過山頭，把酒論文遇子由。异地客愁君更遠，中原同調幾人留？司空平昔耽佳句，千首詩成罷官去。戰鼓東來白骨寒，二勞山月魂何處？左氏勛名照汗青，過江忠孝數中丞。孺卿也向龍沙死，柴市何人哭子卿？只君兄弟天涯客，漂零尚是烟霜隔。思歸詩寄廣陵潮，憶弟書來虎丘石。

回首風塵涕泪流，故鄉蕭瑟海天秋。田横島在魚龍冷，欒大城荒草木愁。當日竹宫從萬騎，祀日歌風何意氣。斷碑年月記乾封，柏梁侍從誰承制？魯連蹈海非求名，鴟夷一舸寧逃生？丈夫淪落有時命，豈復悠悠行路心。我亦滄浪釣船繫，明日隨君買山住。（《吴梅村全集》卷三）

【箋】

參《流覽堂殘稿》卷三《放歌行贈吴宫尹》、《流覽堂補遺》中《寄吴學士》等題。

## 姜如須從越中寄詩次韵

漂泊江湖魯兩生，亂離牢落暮雲平。秦餘祀日刊黄縣，越絶編年紀赤城。南菊逢人懷故國，西窗聽雨話陪京。不堪兄弟頻回首，落木蕭蕭非世情。（《吴梅村全集》卷五）

## 顧苓（一六〇九—一六八二年後）一首

### 與姜如須代晤因念萊陽故人

十年師友萊陽縣，三載兵戈揚子津。豈有南枝留北羽，稍於淺水隱深鱗。蜃樓早共忠魂散，海市今看戰血新。門内各懷千里絡，遥遥山左隔微塵。

## 孫臨（一六一一—一六四六）一首

### 謝姜如須薦

青雀橋邊息羽翰，竹枝低唱倚闌干。牢騷雖罷嚴光釣，偃蹇空彈貢禹冠。松柏有情懷九廟，旌旗何日復長安。憐予歸抱隆中略，衣白山人好自寬。（陳濟生《天啓崇禎兩朝遺詩》卷九《孫克咸詩》）

【箋】

孫臨，字克咸，一字武公，安徽桐城人。娶同邑方以智之妹爲妻。余懷《板橋雜記》稱克咸『負文武才略，倚馬千言立就，能開五石弓，善左右射』。又記其於明亡前與如須及方密之等秦淮挾妓冶游事。順治二年（一六四五）夏，唐王朱聿鍵稱帝於福州，拜楊文驄兵備右侍郎，孫臨任監軍副使。翌年清兵入閩，孫臨與楊文驄兵敗被執，拒降被戮。事詳錢澄之《田間文集》卷二十一《孫武公傳》。

詩中『松柏有情懷九廟，旌旗何日復長安』句，知詩作於崇禎自縊之後。如須於弘光朝既見逐於阮大鋮，則其薦克咸，或在其身預魯王朝事之時。克咸能詩。潘江《龍眠風雅》卷四十收《兵車行》《虞山訪錢牧齋先生不值》《答錢牧齋先生》等題。另有《折檻行》，則咏如農被杖事：

龍鱗不可逆，虎口不可道。不見豐蔀有時蔽青天，不見黑夜牽衣即煬竈。尚方雖有劍錚錚，佞臣頭多寂不鳴。世路忠臣不可得，堯廷之草亦空生。何以白馬生面扣，過於骨鯁且見宥。至有盛暑不衣冠，帳中使人可其奏。甚矣明主在忠言，獨見無隱趙翁孫。市臣野臣都言事，流涕終非諫主意。折檻朱雲强項宣，到此千載竟茫然。

胡文楷《歷代婦女著作考》著録克咸妻方子耀撰《寒香閣訓子説》。胡氏釋云：

子耀，安徽桐城人，都御史方孔昭長女，孫武公妻。卒於乾隆九年，年七十二。

按：方子耀生萬曆四十一年（一六一三）。若活到乾隆九年（一七四四），則當享年一百三十二歲矣。

## 方以智(一六一一—一六七一)五首,附紀事二則

### 書姜如須

去年爛醉秦淮酒,今年同握春明手。正好海淀高粱橋,聽撥鵾弦折楊柳。誰知命在磨蝎宫,爲人臣子胸如春。路見不平空蔚氣,黄埃晝晦呼天地。從此登高作賦皆不成,市上筑聲皆楚聲。我纔引喉聽不得,對君汨落一池墨。(任道斌《方以智年譜》)

【校】

又見潘江《龍眠風雅》卷四十三,題作《書姜如須紙》。

【箋】

起句『去年爛醉秦淮酒』,指二人偕孫克咸等於崇禎十二年(一六三九)金陵狹游事,『今年同握春明手』,『春明』,指京都,故詩繫崇禎十三年。『磨蝎宫』,典出《東坡志林》:『韓退之詩:「我

生之辰，月宿南斗。」乃知退之磨蝎爲身宫。僕以磨蝎爲命宫，平生多得謗譽，殆同病也。」

## 與乾若其章孫若如須同在九一徐公坐

二十担書出，虎丘蒙細論。題名逢舊友，大半在公門。甚感賈彪意，深知盧植冤。欲呈天禄頌，下筆帶啼痕。（任道斌《方以智年譜》）

【箋】

賈彪，後漢桓帝時人，志節慷慨。黨事起，士人寒心，多不敢言。彪獨入洛，『説城門校尉竇武、尚書霍諝，武等訟之，桓帝以此大赦黨人』（《後漢書》卷六十七）。

盧植，後漢靈帝時人，少事馬融，與鄭玄同硯，『能通古今學，好研精而不守章句』。後董卓入京誅中官，『陵虐朝廷，乃大會百官於朝堂，議欲廢立，群僚無敢言，植獨抗議不同』（《後漢書》卷六十四）。

密之詩以徐九一比類賈、盧。詩題所及諸人，任氏已爲一一標出：乾若，徐律時，宣城人；其章，胡周鼒，太倉人；孫若，田有年，宿松人。三人與如須皆崇禎十三年進士，且同出徐九一（汧）之門。詩中『題名逢舊友，大半在公門』句所指也。

乾若高中後，即獲授膠州牧，見《倡酬投贈集》高弘圖所作詩。

胡周鼒詩不多見。朱隗《明詩平論二集》卷五收胡詩六首，作者則題作周鼒，豈其章亦如并時之黄周星原名爲『周星』者耶？王士禎《感舊集》卷四《胡周鼒》小傳記其有《葵錦堂集》，收《秋日登惠山》一首：

不扣靈泉已十年，空山寂寂澹人烟。藏雲古寺飛秋葉，帶雨寒樵上晚船。往事盡歸流水外，殘碑猶卧故臺邊。更逢野老前溪話，獨鶴一聲心惘然。

徐枋有《同胡其章給諫鄧尉看梅謁剖老和尚步韵》：

斷岸懸崖濟上宗，却于語默見針鋒。千年津路原無筏，萬樹花光何處鐘。自有玄言袪五濁，寧須神島問三峰。澄湖極目無多子，入鉢終能馴老龍。（《居易堂集》卷十八）

剖老和尚，鄧尉聖恩寺弘壁（一五九八——一六六九），三峰漢月弟子。崇禎八年（一六三五），漢月示寂於鄧尉聖恩寺，剖石繼席。江南方内方外多與剖石相善，吴梅村與徐汧、枋父子尤然。見《梅村集》、徐枋《居易堂集》。參《集外詩輯·浴佛日玄墓聽剖公説法後吴翁邀至司徒廟山居同徐孝廉枋楊文學炤吴文學昌文作》。

蒼雪《南來堂詩集》補編卷三上《再赴胡給諫其章看菊之約次西田韵》：

桃花約罷菊花稀，幾負柴桑候款扉。冒雨尋來重九後，傲霜贏得晚香微。乞分細種無錢買，看到東籬勝錦圍。不許西風吹落地，鶴翎秉燭照紅衣。

## 同如須入九青宋公齋中

手筆尊如泰岳碑，西齋枕籍足栖遲。自藏圭璧嘗閑卧，每退班行即下帷。蜃市蓬萊親見過，魚焦荆楚定先知，登樓倒屣休呈賦，且向華顛一决疑。（任道斌《方以智年譜》）

【箋】

宋九青，名玫，參《流覽堂補遺・哭宋文玉》。前引梅村《東萊行》詩中「左徒宋玉君王重。就中最數司空賢，三十孤卿需大用」句所指也。

## 與姜如須論詩

宋元以來學老杜，小則鄙薄大窘步。犁眉浦江開國工，崆峒信陽是雙柱。宏音亮節繼王李，優孟琅當後比比。徐袁换爪搔痾癢，竟陵寒瘦驕糠秕。自此旁開杜撰門，枵腹凑泊翻自尊。剽賊竄竊固鼠璞，冥趨倒行真覆盆。杜陵别裁有六絶，嗤點多師曾論列。翡翠蘭苕上可看，鯨魚碧海中未掣。龍文虎脊誰能馭？歷塊過都經九折。此謂大家收衆長，風雅正變求真訣。壬申即遇雲間龍，己卯又與篔簹逢。騷雅漢魏合陶鑄，協律唐宋窮乃工。逐年蒿目多扼塞，卧子謂我太切直。始信昌黎横空盤，崩豁雷硠顧不得。年少饒顔色，年長煉筋力。疏懶閲世空逼側，終是耒陽一段墨。羡君來去乘仙槎，憐我陸沈偏嗜痂。且讀書，休自誇。他年騎鶴吞雲霞，安知不笑此時猶眼花。（潘江《龍眠風雅》卷四十三）

## 同姜如須早朝看月分作

生花夢醒向朝端，親見銀河接露盤。金闕鐘聲天上近，玉橋人影水中寒。詩先鷄唱臨風曉，坐笑鸞坡席地寬。猶是未央前殿月，千年留得與君看。（潘江《龍眠風雅》卷四十三）

**【箋】**

詩當作於崇禎十四、十五年間。時二人皆服官北京。

《與姜如須論詩》中『壬申即遇雲間龍，己卯又與篔簹逢』句，壬申即崇禎五年（一六三二）；『雲間龍』指陳子龍；己卯即崇禎十二年（一六三九）；『篔簹』，如須之另一字號。密之祭如須文有云：『憶如須丁丑游江左而得余也，猶余壬申西湖之得卧子。』可見如須及大樽於密之心目中之地位矣！

## 附紀事二則

**异像**　崇禎辛巳，曾同姜如須過後湖，入一庵後殿。封鐍具施，乃開。皆裸佛交構形，凡數百尊。守者曰：『天地父母，前年大内發出者。』其像皆女坐男身，有三頭六臂者。足下皆踏裸男女，累人背而叠之。考元成宗大德九年，天寧寺有祕密佛，即言此像。圓殿茜帽，已兆演揲。鄭所南《久久書》亦言塑裸佛與妖女合是也。其言邪教淫殺尤甚。今聞外有刺馬僧猶有食肉、近女如此等者，但不取童男女血。生刺孕乳血，以點佛脣爲供養耳。然往往有异術，如斷肢復續之事，無乃如《北史》之押不廬乎？蓋自漢時，即有西域幻人，易牛馬首，指端出浮圖者矣。香山隩爲舶口，吕宋人常往來有三巴寺。隩婦至寺得内謂之懺悔，又何疑真臘之陣毯乎？若葛蘭國浮屠有濁肌者，亦娶如寄褐。唐房千里《投荒雜録》曰：『南方蠻以女配僧曰師郎。愚者親見天雷苗中有師娘者，方許住庵，令人摩阿濕毗之腹祈子。』則其俗然也。（方以智《物理小識》卷十二）

《通雅》曰：義山《宫中曲》『低扇遮黄子』，即簧也。猶稱花子、朵子之類。此從無解者，姜如須以爲花的，而智以爲花子。

按：《南都賦》『中黄瑴玉』，李善注引《博物志》曰：『石中黄子，黄石脂也。』又《抱朴子》曰：『石中黄子，所在有之。沁水山尤多。』《别録》曰：『石中黄子，乃殻中未成餘粮黄濁水也。』《酉陽雜俎》：『近代妝尚靨如射月，曰黄星。』梁簡文帝詩『异作額間黄』，庾子山《樂府》『額角輕黄細安』，李賀詩『宫人正靨黄』，温庭筠詩『黄粉楚宫人』，王半山詩『漢宫嬌額半塗黄』，則塗黄當用黄子，非真簧也。《急就注》『簧即步摇』，豈黄子乎？（徐文靖《管城碩記》卷二十九）

## 杜濬（一六一一——一六八七）二首

### 重陽後二日過如須密之亦至分得長字

憔悴京華握手忙，悲歌忽忽不能長。征衫有泪重澆酒，叢菊無花暗認香。落木偶同烏鵲下，飛塵難掩玉蟾光。不知真有燕臺否，銷却黄金好舉觴。（《變雅堂集》詩卷七）

【箋】

杜濬，本名紹先，字于皇，號茶村，湖北黄岡人。崇禎十一年（一六三八）副貢。明末後游幕於公卿間，與龔鼎孳尤契。其《變雅堂遺集》附光緒甲午黄岡陶炯照月珂所輯附録，有如須評杜氏詩云：

> 覩于皇詩，固極天下之奇而正，自寓乃詩家之真聲，騷人之逸響，將令人手胝足沐而不能釋。

按：光緒甲午（一八九四），在王懿榮刊布《流覽堂殘稿》前六載。不審陶炯照所見之《姜如須集》

爲何時之刻本？

## 送萬年少返吴門兼訊姜三如須時余亦將于役

一聚各有適，不須獨送君。偶然罷微酒，相與惜離群。京口見圓月，石城行落曛。因聲寄妻子，此外復何云。（《變雅堂集》詩卷三）

**【箋】**

羅振玉《萬年少先生年譜》『順治九年壬辰』條：『春，至吴郡。』于皇詩當作於此前不久。如須殁於十年春，是二人死前猶得相見於吴門。

于皇另有《壽姜如農先生》詩，則作於如須下世之後：

令弟交深二十年，論才每遜阿兄先。由來治績桐鄉茂，當日朝廷汲黯賢。華髮幾莖驚浪迹，大江千里映冰天。佳兒跪捧如澠酒，慷慨應歌雪雁篇。

見《變雅堂集》詩卷七。于皇與如須皆崇禎末年方以智京師『曼寓』之常客，『令弟交深二十年』明指此而言也。

## 方文（一六一二—一六六九）二首

### 姜如須班荆社初集賦此

劍閣風烟日夜俱，楚江春水下連吴。何年細柳散金甲，此夕絲繩提玉壺。有客東來富文藻，側身西望多憂虞。兵荒不愁不銷歇，隆中管樂無時無。（《嵞山集》卷六）

【箋】

方文，字爾止，一名一耒，字明農。方以智稱族叔。班荆社，參劉城《姜如須垓乞假南游結班荆社余爲作詩》。

### 姜先生六十雙壽如農如須尊人也

瑶草琪花春滿庭，江天歷歷少微星。人從東海雙騎鶴，家在南都獨采苓。堂下錦衣分進酒，燈前白首

好談經。非熊若是磻溪老，此日垂竿竹尚青。（《龕山集》卷六）

【箋】

繫崇禎十四年辛巳（一六四一）。『人從東海雙騎鶴，家在南都獨采芩』，言姜氏兄弟迎雙親至南都，爲慶甲子雙壽，則無誤也！

## 曹溶（一六一三—一六八五）五首

### 同龔芝麓姜如須張爾唯姜涵民集曼寓即席分賦

燕闕星初動，秋庭客易招。鳳毛酬賈至，鳧影戀王喬。龔以蘄水令入都候考。珠斗題行遍，關河夢不搖。宴游吾黨事，車騎莫蕭蕭。（《静惕堂詩集》卷十五）

【箋】

參《流覽堂殘稿》卷一《庚寅五月承聞桂嶺消息仿同谷七歌并懷同年友方大任平樂府》第一首。龔芝麓以蘄水令入都候考，事在崇禎十四年（一六四一）。

## 申青門招价人聖野如須飲雒如堂有作予以還里不及赴追和一首

上德樂幽處，塵世寡所務。散心陵澤間，均謝弋人慕。繹雅首和平，筮乾玩貞固。伊維苦寒月，適與賞衷遇。繁圃秀枯荑，潛池狎文鷺。折俎列賓階，豈以弭兵故。息氛多佚晷，期歡失終怖。殊邦聯勝鄰，秉藝衍嘉祚。浮湛迹有寄，酬獻禮無忤。屢燃庭下薪，欲落雲中兔。何虞樗陋姿，盛沐長者顧。伏居窮海湄，輪轡不得具。後時淹水陸，追游眯烟霧。賴聞遺韻清，願賡授簡暮。向日亮微躬，臨渚滌澄度。蓬枝當挺生，流性必東赴。回瞻鄉社餘，宿莽在修路。觸景怨年移，近俗恐名仆。古道密交持，至巧鮮自悟。親故嗣瑶音，冀足慰形寓。（《靜惕堂詩集》卷三）

**【箋】**

明亡後，曹溶寄寓吴門。順治八年（一六五一）始還故里，詩當作於居吴時。參《流覽堂殘稿》卷五《齊价人載酒過草堂偕秋若聖野霖臣分作》二首、卷六《農部申侍郎見過貽示新篇有贈兼呈令五弟内史》。

## 對酒行嚴氏山樓同如須作

日光穿溜山峰出，久晴不雨終難必。褐衣蒸濕厭頻浣，連旬閉户春將畢。落拓萍踪俗盡疑，開懷放意無良術。何期雲散復星移，與君海内爲膠漆。僑寓正逐三吴濱，藜床土釜貧尤密。隔城數武物候殊，乘閑相訪休相失。方塘新水碧於染，輕舠欲似追風質。擊鮮買酒荷地主，瓦瓶雜坐愛真率。虎丘僧舍茶始芽，爲我采致美無匹。且貪一飽對鼪鼯，隨他百事同蟣虱。愁人故態那禁得，洗盞淒其翻促膝。曾是丁年奉使臣，金魚鐵豸陪行蹕。忤奸直諫熊與姜，楚中魚山司副，萊陽如農給諫。比肩論事最親暱。朝堂盤踞多鉅公，鄙軀未肯供呵叱。入殿雖稀雨露恩，當時頗畏風霜筆。寧解反覆存一身，蓬頭垢襪不自恤。草間含涕覓妻子，手除溲渤安家室。鑿蹄驕馬嘶動地，血暗諸營吹觱篥。塞河祇見芻糧船，沿江悉置三邊卒。不先不後太充斥，仰天此理焉能詰。偃然食肉還賦詩，甚愧人呼林下逸。錦帆涇口■遷居，更擬深村種粳秫。不爾浮沉廛市中，佯狂竊恐時賢嫉。返照檐前催暝色，苦語沾脣間清瑟。座上誰無憶舊情，飲罷微聞聲唧唧。（《静惕堂詩集》卷十）

# 如須招同芝麓穎侯赤方即席限韵二首

四海人龍豈易攀，出逢兵革度江關。平郊石瀨停輕舸，長笛悲笳滿故山。漫有客心愁歲暮，能忘國事僅生還。眼中京雒交游在，酒醆逡巡潤玉顔。

明星欲出爛生光，急鼓繁箏列兩行。宴客關河悲永夜，臨流鳧雁發中塘。東山黯黯風塵阻，南國冥冥歲月荒。勝會即看終綺席，城隅别路有清霜。（《静惕堂詩集》卷三十）

【箋】

詩繫順治四年（一六四七），時如須新自浙東返吴門，芝麓則携顧横波，偕顧景星、周世臣亦翩然而至。芝麓、赤方分别有和詩。參本集『龔鼎孳』『顧景星』條。

# 秦祖襄（一六一三—一六六一）一首

## 姜如須葉聖野以詩見示

出門携得二君詩，便説津梁道不疲。一樣少陵分目注，同時司馬合肩隨。雪飛岫遠渾無迹，木葉天高淡有思。記取離騷招隱句，可能長似歲寒時。（姚佺《詩源初集》）

【箋】

秦字汝翼，浙江慈溪人。崇禎十六年進士，未授官即請假回籍。福王時授官工部虞衡司主事，出任徽州府知府。清兵南下，棄城而逃。未見有集行世。

## 朱陵（一六一三—？）一首

### 姜如須有詩送予東游次韵答之

何處猶傳未輯戎，懸知此抵道途通。飢驅千里熏風裏，辭列三更落月中。接漢山容瞻泰岱，可憐去住皆爲客，君恰南來我又東。（朱陵《亦巢詩稿》）

【箋】

陵字子望，一作望子，號亦巢，吴縣人。《亦巢詩稿》稿本六册，北京社科院文學所藏。承蔣寅教授録贈，謹致謝意。

## 魏耕（一六一四—一六六三）二首

### 醉歌行姜大行筵中作

明州布衣家已傾，幾歲亡命乞餘生。襤褸百結脚不襪，伶仃枯槁無人形。奔走東吴與西楚，滿城盡是商與賈。各自全軀保妻子，搥胸何處訴愁苦。今年飄泊長洲來，性命如絲更可哀。一餐飽飯襟懷好，輸心寫意傾深杯。秋雨注墻螻蛄叫，菊花倒地金錢開。三盞兩盞筋骨活，將醉未醉春姿迴。歡樂填填徹曉夜，何知罾繳遍塵埃。姜生姜生不須慮，聖賢豪傑終荒苔。人生三萬六千日，會當日日眉頭開，富貴於我何有哉。（《雪翁詩集》卷四）

【箋】

又見朱彝尊《明詩綜》卷七十八。

魏耕，原名璧，字楚白，甲申後改名，别名甦，浙江慈溪人。其地唐時屬明州，故詩開篇自稱

『明州布衣』。

詩中『今年漂泊長洲來』句，知詩作於吴門，當在順治初如須自浙東返蘇州之後。

## 自破楚門別王庭璧姚宗典金俊明張雋葉襄朱鶴齡顧有孝姜垓徐晟陳三島徐崧李炳歸苕溪草堂悵然有懷

秋風餞罷習家池，綺里先生歸路遲。滿眼羈孤留异域，故鄉門巷隔軍麾。鄰鷄野鶩親朝夕，細菜辛盤逼歲時。遥望東吴音信絶，秖應吟誦白頭詩。（《雪翁詩集》卷十）

【箋】

蘇州閶門，又稱破楚門。習家池，湖北襄陽之高陽池。《晉書》卷四十三《山簡傳》：

永嘉三年……（簡）鎮襄陽。于時四方寇亂，天下分崩，王威不振，朝野危懼，簡優游卒歲，唯酒是耽。諸習氏，荆土豪族，有佳園池，簡每出嬉游，多之池上，置酒輒醉，名之曰高陽池。時有童兒歌曰：『山公出何許，往至高陽池……』

魏耕嘗預順治二年湖州起兵之役。兵敗，亡命江湖。詩題『自破楚門』，蓋指湖州事。所別諸人，則猶昔年襄陽習氏諸人，多嘗置酒以待魏氏者。苕溪草堂，在吴興，魏氏自少即僑居之地也。與魏氏并時之王發祥，有《習家池》詩：

山公日酣飲，乃值清晏時。襟期雖曠達，亦爲荒湎師。羊杜任其勞，公獨啜其醨。後生紹風流，清談禍羌氏。鑿齒誠雄辯，入秦但委蛇。才華與世盡，空池今野陂。乃知古訓切，空言不足垂。勖哉持世人，篤行砥良規。（張學金《婁東詩派》卷十四）

發祥，字登善。順治十二年（一六五五）進士，官至湖北提學副使。有《研園詩草》，未見。全祖望《雪竇山人墳版文》《奉萬西郭問魏白衣息賢堂集書》二文，述魏耕生平至詳，文不録。

# 宋琬（一六一四—一六七三）二首

## 長歌寄懷姜如須

甲寅之歲汝降初，我生汝後七月餘。竹馬春風事游戲，鷄犬暮歸同一閭。君家黄門早射策，盛年謁帝承明廬。有兒顔色嬌勝雪，珠襦綉褓青羊車。予時抱持著膝上，許以弱女充掃除。是時兩姓雁行敵，絳華朱萼相扶疏。操觚握槧衆所羡，汝南潁上名非虚。城東茆屋先人築，清渠一道穿喬木。同輩相携五六人，縹緗羅列開籤軸。冬菁作飯飽饔飧，布衾共卧忘休沐。自是轅駒行步遲，却看雕鶚拚飛速。當時天步日艱難，戎馬交馳疆圉蹙。盜賊縱横賈誼哀，國是紛紜蔡邕逐。鈎黨方嚴誰見收，多君置橐供饘粥。一朝變起塵沙飛，老親白首同日歸。骨肉摧殘那忍道，餘生孤孑將疇依。渡江浮海無消息，飄泊不辭寒與飢。予歸已類遼城鶴，十人九人存者稀。行經舊巷不復識，高臺傾圮無門扉。旅穀生庭故井塌，鵂鶹晝嘯狐狸肥。有客傳書知汝在，但言北望常霑衣。携家流落栖江左，出處憐予無一可。

舊業雖餘數頃田，犂鋤欲把誰能那。況復陳留風俗衰，青兕元熊啼向我。應詔公車解褐衣，勉尋升斗羞卑瑣。兔絲未附女蘿枝，明珠已碎珊瑚顆。三十餘年盡苦辛，回頭萬事傷心夥。君有慈闈我母同，老人苦欲思山東。男呻女吟歸不得，到今兄弟猶飄蓬。給諫桐鄉有遺澤，季也常依皋伯通。展轉崎嶇二千里，蓄甘負米心忡忡。伯兮蹭蹬遭戕賊，黄鳥之詩傷我衷。鶺鴒高冢鬱相望，昔何榮盛今何窮。古人四十稱强仕，爾我年猶非暮齒。形骸老醜青鏡中，鬢毛鑷盡還復起。語云憂患能傷人，孝章詎有長年理。江上春風變柳條，尺書忽墜來雙鯉。上言别後長相思，長跽開緘泪盈紙。扁舟欲來蛟怒號，采采芙蓉隔江水。君不見，周周之禽最微細，羽翼相銜不相棄。又不見，交讓之木柯葉同，南枝蔵蕤北枝瘁。少年意氣輕雲霄，中道飄零共憔悴。吴門市卒避人知，灞上將軍逢尉醉。富貴陞沉安足論，要當努力千秋事。歌罷空堂驟雨來，燈火青熒愁不寐。（《宋琬全集·安雅堂未刻稿》卷二）

【箋】

『甲寅之歲汝初降，我生汝後七月餘』，言二人同生於甲寅（萬曆四十二年，一六一四）。玉叔另有《庚寅臘月讀子美同谷七歌效其體以咏哀》，第一首『歲在攝提月在酉，天之生我何弗偶』，則記玉叔生於是載十一月己酉，如須生於同年三、四月間。玉叔晚年詩記與如農同寓蘇州共游事，累及其事。參《姜如須詩》有關宋氏兄弟諸題。

## 檢閱故人姜篔簹遺稿泫然有作

宿草萋萋幾度春，招魂不返大江濱。安知嗣祖非爲福，況有要離可作鄰。良友心期違楚些，孤兒風貌是吴人。西風似翦吹殘燭，三復遺文泪滿巾。（《宋琬全集·安雅堂未刻稿》卷四）

【箋】

玉叔嘗爲如農委以序如須詩事，見玉叔《和如農雪中見過》詩注：『君以令弟如須遺稿屬余爲序』。

題所及篔簹，竹名，生於水邊，如須取爲號。前録方密之詩有自『己卯又與篔簹逢』句。玉叔稱如須詩爲《姜篔簹遺稿》，朱彝尊《明詩綜》及王士禛《感舊集》如須小傳均記有《篔簹集》。

## 龔鼎孳（一六一五—一六七三）十首

### 方密之曼寓初成招同曹秋岳姜如須張爾唯宴集限韻

燕市悲歌地，相過賦大招。金門方詔朔，碧玉擬歸喬。密之時欲納姬人。榻净凉烟入，窗虚旅夢摇。酒人餘古意，風物亦蕭蕭。（《定山堂詩集》卷五）

【箋】

張爾唯，名學曾。參《流覽堂殘稿》卷一《庚寅五月承聞桂嶺消息仿同谷七歌兼懷同年友方大任平樂府》。

### 爲密之催妝同秋岳于皇爾唯如須限韻三首

綺閣鴛鴦綉譜陳，押簾銀蒜護花塵。舊憐染硯宜紈袖，新學梳頭問侍人。荳蔻試香矜午夜，海棠留夢伴芳辰。金門好是琴心地，爲博文君一啓脣。

其二

畫黛牙籤夾座陳，深閨筆墨净秋塵。書宜内史增彤管，天與龍綃寵玉人。絳燭影憐三喚後，彩簫吹待百花辰。章臺漸有香螺染，不羨東方獨囓脣。

其三

流蘇雙結翠茵陳，玉暖湘鈎蹴粉塵。視草鳳池蘭作佩，簪花鸞鏡璧爲人。緑雲斜照金釵夕，紅印香消寶靨辰。爲説主恩清禁渥，口脂新賜及檀脣。（《定山堂詩集》卷十六）

【箋】

于皇，杜濬。方密之於崇禎末年京師納姬事，詳任道斌《方以智年譜》。

## 送姜如農給諫謫戍宛陵兼懷如須大行四首

我策疲騾君策蹇，芒鞋雙踏鐵門開。時與如農同出獄待放。布衣暖覺春暉重，青史名容後進陪。去國一身真報母，投荒萬里亦憐才。欣看折坂存遺直，狐虎紛紜已死灰。

其二

善人在患急于饑，訟子冤書誓拂衣。予曾三上書爲如農申救。自許龍鱗猶可逆，未防虎乙盡能威。士逢獄吏微軀賤，天牖朝賢諫草稀。七尺千秋君并得，敢云九死一言非。

其三

五雲雙闕杖聲高，癡血淋漓裹敝袍。一代直臣膚髮貴，爾時中使指揮勞。如農、魚山拜杖，時司禮東廠二大璫出視。招魂白簡懸霜日，瞥眼青天過海濤。鼎鑊已除鈎黨息，重閽原不薄吾曹。

其四

英雄涉世耐饑寒，不愛黄金與貴官。檻上朱雲求死易，眼前范叔告人難。一門仗節悲秋草，多士同時惜户蘭。時給舍同繫者七人。歸去季方連榻夜，莫言近事恐銜冠。（《定山堂詩集》卷十六）

## 如須邀同秋岳穎侯赤方半塘舟中限韵二首

叔夜風流許重攀，飄零詞賦起江關。明燈夢續玄冰酒，舊雨人逢故國山。秋盡皋橋龍自卧，雲陰碣石雁俱還。聞箏顧曲輪年少，畫角聲中老客顏。壬午冬與如須、穎侯、秋岳頻集密之長安邸寓。

其二

亂離猶喜賦靈光，黄鵠風高泪幾行。擊筑音難忘易水，過江潮已咽錢塘。吴宫金粉樽前出，漢苑銅駝别後荒。誰唱烏栖城上曲，蘇臺一夜月如霜。（《定山堂詩集》卷十八）

【箋】

此題當作於清順治四年（一六四七）如須自浙東返吴門定居後。曹溶、顧景星分别有作。穎侯，周世臣字。

## 余懷（一六一六—一六九五）二十五首，附札五通

### 擬古詩八首隔河寄姜如須

涼風起天末，河水日以盈。黄鵠欲高飛，慨然動遠情。豈曰無衣裳，念子辭舊京。岧岧吴山秀，松柏翳前楹。鬱此霜雪姿，常恐鶗鴂鳴。朱顔有凋謝，安能學長生。善保千金軀，躑躅全令名。

東方有一士，雅志在修飾。遭亂殊未還，亭亭秀南國。裴徊浙江湄，寂寂無顔色。中懷良自摧，不復生羽翼。蛟龍詎非神，失水何逼側。願子勖光彩，庶以崇明德。

十載爲君友，情同骨肉親。形影常相依，膠漆難具陳。君昔事明主，意氣揚雲津。出入承明廬，文采何彬彬。一朝憤國恨，棄捐委風塵。偃卧東山隅，抱痾良苦辛。躬耕違世務，竊比隴畝民。

秋至草木落，美人畏微霜。逝波鮮安流，皎日無匿光。君身纏衰疾，冬春理匡床。我來吴水深，見子顔色蒼。映階翻紅藥，參术當黄粱。清修諒以完，胡爲自悲傷。懷古既非遠，作德惟日强。

奮身匹文鸞，德輝著江表。卓哉瑚璉器，嫖姚富文藻。恍惚至天閶，靈旂展晴昊。方今大雅衰，靡音奪豐鎬。賴子肆廓清，流飆疾如掃。煌煌齊魯風，奕世以爲寶。

檐月何皎皎，照此緑綺疏。隔河不相親，日晏空愁余。余生良不辰，不及逢黄虞。少年遭憂患，中道棄詩書。戚戚狼戾年，投袂事樵漁。江湖阻舟楫，褰衣攬丘墟。荆榛亘天宇，拊劍空躊躕。感慨君子義，息影歸閑廬。

游戲張江帆，羲輪無停晷。長嘯姑蘇臺，灑涕洞庭水。繁華誠足憂，陋彼輕薄子。君厲歲寒節，抱璞敦素履。一壑手自營，逍遥撰經史。潔身諒有因，委蛇固所耻。余亦仿梁鴻，托婚在吴市。栖栖慕高雅，誰能察識此。

日夕啓歡宴，忽忽非我心。濁醪雖有理，胡以開顔襟。翩翩南飛鳥，戢翼栖上林。彼美信人傑，與我期斷金。順風托馨香，清商飄素琴。顧瞻少儔侶，念子稱知音。時命匪云邁，懷義從此深。沉冥寫孤石，江潭發荒淫。荆蠻有遺恨，泪下不可禁。（李金堂編校《余懷全集·五湖游稿·石湖》）

【箋】

余懷，字澹心，一字無懷，號曼翁，一號廣霞，又號壺山外史，寒鐵道人，晚號鬘持老人。原籍福建莆田，長期寄寓南京，嘗入南京國子監爲學生，後入范景文幕，掌管文書。如須序澹心《楓江酒船詩》：『崇禎初，僕客蔣陵，與余子澹心同爲布衣交。時方聞之士咸來京邑，而劉伯宗、吴次尾、孫克咸、錢仲馭、吴鑒在、方爾止及密之兄弟輩，居游尤篤。』而如農《祭三弟文》則云：『年十七，隨吾之官。年二十三，汝中孝廉科。』如農時服官司揚州道儀徵縣令，其地與金陵，一牛鳴地耳。故知如須與澹心之初晤，當在南京，時二人皆未及冠也。及二人重逢於順治七年，時經天旋地轉，同學諸子多已墓木拱矣。二人年齒僅及於壯，於後生諸子，遂如魯靈光矣。今兹所輯澹心贈如須之作，皆情濃而意長，真摯友之詩也。

## 吴郡五君咏 姜吏部如須垓流寓

萊陽産人傑，海嶽纏英靈。峥嶸庚長榜，鴻文掞天庭。洎乎厄陽九，江山削丹青。流離在吴會，抱疴守沉冥。閨中既邃遠，長謡視明星。鬱鬱松柏茂，未秋豈先零。孤石寫耿介，含華表娉婷。江漢動游思，冰霜結榛苓。美人泪如雨，哀音不可聽。閉門謝熱客，卧讀離騷經。（李金堂編校《余懷全集·五湖游稿·石湖》）

【箋】

同題咏其他四人：吴偉業、林雲鳳、曹溶、葉襄。

## 海上碧雲歌寄姜如須

海雲童童自東起，仙人烟舃空流水。日月相避爲光明，樓臺倏忽空中生。風吹緑鬢令人老，朝騎白鶴游瑶島。暮騎白鶴游神山，丹砂大藥留朱顔。遥望吴門一匹練，銀濤雪浪難相見。我行去子窮扶桑，群星亂落天茫茫。丹霞層樓接雙屐，帝閽縹緲浮金碧。宓妃乘霧招我游，鸞皇夜叫蓬萊秋。爲君舞，爲君歌，天門日觀高嵯峨。爲君歌，爲君舞，前有蛟龍後貙虎。波迴瀾轉不見君，江上年年起碧雲。（李金堂編校《余懷全集·五湖游稿·石湖》）

## 吴門逢姜如須有贈二首

虎丘石上重相見，别有傷心拭泪聽。東海波濤趨鐵馬，南山烟雨濯冬青。孤舟顛頽玩芳草，一代風流老客星。猶記當年桃葉渡，幾回沉醉李家亭。

南徐曾寄數行詩，懷袖冰霜十二時。欲叫帝閽傳痛哭，且臨河水賦抽思。自同野鶴栖蘿磬，誰向幽篁揭桂旗。匹馬短衣雙禿鬢，春風雖好命如絲。（李金堂編校《余懷全集·楓江酒船詩》）

【箋】

參《集外詩輯・澹心過吴雨中同賦懷舊之作》。

## 雨中集飲周忠介公蓼庵與如須分韻懷舊有作五首

春去翻爲杜宇留，與君杖策步椒丘。十年各賦江淹恨，萬里同悲宋玉秋。何處旌旗傳帝子。滿船風雨泣神州。吴門市卒雙蓬鬢。猶自吹簫咏四愁。其一

垂老無家事不同，屠牛避世古墻東。狂搔短髮春風外，醉倚名花細雨中。芳草那知新燕子，夕陽還炤舊吴宫。梁鴻五噫投京後，幾席春傭賴伯通。其二

雲旗一片繞西臺，鐵笛横吹第幾回。茂苑花開堪度日，寒山鐘斷好銜杯。雄心視轍收三敗，老泪衝河賦八哀。悵望美人臨北渚，自騎天馬渡江來。其三

吴濤如練涌斜陽，一卷丹青裹雪霜。獨坐江山頻釀酒，别尋師友暗焚香。却因鳳鳥傳消息，莫向筮龜問短長。鶗鴂先鳴春草歇，杜鵑無語對佯狂。其四

明月楓江繫釣船，六朝烟樹恨無邊。登樓已過三千里，握節何堪十九年。梁父吟成悲白帝，離騷讀罷問青天。傷心偏是班荆社，詩酒飄零最可憐。（李金堂編校《余懷全集・楓江酒船詩》）

【校】

王士禛《感舊集》卷七録第三首，題作《雨中集飲周忠介公蓼庵與如須懷舊作》，第三句作『茂苑花開堪過日』。孫鋐《皇清詩選》卷二十三收第五首，題作《舟泊楓江雨中集飲蓼庵與姜如須分韵懷舊》。

【箋】

周忠介公，指周順昌，字景文，號蓼庵，吴縣人。朱彝尊《明詩綜》卷六十五《小傳》：

萬曆癸丑進士，除福州推官。徵授吏部主事，轉員外郎。死璫禍，贈太常寺卿，謚忠介。有《燼餘録》。

《燼餘録》，未見。澹心與如須均與周氏諸子相善。見澹心《將歸秦淮留别如須及周子佩子潔子暉子向時林若撫黄惕如顧右民至抽毫攬涕情見乎詞》詩。

## 相逢行 同如須用華山道士素詩體

千里晨風結蘿苧，齊烟九點神仙語。楓江水浸楊柳絲，夜夜夢天天不知。小袖禿衿冒霜露，四海蒼茫泣岐路。虎蹲鶏鬥碧草寒，美人獨立衣裳單。杜鵑有泪憑誰寄，袖中猶帶三年字。閶闔深閉豈敢敲，躊躕顧盼魂已消。素雲掩抑青山老，春雨半犁種香草。長鑱短褐繳兩裾，天上火發燔詩書。我輩合作溝中斷，皮肉骨髓存一半。老拳毒手參狐禅，嬰見輾轉不得眠。與君踏碎洞庭月，山鬼湘君各流血。鯤雕偃蹇雙翼垂，奔車覆馬藏精微。百尺蓮花十丈藕，雷霆繞膝風行酒。爲文哭告草堂靈，磨盾拭劍吹血腥。雲門一奏如膠漆，杵臼欲脱不可得。男兒出世重横行，遠望龍文成五色。（李金堂編校《余懷全集・楓江酒船詩》）

## 過姜如須舊宅作詩寄之二首

隔歲相思吴縣客，春風猶戀百花洲。一鶯啼送山中雨，雙槳空摇塘上樓。老去詩篇悲更壯，半生踪迹病兼愁。停雲若爲傳消息，愛爾真輕萬户侯。

禿鬢單衫只苦吟，天涯芳草故人心。萬方多難惟高枕，千里重游未入林。别後酒杯誰共把，寄來書札漫相尋。孤舟直待枇杷熟，夢到青山泪滿襟。（余懷《三吴游覽志》順治七年四月初十日）

【校】

又見《余懷全集・味外軒詩輯》。

## 坐如須思美草堂話舊分賦二首

别後相思寄酒狂，一簑衝雨到山塘。僧貧老卧庵中月，客倦新移泖上霜。泪灑齊梁悲故國，魂招屈宋聚他鄉。重來莫近蘇臺望，花落梧宫春草長。

相期七夕指牽牛，蕭瑟烟帆又隔秋。千里夢回青玉案，六朝愁繫黑貂裘。西窗細雨留紅豆，東海雄風恨白頭。此去婁江何能見，子山詩賦仲宣樓。（余懷《三吴游覽志》順治七年五月二十七日）

【校】

又見《余懷全集·味外軒詩輯》。

## 自閶門抵昆山作孤舟夜雨歌柬如須聖野

東吴菰蘆雨如綫，銀濤白馬時相見。枇杷既熟楊梅紅，估船夜發長洲縣。黄鸝坊口杜鵑啼，虎丘石上南巢燕。醉尋江草哭西風，金銅仙人泪洗面。我有古琴欲贈誰，蛟弦雁柱驅雷電。三千年間日月車，興亡一一都彈遍。聽者變色歌者哀，在于俗耳何繇羨。横塘花落沙湖寒，楊柳垂陰滿芳甸。風帆摇曳不可停，揮手婁門別親串。烟火冥冥主簿祠，笙簫寂寂吴王殿。把袂將吟芍藥詩，消魂原是桃花扇。水驛山橋百里程，掉頭已覺津亭變。爲余拂拭莊家園，秋來好挂鵝溪絹。（余懷《三吴游覽志》順治七年五月廿九日）

【校】

又見《余懷全集·味外軒詩輯》。

## 將歸秦淮留别如須及周子佩子潔子暉子向時林若撫黄惕如顧右民至抽毫攬涕情見乎詞二首

萬古傳忠介，乾坤剩草堂。春風吹舊燕，芳樹老吴霜。北望徒穿眼，西歸各斷腸。門前河水活，雙槳趁斜陽。

其二

孺子真無賴，朝逢黄石公。客愁寒食後，春夢小樓中。僮僕歡羈旅，漁樵嘆故宫。青青原上麥，偏帶杜鵑紅。（孫鋐《皇清詩選》卷十二）

【箋】

題中所及周氏兄弟，以子佩名茂蘭者最有聲名。邵廷寀《明遺民所知傳》記子佩平生行事云：

吴縣周茂蘭，字子佩，忠介公順昌子也。年十九補諸生，遭忠介之難。烈皇御極，刺血頌冤。姚希孟指其疏有語忌，又刺舌改書，上爲之斬御史倪文煥、徒巡撫毛一鷺、尚書吕純如。賜死難家皆追封三代，自茂蘭疏發之。家貧，葬三世之喪，畢弟妹八人娶嫁，皆有條度。乙酉避兵，倉皇失其誥軸。越歲，大兵從閩還，有軍人叩門呼忠臣周氏家，捧誥軸還之。茂蘭大喜拜受，問其人姓名，不答，竟去。吴日生之案，牽連殺文相國之子乘，周婿也，茂蘭迎妹，撫孤成立。亡何，弟又涉禍，獄急。會陳名夏當國，爲子求婚茂蘭。茂蘭涕泗曰：『豈惜以一女易一弟乎？』弟乃得出。晚年與學佛徒游，又遇道人授養生術，過午不食。年八十二終於家。天啓璫禍死者，常熟顧大章（子麟生玉書）、江陰李應昇（子遜之膚公）、餘姚黄尊素（子宗羲大冲、宗炎晦木）及茂蘭，皆終身守名節不出。惟嘉善魏大中子學濂子一，以約唐通兵興復遲死，清議憐之。宗羲自有傳。

# 附札五通

## 與姜如須

足下丙戌以前詩，未免鍾譚習氣。然學鍾譚者，有習氣。駡鍾譚者，亦有習氣。是以僕不學亦不駡也。大抵我輩爲詩，須以古人之格律，行自己之性情。即供奉少陵，亦不可拾基牙後慧，况餘子乎？此所謂寧爲鷄口，毋爲牛後者也。北地濟南二李，非不挺特蒼茫，直是蹈襲太過，遂不能獨有一代耳。足下勉之。海内知此者少，僕將捫舌不言矣。

其二

承命屬僕選足下詩，僕何敢任之。然非僕，又何人敢遲足下詩也。足下丙戌以前詩，一篇不足録。丁亥以後詩，如青霞白雪，照耀江山。又如漸離擊筑，荆卿和歌，悲感燕市，是何氣韵之沉雄、而音節之瀏亮也。僕與足下，切劘今古，期於學問相長。爲足下删其十之六，存其十之四，庶幾披沙見金，不敢爲朋友中之諂臣媚子，以負足下。足下其謂我爲狂乎？後世誰相知定吾文，此甚言相知之難也。

其三

昨即席賦詩，惟我兩人各成八首，而詩又最佳。旗鼓相當，轟轟大樂。諸子皆從壁上觀，亦足以顧盼自雄也。林若撫雖老，而意氣不衰。詩苦於押韵太多，若進心斂手，老氣無敵。吴中原讓此老，但毋奈其窮困何耳。僕每以酒澆之，輒至沉醉。然僕即還白門矣，足下多釀洞庭春，聽其拍浮酒船，中必有數首好詩，供我輩嘆賞也。

其四

吴門山水可愛，足下仿梁鴻之養，寄迹臯伯通廡下。僕亦效陸魯望、張志和，往來烟簑雨笠之間。吴中有兩寓公、兩狂生，大有氣色。昨從鄧尉歸，一夜得詩三十首，自謂仿佛少陵《秦州雜咏》。舉視足下，以爲何如。關雲長聞甘寧隔水語，驚曰：『此興霸聲也。』遂舉軍而退。足下將毋聞興霸之聲而閣筆耶。（李漁《尺牘初徵》卷十）

【箋】林若撫，參《流覽堂殘稿》卷三《林翁行》。

## 寄如須箋

同舟以濟，方郭、李之俱仙；共枕而眠，擬莊、光之信宿。抽鋒得句，陋彼彌明；灑酒臨風，擬斯孟德。山阿桂樹，倩朗月以留人；石沚蘭蓀，带寒潮而送客。我之懷矣，子好游乎？康樂孤嶼之帆，更偕妻子；靖節斜川之駕，少挈賓朋。雖旗鼓之相當，實盤匜之恐後。獨是怪雨盲風，惊魂落魄，幸免螭龍之腹，又充蚊蚋之腸。神物有神，不疾而速；痛定思痛，如何可言！以謝安石之冲襟，不能保其夷粹；即張茂先之博物，曷以辯此幽奇乎！謝東君于東海，访西子于西湖。时隔夏秋，路經吴越，聊復削牘，以代推衿。（余懷《三吴游覽志》順治七年六月十六日）

## 鄧漢儀（一六一七—一六八九）一首

### 亂後懷姜如須

聞君携草屩，采藥客句吳。奉母蒓鱸便，尋僧木葉俱。尺書投北海，雅譽挹東都。擬共高峰坐，相將擊唾壺。畫棹烟中出，君新譜鷓鴣。再逢江左亂，何處故人娱。遥樹燈昏月，輕舟雨載蒲。應憐梅嶺夜，相對白頭烏。（鄧孝威《慎墨堂詩拾》卷五）

【箋】

參《流覽堂殘稿》卷五《和贈鄧秀才漢儀》。

## 侯方域（一六一八——一六五五）一首

### 夜泊過姜如須

姑蘇夜泊聽吴趨，乃是東海姜如須。當年過江第一人，何事混作荆蠻民。鵕鸃冠上玳瑁簪，采菱臨水傷客心。相期太湖射䴔雁，隨陽之鳥不忍侵。手携寸弩袖中藏，日坐橋門南望吟。君尚能射射猛虎，出右北平雪風舞。李廣一醉老蹉跎，眼底生花徒自苦。（《四憶堂詩集》卷六）

【箋】

侯朝宗《年譜》『順治九年』條：『訪陳定生於宜興。』此詩當作於此時。朝宗《與陳定生論詩書》收篇有云：

僕入越後，見吴詹事偉業、曹太僕溶、姜行人垓、葉處士襄、宋學使徵輿及西陵十子詩，皆具有源委。幸致郎君就而講求之。

《壯悔堂文集》卷一《大寂子詩序》：『東海姜垓曰，可以徵詩人怨怒之一端也。』嗟乎，知言哉！

儲大文（一六六五—一七四三，六雅、畫山）《存研樓文集》卷十一《雪苑朝宗侯氏集序》述朝宗交游：『寓金陵……其它海内清望若文玉、彝仲、維斗、次尾、孚遠，暨勒卣、燕又、朗三、駿公、密之、如須、舒章、轅文、秋岳、爾公、若士、修遠、于野、馳黄、麗京諸名彦，胥締附之。』

## 錢棅（一六一九—一六四五）一首

### 方密之招同姜如須市樓看春共賦冠字

憑樓柳色近城端，爲賽勾芒士女看。古道風塵争騎射，皇州烟草照衣冠。狂歌公子才名遠，儉歲游人醉飽難。佳客相携同眺咏，自憐兩度送春寒。（陳濟生《天啓崇禎兩朝遺詩》卷五《錢仲馭詩》）

【箋】

棅字仲馭，號約庵，浙江嘉善人。崇禎十年（一六三七）進士，歷官至南都吏部郎中。有《南園唱和集》《新儒園詩文集》《文部園詩》。

徐鼒《小腆紀傳》卷四十七：

錢棅，大學士士升子也……嘉善錢氏門第冠其鄉……乙酉閏六月，剃髮令下，嘉興民揭竿起者數千人……棅毁家充餉，事敗殺於湖。

棅舉崇禎十年進士，同年中有陳之遴、高世泰、錢肅樂、王正中、曹溶、衛周祚、陳子龍、余颺、謝泰宗、莊元辰、周伯達、李楓、王泰徵，俱有名於時。

陳田《明詩紀事》辛籤六上引姜垓《篔簹集》：

仲馭好學，能下士，請養歸里，築南隅以待賓客。擊鉢成吟，天葩燦發，或有未慊，應手改竄。性穎敏，嘗與余澹心賭誦《漢書》相如、揚雄、吕后等十數傳，晨而上口，酉而背抄，澹心差十餘字，仲馭差三十餘字。仲馭謝曰：『僕去君遠，奚啻三十里。』其謙下若此。

按：『僕去君遠，奚啻三十里』，典出《世説新語·捷悟》曹操與楊修過曹娥碑下分猜碑字一事。又，陳氏著書於清末民初，而猶得見如須《篔簹集》耶？抑轉引自别書？仲馭之殁，錢澄之哭之甚哀。《田間詩文集》及《藏山閣集》收挽悼詩文多章。

## 方其義（一六一九——一六四九）三首

### 班荆社初集

風雨朝朝聽蟪蛄，蒼天近日迴難呼。有無公道留三楚，多少知心在五湖。忍使殘年終射虎，只愁誰屋共瞻烏。尊前枉灑新亭泪，未許勞人咏捋荼。（方其義《時術堂遺詩·七言律》）

【箋】

班荆社，參『劉城』條。方其義，字直之，桐城人。方以智弟。潘江《龍眠風雅》卷三十九有小傳。

## 同姜如須楊雲嶠劉薦叔登城角

夕陽千里迥難遮，坐聽寒風送遠笳。詞賦只今徒自苦，流離到處可爲家。江頭樓櫓懸新月，天外烽烟暗落霞。濁酒一尊懷往事，夜深鼙鼓亦三撾。（方其義《時術堂遺詩·七言律》）

【箋】

題中所及之劉薦叔，名中藻，福安人。與如須同榜進士，亦獲授行人。隆武帝立，擢右僉都御史，閩敗，猶糾衆成軍，請命監國，進兵部尚書兼東閣學士。清兵南下，守福安。食盡，中藻知必陷，遂冠坐堂上，爲文自祭，吞金屑死。事具徐鼒《小腆紀傳·劉中藻傳》。清廷後賜通謚曰烈愍。

## 柬懷姜如須大行

混迹江湖不合時，知君憐我最狂癡。還將草閣閑情賦，遥問章臺絶妙詞。長孺危冠嘗近主，季方高座早爲師。驚聞拜命行人後，抗疏先殲逆黨碑。（方其義《時術堂遺詩·七言律》）

【校】

《龍眠風雅》置此詩於吴德操名下。

# 顧景星（一六二二——一六八七）五首，附札一通

## 姜如須招同合肥公曹秋岳周穎侯半塘舟中限韻

海涌峰孤亦易攀，虎丘一名海涌峰。嚴城燈火啓重關。千錢高價來溪酒，萬樹名花鄧尉山。殘月遠從林屋出，寒潮夜打石湖還。亂餘風景無多异，坐上何人最愴顔。

宵深水月冷交光，市店疏燈挂幾行。打槳客今來直瀆，吹簫人住在橫塘。寒泉虎氣多年散，别苑鷄陂歷代荒。如此江山供一醉，屧聲歸蹋白堤霜。（《白茅堂集》卷六）

【箋】

順治五年（一六四八）作於蘇州。題中所及龔鼎孳、曹溶，均另有作。景星，字赤方，號黄公，蘄州人。明季貢生。龔鼎孳於崇禎間官蘄水，赤方與杜濬同爲龔所賞識，二人齊名，時稱杜顧。

杜濬《變雅堂集》有贈周穎侯詩二首：

不知君早達，落落復悠悠。下筆黄公望，含情顧虎頭。計誠宜共返，身未肯東流。益嘆前賢事，相同不但舟。（《贈周穎侯穎侯再約同舟南歸余皆以他羈不果踐》）

譽子詩中畫，人間語盡然。挑鐙嚴可否，把筆準前賢。高適營州幕，王維輞水川。看君未三十，佳句已堪傳。（《閲穎侯詩穎侯曾謫邊幕》）

## 如須雲國季深再游虎丘飲道公房叠前韻呈龔公

江東名士孰提攀，林下支公但掩關。七里半塘仍禁足，三門外望更無山。棹來畫舫繩床醉，斜挂雕鞍酒甕還。甪里故鄉傳此地，未知何事去商顔。或問支道林，王修齡何如二謝？支公曰：固當攀安提萬。《漢書》注：商山之顔，猶山額也。

未能避世學焦光，且與漁竿作隊行。聽法道生留講石，移家慧曉愛山塘。開殘花草吴宫泪，戰定烟波海國荒。激楚獨餘游冶客，不堪青鬢歷星霜。（《白茅堂集》卷六）

**【箋】**

繫順治五年（一六四八）。詩題所及之季深，陶澂之字。澂本名介，字昭萬，改名澂，字季深，去其一字曰季，江蘇寶應人。崇禎十五年（一六四二）生員。撰《舟車集》三十卷，顧景星爲之序，稱『二百年來山林無此詩矣』。道公，釋自扃（一六〇一——一六五二），字道開。時任虎丘方丈。

## 附與姜如須札

舟中醉後，望半塘水月如練。信步至虎丘，嚴風振條，枯影在地。笑謂沈古乘，此一幅郭河陽蟹爪筆法也。今夜月明試往看，殊勝紙窗寒檠翻画譜。如何如何。（《白茅堂集》卷四十二）

【箋】

疑爲前詩賦後之當夜致如須者。

## 立春夜留姜行人垓萬昆山王錢塘虎丘小飲

柑酒蒿盤意，留君話所思。室烘爐焰暖，山雪寺鐘遲。香繞孤燈入，春因夜氣知。壁衣瓶影外，生趣在南枝。（《白茅堂集》卷六）

【箋】

繫順治五年（一六四八）。

## 徐枋（一六二二—一六九四）三首

### 法螺庵同姜如須分韵

零落寒山路，香林帶晚霞。藤垂翳日蔓，菊吐故叢花。燈火山窗暗，星河石竇斜。踟躕頻感舊，中夜幾長嗟。

二

老屋依岩底，蓬門接水隈。諸天花作雨，五夜澗爲雷。乞飯舂新穀，攢眉憶舊醅。流光老我急，節序巧相催。（《居易堂集》卷十八）

【箋】

枋，字昭法，號俟齊。崇禎十五年（一六四二）舉人。父汧，乃如須會試之房師，如須於崇禎十六年奉母南行，經揚州至無錫陽山邨，終而卜居吴門，自與徐氏父子有極大之關連。

## 懷舊篇長句一千四百字（節選）

季江視我同雷陳，仲海因之亦孔禰。同被恒矜孝友偏，聯床常妒塤箎美。流連風景悼興亡，寄托離騷同怨誹。兩賢前後赴修文，敬亭竺塢垂青史。萊陽姜如須行人垓與余爲通家兄弟交最善，如農給諫埰因亦莫逆。給諫以當年謫戍宣城，葬敬亭山。行人遺言以延陵爲法，即葬吴門，墓在竺塢。（《居易堂集》卷十七）

## 陳維崧（一六二五—一六八二）二首

### 四子詩·萊陽姜如須垓

東京袁本初，并土劉越石。如須饒壯思，實本三齊客。蚤歲擅民譽，夙著金閨籍。麗藻雅芊眠，雕文殊絡繹。頃來阻戎馬，流寓吴閶陌。斥堠接烟塵，高談喟疇昔。海上多飇風，探丸夜相索。珊瑚載巨艑，明珠充大舶。凄然顧鄉關，卧疾梁鴻宅。（陳維崧《湖海樓詩集》卷一）

【箋】

陳維崧《祭姜如須文》（見本書《哀挽諸什》）有云：

憶自庚寅……索先生爲《湖海樓詩》序……嗣後不相聞問者又年餘。去冬，過吴門一謁……無何别去。居數日，自雲間歸，再謁先生……後數日，聞先生病……又數日，聞先生死。僕來吴門，則先生者果死矣。

維崧《四子詩》，如須居首。餘三人爲『雪苑侯朝宗方域』『武林陸麗京圻』『楚黄曹石霞允昌』。詩末句『卧疾梁鴻宅』，當作於如須抱病垂死之際。

## 過吴門贈姜如須

吴鈎腰下不勝寒，立馬蘇台月裏看。家在橋頭流寓久，秋來江上别離難。仲宣詞賦頻思土，梅福功名竟挂冠。寄語金閶舊年少，莫携齊瑟向君彈。（陳維崧《湖海樓詩稿》卷八）

## 王昊（一六二七—一六七九）一首

### 上姜大行如須

幾年持節侍長楊，仙吏聲名滿帝鄉。天下高山推泰嶽，人間才子重萊陽。揮毫漢署摇星斗，作客梁園見雪霜。詞賦三吴誰得似，風流原屬古諸姜。（王昊《碩園詩稿》卷八）

【箋】

繫順治七年（一六五〇）。王昊，字惟夏，號碩園，江蘇太倉人。婁東十子之一。以牽連奏銷案被逮入京，次年獲釋。康熙十八年試鴻博不第，賜内閣中書銜。吴梅村刻《太倉十子詩選》，收《碩園集》一卷。《碩園詩稿》有乾隆間刻本。

## 姜安節（一六三三—？）一首

### 登望石山奉和叔父貞文先生

碧城縹緲地中央，歲久仙臺松柏蒼。玉宇天高懸積翠，石壇人寂滿空香。黄庭丹授君爲老，青鳥書來母是王。安得餐霞成羽化，此身長傍白雲鄉。（《流覽堂殘稿》卷六附）

【箋】

姜安節，字勉中。如農長子。先奉父居吴，築思嗜軒以寄教思，晚奉遺命，居宣城，守父墓。

## 葉裕（一六三五—一六五九）一首

### 和姜大行如須晚郊次韻，時如須旅寓山塘橋下

雲白風輕正晚晴，草橋春漲緑波平。數重烟樹籠村郭，幾陣飢鳥下古城。估客高檣連岸泊，荒臺青草過墻生。花宫舊日繁華地，不見銀箏與玉笙。（陳瑚《從游集》卷下）

【箋】

葉裕，常熟人。陳瑚之弟子。

## 葉襄（？——一六五五）六首

### 齊价人招同曹秋岳申霖臣徐松之集姜如須山塘小隱分韵

繫纜青溪上，銜杯草閣間。槎枒荒樹老，慘淡凍雲斑。客盡東南轍，人逢大小山。天涯鉦鼓盛，相對一開顔。（徐崧、張大純《百城烟水》卷三）

【箋】

題中齊价人，原本誤植作份人。

《（同治）蘇州府志》卷四十六：

山塘小隱，在虎邱。明行人姜垓寓舍。垓與兄埰，明亡卜隱虎邱。與葉襄、金俊明、任大任諸宿老相過從。

《府志》亦收葉襄此詩，題作《宴集姜如須山塘小隱》。起句作『繫纜青溪側』，較勝。

## 送姜如須還萊陽

翩翩雲中雁，肅肅雙南翔。落葉懷孤根，游子思故鄉。秋風滌煩熱，四郊生微凉。車音何轔轔，似爲勞者傷。板輿來東迎，佳氣滿高堂。相見會有期，執手歡中腸。（朱彝尊《明詩綜》卷七十七）

【箋】

參《流覽堂殘稿》卷五《齊价人載酒過草堂偕秋若聖野霖臣分作》。

## 送姜如須省親萊陽兼呈令兄如農先生及李灌溪張草臣陳皇士徐昭法一百韻

島服滄溟外，干戈淮海邊。岱雲峰幾矗，魯道路三千。淑氣開正朔，青陽改歲年。銜杯當日晚，驅馬向春前。陰雨蘭皋濕，晴江雁影翩。東郊紅冉冉，南浦緑芊芊。憶昔班荆歲，天涯氣并憐。終軍繻始棄，賈誼策初傳。洛下鴻辭貴，扶風絳帳聯。江袍新錦麗，荀袖殢香纏。契合誠吾道，追陪盡比肩。李邕文特富，張祐句長宣。夜月浮朱鷁，春畦試寶韉。酒壚尋卞賽，花底出陳玄。卞、陳皆時名倡。素指彈銀柱，紅牙綴碧鈿。玉凫歌緩緩，鐵鴿舞姍姍。調笑過三雅，高談起四筵。通宵淹畫燭，勝日迓珠軿。促坐焚膏甲，分曹襞彩箋。伊班陶永夕，李郭艷登仙。隱几閑看弈，藏鉤暗賭拳。有時諧燕謔，何處不狂眠。受命皇華赫，承恩四牡遄。簡書馳驛路，征旆耀平川。珂佩鳴霄漢，金章映斗躔。塤篪親禁闥，風雅振幽燕。品藻歐公盛，儒林鄭氏賢。夔龍矜會集，鵷鷺羡騰騫。毒虺專枋局，封狐秉化權。端揆争濁亂，寮寀互傾便。慷慨君家仲，崢嶸諫獨先。伏蒲推勁鶚，拜杖凜雄鸇。陛檻朱雲折，荒牢孟博填。鶺鴒方急難，莪蓼遽憂煎。畿甸紛戎馬，青徐繞控弦。舉家勤捍衛，盡室領中堅。戰血俱盈面，椿戈早斷咽。精忠父子殉，壯節女嬰全。惻惻回鄉井，哀哀謝粥饘。生芻吾尚愧，雞骨爾難痊。墓草纔經宿，銅駝已莫延。黄巾翻海嶽，赤子弄戈鋋。豺虎横齊兖，妖氛染雒瀍。流離來茂苑，迢遞到吴天。分欲匡王室，終期佐治平。殿廷蒙貝錦，嚴户冷香荃。辛苦營三匝，蒼黄越五遷。錢塘舟浪簇，嚴渚釣星懸。禍亂天心甚，崩分國步顛。神州淪板蕩，寰宇暗腥膻。無復新亭慟，徒聞戰鼓闐。明駝輸寶賂，毳帳鎖嬋娟。壁壘江東震，兵車嶺嶠綿。會稽栖甲士，銀海將樓船。反戟旋迴日，彎弓早碎磚。朱旗殷戍火，白羽眩江蓮。祖逖鞭先策，山公啓待銓。報韓心獨苦，復楚衆難專。國破人猶競，時移黨未蠲。即看天柱坼，還益覆車沿。微木勞精衛，空山叫杜鵑。將誰飛一矢，士盡挾空拳。未遂中興願，俄驚半壁穿。江潮沙岸淺，邊馬戰纓獧。絶嶂迷行在，深林竄隱員。蒼崖雲淰淰，石瀨水濺濺。雁蕩明霞艷，龍岩古樹圓。青鞋衰草徑，黄葉下山箯。月黑天台路，魂依婺嶺巔。漆身猶伏匿，流涕倍潺湲。陪僕俱星散，難兄奉母旋。飄零常百里，間道息重胼。越地長違止，蘇門倍黯然。無栖安擇木，有夢怯于畋。城郭疑丁令，滄波蹈魯連。素交存舊雨，遺老泣沉淵。梅福藏名姓，梁鴻賃市廛。衣冠群稱溺，緇布學逃禪。豫讓形難識，家翁志不悛。避人耽絶閣，訪隱度南阡。離黍傷中野，餐英近洌泉。何心隨雁鶩，端欲老槧鉛。世事真徒爾，虚名亦妄焉。沉冥師綺季，爵里遜僧虔。用拙宜躬耒，謀生賤執鞭。飛鴻辭弋網，獨鶴想芝田。薄俗輕羈旅，孤踪寄舊氈。艱難羞瓮罍，愁窮賴詩篇。水國寒陰轉，南陔裾思牽。絳趺春晼晚，雛羽晝翩翾。别緒鄉關遠，歸期節候偏。潘輿閑孰御，江賦恨靡鐫。屠酒初停宴，離歌欲叩舷。烽烟遮塞北，波路困迍邅。彩服紛荷芰，瓊茅代竹篿。戒途遑怵惕，陟屺敢逡巡。遲日萱心暖，芳暉棣萼妍。瀼西留故宅，彭澤剩荒椽。款款河梁色，依依楊柳烟。荆榛悲極目，行矣慎加旃。（陳濟生《天啓崇禎兩朝遺詩》卷十《葉聖野詩》）

## 和廣陵鄧孝威秋日送姜如須赴吴兼承見懷之作三首

蟲樹蕭蕭暑氣餘，茂陵終日病相如。蘋花冷落芙蓉岸，籬荳斜牽薜荔居。萬里風烟霾北渚，千帆秋色下南徐。何當共載西園酒，醉爾青州紫蟹胥。青州蟹胥見山谷詩，如須從此來，故及。

水國蒼茫鴻雁多，已看凉月照青蘿。桐陰暮雨凋眢井，蓮粉秋風委逝波。行邁獨餘離黍泣，夜長誰聽

飯牛歌。吴江楓冷鱸魚美，同向蒹葭卧釣蓑。（陳濟生《天啓崇禎兩朝遺詩》卷十《葉聖野詩》）

【校】

鄧漢儀《詩觀二集》卷一收第一首，第三句「蘋」作「宫」。楊鍾義《雪橋詩話續集》卷一收第一首，首句「暑氣餘」作「春雨餘」，第三句「蘋花」作「宫花」，第五句「霾北渚」作「迷北渚」。

高臺落日斗栖烏，幾處炊烟起荻蘆。客夢已迷歌吹路，舊游還記酒家壚。滄江歲晚眠漁父，絶塞音書待雁奴。露槿風杉秋思滿，月明閶闔共提壺。（鄧漢儀《詩觀二集》卷一，徐崧《詩風初集》卷十三，孫鋐《皇清詩選》卷二十九）

【校】

陳濟生《天啓崇禎兩朝遺詩》未載。起句「高臺落日斗栖烏」，《雪橋詩話續集》卷一作「高臺落日唤栖烏」。「隨地」，徐、孫、楊書作「秋思」。楊氏録詩後，附按語云：

蒼凉感喟，有王原吉、戴九靈之遺響。《嶺南關漢述懷》句云：「每呼鸛鶴爲家令，直以雲山作酒徒。」似楊廷秀。

【箋】

鄧孝威撰葉聖野小傳云：

字聖野。曾刻《紅藥堂詩》行世。與余論詩極合。丙戌訪余吴趨，語余云：『元微之《連昌宫詞》、白樂天《長恨歌》，皆唐人極有關係詩，而鍾、譚不録，所以爲舛。』今亦棄世。其遺稿尚多，付之斷烟荒草，不問可知也。

聖野《紅藥堂詩》，朱彝尊《静志居詩話》卷二十一『葉襄』條：

字聖野，長洲儒學生。吴下詩流，聖野始屏鍾、譚餘論，嚴持科律，一以唐人爲師，與姜考功如須往還酬和。曩嘗接席臨頓里，談諧宴笑，器局可親。所刊吟稿，考功序之。今購之便不可復得，僅從《道南集》抄撮數首而已。

王昊《碩園詩稿》卷十三《挽葉聖野》：

驟得修文信，驚心世事空。名猶千里重，身竟一棺終。師友存亡際，江山涕泪中。翩然游岱意，應爲阮途窮。

地下人何往，天涯夢未疏。墳空難挂劍，路冷欲回車。作客愁無那，招魂恨有餘。遺孤三尺在，誰獲茂陵書。

詩繫順治十二年（一六五五）。第一首起句『驟得修文信』，知詩作於得訃報時。

## 齊維藩一首

### 新柳與姜如須同賦

吾猶及見上林春，二月宫條御柳新。萬户垂青招燕子，千官拖紫曳龍鱗。虚誇張緒方年少，不數王恭是美人。肯與隋堤同日語，緑陰一様旋輕塵。（潘江《龍眠風雅》卷四十八）

【箋】

价人名維藩。見《流覽堂殘稿》卷五《齊价人載酒過草堂偕秋若聖野霖臣分作》、卷六《新柳》。

## 宋璉（一六一五—一六九五）一首

### 贈别姜如須

故鄉叢菊任蒿萊，潦倒荒亭倚酒杯。越鳥頻驚華髮盡，吴山猶帶夏雲來。十年大漠催關笛，一夜寒江盡落梅。南國至今多舊迹，知君更上越王臺。（徐世昌《晚晴簃詩匯》卷十三）

【箋】

宋璉，山東萊陽人。參《集外詩輯·烽火山禪院雜咏贈宋孝廉林寺董茂才樵》。

## 姚景詹 一首

### 姜如須大行以詩見投依韻步和

塵世滄涼血濺餘，英雄憑吊憶相如。夔龍未奏雲天柱，蛾米横奔紫極居。三晉河山連豫楚，二陵風雨過淮徐。聲華寂寂何如飲，懶向東南乞象胥。（姚佺《詩源初集》吴卷）

【箋】

姚仙期評曰：『「三晉河山」一聯，恍然嘉隆前規，蓋近賞于鱗、元美，以爲近體鉅什也。而與大行，感時懷君，忠厚惻怛，意尤可風。』

## 董樵 一首

### 同姜如須宋林寺禪院冬居和如須見贈韵

桑梓豈無念，人情反覆新。逃名知俗累，避世覺僧親。風霽優曇雪，香凝祇樹春。與君塵外意，蕭颯見衣巾。（陳田《明詩紀事》辛籤十五上）

【箋】

董樵，初名震起，字鷽谷，號東湖，萊陽人。如農原配之弟。《敬亭集》有《用陶別殷晋安韻與董樵》《喜董樵至》《送董樵還揚州兼簡宋孝廉林寺》《送董樵自姑蘇之南昌》《送内侄董道博還萊兼寄令叔董樵令兄道彰末首專及令姑荆人也》，另有《董樵傳》。知二人間之情誼，非僅只姻親而已。

如農《自著年譜》『甲子年十八歲』（天啓四年［一六二四］）條：『娶董孺人，爲婺源訓導同邑董公諱應雷女。』己卯年三十三歲（崇禎十二年［一六三九］）條：

是年二月五日，董孺人殁於（真州）官舍。自筮仕以來，先後爲兩弟完娶，兩妹于歸，凡簪珥服飾，皆孺人爲區畫。孺人處妯娌間，無私財，母太孺人每嘆曰好孝媳，姻親中咸謂埰夫婦無私財，孝矣弟矣，獨不爲子女計乎？孺人笑謝而已。

錢澄之《田間文集》卷二十三《前給諫姜公卿墅元配董孺人遷葬墓誌銘》，叙董氏先葬萊陽。後四十餘年，如農殁於蘇州，二子遵遺命，葬之宣城，復移母柩南來，葬於如農之墓側。

董氏與萊陽宋氏亦爲姻親。宋琬《安雅堂未刻稿》有《喜表弟董樵至》詩：

數枉山中信，江湖問逐臣。憐余常作客，知爾尚依人。刀俎驚前夢，漁蓑老此身。故園風俗薄，猶有葛天民。

陳維崧（一六二五—一六八二）《湖海樓詩集》卷四《方竹杖歌爲萊陽董樵賦》七古一首，叙樵晚年浪游湖海間事，可略見其人之丰采：

山東董樵忽見訪，入門手持方竹杖。我亦生平屠狗人，對此蒼然屹相向。董樵董樵真吾徒，胸中豪氣無時無。談兵肯事東諸侯，作騷直學屈大夫。翻然南下浮東吴，亦復窈窕尋仙都。廣陵城外秋風冽，黄鬚半作猬毛磔。唤我同登大酒樓，此竹由來爲予說。今年三月游金華，丹梯紺壁淩朱霞。采芝偶入烏傷地，看竹閑過衛鑠家。此竹檀欒不易得，愛之拍手徒咨嗟。倪家女子非恒流，知有人間韓伯休。劚來恰贈一竿竹，伴我名山禽向游。我聞此言揮百杯，醉餘不合成悲哀。瀟湘斑竹竟誰在，九疑荒冢生蒼苔。況聞官軍大戰勝，今年邛杖西南來。方圓枘鑿不相入，爾持此杖胡爲哉。勸君携歸玉女盆前住，不爾此杖驍騰作龍去。

## 吴道凝（一六二三—？）一首

### 送姜如須北上謁選兼奉兩親歸里

廣陵梅花夾道路，公子驅車不肯顧。望見長安宫殿千萬間，飄風已盡浮雲還。抗手當歌對游子，幅巾奮袖乃如此。姜郎母謂客作豪，羊裘大澤猶鳴刀。東行吴越少年走，秦淮獨飲龍眠酒。誰爲戴笠誰乘車，市兒佯邀城南居。主人作使邯鄲曲，群從張燈攫銀燭。胡爲乎携劍直向海岱歸，楊柳雨雪相牽衣。君行莫厭黄河深，千年萬年流至今。岱宗之高幾千丈，秦碑漢碣難名狀。君家丈人賢大夫，高山流水聊追呼。長卿筆札若在手，當憶吴生長歌歌折柳。（潘江《龍眠風雅》卷四十六）

【箋】

如須北立謁選，在崇禎十四年（一六四一），時如須兩親慶還曆於南京。方文有詩紀之。吴道凝字子遠，一字至之，號虚來，安徽桐城人。潘江吴氏小傳云：

宫諭宗一先生之子，順治丁亥進士。初授山東長清縣，改浙江奉化，所在職辦。未幾，挂吏議歸。公少負才名，胚胎家學，吮毫伸紙，滚滚不休。與人言，才辯蜂涌，傾倒座客。其爲詩，含咀漢魏，瀏汋三唐，有朱弦清廟之遺。草書尤横絶一代，自謂得李北海筆意。既登第，雅志石渠、天禄之業，齷齪百里，非其好也。予僑寓秦淮時，詩文有所質正，公輒謬加許可，不啻口出。至下交引忘年之義，曾以《大指齊詩集》十二卷貽予。轉徙以來，卷帙零散，搜牢敝簏，不可復得。己酉，自都門出紫荆關，與其從孫昌仍坐廣昌署中。叩其所記憶，未刊之詩不下數十首。疾録一通，藏之行笈，而以悼亡遄歸，倉皇中亦歸烏有，僅從《過江集》及予舊鈔本采若干篇，殊未足盡公之長也。循讀數過，爲之三嘆。

## 陸坦（一五九四—一六五四）一首

### 讀姜如須徐氏東園詩有感

金谷凄迷一徑斜，舊時歸燕已無家。落花細數章臺月，栖鳥閑啼錦石沙。有客題門吟碧草，何人掃榻慎寒瓜。薄肥秋雨涼颸動，十里江楓起暮笳。（陳濟生《天啓崇禎兩朝遺詩》卷八《陸履常詩》）

【箋】

陸坦，字履常，一作履長，嘉定人。崇禎三年（一六三〇）舉人，授南豐知縣，不赴，隱居鄧尉山。有《庚除詩稿》，未見。

# 附　哀挽諸什

## 林時對《哭姜吏部箕篙》

我友瓌瑋姿，聳身千仞際。雅藻何翩翩，一揮凌九制。弱冠事請纓，會當掃欃彗。桑榆景寖馳，遇坎悲淪替。買鄰要離旁，洗眼望朝霽。何來赤虬迎，此子成永逝。慨昔天寶盛，駪征子我繼。攬轡澄妖氛，同舟期共濟。杖策追春陵，丹蓋高虞荔。啓事同山公，雅量振海裔。所懷良未酬，遑恤身家計。繁霜殄山蘭，烈膏焚岩桂。子犯已歸土，重耳尚遠憩。魂兮不復歸，空庭悲馬繫。（全祖望輯《甬上耆舊詩》卷三十五）

## 程邃《哭姜如須吏部》

十載從容節，甲申至癸巳。深情許獨堅。公贈余有『黄海坎壈情獨堅』之句。不勝傷世泪，堪動古皇天。君得天心厚，吾將泪眼懸。高堂與弱子，兄友萬端憐。

其二

生死朋交義，河山證等流。要梁埋骨處，公卒于吴而葬吴，久以要離、梁鴻相期許。智永又同丘。夷、齊二墨，曰智曰永。母訓真全保，師門遠戚休。徐長洲太史、凌茗柯黄門爲公淵源濟美。雍何終信道，門下士也。叔子與天游。（《蕭然吟》卷一）

## 朱陵《挽姜如農給諫兼追悼令弟如須大行》

東海叢靈秀，秋實兼春華。棠棣既□茂，□□更相和。予昔識其季，年齒方言多。少壯意氣合，能舞同□□。言合滄桑改，艱難走天涯。既而返吴會，買宅爲行窩。僑局得同望，日夕欣相過。□然中道夭，同志嗟鸞化。因知阿兄賢，千丈猶峨峨。□會見繪相，戎服肩長戈。乃是擊權要，先皇曾見呵。謫作宛陵戍，至今不敢移。遺言敬亭側，埋骨山之阿。終能不違始，此意良不磨。我悲兄與弟，長言費吟哦。（朱陵《亦巢詩稿》）

## 余懷《三哀詩·姜考功名垓，號篔簹，萊陽人，庚辰進士》

大業垂伊姜，斯文重鄒魯。河漢揚其波，日月耿萬古。考功表東海，摛詞蔚龍虎。少年賦兩京，高卧吟梁父。煌煌庚辰榜，名魁擢天府。落落官大行，經年閉蓬户。洎遭陽九厄，憔悴浙江滸。拾橡台宕間，痛哭拜神禹。流涕授考功，艱難備舟櫓。國破更無家，徒步將老母。栖遲長洲縣，旅食伯通廡。文酒聊自娱，豈云適樂土。草堂種松桂，琴樽翳環堵。丘壑幸獨存，長鑱奪風雨。豈期年四十，沉沉嬰二豎。吁嗟陶謝儔，不得至公輔。剪紙招君魂，呼天竟何補。平生有遺書，絶筆托肺腑。臨殁以遺稿囑余選定。泉路號孤兒，冥冥享鐘鼓。君一子，方十二齡也。（《余懷全集·五湖游稿》）

## 徐枋《姜吏部如須哀辭并序》

癸巳歲春二月廿有三日庚申，姜如須先生以疾卒于吴門之舍館。其友徐枋聞訃哭之慟，而以越在數十里，屏居土室，不入城府，不得一視殮唅，理喪事，心慽慽若有所失。越十有四日三月癸酉，乃服朋友之服，復爲文而哭之。嗚呼！人之生死亦大矣哉！士君子不幸生當革運之會，錯趾屯邅之時，苟非懷二心遺君親者，未有不以死爲歸者也。齒劍仰藥，懷沙沉淵，國亡與亡，九死未悔，不以皎皎之身而試汶汶之俗，此其最也。剷迹銷光，蓬纍泥蟠。奉身長往，皭然不滓。而一飯不忘君德，行歌慘于痛哭，此又其稱也。昔陶潛浮沉詩酒，優游卒歲，歿于宋文帝元嘉四年，距晋亡已九載，而良史特書爲晋徵士。家弦翁隱居教授，以天年終，卒于元大德中，去宋亡幾二十年，而載筆者必褒爲宋遺臣。迹二子之所爲，亦老死牖下已耳。而每與銜鬚結纓、赴湯蹈火聲施并永，何哉？豈非死有前後，節殊顯晦，而原心定論，則之死不渝，同歸一致乎？吾今日于姜如須先生見之矣。國破以後，先生棄家奔吴，入林不返。雖身存將母，而與死無間。艱難契闊，逾涉八年，而乃心本朝夷，險靡二行，當拂亂而益堅，時攖困厄而逾壯。壹鬱侘傺，繚悷怫結，一見之于詩歌，詞調激揚，藻麗横發，而神理沉鬱，措思哀痛。論者以爲靈均之怨誹，少陵之悲壯，先生有焉。其立節既嚴，故束物亦峻。每以余之屏迹隱身，杜門守死，咏歌獎訓。往復過從，不能已已。其或低迴時路，亦刺譏立發。客歲有明室遺老厠名啓事，先生恐其彈冠脂車，有隳素守，乃貽詩規諷，懇懇千言，則先生之心爲何如哉。人徒見其賓從笑歌，杯酒留連，以爲若忘于情者，而不知其神傷心摧也。夫家冤國恤，萃于一身；創鉅痛深，并集方寸。人非金石，亦何以堪？故新亭風景，西臺登臨，無一非其傷生之具矣。今年甫四十，而一病不起。嗚呼！憂能傷人，不復永年，信哉！余之所遭，與先生有同痛，而先生忽然以死。俟河之清，人壽幾何？拊事悼心，能不摧絶？先生爲文靖公禮闈所得士。乙酉之禍，先文靖殉節止水，門生故吏幾同路人，而先生五年居吴，四叩先人之墓。每臨殯宫，哭泣甚哀。先生豈自以爲壽不得長，將相從地下耶？先生之太公亦仗節死事，駡賊不屈者也，則先生父師淵源，積漸有素，豈偶然耶？范滂將赴死，與母訣曰：『仲博孝敬，足以供養。滂從龍舒君于黄泉，存亡各得其所。』任末奔師喪，病革，敕其後曰：『必致我尸於師門。』死而有知，魂靈不慚，若是乎？父子師友之間，死生之際，蓋凛凛乎難言之。今先生潔身固節，全而歸之。不隳家聲，不愧師傅矣。于其生也，無間于前人之死，則其後死于今日，豈復有貳于畢節當時者哉？是先生雖死，而實有不死者存。若彼後君遺親，生理滅絶，雖假視息，而其臭腐固已久矣。故曰『人之死生亦大矣』，因揮涕而爲之辭。其辭曰：

天帝既醉，九宇分披。金符暗竊，玉弦潛移。皇綱解紐，突騎横馳。鵰鶚雲翔，鳳凰枳棲。祥麟迸野，廟登狐狸。于是志士成仁，忠臣取義。弘演納肝，睢陽碎齒。汨羅三閭，止水萬里。餘亦漆身吞炭，剪鬚截指。隱身門卒，全節傭伍。或托青盲以避時，或加白刃而不顧。右引鴆毒，左推紱組。既無間於純忠，又豈殊于九死。若乃蹈江海，奔山林，變衣冠，埋姓名。蓋一往而不返，亦百折而不傾。仙人隕涕于辭漢，處士寓言于避秦。污穢榮禄，糞土簪纓。懷瑾握瑜，雪白蘭薰。寔以礪俗，豈曰偷生。

吾友姜子，寔惟其人。原姜之初，本自炎帝。神皇發祥，綿歷萬禩。功熾隆周，德昌漢世。又千百年，吾友誕嗣。嶽降星臨，無雙國士。結志青雲，拜身丹陛。年逾弱冠，頓轡皇塗。才名蓋代，直節不磨。五鹿折角，九閽叩呼。論事則氣劘諸老，説經則席奪群儒。稱詩齊于十咏，獻賦媲于三都。方黼黻乎休明，豈躓跋于籲虞。天步頓傾，皇輿再瀦。園陵鞠草，社稷爲墟。公曰惟臣死節，矢志不渝。痛惟先臣，駡賊捐軀。臣有老母，臣死誰依。疊山後死，職是踟蹰。于是奉母避世，不遑寧居。間關南北，載馳載驅。既非崔邠之脱帽，又非安仁之板輿。家國傷心，愴焉以悲。世路險仄，蹙蹙靡之。乃至四鳳异林，三荆分株。既不同夫伯淮之被，亦莫牽夫仲海之裾。爲臣爲子，集蓼茹荼。凛凛臣躬，其敢隕越。憔悴放廢，姱修信潔。擷衆芳以爲佩，指後凋而爲節。世界重昏，不見日月。君父痛深，母兄念切。采薇作歌，彼屺時陟。方寸幾何，堪此崩裂。旦復旦兮，庶幾生活。昊天夢夢，長夜漫漫。俯仰山河，摧絶心肝。賈太傅哭泣以早死，盛孝章憂傷而夭年。帝構玉樓，天降玉棺。哲人萎矣，梁木壞焉。人百何贖，泣涕漣漣。秦人歌其黄鳥，蒿里悲其素驂。謂天憖遺，大濟時艱。佐建武之風猷，睹司隸之衣冠。豈期碩果，遽墜重泉。嗚呼哀哉！疇昔之夜，惟余心動。巨卿死友，元伯入夢。玄冕垂纓，仿佛長慟。感舊則鄰笛懷悲，傷逝則人琴抱痛。嗟眭夸之縞衣受唁，愧范式之素車奔送。嗚呼哀哉！惟公之靈，寔明我心。八年草土，絶迹市城。繐帷在望，若隔寰瀛。憑棺一哭，俟之河清。于是乃登高丘而延望，敶楚些以招魂。嗚呼哀哉！歲在龍蛇而賢人嗟，月犯少微而隱士卒。巷不歌謡，行路啜泣。况余與公，體同休戚。孔李通家，雷陳膠漆。其爲痛悼，罔罔靡極。攬茹蕙以掩涕，衣袖爲之盡浥。命也奈何，如兹奄忽。死生异路，永從此訣。嗚呼哀哉！（徐枋《居易堂集》卷十九）

## 徐枋《書石刻姜如須遺迹後》

昔者，吾友姜子如須，以弱冠之年薦登上第，才名傾一時，諸老先生爲之退席。驟更世變，遁迹不出，卒卒以歿。天下傷之，謂其對策上書，名動當宁，無异賈長沙。而中年殞逝，未竟厥施，亦無异賈長沙也。余謂不然。如須緬懷君國，俯仰興亡。創鉅痛深，不克永年。實死而不朽，與殉國同，非悲傷摧挫，自輕其生者。今其遺書具在，天下後世當一展卷而得其心也。至署碑污逆臣姓名，則特疏請擊碎其碑；遺老名登啓事，則遺詩規其出處，尤忼慷感激，千秋爲烈者也。今子寓節以其所存手迹勒之貞珉，此僅遺書中之百一，特重其手迹耳。子瞻云：『有形之物，尤不可長。金石之堅，俄而變壞。功名文章，傳世差永。若必托於金石，是久存者反求助於速壞。』余謂不然。凡物之寓形於天地間，其可久者固無逾於金石。然托之非物，金則革之，石則毁之矣。惟既自有其不朽，雖微金石而可傳，然後附金石而益壽。蓋呵護寶惜，實兩相資以永世也。嗟乎，彼斷楮殘縑，猶綿歲祀，况金石乎？是以君子貴自立也。（徐枋《居易堂集》卷十）

## 陳維崧《祭姜如須文》

於乎，先生而何以死！先生而何以死！則落拓如維崧且辱知己之感如先生者，何可以信先生之死而遽有言也！先生而死，則落拓如維崧且辱知己之感如先生者，何可以先生之死而遂無言也！維崧則髮未燥時，從諸先生長者爲雅游，一時如黄清漳、張婁東、吴秋浦、陳雲間諸先生，謬承獎拔，厠我上流。其愛我者死矣，其不愛我者未嘗死也。其愛我不深者未嘗死，即死矣，未嘗最可悲也。死而可悲，然或相隨數十年，即近者亦數年，未有國士之知，存殁之誼，一面頓盡，如先生也！憶自庚寅吴縣葉文學襄寄僕以《紅藥堂詩稿》，其序言乃先生所作，僕心好之，即致一函於先生，索先生爲《湖海樓詩》序。先生未報札，即序未脱稿也。然先生則已從友人所，每集必娓娓談陳生詩。嗣後不相聞者又年餘。去冬過吴門，一謁先生。先生坐未定，則手僕詩一册，吟咏不絶口，且曰：『陳黄門後一人也。』先生則出近作，如《贈吴駿公太史》《和雲間秋日感懷詩十首》，調圓骨隽，節短神長。僕私心竊幸得當先生也。無何别去。居數日，自雲間歸，再謁先生，先生則已爲僕序。揚扢雅頌，考據淵旨。神不没詞，藻不没思，擬於沈約之論謝靈運也。後數日，聞先生病。然松陵吴兆騫言：『先生雖病，必娓娓陳生詩。』又數日，聞先生死。僕來吴門，則先生者果死矣。然聞葉君言：『先生未殁時，必娓娓陳生詩，且日望陳生來也。』嗚呼！先生而果死耶？先生而死，不於數年之前，不於數年之後，而於今日耶？抑諸先生長者，如黄清漳、張婁東、吴秋浦、陳雲間諸君，零落略盡矣，而不留先生一人，以爲靈光之巋然耶？若然，何先生知崧最晚，愛崧最深，而《湖海樓》一集，出必袖之以出，歸必袖之以歸耶？郢人絶斤，子期斷弦，生平已矣，握手何言！維時聞訃之日，老父未識先生之面，涕下汍瀾；幼弟一聆先生之耗，悲來於邑。然則崧顧未暇爲天下慟先生，爲千古慟先生。而國士之知，存殁之誼，先生又何以死也？雖然，天下有先生，千古有先生，先生固未嘗死也！（《陳迦陵文集》卷六）

## 萬曰吉《哭姜如須》

東海姜如須，大雅邈絶世。弱年舉制科，驤首馳雲際。簡汝禮樂儒，重此軒輶制。亡何遘滄桑，芒角生妖彗。轉徙吴越間，風期頓陵替。朝出采蕨薇，暮歸衣薜荔。僕僕朝暮間，庶以待天霽。嗚呼未報恩，何以遽長逝。汝雖風流宗，雅性負薑桂。胡遂夭天年，或欲罪佳麗。又曰齊魯間，惟汝才而慧。火煎與木寇，祇以速自斃。嗟乎不忍言，將母職爲戾。汝母在萊陽，義養何以繼。汝魂在吴門，關塞何以濟。汝妻方少艾，何以舍伉儷。汝子方幼孩，何以振末裔。如汝何以死，天道難意計。余汝同籍友，覽揆復同歲。十載作寓公，金石托神契。痛逝行自念，百年止小憩。况復飢寒人，一身存如贅。芝蘭颯已鋤，蒲柳難久繫。且當委運化，勉爾食粗糲。（陳濟生《天啓崇禎兩朝遺詩》卷七《萬允康詩》）

# 序跋題記

## 王懿榮《流覽堂詩稿殘編叙》

《流覽堂》者，萊陽姜貞文先生之遺稿也。明社既屋，先生棄家遁姑蘇，著述甚多。而憤激感喟，又輒見於詩歌。年僅不惑，遽赴玉樓召，論者謂義心苦調，有以促其年，非虚也。

光緒戊子秋，懿榮服闋，晋省謁中丞朗齋張公。時方擬刊前輩諸作，囑采先生詩文集，久之無所得，詢諸姜姓子侄，謂先生胞兄貞毅公曾簡遺稿，將付剞劂，有詩紀其事。而江北未睹斯集，毋亦有志而未果。吁！其或然歟。厥後復泐函切囑全稿，縱無可構，得數十篇而鋟之於板，以長留天地間，苦衷亦可差慰。而先生所著，庶幾存什一於千百，不至散失殆盡也。

洎庚子春杪，先生裔孫百川兄以選州佐來京師，方携交詩卷一册，蓋百費搜求，始得若干首，而回憶名作之刊，告竣業已十年。懿榮不勝惋惜，而復深爲之幸焉。昔白樂天稱：『劉夢得其詩在處，應有神物護持之。』今先生著述幾乎就湮，而終未盡湮，可知樂天之説，良不謬也。披吟再三，詩豪乎？抑詩史乎？其中家國興感，而長歌當哭，令人泪下沾巾，不能卒讀者十居八九。雖屬殘編，猶欽實錄矣。爰不揣譾陋，弁數語於簡端，志其巔末，以俟後之續修藝文者。時光緒二十六年夏四月，福山後學王懿榮記。

## 王郇《流覽堂補遺序》

萊陽二姜先生一門忠義，夫人而知之矣。如須公抱奇才，鬱鬱不得志，奔走流離，憤悶不平之氣，胥托諸吟咏。然揆諸古人温柔敦厚之旨，無少乖違，洵可以繼《三百篇》而爲後世法矣。民國興，詩教廢。于子朗霄搜羅吾鄉名賢著作，欲付剞劂，寓保存國粹之思，爲异世模範之計。而先生《流覽堂殘稿》已行於世，乃復搜集詩詞若干首，由京師見寄。歲辛未，先生九世孫訥齋等欲以補遺續刻，并徵序於余，且囑校正，余何敢以不文辭。爰翻閲莊誦一過，又藉悉先生三世孫女貞烈之事，并具三十初度之詩，亦附刊焉。至其行狀、《明史》與家乘，已備志無遺，不贅述。

邑後學廪生王郇撰。

## 姜舜年《流覽堂補遺序》

自來著作之傳以學問重，尤以節義重。二者兼全，斯重其節義，而愈以重其學問。則雖一吟一咏，年湮代遠，有爲之隨在收拾，而不忍聽其散失者。朗霄于君少年而有老成器識，吾萊名公著作，極力搜輯。於印《流覽堂》後相去二十年，又得先貞文祖詩六十餘首，由京師寄來。竊意全集尚不止此，然殘稿之印，王文敏公《序》云深爲之幸，今復增若干首，則幸而又幸矣。前輩有謂搜輯殘簡遺編如哺路棄之嬰兒、瘞荒原之枯骨，其功甚大。于君之苦衷，有過於文敏當日者，我族人之感激不且百世弗諼耶。

辛未清明前一日九世侄孫舜年敬志。

## 姜乃汝《流覽堂殘稿書後》

《流覽堂詩稿》，經王文敏公、張勤果公兩先生采訪表彰，始彙成編，刊行於世。終憾全集殘缺，零星遺稿，有不勝數典而忘之慨。客歲仲夏，于君朗霄自北平朝陽大學搜輯前輩詩文，修《盧鄉叢書》，復以《流覽堂殘稿》六十餘首相寄我。

胞叔深幸先人著作經三百年終不就湮，疑有神物護持之，亟命汝恭録。今春，復謀授梓，以廣流傳。

先貞文公當家國之變，義憤填胸，歌哭無常，其志節，國史書之，邑乘載之，士大夫贊傳而盛稱之，固不待今日之表揚。然其詩皆感傷君父，哀痛骨肉，雖片紙隻字，不忍聽其散佚。兹之續刊永家傳，亦以保國粹，俾後之人得披此編，忠義之心，油然而生至。

公之女曾孫一意守貞，克盡孝道。制府尹公匾曰：『忠節餘風，尤屬巾幗。』奇傑不可湮没，故附刊貞女壽序等於末，以見源淵有本，不忝厥祖焉。是用綴數語以志之。

十世侄孫乃汝謹識。

# 傳記資料

## 姜如須傳

姜如須，名垓，山東萊陽人也。祖良士，父瀉里，俱邑諸生，篤學好古，世爲名儒。瀉里生四子，長埰、仲埰、叔垓、季坡。兄弟四人俱以文學才名著於時，而叔與仲爲尤顯。仲早貴，官禮科給事中，以直節拜杖，名震天下。如須幼奇慧，八歲通三經，十歲善屬文，十六而爲詩賦。時同里宋侍郎玫盛年而位孤卿，文名蓋世，而一見君，傾心折節與交，每向人稱姜叔子不去口。故君年最少，盛名傾一時。年二十三爲崇禎丙子登鄉薦第七，又五年庚辰成進士，出先文靖公門。先公負天下望，擅人倫之鑒，然每言『吾幸叨禮闈，得士二十一人，然姜生非常人也』。

及官行人，甫入署，見署之題名碑，有逆臣阮大鋮、崔呈秀姓名，與魏忠節公大中并列，君謂薰、蕕不同器，每見史册亂臣賊子，既加誅殛，猶必毁其姓氏，爲梟爲鴟，蓋以天下之惡，遺誡萬世也。今縱不然，而尚與忠節褒恤之臣并勒穹碑，不亦辱朝廷而羞當世之士乎？即拜疏曰：『大中當日之所以不惜一死，必忤璫觸焰而斃者，正以不忍與此輩比肩并立耳。及死而其名猶與之溷，則地下之怨恫又何已乎！伏祈敕下所司，即爲剷除，庶見聖朝旌別之嚴，則不特慰忠魂於已往，正所以勵臣節於無窮也。』激切反覆，纍纍數百言疏入，上可其奏，一時朝論翕然韙之，謂君爲新進而居然領袖正人，而權臣爲之側目，大鋮輩銜之次骨矣。

適仲兄埰亦拜疏糾時事，直言不諱。上震怒，命錦衣逮治詔。獄事不測，君急難奔走，不知所爲，而獄防峻，内外阻絶。君早夜微服立所司門外，迨給事至刑曹，君即移病，亦入圜扉，侍兄左右，無稍間。時總憲劉公宗周、僉憲金公光宸論救過切，且以刑曹爲徇縱，再嬰上怒，詔復逮給事，杖一百。君聞命直走午門外，冒萬死於叢人中躍出，與仲兄訣，把兄手，聲與泪俱，見者泣下。杖畢，給事已絶氣，君口含溺喂之，始再甦。日夜營護，調視醫藥，給事得不死。而萊陽陷，君父瀉里不屈，死甚烈。弟坡伏父尸而哭，被掠入營。夜半，爇火將焚其營，遂遇害。兄圻被重創，佯死堞下，少間，抱父尸以逃，家人死者二十餘人。訃聞，君一慟幾死，且入獄以告給事，即拜疏曰：『臣父瀉里爲邑諸生三十年，甘貧自守，夙矢忠義，不幸城陷，臣父大駡不屈死，於是臣弟坡及臣姊姜氏、臣嫂王氏、臣妻孫氏、臣弟婦左氏，一時俱死。死者二十餘人，僅臣母得免，而未審存亡。而臣兄埰復以狂瞽，冒瀆天威，幽囚犴狴。

臣聞訃奔歸，則罪臣縲絏，勢必速斃。欲留侍兄，則臣父暴骸未收，而臣母瀕死無倚。臣於此際，腸寸斷矣。重念臣兄埰負罪既重，銜痛彌深，進不得盡忠於君，不可以爲人臣；退不得致孝於父，不可以爲人子。蓋從來以言得罪者多矣，未必家有非常之禍，即臣鄉之被慘殺者衆矣，而救死扶傷，猶得骨肉相保，未有身在幽囚，既聞闔門酷禍，而曾不得奔喪一哭者也。臣是以忍死呼天，伏祈將臣付法司，繫獄代兄，使得奔喪，臣死且不朽。即或以臣兄罪必不容逭，奔喪之後，仍復逮治，前日妄言之罪并治。臣以今日妄請之罪，亦死且不朽矣。』疏入，上雖不允其請，而心知之，且深憫其一門死事，而給事之禍從此稍紓矣。君即日徒跣奔喪，奉母南遷至吴門。

甲申三月，給事始出獄，戍寧國衛，而三月十九國變矣。君聞變，北向號，慟不欲生。南都再建，權奸構黨，禍中諸正人，阮大鋮修舊怨，必欲殺君。君從吴門變姓名，間行抵甬東，會南中壞，浙中復起，而君亦先幾引去，不及於難，遁迹台宕間之伫石山，遂稱伫石山人，亦自號土室潛夫。久之，復來吴，君痛家國之變，居恒悒鬱，遂以多病，病少間。復自吴至萊陽葬父，暨五喪偕入土，還吴而復病，病遂以死，死時年四十耳。

君美風度，善談笑，每稠人廣坐，跌蕩文酒，意氣自如，而偶一感觸，時時涕泣，忠孝其天性也。先文靖既殉節，君五年居吴，四叩先公之墓，哭泣甚哀。婁東初登啓事，君亟遺之書，曰：『昔賢如譙玄、李業、王皓，以高節盛名，爲時引重。左齎璽書，右進鴆毒，顧諸君毅然，不以彼易此。』知閣下斷之於心久矣。當給事之逮杖也，君方卧病，聞命，驚起奔赴。一足不及履，走里許，從者以履追著之，而竟給事之獄不入内寢。所著詩文爲海内所推，有《伫石山人集》藏於家。一子寓節。初壬午秋，君以行人分較北闈，得士十二人，以闈牘呈先文靖公，先文靖公見之甚喜。及見《請毁署碑》《請代兄繫獄》二疏，則益大喜，嘆息久之，曰：『吾固知姜生，姜生果不負吾知矣。』

野史氏曰：吾聞君之祖良士，學行爲一時名儒。隆慶丙子中省試第七，以本房與主司争，遂落。及君登賢，書歲與名數俱合，豈其先人績學之緒鬱而未施，待君而後酬耶？當壬午秋，君以大行，仲兄以給諫陪祭山陵，時人榮之。及君争逆臣名不得污署碑，而給諫亦以糾權奸至瀕死，時人尤重之，稱『天水二龍』。吁！若君兄弟，其易及哉！（徐枋《居易堂集》卷十二）

## 書姜大行如須傳後

右傳，吴中高士徐俟齋所撰。余讀之，不自覺其涕零也。癸未冬，余與君相識於吴門。君甫遭家難，哀毁面深墨，泪終日漬不乾，每對慘惻而已。已，吴鑒在自都門回，言君兄給諫君拜杖時，君於人中躍出，抱持與訣，呼搶號泣，天日爲之黯慘。給諫傷重垂絶，君含溲吐給諫口，得不死。言之，滿坐皆爲泣下，如聞其號，如見其泪也。其事具詳傳中。

余獨有不能忘者，記弘光時，余客武塘家仲馭吏部家。馬阮將興大獄，余知不免，適嘉定令邀余入幕。日閲邸鈔，見朱統鐼《擁戴疏藩謀危社稷》一疏，奉嚴旨逮諸朝士，并本内有名諸生，竊疑之，謂令曰：『君今早出，有人自白下來問我，審係某某等遣，即令進，非是，答以出署久矣。』令怪曰：『何故？』余曰：『君第如我囑。』午刻吾甥方君則遣人有書，并全鈔寄到，余居然挂名其中。令入署問狀，告之，故且請出。令色變曰：『如此，則君不便出。君出，當事向余索君，其何以應？』余心知其將獻余以爲功也，謬曰：『不去亦不妨。』亟命其人回云：『我固在此，當何計得免，再令來』陰語人曰：『此中無以犒汝，有貲在嘉善錢吏部處，亟往，當重酬汝勞也。』因致仲馭書，曰：『令將以我爲樊於期，禍甚速，逮猶緩也，以計出我。』值如須到武塘，見余書笑曰：『是不難。假小鈔傳寬釋一旨，爲我自蘇州寄去。君遣役往嘉定幕中報喜，迎之回，彼此若不相謀，令必信得借以出矣。』如言，果出。君接余，拊掌大笑曰：『何如？』自詡其計奇也。因與余及鑒在、仲馭痛飲極歡，數日而別。

別後，余往來吴門，改服變姓名，多主君家。未幾，南都失守，君飄然越東，仲馭死，余一家盡於震澤，獨身走閩粤，流滯七年返里。又二十年入吴，而君已歿。與給諫君述往事，涕泣久之，今給諫又歿矣。余年七十有八，疇昔故人無一存者。覽此傳，君精神意象宛然可見。感念曩時情事，因并牽連及之而書於後。（錢澄之《田間文集》卷二十）

## 書姜行人傳後

往給諫之以抗疏拜杖也，行人公哺溺甦之，父忠肅殉節萊陽，公疏請釋兄奔喪，願以身代繫。是時，給諫直聲震海寓，而公以孝友特著。夫忠、孝、友、愛，情之所至，皆生民仁義之性之不容已者，人臣、人子、人弟而泪焉忘之。嗚呼！世之所以亂亡相繼歟？初筮仕時，請削逆賊崔阮題名。鷹鸇之逐，即給諫折檻之心也。滄桑以還，避地長吟離黍之痛，即塤篪之和也。予曾奉教於給諫矣，而未及一識公。公子寓節盡發公遺集，俾校售之。戊辰至吴，寓君家念祖堂，閲徐孝廉所爲傳，爰拜手而書卷末。有俟齊傳，不可無此一跋。金亦陶。（吴肅公《街南文集》卷十九）

## 姜考功

方崇禎之末，有禮科給事中姜埰、行人司司副熊開元抗疏得罪。上於御門之日，親發玉音，命旗尉縛二臣，下詔獄，拷訊瀕死矣。越十日，上命出之，仍各杖一百，遣戍，而給事之弟行人臣垓請代兄罪。天下稱二臣之戇，而多行人之義，至今傳之。至國變之後，行人與其兄寓台州，其時已晋考功矣。間關數年，卒客居吴門以死。天下又以推二公之能執節，而誦其遺文不廢也。其疏曰：『臣父姜瀉里，山東登州府萊陽縣人，爲諸生三十年，甘貧自守。□逼臣邑，臣父故山居，乃獨率親丁老幼入城死守。城陷，臣父被執，大罵不屈，被殺。臣季弟坡、臣嫂、臣姊、臣妻，闔門死難，僅臣母得免，未審存亡。而臣兄埰以狂瞽冒瀆天威，幽囚犴狴，臣一家之苦，不忍言矣。重念臣兄埰，扣閽扉以呼天，藉草土以泣血。進不得盡忠於皇上，不可以爲人臣；退不得致孝於其親，不可以爲人子。蓋從來以言得罪者，未必家嬰屠戮之禍；而没身原野者，尚得相保於骨肉相之餘。未有父死城頭，身羈獄户，面不得見，骸無可收，如臣兄之慘者也。臣是以日夜思維，哀痛迫切，泣懇皇上將臣付法司代兄，歸家葬父，臣死且不朽。即或以臣兄必不容逭，俾得暫一省視，勒限自歸，并治臣以妄請之罪，亦死且不朽。夫法之所難貸者，豈纍臣之所敢徼；而情之最苦者，亦仁主之所垂念也。伏籲聖慈，曲賜俞允。』有旨：『姜埰着刑部即行問擬，姜垓不必求代。』久之，二臣卒蒙上宥云。司副自戍籍起，洊陟九卿。今削髮爲僧，來吳門，而給事亦從真州來省其弟。追論家國，相對痛哭，而考功遂病不起。今讀其詩，步趨少陵，多離亂之感焉。考功字如須，崇禎庚辰進士。（陳濟生《天啓崇禎兩朝遺詩》後附小傳）

## 姜考功傳

先生諱垓，字如須，又字皇輿，别號篔簹，山東萊陽人也。少好吟咏，便以崆峒滄溟自命，謂崆峒從山，滄溟從水，先生故從竹耳。祖康惠公良士，邑文學，博洽擅譽，隆慶丙子擬元，主司抑第七。房考不悦，忤主司意，遂見擯。至崇禎丙子，先生領鄉薦，仍第七。説者以謂康惠公之報云。父瀉里，諸生，以子貴，封禮科給事中。烈殉，恤贈光禄寺卿，祭葬建祠，謚忠肅。黄尚書道周爲之誌銘。

先生生於萬曆甲寅春正月辛巳，誕降之夕，康惠公夢有朱衣人集於庭。八歲，《魯論》《孝經》《毛詩》悉通。十歲，屬文立成，毫不加點。是時家中替，太夫人最憐愛，手織小兒頭上巾。得錢買果餌茹之，輒泣曰：『母不食，兒不忍獨飽。』率罷去以爲常。十六歲能詩賦，同邑宋司空玫一見稱奇，謂：『萊無才，吾獨樂與姜叔子游，且恨不早識也。』兩人唱酬雜贈，極爲投分。膠州高侍郎弘圖贈詩曰：『才子早懷青玉案，老人常愧白雲心。』甚見器重。

仲兄埰，辛未進士，筮仕令真州。先生奉二親客官署，因渡江石城，多與海内英彦交善。既游吴會，有虞山某孝廉以鄉薦不法，直指疏劾奏之。某以金百鎰圖解，辭曰：『吾豈代人受金賣法者。』竟謝之。其廉介如此。庚辰成進士，出徐文靖公汧門。三月應制皇極殿，上親賜茶餅。壬午，授行人司行人。分闈得士十二人。天寵譾陋，猥荷知遇，誠不自意也。是年奉命陪祭山陵，仲兄黄門公并得與事。長安交語曰：『天水二龍。』既辨事司中，見有紀名碑載阮某楊某等。先生曰：『與此二逆同列，典客不光。』上疏奏白，上嘉納曰：『有關風勵。』而命工部刓其石焉。是時關塞不靖，大璫曹某，包藏禍心。先生上疏請誅，留中不報。十一月，黄門公以言忤執政，下詔獄。先生周全患難，形容枯悴。長安公卿，無不交嘆。凡藥餌粳糜，悉出心手。黄門公拜杖幾危，先生口銜童便活之。天寵亦嘗效其奔走，人謂先生爲蘇子由，而謬以天寵爲賈彪、何顒也。

癸未春，萊陽陷，先生號泣累日，天寵等曰：『家大人忠節自矢，是捐軀報主之日也。』未幾，訃音至。先生念黄門身羈請室，摧心已極，上疏請代兄罪，釋兄治喪。會臺省交章，上語閣臣曰：『埰非獨子，固有弟垓，言官何屢瀆爲。』黄門既不得出，先生於是徒跣奔故山，哀毁骨立。太夫人心急子難，同來京師。時聖怒未釋，遂由河路至廣陵寓居焉。無何有鼎湖之變，徙家梁溪，客楊子世愈之陽山。黄門公亦於正月奉譴宛陵。間道省覲，相對飲泣。

留都肇造，讒人在位，以大獄坐主名，必欲得伯仲而甘心。先生草土之餘，栖身堊室，處之坦然。是時河北鳳泗烽火彌天，先生奉母携幼，自蘇州達紹興。州山吴氏、稷山章氏周旋最久，天寵亦日侍左右，患難與俱。江南不守，先生憤痛填胸，不食者累日，以死自矢，以子寓節屬天寵撫全之。

及聞行在所，先生杖策往從，擢吏部考功司員外郎。前後條奏諸疏，皆痛哭流涕之音。上每與先生咨問國事，自夜達旦。尋充經筵講官，凡軍旅誓告之文，多出其手。時鎮臣某跋扈日甚，先生數見抨彈，群奸銜忌。某嘗上疏曰：『朝廷不殺姜吏部，某等不敢進兵。』上以和衷期之，顧謂輔臣曰：『似此才子，獨不可官翰林耶？』先生對曰：『戎馬在郊，山河一綫，臣死罪，不能爲朝廷效尺寸，奈何自便一官。』叩頭流血，尋得報可。既奉使册封，陛辭之日，上揮泪温禮之。灑翰賦詩，誠异數云。

自是遂隱於天台雁宕深處，牧豕拾橡，自號伫石山人。丁亥，自蘭江再過姑蘇，閉户著書，不交賓客。有朝貴某造廬而訪，先生逾垣避之。卜居半塘書屋，兩經緑林，胠篋無長物，群相嘆爲清白吏。於竹篦中得書數册，先生曰：『此吾窮年呫嗶也，君何須此？』盜曰：『此公好大膽。』擲還之。僦居周公茂蘭家，日與林公雲鳳、李公模、葉公襄、余公懷、雍公熙日、徐公枋、韓公儼，或策杖岩阿，或結侣蓮社。又與鄧尉剖公弘璧、靈岩繼公弘儲，參叩機緣，自號不二道人，又號明室潛夫。當是時，太夫人繫戀諸女，往來故山，先生奉母跋涉，寒暑甚悴，而居常痛念時事，憂傷於心。庚寅忽染患，日下血斗許。稍痊，爲太翁忠肅公營葬於望石之山椒。長兄圻大令、嫂王孺人、季弟坡博士，蓋四喪并舉焉。手自經作，血泪交并，於是病入膏肓矣。癸巳三月二十四日，疾革，諄諄以君親未報爲恨，一語不及私。時天寵薄游京師，貧病羈旅，未及爲先生扶進藥餌，抱愧欲死，乃先生不以爲不才，待以死友，諭以撫孤，手字琳瑯，儼如平昔。天寵丙申南歸，披册跪讀，一痛幾絶。蓋從來師生之相善者，未有如先生之視天寵者，殆父子之親也。先生殁後，有友王公嘉仕，爲先生撫孤舉葬，聲聞四方。天寵既窮窶，才又陋薄不逮，僅於公子寓節少爲開陳書義而已，并締姻於陳公震生之少女。嗚呼！此何足以報先生哉。

先生天資英敏，文采過人，近體逼少陵，古詩直追漢魏。古文不多見，遠之盧陵，近之金華也。海内詞賦之客，咸爲推服，疏草皆忠愛之旨，惜其散失矣。

門人何天寵曰：讀先生易簀書，以托孤屬雍公熙日、王公嘉仕、李公模、周公茂蘭及天寵，以選詩屬余公懷、葉公襄。今余、葉兩公爲先生選詩竟，而周、王諸公，視公子如骨肉，斯固范張之交哉。然非結納之誠，何以濱危而不疑也。先生所遺田僅百畝，頻年百費交困，寡孤寧藜藿不飽，不肯擲一錢。蓋素絲之節，得之於刑于者素也。癸巳冬，太夫人南來，哭先生於專諸里。黄門公旋奉太夫人東還，依戀子舍者數年。越丙申六月，太夫人以疾終，黄門公爲太夫人封墓畢。地下有知，凡此數者，皆先生所欲聞。天寵舉以相告，即以當翦紙招魂也。（山陰門人何天寵撰。《流覽堂詩稿殘編》附）

## 姜貞文先生謚議

夫謚以尊名，繇來尚矣。魯史褒貶，虞書黜陟，彰善癉惡，王教攸崇。周公以來，未之有改。自末俗澆訛，是非錯謬，徒高官禄，莫辨貞邪。身登三事，則京、檜必受懿名；位在下僚，雖由、夷姑置弗論。公謚詘，然後私謚昭焉。黔婁之康，柳下之惠。栗里群推靖節，河汾雅擅文中。凡兹之類，未可指數。迨乎世降，此義亦乖。傭奴竊有道之名，駔儈冒清白之譽。徒滋非笑，識者譏焉。

若故吏部姜公，其當之矣。公淑質淵亮，英才踔躒，多聞廣識，早陟藝文，飛藻驚才，夙彰儒彦。九流七録之書，萬卷百家之奥，緗囊縹帙，玉匱金函，莫不攬其菁華，窮其枝葉。既而玉墀射策，高等甲科。終軍金馬之年，賈生鴻漸之日。天衢方騁，陛檻遽摧。抗疏劾奸，有同雕鶚。揚菁莪之盛化，開茅茹之隆風。爲國得賢，寒士攸奮。既而三精霧塞，九域飈回。仗策過江，屢建興邦之略。李綱之忠誠悃款，義著封章；山濤之儁朗通明，名高啓事。宋室南遷，始成衍義；磵州播越，不廢説書。不幸奸邪亂政，國是混淆，辟世山阿，行吟澤畔。梁鴻賃於臯里，梅福隱於市門。杵臼維恭，傭卒不耻。少陵之流離三峽，興起秋風；臯羽之痛哭西臺，情悲落日。雖至易簀，惓惓以之。若公者可謂志皦霜雪，義堅金石者矣。謹按謚法，清白守節曰『貞』，勤學好問曰『文』。揆斯二義，與公合符，宜謚『貞文先生』，仍俟後日太常之議。

同人張有譽、熊開元、張文烶、李模、方以智、薛寀、吴晉錫、梁以樟、范廉、李清、蕭雲從、錢喜起、沈兆昌、沈捷、史夏隆、鄭敷教、許元溥、陸坦、姚宗典、姚佺、郝太極、杜濬、王庭璧、顧夢游、韓岩、程邃、林佳璣、余懷、朱鎰、朱士稚、徐致遠、魏允枏、徐光業、徐光綬、雍熙日、王士科、秦欽、虞方、葉方恒、姚宗昌、金俊明、王挺、胡周鼒、徐樹丕、徐晟、周茂蘭、周茂藻、周茂葵、周茂萼、徐枋、徐柯、侯玄泓、華時亨、王嘉仕、王賓王、林雲鳳、徐波、華渚、葛雲芝、汪曰植、汪應宣、徐謙遵、陳濟生、李炳、沈載、董樵；門生何天寵、周澐、顔永圖、毛永漢、徐翃、葉裕、徐孔錫、王秉圭、王貢謹議。葉襄撰。（《流覽堂詩稿殘編》附）

# 萊陽姜貞文公偕繼室傅孺人合葬墓表

公諱垓，字如須，山東萊陽人。高祖諱淮，力田，得田中金，家以大富。曾祖諱珙，國子生。祖諱良士，父諱瀉里，俱縣學生。良士公好學，嘗手抄古今書滿數厨。瀉里公以仲子埰貴，封文林郎、禮科給事中。崇禎癸未，殉萊城難，贈光禄寺卿，賜祭葬建祠，謚忠肅。生四子，公行三，母楊太孺人憐愛之。家中落，手織小兒帽，賣錢易果餌公。公每哭曰：『母不食，兒亦不食。』嘗舍去。十歲屬文，十六能詩賦。邑宋侍郎玫一見奇之，曰：『恨不早識姜叔子。』膠州高侍郎宏圖贈以詩。丙子舉鄉試第七。初，隆慶丙子，良士公鄉試擬元，主司置第七。分考官不悦，忤主司意，竟黜之。及公中式如其名數，人皆默然。庚辰成進士，出徐文靖公汧門。壬午，授行人司行人，秩爲房考官，得士十二人。是年，奉命陪祭山陵。公仲兄亦以給事中從，時人榮之。公在司，見紀名碑崔呈秀、阮大鋮等與魏公大中同列，草疏極論。上以爲有關風勵，命工部剷其名。時邊疆多故，有大璫某蓄禍心，公疏請誅之，不報。而是時給事公亦劾執政，下詔獄，受杖。公方病卧床，聞兄赴北鎮撫司，驚起走出，一足未及履襪。行里餘，從者取履追着之。給事受杖氣絶，公含溺吐口中得活。日奔走營救，夜草卧堂上地，竟其獄，未嘗入内寢。時初生子寓節甫十月，公愛之甚，繼室傅孺人命婢抱持向公，公輒揮去。未幾萊陽陷，公號泣累日，曰：『吾父性忠孝，必與城偕亡矣。』已而訃聞，家屬死者二十餘人。公上疏，請自就縶，代兄出治喪。臺省亦交章請。上語閣臣曰：『埰非獨子，固有弟垓在。』公於是徒跣奔喪，旋挈家寓揚州。甲申遷蘇州。聞國變，公慟悼不欲生，太夫人日夕守視，凡池井處，皆塞其門。傅孺人乘間言曰：『君即死，妾有老姑在，不能從。雖然，君官小，又不在位，即無死可也。且聞之忠臣不耻其身之不死，而耻仇之不報。君奈何以一死塞責乎？』會南京再造，馬、阮興大獄，下檄關津所在，緝公兄弟，必置之死地而後已。公亡命浙東，既多所建白，不得行，遂隱天台雁宕山中，自號伫石山人。已，還蘇州，閉户不交賓客，間與二三遺民，賦詩談文。又自號明室潛夫。公既多憂傷疾病，庚寅下血，又潛之萊陽，營葬忠肅公以下四喪，病益甚，癸巳二月二十四日遂卒。距其生萬曆甲寅，享年四十。時傅孺人年二十有九，痛哭大呼曰：『吾早知君年促，不獲展其志，奈何勸君苟活爲？』數氣絶，欲自經，既見寓節啼曰：『兒年十二，多病。我死，兒何以生。』乃自釋。菲衣惡食，延師以教。寓節學既成，公門下士貽書寓節，欲令補諸生。孺人曰：『汝不見父遺命乎？且吾所以不死，非願汝能富貴我也。』卒謝之。身日夜操作，以易膏火者十年，病作。癸卯冬十一月初八日卒，享年三十有九。孺人上元縣人，性慈惠，自幼及長，未嘗傷一物命，出一不善言。與公相敬愛，終身無失色云。壬子九月，寓節來言曰：『甚不幸父母早喪，多外侮，勉學舉子業，今以諸生升國學矣。負吾母言，嘗自痛，獨是先人懿行，不獲傳後世，某罪蓋不勝誅，敢奉狀再拜以請，賜之大文，鐫諸墓門之石。』禧與寓節友善，又嘗讀公詩，沉鬱離憂，無愧三百篇之旨。故不

敢辭，表其大者如此。（《流覽堂詩稿殘編》附，又見魏禧《魏叔子文集》外篇卷十八）

## 萊陽姜氏一門忠孝記

崇禎十六年三月，行人司行人臣垓伏闕上疏言：『去年閏十一月，奴酋兵掠萊陽，臣父敕封儀真縣，知縣姜瀉里山居，聞警，率子弟僮奴入城死守。二月初六日，奴突至，城陷，巷戰被執，奴就索金帛，臣父駡曰：「吾二十年老書生，二子爲清白吏，安得有金帛飽狗奴腹。」以馬捶捶之，嚼齒大駡，奴攢刃刺之，乃死。臣季弟姜坡偕侍郎宋玫守東城，趨抱父尸慟哭，奴縛置寨中。夜舉火燒奴帳，奴覺，臠殺之。臣母及長兄圻負重傷，圻妻王氏、臣妻孫氏、坡妻左氏及次姊，先後投繯赴火死。臣兄禮科給事中埰言事迂戇，荷聖明寬宥，頌繫西曹，聞訃浹旬，號慟絶食。臣若奔赴故里，則臣兄圜扉一息，立斃草土；臣欲留視橐饘，則臣父原野暴骨，長飽烏鳶。臣餘氣僵魂，死生無地。伏望皇上付臣法司，代兄歸葬，兄得畢命首丘，臣願填尸牢户。若臣兄罪必不赦，請勒限就繫，伏前日妄言之辜，并案臣今日妄請之罪。』天子覽其奏，意憫然憐之，未及發。六月，登萊撫臣曾化龍覆奏姜氏一門忠孝，請賜優恤，始得奉明詔下所司。垓將以甲申九月卜葬，謂謙益舊待罪太史氏，俾書其事。

嗚呼！忠臣孝子，國家之元氣也。忠義之氣昌則存，叛逆之氣昌則亡，有國家者之大坊也。天寶逆命之臣，以六等定罪。達奚珣輩，駢斬于獨柳樹，集百寮往觀之。而宋南渡，李綱議僭逆僞命，宜仿肅宗時定罪用重典，當時不能從。識者以謂至德之中興，建炎之不振，其興亡實繇于此。今國家方全盛，奴雜種小醜，闖螘賊游魂，中朝士大夫，回面屈膝，委質賊庭者，所在而有。夫豈國無刀鋸以至是與！若姜公者，身無一命之寄，家無中人之産，徒手扞賊，橫身死義，家人婦子，血肉糜爛。國家元氣，旁薄結轖，而勃發于姜氏之一門，非偶然也。使國家之臣子胥如姜氏，則忠臣孝子，接踵于世，何至如靖康之時，所謂在内惟李若水，在外惟霍安國，使敷天率土，痛北轅而憂左衽哉！比歲奴三入畿輔，一門殉難者，高陽孫氏、順義成氏，與姜氏而爲三。孫氏、成氏之議恤，當國者口噤目眙，若避禁諱，至今寢閣未下。今姜氏之恤，獨出宸斷，然後知崇獎節義，固聖明之所急，而所司奉行者之罪也。自今以往，忠義之氣昌，國家之元氣日固。叛臣賊子，當胥伏獨樹之誅，而奴、闖之懸首稿街也不遠矣。余爲書其事以俟之，且以諗於國史之傳忠義者。崇禎甲申三月記。（錢謙益《牧齋初學集》卷四十四）

## 姜垓

垓，字如須，號伫石山人。給事中埰之弟。崇正庚辰進士，官吏部考功司主事，有《貿箇集》《伫石山人稿》。《池北偶談》：『姜吏部垓南渡後，流寓吴郡，與徐孝廉枋友善。一日行閶門市，姜顧徐曰：「桓温一世之雄，尚有枋頭之敗。」徐應聲曰：「項羽萬人之故，難逃垓下之誅。」相與抵掌大噱，市人皆驚。』《明詩綜・詩話》：『如須官行人，見廨舍碑有阮大鋮姓名，特疏請碎之，重書勒石。思陵允之，乃削去阮大鋮名字，徐昭法詩所云「擊奸穹碑碎」是也。甲申後，避地吳門，卒葬西山之竺塢。詩篇温潤而恂栗，葉處士襄序之。』《魏叔子禧文集・姜公墓表》：『公詩沈鬱離憂，無愧《三百篇》之旨。』（王士禛《感舊集》卷二）

## 姜垓

故吏部姜如須垓，號侘石山人。忠肅公瀉里之子，如農給事埰之弟。官行人時，廨舍題名碑有阮大鋮名，疏請重立石。思陵允之，鏟去大鋮姓名。萊陽破，忠肅殉難，一門死者二十餘人。鼎革後避地吳門，卒葬西山之竺塢。徐昭法《五君子哀詩》云：『吾友神皇裔，海岱聿挺生。風騷緬哀怨，感激空生平。憶昔年弱冠，賢書冠王庭。先公分禮闈，清鑒持文衡。圭璋自特達，遇合洵有神。射策漢闕下，一出凌群英。終軍正年妙，衛玠復神清。彩衣綰紫綬，翩翩馳帝京。妙年奮直節，慷慨輸忠貞。擊奸穹碑碎，粉署清軒楹。攬轡周四方，江山助精靈。咳唾珠玉落，詩歌金石聲。爲國除大憝，折檻有難兄。若翁仗大義，闔門殉孤城。忠孝聚一門，泣血動聖明。將母避世難，日夕從南征。回首望日觀，蒼茫隔蓬瀛。禹穴討幽意，蘇臺懷古情。間關辭紱冕，契闊甘柴荆。與余爲昆弟，意氣浩縱横。俯仰死生間，長慟中腸傾。有時良宴會，酒酣涕泪零。涕泪咽笑語，四坐懷酸辛。余既終避世，君亦長辭榮。采薇與種瓜，十年同伶俜。胡然鵩鳥入，龍蛇歲峥嶸。賈生哭泣死，千秋徒令名。忠魂返帝鄉，仿佛從霓旌。中宵望天宇，炯炯增華星。』

二姜流寓於吴，其後遂爲吴人。如農能畫，有藝圃，在閶門。子學在築諫草樓，以奉遺書。曾孫女姜桂亦善畫，王蘭泉題其《春耕圖》云：『可是敬亭山下路，纍臣老去事春耕。』光宇中丞晟則其元孫也。

（楊鍾羲《雪橋詩話》卷一）

## 姜垓

垓，字如須，埰弟。崇禎庚辰進士，除行人，有《篔簹集》。張貞《半部稿》：『如須先生入行人司署，見題名碑載崔呈秀、阮大鋮與魏公大中名，先生上言：「大中忠節褒恤之臣，不可與奸逆同列，請鏟除崔、阮名。」上從之。及其兄下詔獄，先生晝夜號呼，奔走營救，得不死。國變後，流寓天台，號仾石山人。暮年與兄共隱鹿洲鶴市之間，論文講學，以仁義忠信爲旨，三吴後學，翕然從風。兩先生殁，吴人築祠鶴澗上，祀之。』《静志居詩話》：『如須詩篇，温潤而恂栗。』《魏禧叔子集》：『公詩沈鬱離憂，無愧三百篇之旨。』（陳田《明詩紀事》辛籤卷十七）

# 附　姜氏祠堂碑版詩文

## 虎丘萊陽二姜先生祠記

虎丘故爲吴門游觀之地，士大夫過吴，必一至虎丘眺覽，久之然後去。當事召客，亦往往宴集其上。予五十年前坐可中亭，所見一片石曠然，僧舍旁列，吾猶惡其壘雜石以拓基，以侵岩壑之勝。今來則所拓基已不可見，於其外增置茶坊、餅肆，欄楯層層。往時僧舍大半爲人家祠堂，凡當事官滿當遷去，則預敕其下擇勝地建生祠，以爲民之不能忘也。而鄉士大夫位望通顯、子孫賢有力者皆有祠，以比古之鄉先生之殁而祭於其社也。予過之有詩云『崖壑漸湮前代迹，軒楹相望上官祠』，則虎丘可知矣。今年又至，見有萊陽二姜先生祠，則吴郡邑人士合詞請諸上而爲之者。夫祠，祀也，祀所以報也。凡有功德於人者，死則祀以報之。二先生未嘗宦於吴，其功德無所表見，非若諸當事之皆能使民之不能忘也；又流寓非生長斯土，官不甚顯，非可比諸鄉士大夫之歿而祭於社者也，而祀之何耶？然後知德莫大於忠孝，忠孝不泯於人心，人心所在報必彰焉。固不待屬其民吏藉，其子孫及時謀之以自爲不朽也。二先生萊陽人，一諱埰，官給諫；一諱垓，官行人，兄弟皆前進士。給諫以糾貪輔觸上怒，下詔獄刑鞫累次僨死，舉朝力争之，移刑部廷杖一百。先是，垓早夜微服刺候詔獄前，不解帶者數時。已至刑部，即移病入圜扉侍兄寢處。廷杖日，垓於午門外人中躍出，抱持哀號與訣，慘動天日，觀者無不泣下。給諫傷重氣絶，垓含溲吐兄口中，得甦。已謁良醫，親爲刮去腐肉斗許，不死。而萊陽報陷，一門殉難，廷臣請釋埰歸治喪葬，不許。垓上疏請代兄繫獄，暫釋兄歸，疏詞哀切，一字一泪，亦不許。垓乃徒跣奔喪歸，而上亦心動，厚恤其家贈太公光禄卿，賜謚忠肅，予祭葬。贈弟坡翰林院待詔。蓋异數也。久之貪輔敗，賊氛漸逼，乃釋埰，讁戍宣州，未及赴而國變。弘光即位，諸奸興大獄，兄弟走匿浙東。改革後返吴，絶意仕進。垓先卒，埰自署宣州老兵，臨歿遺命曰：『必葬我宣城，是吾戍所，君命也。』遂葬焉。兩先生生平大節如此，方給諫下鎮撫司再加考訊，備極刑楚，都無語，惟以指染口血書『死』字。當是時亡其身矣，寧不念其親乎？及觀於忠肅之殉難，然後知其家教，固以忠爲孝也。不亡其身不可以爲人臣，即不可以爲人子，是故給諫之忠人知之，給諫之忠以成孝，人未易知也。大行之急難幾以身殉，今讀其請代一疏，情文酸楚，血泪交迸，雖不足以回主上一時之盛怒，而終儌异數於死事之，亡親亦誠有以感之也，不謂之孝，得乎？易代以後，堅貞自矢，不爲困苦少動。兩先生於君親之際，可謂完人矣，稱爲一門忠孝，寧有愧焉？今登先生祠者，慨然如見其人，則給諫百折不回之氣猶在也，僾乎如聞其聲；則大行呼搶無從之泪猶滴也。不寧吴人，凡來虎丘游者瞻仰之餘，退而考其行事，庶幾皆足以感發其志氣，而生其忠孝之心。功德顧不遠與，則祠之宜矣。祠僅三楹，制甚朴，不如諸祠壯麗飾觀。吾爲之記，明所重在此不在彼也。（錢澄之《田間文集》卷十一）

## 萊陽姜忠肅祠堂碑記

萊陽兩姜公既已建祠于虎丘，其明年，學者將推所自出，立兩公之父忠肅公主于祠之誃房。會商丘宋君開藩來吴，元旦謁祠下謂：『祠隘，誃祀不敬。』乃重爲檝揭，别構一祠于兩公祠右，相望百餘步，顔之曰『忠肅公祠』，從學者請也。先是，兩公之祀中丞湯君實主之，以爲貞毅廷諍得罪戍宣州，乃甫出都而國亡，宣州亂未逮也，不得已退居吴中。而其弟貞文即又以黨人難發，亡命于句章、章安之間。歸而謀其兄，奉母來吴，因之授生徒講學，學者思之，殁而祠其地宜也。若忠肅者，見危授命，然故萊人也，足不出城市，生平未嘗來吴，車轍不及于鷄陂鶴市之間。然且前朝恤典既賜祠祀，而乃復幾俎于此，吾亦疑之。間嘗緬想當日貞毅下詔獄，瀕死旦夕，而忠肅以城亡不詘，闔門殉難者二十餘人。方是時，臺省交章，請釋貞毅歸奔喪，而貞文上書乞以身代獄，使兄得東歸一拾骸骨，而朝廷未之許也。其後貞毅以杖戍分無還理，而貞文即復以故鄉難居，奉母東西馳。夫生死之際，人所難堪，況一門罹難，以瘡痍拲械之身，箯捆就道，而家之血肉漫漶、漬草涂地者且不能歸一省視，猶且國亡君喪，不得效季生反命之哭。埋骨戍所，推其情，豈不欲丘首哉？自詔獄聞訃，以迄于死，豈不念父哉？即貞文，豈不欲偕兄歸哉？不得已也。夫不得已而不可以歸者，或可以來，不得已而不能以一見父者，父或可以使之一見，則夫崇祀于此，夫亦曰神明往來儻怳者，將在是矣。生相離，死仍可相聚矣，故曰忠肅之祀，凡所以慰孝思也，祠忠肅猶之祠兩公也，且夫至德亦難繼矣，人第知兩公大節皦皦，在人而不知忠肅，實有以啓之。忠孝廉節萃于一門，非作之在前，何以嬗後？況忠烈之氣充塞天地，下之爲河嶽而上之爲日與星，凡有血氣皆得而瞻之、事之。夫忠肅豈萊之人哉？祀于萊、祀于吴，雖祀于天下可也。若夫學人之意，則將以祀子淵者，祀顔無繇。祀貴推本，夫豈無義哉？祠三楹，中祀忠肅，而以其誃祀蘗庵和尚。蘗庵和尚者，前朝行人熊開元也。行人與貞毅同入諫同戍而無子，附于此曰貞烈之友也，亦慰之也。後有諫草樓，則正貞毅所依憑者。若傍有房曰『思敬』，貞毅之仲子曰：『此吾齋居也。』過廟思敬，記固有之，且吾敢一日忘敬亭山哉？敬亭山在宣州，貞毅葬于此。康熙二十四年祠成，越三年貞毅之仲子疏所載事而屬奇齡爲之記，記曰：

公諱瀉里，謚忠肅，萊陽人。以崇禎十六年王師破城死。是年，登萊巡撫曾化龍疏于朝，贈光禄寺卿，賜祭葬賜祠。兩姜公者，公之子，一禮科給事中埰，一行人垓也。公尚有二子，幼者從公死，長者被創後亦死。乃爲詞曰：『維四嶽，實封齊。族世衍，大于萊。公之生，以嶽基。亦曰宿，當張箕。砥忠孝，傳禮詩。有經教，無篡遺。仲子廉，作諫司。碎首血，塗龍墀。以爲戇，將死之。弟大行，觸蛇虺。名已列，奸黨碑。天地裂，梁棟頽。公秉節，值數奇。城既破，樊不支。口縶銜，胸刃剸。家耆死，二十餘。爲鬼雄，真人師。司諫戍，宣州治。搶厚土，扳長離。徒招魂，將焉歸。嗟有弟，奉母馳。同授學，東武陲。身葬戍，魂祀斯。推所自，爲公祠。以教孝，并立義。瞻仰間，深人思。陳修肴，薦明粢。風此世，垂後來。（毛奇齡《西河集》卷六八《碑記七》）

## 二姜先生祠

掖垣抗疏觸天威，拜杖淋漓血染衣。遠戍孤臣終守節，罷官難弟竟無歸。宣州稿葬依靈爽，茂苑荒祠隱翠微。下馬行人奠椒醑，千秋孤竹并光輝。（王焜撰。見《虎邱山志》卷十八、沈德潛編《清詩別裁集》卷十八）

## 二姜先生祠給諫埰、行人垓

軾轍齊名世早知，百年忠義繫人思。忠傳折檻排奸日，義想銜刀伏闕時。兩地青燐埋宿草，一山紅樹妥新祠。吴門野老多相識，雪涕争看幼婦碑。（潘耒《近游草》，《遂初堂集》詩集卷六）

## 虎丘拜東萊二姜先生祠

東海當年説二難，雄文高節震朝端。書將正史心俱壯，讀盡離騷泪未乾。秋色已從吴市老，斜陽猶作敬亭看。誰家兄弟能如此，晞髮泉臺覓舊冠。

## 又

霜落空山草不春，荒階倚杖拜遺臣。龍門酹酒同携手，虎闕攀裾肯顧身。家國一時多難日，江湖千古未歸人。三橋華桷應非少，誰共裴公可結鄰。（吴綺《亭皋詩集》，《林蕙堂全集》卷十九）

# 萊陽姜氏兄弟行事編年

謝正光 編



埰家尚父之裔，遠者不可考，始祖諱義，自寧海徙居萊陽，占籍杏壇里，世居城南村。越七世，高祖本隆公諱淮，殖德名於鄉，以禦寇功拜懷遠將軍。子五人，四韞石公諱珙，國子生，爲埰曾祖。韞石公子四人，次養吾公諱良士，爲埰祖。邑增生，博學多聞。萬曆丙子擬元。歿之日，里人私謚康惠先生。養吾公生漢洲公，諱瀉里，爲埰父。邑庠生，封徵仕郎、禮科給事中。崇禎十五年城陷，烈殉，後恤贈光禄寺卿，賜祭葬祠祀，謚忠肅。娶同邑貢生楊公諱希齊女，爲埰母，累封孺人。生子四人：長圻，三垓，四坡，次不肖埰也。（《姜貞毅先生自著年譜》）

**萬曆三十五年丁未（一六〇七）　姜埰生。**

垓《憶長兄歌》：憶長兄，長兄遠在蓬萊三島間，百金新買嵯峨山。昨日老奴寄書來，但云奇花异草時時栽。大者拱游人，小者蔽黄埃。殷勤謝老奴，晝作歸山圖。惟我少而遠游，涉江泛湖，不知同里之人皆吾徒。每聞鄉鄰小兒語，若解不解空齟齬。棄親戚，背墳墓，結客四方多布衣，安車駟馬當來歸。（《流覽堂殘稿》卷一）

按：姜氏昆仲四人：圻、埰、垓、坡。埰、垓皆有科名，且出仕，兼能詩，故名顯於當時。圻、坡多居鄉。坡死於崇禎十六年（一六四三）萊陽之難。圻則於魯王政權中嘗任象山知縣。

魏禧《萊陽姜貞文公偕繼室傅孺人合葬墓表》：公諱垓，字如須，山東萊陽人。高祖諱淮，力田，得田中金，家以大富。曾祖諱珙，國子生。祖諱良士，父諱瀉里，俱縣學生。良士公好學，嘗手抄古今書滿數厨。瀉里公以仲子埰貴，封文林郎、禮科給事中。崇禎癸未，殉萊城難，贈光禄寺卿，賜祭葬建祠，謚忠肅。生四子，公行三，母楊太孺人憐愛之。

**萬曆四十二年甲寅（一六一四）　春正月辛巳，姜垓生。**

**天啓四年甲子（一六二四）　埰年十八，娶董孺人，爲婺源訓導同邑董公諱應雷女。**

**崇禎四年辛未（一六三一）　埰年二十五，登進士，出倪文正公元璐門。八月，授密雲縣知縣，未赴任。**

**埰以地方故，於是復任儀真。**（《自著年譜》）

垓年十歲時，寄居其官邸。埰有《送別弟垓還蘇州》詩，中有『汝自十歲從余出，至今四十嘗飢寒』句。

**崇禎十五年壬午（一六四二）　埰年三十六。**

忽一日密旨，幾不測，賴衛臣駱養性疏救。而總憲劉公宗周微聞其事，與諸大臣上殿争之。宗周曰：『祖宗設詔獄，豈爲言官哉？陛下聖主，奈何有此舉？』反復甚懇。上雖屏宗周，而意旋悟，改下司敗獄。清宏語埰以皇上不殺之恩，埰北面叩頭，泣不成聲。十二月十四日，刑部尚書徐公石麒擬附近充軍。上怒不解，二十一日，發埰及開元午門外杖一百。是時誤傳兩人皆棄市，故獄卒縱恣，掠取一盡，僅存下衣而已。兩人素未謀面，此日相視，但曰不及黄泉無相見也。自出獄户至長安街，居民擁視者數萬人。有賫木耳灰和酒以進者，曰『性凉血，飲之當不死』。且爲下泣，曰真忠臣。例廷杖，金吾主之。是日遣兩大璫監視，上意特嚴切，以故棍凡數折。拜杖時，午門外西偏襞衣百餘人，各執木棍一。宣讀畢，一人執麻兜一，自肩脊而下束之，令不得左右動。而頭面觸地，濁塵滿口中矣。又一人縛其兩足，四面牽曳，但兩臀受杖而已。杖畢，埰昏迷不知痛，竹箯舁之出。弟垓口銜童溺飲我。名醫吕邦相以醫黄公道周、葉公廷秀等擅譽長安。是日延視，邦相危之，曰：『若七日不死，乃爲君賀矣。』至半月，

去腐肉斗許，乃甦。（《自著年譜》）

埰獄友熊開元《魚山剩稿》卷四《罪狀本末》，則言之更詳矣：

二十一日，朝饔箸未下，忽報埰自枕上持出赴市矣。開元知不免，急取詔獄中所書盡頭家信一函，付左右。大約云國爾忘家，義不遑反顧，兩歲嬰大病，皆當死，不獨法能死人。但孝道有虧，骸骨不當葬先人墓左，已誡從人火而棄之。一門老稚，不須重置念矣。纔付畢，吏卒哮喘至，捲室中衣履盡，然後以開元行。蓋罪人赴決，若輩以席捲爲嘗法，不禁也。比至鐵門，候有間，執事者導駕帖馬上行，開元、埰從至孔道，或餉以卮酒。埰意須臾死，何飲爲。開元曰：『何愧天地而不飲？』飲之既，左右顧，惟門人刑部員外郎吴克孝匍匐送出部。他或佇長安門相顧望，或奔入朝，或蹶趨而未逮，咸皇皇如赴焚溺然。亦有聞其至避之者，懼己及也。入長安門，觀者林立，然敢望不敢即矣。惟中使環左右視，見開元、埰之肥瘠殊也，指埰曰：『庶幾乎？』至開元，掉頭曰：『此不任矣。』開元唯念觀世音如平時，不知其他。有間，司禮大璫、東廠大璫及大金吾并吉服立。午門外官旗相謂曰：『故事，一監官莅之耳。今兩大璫并出，從昔所未聞。以此莅杖，豈猶有完人哉？』既讀聖諭畢，取開元上下縛，然後杖。杖甫下，即不知所届。他受杖有及半而憒者，亦有了然至竟者，獨開元自一至百，以菩薩力，皆不知。明日，乃知主上以不審不招責刑部堂司官回話，埰、開元各杖一百云。杖畢，承以布襪，出長安門，納柳斗中如前日。中使及朝紳，下逮輿臺，莫不欷嘘泣下。先環視肥瘠者，亦皆兩大璫所使。杖時，兩大璫但西視，不南視，俱有深意。亦猶孺子入井，人皆怵惕，豈其咸知我乎？行數武，或又灌以童便。從之哀嘆者，同鄉姻友明經沈寅一人而已。既入獄，獄中老卒視兩股若瓜，急索刀解之。血肉仰射，如石罅中涌泉，須臾滿二鑵。醫者吕邦相至，乃傅藥，且先投以丸散，謂必得吐與下，始得生耳。明日，果吐且下，左右乃備述先一日事如右。當其時，不覺也。大哉！不覺，遂能度如是衆苦。不然，神非馬，尻非輪，豈能如醉人墜車而神不受乎？奇哉！不覺，復能具如是衆有。不然，周夢爲蝶，蝶不夢爲周，又豈能如没人與齊俱入與汩俱出乎？下至再，醫者復授以峻劑。開元不敢嘗，不意自此至十日，雖服大黄、巴豆，堅不動。已導以豬膽汁，乃通。其苦殆未可筆述。醫又曰，三日以前血未活，無大痛，越四日，始劇，至七日，則庶幾耳。開元亦不然，七日若無所苦，八日痛乃增，凡十晝夜，睫不得交，向所謂身外復有身受之者。至此日，不獨痛在身裹，舉隔垣人語聲、梵唄聲、重門擊柝聲、城頭炮聲，咸歷歷落落，無在身外者，則又不知前日是此日是也。開元嘗與人論世界有竪有横，多不信。今彌月，飲食、唾涕、矢溺，莫不據枕而安，離枕則危。雖使人扶樹，終不能自舉一寸許，此非以横世界爲世界乎？開元嘗歷齊豫，值歲大凶，見道旁棄置小兒，若蠃蟲蝡動，竊哀之。今輾轉反側，時恃腦，時恃脊，時恃腹，無异乎蛇草上行鰌泥伏也。手若足，向來稱有用者，至是盡化爲無用，而無用者乃盡化爲有用，抑又异矣。癸未正月七日，左臀敗膚脱。初十日，右亦脱，庶幾有瘳。不意又不然，痛既緩，緩已復痛，如環無端。十八、十九兩日則愈惡。二十日啓視，向之已成膿者，復醞而爲血，欲安全，何日之有。左右咸以爲他痛短、開元痛長，他敗膚早脱、開元晚脱，疑醫者藥有异，群起詬醫者。醫者曰：『他體豐肉受杖，汝主人骨受，又解不下，食不進，固宜發遲而痛深。予豈敢二三其德乎？』是二日，堂司官回話，疏得旨：石麒冠帶閑住，沂春削籍，同春下吏部議處分。聞之，益股栗。開元之惡，忘身及親，并及此多賢，髮不足擢矣。念七日，血乃復爲膿，醫大喜。至念八日，血如故，益不知所爲。且兩足初病，弛不能張，至是則張而不弛。蓋前日兩股糜筋緩，是日創口收筋，急末如何也。然嘗竊自禱幸徼浩蕩恩，得生入里門，拜二人堂下。雖盤躃不中，斑襴舞視，萬劫長辭，樂無逾矣。二月朔以往，膿血雜糅。初四日，痛始瘥然，以手候之，四圍高而中陷，足容二掌。藥性急，能予人皮，不能疾予人肉，又何惑焉。是日爲開元誕辰，因禮懺海潮庵，自訟臣子忤於君父，必有其自作之孽，不敢謂無罪也。至初八日，左右謂卧久恐害氣，掖之坐。頭甫舉，俯瞰床上簀，其相去遠若錯諸地。開元立而視之也，高與下、修與短，洵無定相哉。初九日，創口漸合。醫曰：『是可以糝靈藥合尖矣。』初十日，痛復作。向所云陷一掌者，忽怒高寸許。蓋其中原有未盡之惡，而醫急於見功，不知絶而歅之與。因而導之，其利害固徑庭也。十三日，其子來視，用細藥覆以黑膏。蓋至三月三日，創口乃漸合，而痛亦始真減也。

垓有《被罪幽拘僕乘間入西曹伺問及將母南竄苦賊梗會故友以轉漕往來河上恃之無恐却賦志感》

（《流覽堂殘稿》卷六）。

## 崇禎十六年癸未（一六四三）　埰年三十七。

垓有《哀喪亂詩》：

序曰：崇禎十五年冬，罪樞陳新甲承宰相意，遣使和邊。皇帝震怒，爰就稿街，議遂寢。維兹時也，大臣貨賂，邊政廢弛。疆吏附焰，飾罪冒功。逆孽燃灰，擅竊威福。哲人引避，宵小乘權。仲兄黄門屢疏觸忤，卒干嚴譴。拷掠捶楚，繼以廷杖。百僚申救，多奉謫黜。垓以典客，并仕京師，匍匐犴狴，橐饘進藥。愴怳斯填，不敢告勞。仲兄血肉并脱，瀕死數矣。垓亦伏首含沙，幾蹈不測。北兵結寨山東，東至海，南至黄河。潰蹢名城，百有餘數。次年二月，萊邑攻下，先君巷戰，抗節死之。季弟坡抱父尸哭，被執。復乘夜舉火，燒敵營壘，爲父報仇，尋遇害。女弟及内子孫氏、嫂王氏、弟室左氏，皆烈殉焉。訃至，垓嚙血聞之天子。不報，益號泣無生理。垓從賊中東奔，路梗，間由海舶達青州，登陸，抵垩室。嗚呼，若非母夫人倖免，垓兄弟豈能延旦夕哉。慘禍之餘，土兵乘釁作亂。於是以母命暫瞥先墓，築廬其側，朝夕擗踊。逾四月，母夫人以黄門難未白，携兄子安節年十一歲，將詣闕，爲上書請貸。垓奉之行，斷葱切肉，價貴不能久居。復偕母妹徙建康故業。時楚寇方熾，江南煽動，道里悠遠，行路蹣跚。仳離在目，摧裂經心。家國之難，從古所未有也。乃忍泪收聲，稿成廢卷，用寫喪亂之悲，匪徒黍離之感矣。

序述姜氏家族於崇禎末年家破流離之慘狀：先則仲兄埰於崇禎十五年十一月以言事於朝被捕繫獄，備嘗『拷掠捶楚，繼以廷杖』，奄奄待斃。明年二月，滿洲兵陷山東萊陽，父瀉里及季弟坡先後被執殺，其家婦女亦相率投繯赴火死。時如須身在京師，逐日赴獄侍養仲兄之殘軀，遽聞大變，乃草《請代兄繫獄疏》，央崇禎釋仲兄之獄，而以己身代之。疏中先述其家中諸人於萊陽被難事：

臣父姜瀉里爲諸生二十年，甘貧自守。……又賦性淡泊，不治貲産，鄉黨間群稱臣父爲長者。……前敵逼臣邑，臣父故山居耳，無地方責，無寸貲可饗士待敵。聞變，首率親丁老幼入城死守，敵不能薄。兩月後，敵突陷城，臣父被執……攢刃突刺，體無完骸。維時臣家聞難死者，臣弟臣嫂臣姊臣妻臣弟婦等，幾以闔門殉，僅臣老母幸出鋒鏑中，身被重傷，生死尚未可知也。

繼述事之至慘痛者，莫過於姜氏家族於萊陽城陷前一日，始聞姜埰於朝中蒙譴：

臣父母始聞罪見蒙譴，相對洟涕，復北望稽首者三。謂主上不以罪臣即膏斧鑕，高厚難報，庶幾可望生還，提醒愚昧。臣親之愛子，可謂至矣痛矣！一字家書，萬點清泪。方以衰年危卵，泣貫索於青天。孰知隔夜覆巢，投身命於碧血。臣家門痛慘，一至於此。

疏末述己身之處境，泣懇崇禎將之付法司以代兄長。一字一泪，驚心動魄矣：

今臣聞訃奔歸，則罪臣縲絏伶仃，勢必速斃。欲兼顧鶺鴒，則父慘殺而暴骨未收，母驚魂而衰齡無靠。臣際此時，腸一日九迴，人世之苦，無以復逾矣。……臣以是日夜思維，哀痛迫切。泣懇陛下將臣付法司代兄，使得歸里葬父事母。倘蒙陛下憫念，矜釋臣兄，歸命首邱，臣之願也，死且不朽。

崇禎覽如須疏，雖『意惻然憐之』，未允所請。同年六月，『登萊撫臣曾化龍覆奏姜氏一門忠孝，請賜優恤，始得奉明詔，下所司』。

翌年三月，北京城破前，錢謙益撰《萊陽姜氏一門忠孝記》，引如須此疏竟，復發爲議論曰：

嗚呼！忠臣孝子，國家之元氣也。忠義之氣昌則存，叛逆之氣昌則亡，有國家者之大坊也。天寶逆命之臣，以六等定罪。達奚珣輩，駢斬于獨柳樹，集百寮往觀之。而宋南渡，李綱議僭逆僞命宜仿肅宗時定罪用重典，當時不能從。識者以謂至德之中興，建炎之不振，其興亡實繇于此。今國家方全盛，奴雜種小醜，闖螘賊游魂，中朝士大夫，回面屈膝，委質賊庭者，所在而有。夫豈國無刀鋸以至是與！若姜公者，身無一命之寄，家無中人之産，徒手扞賊，横身死義，家人婦子，血肉糜爛。國家元氣，旁薄結轖，而勃發于姜氏之一門，非偶然也。使國家之臣子胥如姜氏，則忠臣孝子，接踵于世，何至如靖康之時，所謂在内惟李若水，在外惟霍安國，使敷天率土，痛北轅而憂左衽哉！比歲奴三入畿輔，一門殉難者，高陽孫氏，順義成氏，與姜氏而爲三。孫氏、成氏之議恤，當國者口噤目眙，若避禁諱，至今寢閣未下，今姜氏之恤，獨出宸斷，然後知崇奬節義，固聖明之所急，而所司奉行者之罪也。自今以往，忠義之氣昌，國家之元氣日固。叛臣賊子，當胥伏獨樹之誅，而奴、闖之懸首稿街也不遠矣。余爲書其事以俟之，且以諗於國史之傳忠義者。崇禎甲申三月記。

**順治三年丙戌（一六四六） 埰年四十。**

江東再造，魯王監國，擢右司馬，遣行人林弘珪、弘琛先後敦趨。弟垓亦應考功詔，皆以母老辭，奉有更番養親之命。既垓奉使册封，會經筵講日，監國語垓曰：『歸語爾兄，君臣大義無所逃，固不當以鄉黨之誼見我乎？』時長兄任象山縣令，因省兄，舊疴陡發，暫寓奉化縣之北寺。未幾江東陷，避亂天台之潢水葉禧仍家。（《自著年譜》）

**順治四年丁亥（一六四七） 埰年四十一。**

是年，亡命徽州，變易姓名。水南汪國學曰植、溪南吴孝廉宇安下榻焉。時家人星散，埰隱遁吴氏昌竭山中，躬炊飯，兒爲爇薪。孤邨風雨，常不得一飽。樵子宋心老時以菜羹啖我，孝廉則從十里外餉以米酒。夏入黄山，祝髮於丞相園。七月，自太平縣取道東還。太平諸生周項、崔羅，萍踪相聚，一見甚歡，因送别於李太白之桃花潭。九月，至真州。舉次子實節，側室王氏出。（《自著年譜》）

**順治六年己丑（一六四九）　埰年四十三。**

正月，長兄殁於家，東歸治喪，撫其二孤。是年客真州，賃王生屋居之，署其廬曰蘆花草堂，取『滿地蘆花和我老』詩，文信公曾遁真州故也。自號敬亭山人。與李大令時開、顔山人不疑、鄭孝廉元志及僧見之、碧潭輩結方外社。天台徐光業來訪，把手道故，勖以道義，真古人之交也。（《自著年譜》）

**順治七年庚寅（一六五〇）　埰年四十四。**

爲長男安節畢婚。

垓有《庚寅五月承聞桂嶺消息仿同谷七歌并懷同年友方大任平樂府》七首。

**順治九年壬辰（一六五二）　埰年四十六。**

是春，同弟垓歸，葬忠肅公於萊陽城東之魚子山。長兄圻、嫂王氏亦相繼舉襄。（《自著年譜》）

**順治十年癸巳（一六五三）　埰年四十七。**

正月，弟垓患病，至吴視藥餌。二月，病革。冬，奉太孺人來自山東，哭弟垓。（《自著年譜》）

埰有《癸巳春赴吴視弟垓疾》二首：

嗟彼岠山鳥，四子將飛飛。羽翼尚未就，其母心先悲。出門逢少年，一息不相知。萬里阻且長，何況遠別離。寄言千金軀，日暮當來歸。

孟春泛蘭橈，駕言適吴州。問君何遠行，有弟沉百憂。登高眺八極，通波彌悠悠。昔我遭板蕩，中與數子游。袁公三楚秀，劉生璠璵儔。婉孌彼姝子，皓齒發清謳。飲酒金叵羅，結束白玉鈎。拔劍凌太虚，誓欲報國讎。此志既不就，天地爲墟丘。眷言思夙昔，泪下如泉流。（《敬亭集》卷一）

**順治十五年戊戌（一六五八）　埰年五十二。**

八月，至吴，爲侄寓節畢婚。偕友人渡江，遭颶風幾危。九月，訪孝廉徐枋於墅區，枋題《敬亭荷戈圖》見贈。歸舟過五木，訪薛寀，相與談往事，欷歔終日。（《自著年譜》）

**順治十六年己亥（一六五九）　埰年五十三。**

五月，至吴視侄寓節。六月，京口兵阻，因同雍熙日、汪之燦避居靈岩山，僧弘儲周旋最洽。時烽火彌天，九月始得妻子消息。尋間道入吴，而窠巢一炬，青氈蕩然矣。十月，善孫以驚風殤。蓋因溽暑避亂，席草卧地，飲食失宜。雖死於病，實死於兵。之燦亦病死。埰家觸目凄其，情緒萬結，寓居山塘

委巷，貧病交困。時妻弟董樵自故鄉來，周茂蘭伯仲、李模、蔡啓汶朝夕與俱，愁嘆之餘，不覺形容憔悴矣。（《自著年譜》）

**順治十七年庚子（一六六〇）　垓年五十四。**

是年，卜居蘇州之餺諸里。荒園數畝，舊屬文相國湛持别業，兵燹之餘，稍加修葺。署其廬曰『東萊草堂』，又曰『敬亭山房』。時偕雍耐廣、郝印月、李灌溪、姚佺期、周子佩、余澹心、徐禎起諸公放懷山水間。（《府君姜貞毅先生年譜續編》）

**順治十八年辛丑（一六六一）　垓年五十五。**

是年，同邑宋公荔裳，安節之前婦翁也，爲兩浙觀察，招府君往，固辭之。秋，歸萊陽省墓，值亂還吴。母舅董公東湖來度歲，有《東歸别友》詩、《送東湖道人》詩。（《年譜續編》）

**康熙二年癸亥（一六六三）　垓年五十七。**

是年八月，安節舉子，府君錫乳名曰『飴』。十二月，叔母傅氏卒。時從弟寓節方弱冠，一切後事皆府君經理之。（《年譜續編》）

**康熙三年甲辰（一六六四）　埰年五十八。**

是年，延新安汪公惕若爲弟實節師，講求性理。修族譜，定祠祭。九月，弟實節畢婚。時冠禮久廢，府君手加儒冠勖勉。從弟騫節自萊陽來省。伯父大令公生兩弟兩妹，至是皆成立，府君悉爲完婚嫁。郝公印月、姚公佺期，先後病故，府君爲治喪葬。（《年譜續編》）

**康熙五年丙午（一六六六）　埰年六十。**

是年正月，庶母王氏卒。冬十一月，爲府君初度，不受家人賀，避居江邨之蘆碕。從弟審節自萊陽來，安節偕弟實節、從弟寓節由姑蘇往草舍稱觴，饒有至樂。時吴公柴庵、張公静涵、于公穎長、高公彙旃、周公玉符、路公廣心，暨檗庵禪師、姚文初、袁公白、歸玄恭、王元倬、周二安、宗子發、陸懸圃諸先生，遠近致文爲壽。（《年譜續編》）

**康熙六年丁未（一六六七）　埰年六十一。**

是年正月，安節再舉子，因與府君同丁未生，錫乳名曰『同』。四月，葬叔父貞文先生於蘇州之天池山。五月，携弟實節至宣州，與沈徵君耕岩，暨俞去文、梅古愚，復林子長、吴雨若、詹在右、沈方鄴諸公，詩文贈答，相得甚歡。（《年譜續編》）

**康熙八年己酉（一六六九）　埰年六十三。**

是年四月，訪高公彙旃於無錫，有長歌紀事。七月，弟實節舉子，府君錫乳名曰『雲』。爲妹擇給諫吴公幼洪子誦爲婿，冬十二月遣嫁。（《年譜續編》）

**康熙九年庚戌（一六七〇）　埰年六十四。**

是年春，厝庶母王氏於蘇州之大石山，有詩紀事。冬十月，阿同驚風殤，亦有詩。客真州甚久，時有拂逆，因感平生知己，編《嚶鳴録》二十有七人。歲暮還吴，作《生日》詩，詞多幽憤。（《年譜續編》）

**康熙十年辛亥（一六七一）　埰年六十五。**

是年夏四月，從真州還吴。自是不復出户，惟日思終老宣州。作《敕家集》五言律一百首，有序見志。又選定己亥以來詩文，題曰《餺飥集》。又著《紀事摘謬》一書。有當事某慕府君名，書幣致殷勤，謝不肯見。（《年譜續編》）

**康熙十一年壬子（一六七二）　埰年六十六。**

是年三月，遣安節長女嫁解元楊公維斗孫去病。時寧都魏冰叔、和公兄弟客吴門，晨夕過從情文

款洽。八月，架屋五楹於池上之故址，署曰『念祖堂』。十一月，安節婦張氏亡。十二月，府君失足傷臂，遂病。（《年譜續編》）

**康熙十二年癸丑（一六七三）　埰年六十七。**

是年春，從弟宜節、表弟董道熙自萊陽來省，府君作詩送之，自此飲食少御。五月，病劇，噂安節兄弟曰：『吾不起矣。念吾獲罪先皇，奉命謫戍，遭逢時變，流離异鄉。生不能守先墓，死不能正首丘，懷凄於心。故君之命，後雖有赦，不敢忘也。今當畢命戍所，以全吾志。』越數日，則曰：『吾病既不能往，死必埋我敬亭之麓。』語訖，嘔血數升，口吟《易簀歌》一首，又吟『蓋棺三十日，負棺莫栖遲』二句，命安節書之，自書『一腔熱血欲灑何地』八字，又書『東望松楸不勝心痛』八字。醫者進藥餌，亟揮去，辭色如平常。遺命周詳，而其大者，則神主碑旌不題故官、棺用薄材、不治喪、不作佛事數條。六月八日丑時，病革，屬纊之頃，舌根艱澀，猶噂『速往宣州』再三。又令沐浴更衣，自爲盥面。戒家人勿哭。安節痛不可忍，失聲而號。頻摇兩手，示時尚未至。時明星燦爛，忽降微雨，而府君浩然長往矣！安節兄弟於七月扶櫬至宣州，權厝敬亭山址，以需卜兆，方安櫬刻，忽值地震，吊者嘆异，謂我府君忠義動天地也。宣州沈徵君耕岩題主，同人私謚貞毅先生，蘇州徐孝廉昭法撰《謚議》。（《年譜續編》）

# 徵引書目

《毛詩正義》，清嘉慶阮刻《十三經注疏》本，中華書局，二〇〇九年
《禮記正義》，清嘉慶阮刻《十三經注疏》本
《春秋左傳正義》，清嘉慶阮刻《十三經注疏》本
《他山字學》，錢邦芑撰，清刻本，《四庫存目叢書》經部第二〇〇册，齊魯書社，一九九七年

《後漢書》，范曄撰，李賢等注，中華書局，一九六五年
《晋書》，房玄齡等撰，中華書局，一九七四年
《明史》，張廷玉等撰，中華書局，一九七四年
《清史稿》，趙爾巽等撰，中華書局，一九七七年
《國榷》，談遷撰，上海古籍出版社，二〇〇八年

《小腆紀年》，徐鼒撰，中華書局，一九五七年

《定思小紀》，劉尚友撰，浙江古籍出版社，一九八五年

《望社姓氏考》，李元庚輯，載《國粹學報》第七十一期

《明遺民録》，黄容撰，清初鈔本

《皇明遺民傳》，（朝鮮）佚名撰，國立北京大學，一九三六年

《雪交亭正氣録》，高宇泰撰，《四明叢書》本

《小腆紀傳》，徐鼒撰，中華書局，二〇一八年

《國朝書畫家筆録》，竇鎮撰輯，明文書局，一九八五年

《水經注》，酈道元著，譚屬春、陳愛平點校，嶽麓書社，一九九五年

《南畿志》，聞人詮、陳沂修纂，學生書局，一九八七年

《靈岩紀略》，釋殊致輯，康熙十二年刻本

《百城烟水》，徐崧、張大純編纂，康熙二十九年刻本

《讀史方輿紀要》，顧祖禹撰，施和金、賀次君校，中華書局，二〇〇五年

《至順鎮江志》，俞希魯修纂，江蘇古籍出版社，一九九〇年

《雍正揚州府志》，尹會一、程夢星等纂修，成文出版社，一九七五年

《同治蘇州府志》，李銘皖、譚鈞培等修纂，鳳凰出版社，二〇〇八年
《光緒增修登州府志》，方汝翼、賈瑚等修纂，鳳凰出版社，二〇〇四年
《光緒丹徒縣志》，楊履泰等纂修，成文出版社，一九七〇年
《民國萊陽縣志》，梁秉錕修，王丕煦纂，一九三五年鉛印本
《民國寶應縣志》，戴邦楨、趙世榮修，馮煦、宋莀生纂，江蘇古籍出版社，一九九一年

《物理小識》，方以智撰，商務印書館，一九三七年
《因樹屋書影》，周亮工著，張朝富點校，鳳凰出版社，二〇一八年
《管城碩記》，徐文靖撰，王其和點校，山東人民出版社，二〇一八年

《高青丘集》，高啓著，金檀輯注，上海古籍出版社，一九八五年
《杜臆》，王嗣奭撰，上海古籍出版社，一九八三年
《杜工部詩集輯注》，朱鶴齡輯注，河北大學出版社，二〇〇九年
《重訂李義山詩集箋注》，朱鶴齡箋注，程夢星刪補，清乾隆八年今有堂刻本
《南來堂詩集》，蒼雪讀徹著，徐睿點校，雲南教育出版社，二〇二〇年

《小寒山子集》，陳函輝撰，明崇禎刻本，《四庫禁毁書叢刊》集部第一八五册，北京出版社，一九九七年

《錢牧齋全集》，錢謙益著，錢曾箋注，錢仲聯標校，上海古籍出版社，二〇〇三年

《石匱室後集》，張岱撰，中華書局，一九五九年

《新刻譚友夏合集》，譚元春撰，徐汧、張澤等評，崇禎六年張澤刻本

《旨齋詩草》，張澤撰，《新刻譚友夏合集》附，崇禎六年刻本

《瞿式耜集》，瞿式耜撰，上海古籍出版社，一九八一年

《四照堂集》，王猷定撰，清康熙元年周亮工刻本

《和友人詩》，毛晉撰，《虞山叢刻》本

《顧與治詩》，顧夢游撰，清初書林毛恒所刻本，《四庫禁毁書叢刊》集部第五一册

《蘿石山房文鈔》，左懋第撰，清乾隆五年左光勖校刻本

《楊文驄詩文三種校注》，楊文驄撰，關賢柱校注，貴州人民出版社，一九九〇年

《隰西草堂集》，萬壽祺撰，《明季三孝廉集》本

《吴梅村全集》，吴偉業著，李學穎集評點校，上海古籍出版社，二〇一三年

《吴梅村詩集箋注》，吴偉業撰，程穆衡原箋，楊學沆補注，張耕點校，中華書局，二〇二〇年

《半塘草》，趙士冕撰，《東萊趙氏楹書叢刊》本

《黄宗羲全集》，黄宗羲著，浙江古籍出版社，一九八五年

《流覽堂殘稿》，姜垓撰，光緒二十六年王懿榮序刊本

《流覽堂殘稿補遺》，姜垓撰，民國二十年王郇序刊本

《敬亭集》，姜埰撰，康熙刻本，《四庫存目叢書》集部第一九三册

《田間詩集》，錢澄之撰，諸偉奇校點，孟醒仁審訂，黄山書社，一九九八年

《藏山閣集》，錢澄之撰，光緒三十四年鉛印本

《田間文集》，錢澄之撰，彭君華校點，黄山書社，二〇一四年

《愚庵小集》，朱鶴齡撰，上海古籍出版社，一九七九年

《陳子龍詩集》，陳子龍撰，施蟄存、馬祖熙標校，上海古籍出版社，一九八三年

《浮山此藏軒别集》，方以智撰，清康熙此藏軒刻本，《清代詩文集彙編》第三五册，上海古籍出版社，二〇一〇年

《變雅堂遺集》，杜濬撰，鳳凰出版社，二〇一九年

《亦巢詩草》，朱陵撰，『中研院』文研所藏稿本

《遍行堂集》，澹歸今釋撰，段曉華點校，廣東旅游出版社，二〇〇八年

《内省齋文集》，湯來賀撰，清康熙書林五車樓刻本，《四庫存目叢書》集部第一九九册
《盇山集》，方文撰，上海古籍出版社，一九七九年
《定山堂詩集》，龔鼎孳撰，清康熙十五年吴興祚刻本，《清代詩文集彙編》第五一册
《静惕堂詩集》，曹溶撰，清雍正三年李維鈞刻本，《清代詩文集彙編》第四五册
《倦圃曹秋岳先生尺牘》，曹溶撰，胡泰選，雍正含輝閣藏板
《顧云美自書詩稿》，顧苓撰，中華書局，一九五八年
《雪翁詩集》，魏耕撰，浙江古籍出版社，一九八五年
《宋琬全集》，宋琬撰，辛鴻義、趙家斌點校，齊魯書社，二〇〇三年
《樵山堂集》，張恂撰，清初刻本
《蕭然吟》，程邃撰，清順治刻本，《四庫禁毁書叢刊》集部第一一六册
《余懷全集》，余懷撰，李金堂編校，上海古籍出版社，二〇一一年
《清止閣集》，趙進美撰，清康熙刻本
《賴古堂集》，周亮工撰，上海古籍出版社，一九七九年
《壯悔堂集》，侯方域撰，《四部備要》本
《慎墨堂詩拾》，鄧漢儀撰，《泰州文獻》第四輯第四六册，鳳凰出版社，二〇一五年

《陳維崧集》，陳維崧撰，上海古籍出版社，二〇一〇年
《湖海樓詩集》，陳維崧撰，乾隆六十年浩然堂刻本，《清代詩文集彙編》第九六册
《時術堂遺詩》，方其義撰，清康熙刻本，《四庫禁毁書叢刊》集部第一四四册
《吴嘉紀詩箋校》，吴嘉紀著，楊積慶箋校，上海古籍出版社，一九八〇年
《鶴澗先生遺詩》，姜實節撰，羅振玉輯《雪堂叢刻》本
《居易堂集》，徐枋撰，學生書局，一九七三年
《鈍翁續稿》，汪琬撰，清康熙刻本，《清代詩文集彙編》第九四—九五册
《白茅堂集》，顧景星撰，清康熙四十三年刻本，《清代詩文集彙編》第七六册
《碩園詩稿》，王昊撰，清乾隆十二年刻本，《清代詩文集彙編》第一〇二册
《蘆中集》，王攄撰，上海古籍出版社，一九八一年
《憺園集》，徐乾學撰，清光緒九年重刊本
《紉蘭閣詩集》，方孟式撰，清康熙三十四年張祁度刻本
《存研樓文集》，儲大文撰，清乾隆九年存研樓刻本，《清代詩文集彙編》第二一五—二一六册
《揅經室集》，阮元撰，鄧經元點校，中華書局，一九八五年

《樂府詩集》，郭茂倩編，中華書局，一九七九年
《古文苑》，章樵注，北京書店，二〇一二年
《尺牘初徵》，李漁輯，清順治十七年刻本，《四庫禁毀書叢刊》集部第一五三册
《天啓崇禎兩朝遺詩》，陳濟生編，中華書局，一九五八年
《詩南初集》，徐崧、陳濟生輯，清順治刻本
《明詩綜》，朱彝尊選編，中華書局，二〇〇七年
《明遺民詩》，卓爾堪選輯，中華書局，一九六一年
《明詩紀事》，陳田輯，上海古籍出版社，一九九三年
《明詩評論》，朱隗撰，清康熙刊本
《扶輪集》，黄傳祖輯，明崇禎十五年刻本
《扶輪續集》，黄傳祖輯，清順治八年刻本
《扶輪廣集》，黄傳祖輯，清順治十二年年刻本
《扶輪新集》，黄傳祖輯，清順治十八年刻本
《從游集》，陳瑚輯，清初刻本
《今詩粹》，魏耕、錢价人輯，清順治十七年刻本

《同人集》，冒襄輯，清康熙冒氏水繪庵刻本

《太倉十子詩選》，吴梅村輯，清順治刻本

《龍眠風雅》，潘江輯，清康熙十七年潘氏石經齋刻本，《四庫禁毁書叢刊》集部第九八册

《篋衍集》，陳維崧輯，劉和文點校，安徽師範大學出版社，二〇一五年

《漁洋山人感舊集》，王士禛輯，上海古籍出版社，二〇一四年

《詩源初集》，姚佺輯，清初抱經樓刻本，《四庫禁毁書叢刊》集部第一六九册

《國朝詩的》，陶煊、張璨輯，清康熙六十年刻本

《國朝詩選》，彭廷梅輯，清乾隆十四年刻本

《皇清詩選》，孫鋐集評，黄朱芾編校，清康熙二十六年鳳嘯軒刻本

《詩風初集》，徐崧、汪文楨、汪森輯，清康熙十二年刻本

《清詩初集》，蔣鑨、翁介眉輯，清康熙二十年鏡閣刻本，《四庫禁毁書叢刊》集部第三册

《詩觀二集》，清鄧漢儀輯，康熙慎墨堂刻本

《詩持》，魏憲輯，清康熙魏氏枕江堂刻本

《過日集》，曾燦等撰，康熙寧都曾氏六松草堂刻本

《續甬上耆舊詩》，全祖望輯選，沈善洪、方祖猷、魏得良等點校，杭州出版社，二〇〇三年

《雪橋詩話續集》,楊鍾羲撰,劉承幹參校,北京古籍出版社,一九九一年
《雪橋詩話》,楊鍾羲撰,劉承幹參校,北京古籍出版社,一九八二年
《甌北詩話》,趙翼撰,鳳凰出版社,二〇〇九年
《静志居詩話》,朱彝尊撰,人民文學出版社,一九九八年
《晚晴移詩匯》,徐世昌編,中華書局,二〇一七年

《明季滇黔佛教考》,陳垣撰,中華書局,一九六二年
《釋氏疑年録》,陳垣撰,中華書局,一九六四年
《方以智年譜》,任道斌編著,安徽教育出版社,一九八三年
《歷代婦女著作考》,胡文楷編著,上海古籍出版社,一九八五年
《程邃年譜》,汪世清撰,《徽學通訊》一九八五年第二—六期
《萬年少先生年譜》,羅振玉撰,文海出版社,一九六六年
《萬年少先生年譜彙輯補箋》,謝正光撰,未刊稿
《清初人選清初詩彙考》,謝正光、佘汝豐編著,南京大學出版社,一九九八年
《清人詩文集總目提要》,柯愈春著,北京古籍出版社,二〇〇一年

《吴梅村年譜》，馮其庸、葉君遠著，文化藝術出版社，二〇〇七年
《停雲獻疑録》，謝正光著，浙江大學出版社，二〇一六年
《史學叢考》（增訂本），柴德賡著，商務印書館，二〇一七年

# 人名索引

**説明：**

1. 索引編製範圍爲本書正文部分第 1—523 頁，不包含目録。

2. 因書中涉及姜垓、姜埰衆多，不單列二人索引。

3. 按人名音序排列。

4. 頁碼使用阿拉伯數字。


**A**

艾南英　377

安效良　279

**B**

白居易(樂天)　461,481

百里奚　32,230

鮑照(鮑昭)　109

比干　155

扁鵲　279

伯牙　307

伯夷　30

**C**

蔡啓汶　520

蒼雪　83,84,101,134,137,142,198,199,255,285,286,288,358,359,401

曹操　324,443

曹娥　12,443

曹丕　199

曹溶(秋岳)　15,16,61,103,114,137,255,295—299,369,410,411,422,425,428,441,443,446,456

曹樹翹　279

曹聿脩　371
曹允昌(石霞)　452
曹植　109
岑參　315
柴德賡　24
萇弘　55,127
巢松浸　83
陳瑚　75,455
陳曾壽　82
陳大士　377
陳蕃　263
陳函輝(寒山)　202,379
陳洪謐　263
陳洪綬　244
陳濟生(皇士)　3,21,25,37,62,75,112,113,172,370,397,442,457,459,460,470,479,490,495
陳繼儒　371
陳景沂　133
陳開仲　61
陳鑾　81,82
陳名夏　137,377,435
陳乃乾　3
陳潛夫(玄倩)　25
陳青雷　368
陳去病　243,522
陳仁錫　168,172
陳三島　417
陳士梅　104,105,166
陳台孫(階六)　14,88,115—121,281,326,330,354,385
陳維崧　107,154,296,370,451,452,466,478
陳新甲　145,514
陳垣　136,163,205,377
陳貞慧(定生)　440
陳之遴　443
陳子龍(臥子)　116,173,174,239,272,369,370,403,443
成連　307
程穆衡　63
程琦　327
程邃(穆倩)　96,162,164,178,307,364,366,367,371,381—386,472,495
蚩尤　64,68
重耳　471
楮帛儀　321
楚雲　137
儲大文　441
慈受深　43
崔郊　476
崔呈秀　484,496,501
崔羅　517

崔子忠(青蚓)　243,244,247

D

戴良(九靈)　460
戴顒　101,133
德堅　255
鄧漢儀(孝威)　87，105—108，114，154，196，238，282，300，302—306,439,459,460
鄧禹　105,183
鄧之誠　354
丁令　459
董道熙　523
董其昌　244,371
董樵　465,466,495,520
董卓　400
董子敬　234
竇武　400
杜度　174
杜甫(少陵、工部)　13，17—19，37,88,105,135,148,215,243,247，315，330，331，392，414，436,437,474,490,493,495
杜濬(茶村、于皇)　15—17，88，118，119，384，406，407，422，423,446,495
杜喬　136
杜曉　316
杜佑　24
多爾衮　174

F

范景文　427
范蠡　122,391
范廉　495
范滂　475
范式　476
方大任　11，205，297，410，422，518
方克勤　118
方孔炤(方孔昭)　174,175,398
方孟式　174,175,177,354
方其義　174,175,352,444,445
方維儀　354
方文(爾止)　117，134，174，175，206，265，315，352，353，408，428,468
方以智(密之、大密)　14—17，137，174，205—207，210，270，297，315,327,346,370,379,383,397，399，400，402—404，406—408，421—423，425，428，441，442，444,495
方于宣　355

方子耀　379,398
房琯　331
房千里　404
馮桂芬　86
馮其庸　62
馮銓　319,322
馮勝　390
馮舒　252
馮元飈　378
馮元仲　348
夫差　312

## G

皋伯通　420,430,437,473
皋陶　166
高承埏　14
高出　127
高宏圖(高弘圖、研文)　52—54,183,346,347,400,491,496
高洪鈞　319
高名衡　23
高攀龍　322,323
高啓(季迪、青丘)　81,220—222
高世泰　253,443
高適　447
高宇泰　379
高倬　378
葛雲芝　495
龔鼎孳(芝麓)　15,16,84,104,108,114,122,137,297,369,406,410,413,422,446
龔開(聖予)　244
龔勝　290
勾踐　73
顧大章　435
顧橫波　297,413
顧景星　270,413,425,446,447
顧苓　54,153,396
顧禄　277
顧夢麟　84,164,202
顧同應　21
顧憲成　322
顧脩遠　368
顧炎武(亭林)　21,120,206,223,279,290
顧有孝(茂倫)　341,417
顧右民　431,434
顧與治(夢游)　134,251,352,356,357,495
顧云美　120,153
顧衆　312
顧祖禹　72,91,98
關賢柱　264
管寧(幼安)　49,124,231

歸莊(玄恭)　284,521
郭茂倩　20,27,29,239

## H

韓康(伯休)　467
韓上桂　59
韓詩(聖秋)　120
韓世忠(蘄王)　43,79—82
韓信　115,116
韓岩　495
韓愈(昌黎、退之)　118,399,400,403
漢月(三峰漢月)　401
郝太極　279,495
郝印月　520,521
何嗣東　382
何天寵　491—495
何寤明　353
何遜　105
何顒　492
何瑀　314
闔閭　380
賀裳　164
弘壁　401
弘儲　493,519
侯芭　113
侯峒曾(豫瞻)　271,272
侯方域(朝宗)　378,440,441,452
侯汸　84
侯岷曾　272
侯岐曾　271,272
侯玄泓　495
侯嬴　135
侯震暘　272
胡將美　354
胡梅(白叔)　60,61,312,313
胡文楷　398
霍諝　400
胡雪公　120
胡周鼒(其章)　346，347，400，401,495
胡纘宗　79
華時亨　205,367,495
華渚　495
桓温　167,195,499
皇甫子循　126
黄傳祖(心甫)　26,34,53,58,87,93,125,163,236,242,276,367,368,370
黄道晋　324
黄道周　157,164,325,342,370,384,491,510
黄公望　447
黄景昉　320,322

黄澍　23
黄惕如　431,434
黄文蓮　82
黄習遠　43
黄翼聖　75,84
黄正色(美中)　24—26,98
黄周星　401
黄宗羲(太冲)　58—60,435
黄尊素　435
惠棟　24,133
霍安國　152,499,516

## J

嵇康(叔夜)　20,307,347,353,370,425
汲黯　407
季路　212
季札　282,289
賈彪　154,400,492
賈開宗　88
賈誼(賈長沙)　419,457,477
見林　74
江統　149
江淹　206,430
姜安節　146,216,232,454,514,518,520—523
姜肱　92,115
姜桂　501
姜接芹　255
姜開先　368
姜乃汝　482,483
姜坡　31,258,498
姜圻　345
姜實節(學在)　214,298,501,517,521,522
姜舜年　482
姜瀉里　52,150,233,243,299,317,484,485,489,491,496,498,500,505,508,509,515
姜寓節(奉世)　107,220,223,299,381,477,487,489,492,493,496,497,519,520,521
蔣德璟　320,322
蔣光煦　200
蔣鑨　87
蔣寅　415
蔣玉立(亭彦)　137
蔣玉章(篆鴻)　137
蔣仲舒　126
焦先　110
介子推(介推)　290
金堡(道隱)　14,25,210
金光宸　322,485
金俊明(孝章、九章)　252,253,

277,417,456,495
金侃　253
金起士(懷節)　37
金上震　253
荆軻(荆卿)　285,436

**K**

闞澤　139
柯愈春　89,114,163,250,348
孔凡禮　19
孔甲　283
孔融(北海)　312,316
蒯通　120
匡衡　212

**L**

來集之　14
黎遂球　96,290,362
黎延禎　290
黎延祖　362
李白　206,373
李炳　417,495
李渤　285
李超瓊　279
李端　20
李汾(長源)　107,108,199,206
李棡　443
李綱　151,495,499,516
李廣　440
李賀(長吉)　405
李金堂　316,344,427—430,432
李陵　46,343
李模(灌溪)　113,286—291,457,495,520
李青　377
李若水　152,499,516
李善　405
李商隱(義山)　215,404
李雯(舒章)　15,369,441
李賢　136
李業　65,486
李應昇　435
李膺(元禮)　105,263,360
李邕(北海)　457,469
李漁　437
李玉潤　353
李元庚　116
李篙如　245
李藻先(素臣)　121—124
李長科(小有)　127,354,355
李振　316
梁克從　23
梁清宏　157,321,510
梁以樟　14,89,124,495

梁湛之　368
梁震　124
林古度(茂之)　59
林佳璣(衡者)　341—344,495
林時對　471
林雲鳳(若撫)　58—61,102,139,198,199,341,358,359,428,431,434,437,438,493,495
林則徐　81
林子長　521
凌以渠(茗柯)　472
劉安　392
劉表　385
劉臣向　389
劉辰翁(須溪)　331
劉城(伯宗)　315,351—353,357,476,408,427,444
劉侗　371
劉惠明　20
劉琨(越石)　451
劉妙容　20
劉其遠　14
劉三聘　319
劉尚友　153
劉世衍　352
劉希顔　168
劉宜綏　368
劉禹錫(夢得)　481
劉遠生　210
劉楨　199
劉中藻(薦叔)　445
劉宗周　157,319,322,485,510
柳璨　316
柳琮(伯騫)　360
盧見曾　304
盧植　400
魯連　63,93,395,459
陸象先　43
陸服常(卿子)　74
陸龜蒙(魯望)　437
陸賈　208,312
陸圻(麗京)　452
陸世儀　342
陸坦(履常)　192,470,495
陸陶孺　287
陸廷掄(懸圃)　521
陸野(我謀)　137
吕安　347
吕邦相　157,159,325,510,512
吕純如　435
吕鱗生　354
羅振玉　162,165,223,407
駱養性　157,321,510

## M

林弘珪　517
馬融　400
馬援(伏波)　280
毛晉　58,84,198—200,280,358,359,379
毛奇齡　505,506
毛一鷺　435
毛永漢　495
茅元儀　371
冒頓　180
冒襄(辟疆)　117,166,203,316,317,327,330,353,370,371
梅福　270,452,459,495
梅古愚　521
梅摯　100
閔洪學　279
閔景賢(士行)　58

## N

倪文煥　435
倪瓚　85
倪之煌　253
聶壹　173

## P

潘江　102,156,196,207,398,399,403,444,462,468
潘陸(潘江如)　206
裴楷　393
彭賓(大賓、燕又)　441
彭而述　14
彭廷梅　238
彭咸　71
潘耒　81,507
濮淙(澹軒)　287

## Q

仇兆鰲　18
祁班孫　286
齊維藩(价人)　101—103,196,197,297,411,456,457,462
錢謙益(牧齋)　18,61,74,79,83,84,107,112,119,123,137,151,251,265,269,272,288,357,363,367,371,383,384,387,398,498,499,516
錢邦芑　161—164,204,364,365,367
錢邦寅(馭少)　163,204—206
錢棅(仲馭)　315,428,442,443,488
錢澄之　80,153,177,207,211,397,443,466,488,504

錢光夏　210
錢价人　370
錢陸燦　367
錢肅樂　443
錢肅潤(礎日)　313,314
錢喜起　495
錢旃　164
錢仲聯　244
錢曾(遵王)　124,252
譙玄　486
秦光玉　279
秦檜　324
秦欽　495
秦漁(以巽)　367,368
秦祖襄(汝翼)　414
屈大均　291
屈原(靈均)　115,127,314,474
瞿果行　210
瞿式耜　204,205,208—210,
全祖望(謝山)　36,54,128,384,
418,471

## R

任大任　277,456
任道斌　174,399,400,402,423
阮大鋮　361,378,398,484—486,
496,500,501
阮籍　219,343
阮咸　282
阮元　128

## S

山濤　495
邵廷寀　435
佘汝豐　368
申繼揆　84,142
申紹芳　103,141,142
申時行　141,142
申繹芳(霖臣)　60,101,103,197,
411,456,457,462
沈北宗　221
沈德潛　506
沈古乘　120,448
沈捷　495
沈龍翔　106,107
沈孟陽　137
沈泌(方鄴)　421
沈壽民　347
沈無封　114
沈秀(萬三)　202
沈堯中　43
沈一貫　322
沈寅　159,512
沈胤培　320

沈載　495
沈兆昌　495
沈中柱(石臣)　377
沈中柱(爲石)　377
沈周　81
盛憲(孝章)　476
施閏章　116
石崇(季倫)　230
石韞玉　82
史可法　243
史夏隆　495
釋殊致　80
釋自扃(道開)　84,136—139,448
司空圖　315
司馬彪　136
司馬承禎(司馬禎)　280
司馬孫　71
宋弼　301—304
宋琮　243
宋璠　242
宋瓛　242
宋璜　242,345
宋繼澄　233,243,345
宋繼登　243,247
宋九青　63，233，243，244，247，248,402
宋麗罔　231
宋漣(林寺)　304，305，345，463，465
宋玫　168,247,498
宋琬(荔裳、玉叔)　15，17，118，123，126，168，205，231—234，244，245，269，281，291，292，369,419—421,466,520
宋心老　517
宋珣　232
宋應亨　232,233,243,244
宋玉　430
宋徵與(轅文)　369,441
蘇懷愚　286
蘇武(蘇卿)　46,66,171,204,295,343,393
蘇轍(子由)　63,394,492
眭夸　476
孫晨　312
孫承祜　43
孫大宣　354,355
孫登　105,302,307
孫鋐　87,194,196,238,345,431,434,460
孫覿　43
孫臨(克咸、武公)　15，156，315，379,397—399,428
孫權(仲謀)　131,380

孫坦夫　353
孫暘　287
孫枝蔚　106,265
孫自有　43

T

談遷　23,155,168,174
湯來賀　14,166
唐順之(荆川)　128
唐忠正　331
陶澂(季深)　447
陶炯照　406
陶潛(淵明、元亮)　124,214,330,349,353,355,474
陶煊　105,196,220,238,282,302
田横　171,344
田雯　369
田有年　400

W

畹生　137
萬六吉(次謙)　153
萬茂先　362,363
萬壽祺(年少)　88,161—165,204,364,367,372,375,379,380,407
萬曰吉(萬吉、允康)　25,118,210,479
汪廣洋(忠勤)　317
汪皞　203,208,210,281
汪琬　252,272
汪無量　19
汪雪巘　371
汪逸(汪遺民)　58
汪應宣　495
汪曰植　495,517
汪之燦　519
汪宗衍　291
王安石(半山)　405
王賓王　495
王秉圭　495
王粲　19,22,330
王充　61
王崇簡　15
王導　167
王爾綱　249,250,299,301,304
王發祥　418
王逢(原吉)　460
王恭　197,462
王貢　495
王漢　23
王昊　453,461
王皓　486
王弘撰　120

王瀇(元倬)　521
王恢　173
王徽之(子猷)　270
王冀民　279,290
王嘉仕　493—495
王敬伯　20
王焜　506
王蘭泉　501
王培孫　101,142,143,199
王喬　27,410
王石年　287
王時敏　84
王士科　495
王士禄　110
王士禛(漁洋)　24,67,110,130,132—134,199,295,301,369,421,431,500
王攄　84,100
王嗣槐　17
王嗣奭　18
王泰徵　443
王庭壁　417,495
王挺　495
王維　447
王相業　87,89
王象之　110
王修齡　447
王郇　481
王偃　314
王陽　283
王一斌　172
王一紳　50
王懿榮　406,480,481
王猷定　88,134
王禹偁　315
王玉藻　378
王豫(柳邨)　128
王正中　443
王穉登　73
韋肇　346
衛玠　500
衛周祚　443
魏豹　284
魏大中　435,484,485,496,501
魏耕　84,343,370,416—418
魏禧(冰叔)　54,142,166,342,498,501,509,522
魏憲　87,240
魏允枏　495
魏徵　322
温庭筠　405
文從簡(彦可)　73—75
文祖堯　84
聞照　84

翁介眉　87
巫咸　127
吴昌時　104
吴道凝(子遠)　58,59,206,468
吴德操(鑒在)　206—208，315，428,445,487,488
吴定璋　184
吴嘉紀　17,106
吴晋錫　495
吴進賢　81
吴克孝　158,511
吴寬　81
吴其雷　210
吴綺　507
吴日生　435
吴甡　322
吴誦　35
吴肅公(雨若)　94,111,368,489,493,497,500,504,518,521
吴偉業(駿公、梅村)　17,62—65，80,81,84,118,120,121,137，144,145,238,239,244,247，290,341,342,394,395,401，402,428,440,441,453,478
吴綃　114
吴應箕(次尾)　351,441
吴兆騫　478
吴兆武　355
吴質(季重)　64,199
吴衆香　59
伍舉　352
伍子胥　139,152,278,282,306，499,516

**X**

郗鑒　131
郗詵　70
項籍　120
項煜(水心)　376—378
蕭士瑋　84
蕭統　133,199
蕭雲從　272,495
謝安(安石)　214,438
謝翺(皋羽)　64,495
謝存仁　279
謝泰宗　443
謝朓(玄暉)　64,144
謝孝思　81
謝正光　368,508
辛慶忌　155,156
邢昉　134
熊開元(魚山)　94，101，157—160，216，247，296，319—322，381,382,392,412,424,489,495,

505,510—513
徐秉義　223
徐波　84,255,350,495
徐澄宇　221
徐達左　85,86
徐枋(昭法、俟齋)　113,254,264,278,283,356,357,378,401,449,457,473,477,487,495,500,519
徐光綬　495
徐光業　495,518
徐緘(伯調)　269—271
徐柯　495
徐孔錫　495
徐律時(乾若)　346,347,400
徐汧(勿齋、九一)　75,112,113,164,165,184,244,251,346,352,400,401
徐謙尊(玄初)　85,86,217,222
徐乾學　116,220,223
徐秦時　192
徐晟(禎起)　417,495,520
徐石麒　157,160,510,513
徐世昌　348,369,463
徐世溥　371
徐庶(元直)　70,154,190,269,280,329
徐崧(松之)　43,58,79,80,87,192,253,254,286,287,356,370,380,382,417,456,460
徐頙(長洲)　472
徐文靖　113,284,405,475,484,486,487,491,496
徐興公　60
徐延壽(存永)　60,61
徐有貞　86
徐早　325
徐樹丕(武子)　330,331,495
徐致遠　495
許邵　149
許遜(旌陽)　244
許元溥　495
薛宷　495,519
雪浪　83,84

**Y**

颜永圖　495
顏真卿　380
嚴栻　104
嚴嵩　126
嚴武　331
嚴志雄　269,350
揚雄　113,219,443
楊彪　144

楊賓　80
楊補　84
楊大眼　239
楊華　239
楊積慶　106,163
楊繼盛　126
楊三泰　168
楊叟補(曰補)　142,144
楊廷麟　164,384
楊廷秀　157,460
楊文驄(龍友、無補)　263，264，379,397
楊希齊　508
楊修　443
楊雲嶠　445
楊惲　282
楊炤(明遠)　251,278,303,356，357
楊鍾羲　501
姚景詹　464
姚佺(仙期)　13,67,87,163,171，265，302，356，370，414，464，495,520
姚孫棐　354,355
姚希孟　84,435
姚宗昌(文初)　120,495,521
姚宗典(瑞初)　73,120,417,495
葉方恒　495
葉君遠　62
葉廷秀　157,325,510
葉禧仍　517
葉襄(聖野)　101—103,111—114，120，196，197，265，277，282，289，297，411，414，417，428，433,456,457,459—462,495
葉奕苞　80
葉裕　455,495
殷如梅　82
應瑒　199
雍耐廣　520
雍熙日　493—495,519
尤侗　81
于朗霄　481,482
余懷(澹心)　15，17，40，64，68，69，137，139，141，156，212—214，222，300，315，316，343，344，380，384，397，426—434，438,443,473,495,520
余颺　443
俞綬(去文)　521
俞無殊　314
虞方　495
虞玩之　349
虞信(虞卿)　177

庾亮　312
庾信(子山)　64，66，281，295，302,405,433
元好問(裕之)　107,108,299
元稹(微之)　461
袁安　142
袁善　279
袁紹(本初)　70,125,451
袁徽(袁公白)　521
圓照　43
雲栖　83

## Z

曾璨(傳燦、青藜)　313,381
曾化龍　94,151,698,505,516
查岐昌　82
翟湯　312
詹在右　521
張安國　79
張秉文(鍾陽)　174,175
張大純　43，79，192，253，254，286,356,380,382,456
張岱　271
張鳳翼　14
張國維　187
張翰　115,257
張衡　19
張華(茂先)　213,438
張騫　72,105
張居正　141
張雋　417
張楷　190,307
張漣(南垣)　137
張良　280
張良佐　168
張隆甫　58
張溥(天如)　164,360,361
張適　287
張同敞(别山)　204,208,210
張萬鍾　371
張文娗　495
張無妄　54
張星　89
張緒　195,197,462
張學曾(爾唯)　15—17,379,410,422
張學金　418
張恂(稚恭)　240,354,382—386
張養重　253
張有譽　495
張祐　457
張禹　127,155
張韞仲　121,124
張澤(草臣、旨齋)　84，113，120，

164，165，250，301，364，371，372,457
張貞　501
張志和　437
張宗友　343
章邯　173
章美(拙生)　326
章樵　46
趙登　320
趙而忭(友沂)　353,386
趙高　173
趙進美(韞退)　14,368—370
趙均(靈均)　73—75
趙士驥　56
趙士冕　143
趙雄　80
趙宣　27
趙宧光(凡夫)　73,74,255
趙翼　17,82
趙嵲(長公)　55,56
趙月潭　354
鄭澮石　247
鄭敷教　495
鄭思肖　19
鄭所南　404
鄭玄　221,400
鄭元勛(超宗)　363，368，369，371,379
郅都　390
智積　43
智訥　43
終軍　457,495,500
鍾惺(伯敬)　58
周必大　80
周伯達　17,443
周伯符　382
周燦　80,81
周二安　521
周高起(伯高)　84,198—200,202，280,358,379
周奎　377
周亮工　14,58,59,88,116,368，385
周茂萼　495
周茂葵　495
周茂蘭(子佩)　120,199,358,431，434,435,493—495,520
周茂藻(子潔)　120,431,434,495
周容　36
周榮起(仲榮、研農)　84,198—203，280,358,359,378,379
周世臣(穎侯)　14—16,297,368—370,413,425,446,447
周順昌(景文、蓼庵)　430,431,435

周項　517
周延儒　319,326
周永年　80
周永言　84
周顒　71
周澐　495
周之夔　361
周鍾　378
朱大典　187
朱鶴齡　80，84，214，215，289，387,417
朱陵　415,472,473
朱買臣　32
朱茂昉(子葆)　137,344
朱茂時(子葵)　137
朱茂暇(子容)　137
朱士稚　495
朱統𨯉　488
朱隗　84,164,347,401
朱性父　200
朱究　164
朱彦兼　120
朱彝尊　84，111，238，251，253，254，272，343，348，360，363，377,416,421,431,457,461
朱鎰　495
朱幼柱　236,265
朱聿鍵　397
朱雲　155,156,398,424,458
朱雲子　164
朱之蕃　58
朱治憪　210
諸橋轍次　100
莊烏　276
莊元辰　443
莊周　237
卓爾堪　220,223,238,240,241,251,256
宗炳　70
宗臣(子相)　317
宗元鼎　137
宗元豫(子發)　521
鄒典(滿字、大典)　164,165,364
鄒鶴引　120
祖逖(士稚)　105,131,343,458
左光斗　243
左輝春　172
左懋第(黄門)　64,155,167,171,172,345
左懋泰　64,172,345